DER TAG DER HOCHZEIT

WEITERE TITEL VON SUE WATSON

In Deutscher Sprache

All die kleinen Lügen

Die Schwägerin

Der Urlaub

Das perfekte Paar

Der Tag der Hochzeit

Das Kinderzimmer

In Englischer Sprache

Psychothriller

The Nursery

The Resort

The New Wife

The Forever Home

First Date

The Sister-in-Law

The Empty Nest

The Woman Next Door

Our Little Lies

Love and Lies-Serie

Love, Lies and Lemon Cake

Love, Lies and Wedding Cake

SUE WATSON

DER TAG DER HOCHZEIT

Übersetzt von Jessica Joerdel

bookouture

Die Originalausgabe erschien 2023 unter dem Titel
„The Wedding Day"
bei Storyfire Ltd. trading as Bookouture.

Deutsche Erstausgabe herausgegeben von Bookouture, 2023
1. Auflage Oktober 2023

Ein Imprint von Storyfire Ltd.
Carmelite House
50 Victoria Embankment
London EC4Y 0DZ

deutschland.bookouture.com

ISBN: 978-1-83790-940-7
eBook ISBN: 978-1-83790-939-1

Für meine Freundin Ann Bresnan, die meine Bücher immer besser gemacht hat. Es tut mir so leid, dass wir uns nicht mehr voneinander verabschieden konnten ...

PROLOG

Ich hieve meinen schweren Koffer auf das Gepäckband. Er ist vollgepackt mit meiner Kleidung, meinen Toilettenartikeln und meinen Geheimnissen. Als die Frau in Uniform die Sicherheitsetiketten aufklebt und mit einem mürrischen Nicken in Richtung »Sicherheitskontrolle« deutet, gebe ich ihn widerwillig auf. Ich erwidere ihr Nicken stumm, weil ich keine Aufmerksamkeit auf mich ziehen will.

So weit, so gut. Ich gehe nach draußen, um kurz eine zu rauchen, bevor ich mich auf den Weg zur Sicherheitskontrolle mache – mit meiner tomatenroten Hermes-Handtasche am Arm und staubtrockenem Mund. Die stickige Wärme staut sich um die Urlauber, die von hier die Heimreise antreten. Sie alle stehen mit Sonnenbrand und traurigen Gesichtern in der Schlange, um heimzufliegen, obwohl sie das gar nicht wollen. Ich halte den Blick gesenkt, spreche niemanden an und entdecke nach einiger Zeit endlich die Grenzkontrolle.

Auf wackeligen Beinen gehe ich auf den ernst dreinblickenden Mann zu, der hinter der Glasscheibe wartet, und denke daran, wie es war, als ich das erste Mal hier angekommen bin. Die Person, die damals auf diese paradiesische Insel kam, war eine ganz andere als die, die sie jetzt wieder verlässt. Ich kam her auf der Suche nach etwas, nach jemandem, und ich habe gefunden, wonach ich gesucht habe, doch jetzt muss ich wieder fortgehen.

Mir graut davor, diesen wunderschönen Ort zu verlassen, wo den ganzen Tag über die Sonne scheint und die ganze Nacht lang Cocktails fließen. Aber wenn man genauer hinsieht, gibt es eine dunkle Seite, und zwischen Freundschaft, Liebe und Mord liegt nicht mehr als ein Wimpernschlag.

Der Grenzbeamte sieht mich durch das Glas an. Er lächelt nicht, aber ich schon.

»Reisen Sie geschäftlich oder zum Vergnügen nach Rio de Janeiro?«

»Zum Vergnügen.« Ich beuge mich leicht vor und lecke mir anzüglich über die Lippen, woraufhin seine Augen sofort darauf gerichtet sind. Er gibt mir meinen Pass zurück, und ich versuche, nicht allzu erleichtert auszusehen. Oder allzu schuldbewusst ...

1

Es war Valentinstag, und ich brauchte eine Flasche Wein. Nicht etwa für ein romantisches Abendessen mit meinem Partner, sondern um meine Sorgen zu ertränken.

Ich hatte so früh wie möglich Feierabend gemacht, das Büro verlassen und war direkt in einen Wolkenbruch geraten. Der Regen peitschte durch die Straßen, vorbeifahrende Taxis bespritzten die Bürgersteige und besudelten meinen neuen karamellfarbenen Regenmantel mit Schmutzwasser. Na großartig! Nach einem nervenaufreibenden Tag, an dem ich ständig Anrufe von verärgerten Kunden entgegengenommen hatte, wollte ich nur noch zum Bahnhof rennen und in den ersten Zug nach Hause springen, doch zuerst musste ich mir noch in einem nahe gelegenen Supermarkt eine Flasche Wein besorgen. Wenn ich nüchtern war, fühlte ich mich immer etwas nervös und unwohl, ich brauchte etwas, das die scharfen Kanten glättete und mir beim Vergessen half.

Mitten in den Wassermassen, den unaufmerksam geschwenkten Regenschirmen und den überraschend auftauchenden Pfützen sah ich ihn: den Tesco Express, den einzigen Laden, der meinen Abend erträglich machen würde. Es ist schon komisch, dass wir selbst dann, wenn unser Leben gerade ein einziges Chaos ist, zu Orten und Ritualen zurückkehren, die uns Trost spenden.

Müde stieß ich die Tür des Supermarkts auf. Da ich aus der Dunkelheit kam, brannte mir das grelle Neonlicht in den Augen, und sofort musste ich an den letzten Valentinstag zurückdenken. Damals war ich auf dem Heimweg von der Arbeit in genau diesem Supermarkt gewesen. Es war kaum zu fassen, wie anders mein Leben noch vor einem Jahr verlaufen war. Mein Blick fiel auf die Babynahrung, die aufgereiht im Regal stand, und ich versuchte, nicht in Tränen auszubrechen. *Ich bin nicht verrückt*, sagte ich mir. Obwohl ich mich manchmal so *fühlte*.

Heute Morgen hatte kein Valentinsgruß auf mich gewartet, sondern nur ein endgültiges Scheidungsurteil, das mir mitteilte, dass ich nicht länger mit Dan Green verheiratet war. Noch vor einem Jahr war ich eine Ehefrau gewesen, mit einem schönen Haus, guten Freunden und einem anständigen Job. Meine Ehe war nicht perfekt, manchmal war sie sogar die Hölle, aber ich hatte trotz aller Probleme versucht, dafür zu sorgen, dass sie funktionierte. Allen Widrigkeiten zum Trotz hatte ich immer, leider vergeblich, die Hoffnung gehegt, dass wir eines Tages rundum glücklich sein könnten und die grauen Wolken verschwinden würden. Doch wir hatten keine Chance, denn ich war nicht die, für die Dan mich hielt. Ich war nie ehrlich zu ihm gewesen, und meine Lügen hatten mich jahrelang innerlich aufgefressen. Ich hatte so vieles verheimlicht. Heute weiß ich, dass ich nicht nach einem Ehemann gesucht hatte, sondern nach jemandem, der mir Liebe und Sicherheit bot und mich nicht verurteilen würde, doch unsere Beziehung war in jeder Hinsicht gescheitert.

Ich war nie ehrlich zu meinem Mann gewesen, es gab Dinge, die ich ihm nicht gesagt hatte, Dinge, die er niemals verstehen würde.

Nach der Hochzeit wurde mir schnell klar, dass Dan nicht perfekt war, aber das war ich ja auch nicht, also hatte ich nichts Besseres als ihn verdient, oder? Doch es stellte sich heraus, dass er von mir genauso enttäuscht war wie ich von mir selbst; so wie er es auf den Punkt brachte, war ich »die Frau, die auf ganzer Linie versagt«.

Da ich also an diesem regnerischen Abend wieder allein war, schlenderte ich durch den Laden und suchte Trost in etwas Vollmundigem aus Italien. Rotwein würde in dieser Valentinsnacht mein Begleiter sein, er würde mich verführen, mich herumkriegen und mich dann umhauen. Auf diese Weise musste ich die Schreie nicht ertragen, die zum Leben erwachen würden, sobald mein Kopf das Kissen berührte.

Letztes Jahr hatte ich am Valentinsabend Kerzen gekauft. Sie waren ziemlich unscheinbar, cremefarben, ohne Duft und eher für den Notfall als für ein romantisches Abendessen geeignet. Trotzdem hatte ich sie gekauft, weil ich dachte: *Kerzenschein ist Kerzenschein.* Und: *Eine Ehe ist eine Ehe.* Trotz allem, was zuvor geschehen war, hatte ich mich noch immer an die verzweifelte Hoffnung auf ein Leben und eine Familie geklammert, und doch war ich jetzt wieder allein.

Ich ging an einer Gruppe Jugendlicher und einer alten Dame vorbei, die ihren Brolly schüttelte und meinem Regenmantel weitere Spritzer verpasste, die an ein Kunstwerk von Jackson Pollock erinnerten. *Ich hätte den schwarzen kaufen sollen. Schon wieder etwas, was ich bedaure.*

Ich bahnte mir einen Weg zu den gut sortierten Weinregalen im hinteren Bereich des Ladens und war fasziniert von der Auswahl an italienischen Rotweinen. Als ich die Weine betrachtete, überkam mich eine überwältigende Traurigkeit wegen allem, was in den letzten paar Jahren geschehen war. Dan hatte recht, ich schaffte es nicht, irgendetwas zu behalten, nicht einmal einen Ehemann. Wieder einmal hatte ich bei etwas versagt.

Ich hatte auch darin versagt, Mutter, Ehefrau und Schwester zu sein. Und dann war da noch meine Karriere, die nie richtig begonnen hatte. Ich hatte Träume gehabt, ich hatte gehofft, einmal bei der Polizei zu arbeiten, doch das Leben hatte andere Pläne mit mir gehabt. Meine Teenagerjahre hatten mich verändert, ich war ein wütendes, desillusioniertes Mädchen geworden, dem ein Loch im Herzen klaffte, und hatte den ersten Job angenommen, den ich kriegen konnte. Ich arbeitete in der Kundenbetreuung einer Telefongesellschaft, wo mich die meiste Zeit Leute am Telefon anbrüllten. Das bereitete mir ein seltsames, masochistisches Vergnügen, es fühlte sich wie eine verdiente Strafe an, und die Bezahlung war in Ordnung. Ich wollte keinen Job, der mich ausfüllte, ich hatte so viel anderes im Kopf, dass ich einfach nur eine stumpfsinnige Tätigkeit brauchte. Seit Jahren plagte mich etwas, über das ich nicht sprechen konnte, etwas, das ich mit niemandem außer meiner Schwester teilen konnte. Selbst an guten Tagen verfolgte mich die Vergangenheit, und als Dan mich verließ, kehrte ich zu meiner bewährten Behaglichkeit zurück: einer Flasche Rotwein in meiner Büroschublade, dazu eine Tüte Pfefferminzbonbons, um den Geruch zu überdecken. Manchmal, wenn ein Kunde sehr unhöflich oder wütend war, siegte der Wein, und ich reagierte ebenfalls unhöflich oder wütend, aber das war mir egal. Nichts ergab mehr einen Sinn, ich konnte mich nicht konzentrieren, konnte vor lauter Albträumen nicht schlafen und war ständig den Tränen nahe. Meine verständnisvolle Chefin hatte mich schon mehrmals verwarnt, und ich war kurz davor, meinen Job zu verlieren. Dans Worte hallten in meinen Ohren wider: Du kannst nie etwas *behalten*, Alice, immer wirfst du die Dinge weg.

Ich hätte mit all den Misserfolgen, den unhöflichen Kunden und meiner unglücklichen Ehe leben können, wenn ich wenigstens eine Sache geschafft hätte – Mutter zu werden.

Die ersten Jahre meiner Ehe hatte ich in einer Endloschleife aus täglichen Injektionen, Hoffnung, Eizellentnahmen, Hoffnung, Warten und Weinen verbracht, bis die Hoffnung starb. Dann fing ich wieder von vorne an. Meine Schwester sagte einmal zu mir: »Alice, dein Problem ist, dass du die Stoppschilder einfach nicht siehst.« Und sie hatte recht, ich hatte immer gegen jede Hoffnung und Erwartung mit all dem weitergemacht, was ich gerade tat, weigerte mich, die Zeichen zu erkennen, pflegte einen morbiden Optimismus, und ich konnte damit einfach nicht aufhören. Nur wenige Tage bevor er mich verließ, erzählte ich Dan von einer neuen Behandlung, über die ich gelesen hatte. »Vielleicht ist das das Richtige«, sagte ich. »Ich rufe morgen in der Klinik an.«

Doch statt begeistert zu sein und mich zu ermutigen, sah er mich so mitleidig an, dass es mir unangenehm war.

»Alice, du musst aufhören, etwas nachzujagen, das du nie haben wirst. Akzeptiere die Situation, hör auf, es zu versuchen, du zerstörst dich nur selbst.«

Seine Worte verfolgen mich noch immer, aber er konnte unmöglich verstehen, wie ich mich fühlte. Ich hatte noch nie die Freude gehabt, mein Baby in sein Bettchen zu legen, die ersten Worte, die ersten Schritte, den ersten Schultag mitzuerleben – all das war so kostbar, und jetzt würde ich es niemals erleben.

Ich hatte das in diesem Moment nicht gewusst, aber Dans Weigerung, unsere Babyplanung weiterzuverfolgen, war der Beginn seines Abschieds. Er hatte keine Lust mehr auf den Wahnsinn – all die Ungewissheiten, die Tortur, darauf zu warten, ob es funktioniert hatte, und die Qual, das Ergebnis zu erfahren.

Wie immer hatte mich meine lächerliche Hoffnung zum Narren gehalten. Ich hatte wirklich geglaubt, dass alles anders werden könnte, wenn ich nur das Baby bekommen würde, das wir uns beide so sehr wünschten.

Mein Kummer war immer noch übermächtig, meine Trauer

war unverarbeitet, aber sie war auch unsichtbar. Sie lebte in mir, weckte mich in der Nacht, tippte mir beim Autofahren auf die Schulter und raubte mir beinahe den Atem. Sie trieb mich zur Besessenheit. Ich hätte ewig über Babys und Schwangerschaften reden können. Ich wollte herausfinden, *warum* es nicht geklappt hatte, und wie eine Detektivin, die nach Hinweisen suchte, ging ich in Gedanken jede noch so kleine Einzelheit durch. *Warum? Warum? Warum?*

Ich behielt meine Fragen für mich, doch ich entwickelte meine Theorien. Ich war schuld daran, dass mein Körper mir das Einzige verweigerte, wonach ich mich sehnte. Und weil ich mir selbst die Schuld daran gab, fiel es mir schwer, aufzugeben, und ich sehnte mich nach mehr Untersuchungen, mehr Behandlungen, mehr Qualen, um zu beweisen, dass ich mich irrte.

Ich starrte die Reihe der grünen Flaschen im Supermarktregal an und dachte immer noch über Babynamen nach, während in meinem Kopf Kinderreime abgespult wurden. War ich nach all dem, was ich erlebt hatte, tatsächlich verrückt geworden? *Zehn grüne Flaschen stehen auf dem Schrank.*

Ich fuhr mit den Fingern über das kalte, dunkle Glas, wählte eine Flasche aus, hielt mich daran fest und blieb am Regal stehen, um mich zu fragen, ob eine genug sein würde. Es war Valentinstag, und ich war allein. Die Chance, Dan heute Abend zu sehen, war gleich null, nicht mal um der alten Zeiten willen. Er hatte sich geweigert, sich mit mir zu treffen, er sagte, so sei es das Beste. Aber dumm, wie ich war, klammerte ich mich stets an die Hoffnung, auch jetzt noch. *Zehn grüne Flaschen, die kaufte ich mir ein.*

Während des gesamten Scheidungsprozesses in den letzten Monaten war ich mit Dan telefonisch in Kontakt geblieben. Mein morbider Optimismus ließ einfach nicht locker. Manchmal rief ich ihn spätnachts an und schluchzte ins Telefon. Er versuchte, nicht die Beherrschung zu verlieren, aber ich hörte Wut und Groll in seiner Stimme brodeln. Es fiel mir schwer, noch mehr Misserfolge zu verkraften, und ich klammerte mich an die Hoffnung, dass wir wieder zusammenkommen würden und er sich ändern und wieder der Dan sein könnte, den ich geheiratet hatte – der wütende Dan, der mir manchmal wehtat, war erst später zum Vorschein gekommen. Selbst jetzt, als ich ziellos im Supermarkt stand und mich fragte, wie viele Flaschen ich brauchen würde, um die Nacht zu überstehen, fragte ich mich: *Ob ich ihn anrufen soll?*

Die Saat, die mir diese Idee einpflanzte, ging in meinem Kopf auf. Ich könnte ihn fragen, ob er zu meiner Schwester kommen wollte, bei der ich wohnte. Wir könnten diese Flasche Wein auf meinem traurigen Einzelbett in ihrem Gästezimmer trinken. Das wäre doch nicht allzu verrückt, oder? *Wenn eine ausgetrunken ist, dann sind es nur noch neun.*

Ich schnappte mir einen Korb und eine zweite Flasche Merlot und ging zur Kasse. Die Frau hinter dem Schalter bot mir eine Tragetasche an, aber ich lehnte ab, weil ich dachte, ich könnte beide in meiner geräumigen Handtasche verstauen. *Vielleicht sollte ich ihm jetzt eine SMS schicken und ihn fragen, ob er Lust auf einen Drink hat.* Die Frau starrte auf meinen schlammbespritzten karamellfarbenen Regenmantel.

»Das macht 14,98 Pfund«, sagte sie gelangweilt und ohne zu lächeln. Ich konnte es ihr nicht verübeln, denn es gab nicht viel zu lächeln, wenn man an einem nassen Wochentag im Februar im Tesco Express arbeitete. Sie war jung, Mitte dreißig, aber sie sah müde aus. Wahrscheinlich hatte sie mehrere Kinder, die sie auf Trab hielten, ihr den Schlaf raubten, sie in den Wahnsinn trieben und sie aussaugten. *Die Glückliche.*

Als ich auf die Uhr schaute, stellte ich fest, dass mein Zug nach Hause in fünfzehn Minuten abfuhr, also schnappte ich mir die Flaschen, musste aber einsehen, dass ich die Größe meines Louis-Vuitton-Plagiats überschätzt hatte. Es passte nur eine Flasche hinein, doch die Frau war schon damit beschäftigt, einen anderen Kunden zu bedienen, und ich hätte warten müssen und fragen und ... alles wurde zu kompliziert. Also stopfte ich eine Flasche in meine Handtasche, nahm die andere in die Hand und ging zur Tür. In diesem Moment sah ich aus dem Augenwinkel jemanden und blieb stehen, während die Katze in meinem Bauch erwachte und sich reckte und streckte. War das Dan am anderen Ende des Ladens?

Von hinten sah er Dan zum Verwechseln ähnlich. Ich entfernte mich von der Tür, um einen besseren Blick auf ihn zu erhaschen. Er trug einen ähnlichen langen Mantel wie Dan, und seine Haare waren ähnlich wie die meines Ex-Mannes – sehr dunkel, aber etwas kürzer und gepflegter. Dan hatte immer einen dicken, fransigen Pony getragen, das passte zu ihm, er würde sich nie die Haare hinten so rasieren lassen, das war viel zu modern. Nein, das war nicht Dan, er sah irgendwie anders aus, schlanker, fröhlicher.

Eigentlich hätte ich längst im Zug nach Hause sitzen sollen, doch irgendetwas hielt mich hier fest. Ich stand wie angewurzelt da. War es Schicksal, dass wir beide am Valentinstag – dem Tag unseres endgültigen Scheidungsurteils – in derselben Tesco-Express-Filiale waren? Nein, Dan konnte es nicht sein, er machte nie vor sechs Uhr Feierabend, und außerdem war der Laden meilenweit von der Bank entfernt, in der er arbeitete. Aber es wäre doch lustig, ihn anzurufen und ihm zu erzählen, dass ich seinen Doppelgänger gesehen hatte. Außerdem wäre das vielleicht ein guter Vorwand, um Kontakt aufzunehmen.

Ich ging langsam den Gang hinauf zu dem Mann, der dort stand. Plötzlich bückte er sich, um etwas aus einem Regal zu nehmen, und ich war überwältigt, als mir klar wurde: Es *war* Dan! Für Beobachter waren wir Fremde auf der Durchreise, aber für mich war er jemand, mit dem ich über ein Jahrzehnt lang mein Leben geteilt hatte, jemand, zu dem ich jede Nacht ins Bett geklettert war. Der Abdruck unserer Vertrautheit miteinander war immer noch da; wie ein Tattoo war er verblasst, würde aber nie ganz verschwinden. Ich kannte die Art und Weise, wie er sich mit den Händen durchs Haar fuhr und manchmal den Kopf zur Seite legte, wenn er zuhörte. Ich wusste, wie er im Bett war, und ich konnte seine Wut, seine Freude und manchmal seine Liebe erkennen. Ich erinnerte mich auch daran, wie wir am Valentinsabend dicht beieinander im Supermarkt gestanden waren und wie er geweint hatte, als die Kinderwunschklinik anrief, um uns mitzuteilen, dass wir nicht schwanger waren und es wahrscheinlich auch nie sein würden.

Als ich näher trat, spürte ich dieses warme Gefühl der Vertrautheit. Ich wollte die Hand ausstrecken und den Mann berühren, der in diesem seltsamen kleinen Supermarkt vor dem Regal mit den Frühstücksflocken stand. Ohne jeden Zweifel war es Dan, *mein* Dan.

Also rief ich mit geballter Hoffnung in der Brust: »Dan?«

Er drehte sich nicht um, aber ich sah sein Halstuch – das blaue, das ich ihm vorletztes Weihnachten gekauft hatte. Es hatte mich ein Vermögen gekostet, und ich würde es überall wiedererkennen. Ich stand direkt hinter ihm und wollte ihm gerade auf die Schulter tippen, als eine Frau aus dem nächsten Gang auftauchte. Sie stand dicht neben ihm, so dicht, dass ihre Köpfe zusammenstießen. Wer war sie? Mir wurde langsam unwohl, Übelkeit stieg in meiner Kehle auf, als mir das Undenkbare durch den Kopf schoss. Nicht jetzt, nicht so bald, nicht am Valentinstag. Dann sah ich ihre Hand auf seinem Arm, die langen rosa Fingernägel drückten zu, und ich hörte, wie er sie »Liebling« nannte.

»Dan?«, hörte ich mich krächzen.

Alles fühlte sich an, als würde es wie in Zeitlupe ablaufen, und die Lautstärke war auf stumm gestellt. Dan drehte sich zu mir um und starrte mich entgeistert an, während er instinktiv versuchte, sich von mir zu entfernen. Ich sah, wie die Hand der Frau seinen Arm noch fester umklammerte. Sie sah verängstigt aus und hielt sich an ihm fest, als könnte sie umfallen, wenn er sich bewegte.

Er sah niedergeschlagen aus. »Alice, ich ...«

»*Das* ist sie also?«, hörte ich die Frau in missbilligendem Ton fragen.

Ich stand wie erstarrt da und hielt eine Weinflasche in der Hand, während die andere aus meiner Handtasche herausguckte. Das war der Beweis, dass Dans Ex-Frau jetzt eine Säuferin war, falls sie überhaupt noch einen brauchte.

»Alice, das ist Della«, verkündete er peinlich berührt.

Sie war jung, Mitte dreißig und sehr attraktiv.

Unsicher schaute ich in ihre Richtung. Unsere Blicke trafen sich flüchtig. Keiner von uns beiden sagte ein Wort.

In der Stille starrte ich von ihr zu ihm, aber er konnte mir nicht in die Augen schauen. Er hatte den Kiefer fest zusammengepresst. Schließlich sagte er: »Ich wollte es dir sagen, ich habe es versucht, aber ... du wolltest nicht zuhören.«

»Ich hatte keine Ahnung. Ist *das* der Grund, warum wir geschieden sind?« fragte ich und deutete auf sie und ihn.

»Du musst loslassen, Alice, du kannst mich nicht ständig mitten in der Nacht anrufen«, antwortete er und ignorierte meine Frage.

Ich drehte mich fragend zu ihr, vielleicht würde sie mir ja die Wahrheit sagen? Doch alles, was ich sah, war Angst in ihren Augen. Dann fiel mein Blick auf ihre Hände, die jetzt auf ihrem Bauch ruhten. Beschützend. Sie war schwanger.

2

Kurz nach der Trennung hatte meine Therapeutin bei mir eine posttraumatische Belastungsstörung diagnostiziert und mir erklärt, dass es nach schweren Traumata häufiger zu Blackouts kommt.

»Ich dachte, so was passiert nur Soldaten, die im Krieg waren?«, hatte ich erwidert.

»Aber Alice, du warst doch im Krieg«, hatte sie geantwortet.

Und in dem Moment, in dem ich erkannte, dass die Frau im Supermarkt Dans Baby bekommen würde, befand ich mich wieder mitten im Kriegsgebiet. Für eine Weile schien alles dunkel zu werden, ich war mir nicht sicher, wie lange das währte oder was genau passiert war, doch als ich aus der Dunkelheit auftauchte, geriet ich in Panik und flüchtete instinktiv aus dem Supermarkt und zum Zug. Ich war so verzweifelt, dass ich schnell in den Waggon sprang und mir dabei wohl den Knöchel verstaucht habe. Ein stechender Schmerz schoss durch den Knochen, als der Zug losfuhr, und ich humpelte unter Qualen durch den Wagen, um einen Sitzplatz zu finden. Ich war verwirrt und ganz aufgelöst und merkte plötzlich, dass ich immer noch eine Weinflasche in der Hand hielt und die Leute mich anstarrten, wenn auch unauffällig. Alle schienen wegen des plötzlichen Auftauchens der verrückten Schnapsdrossel in höchster Alarmbereitschaft zu sein. Bevor ich den ersten freien Sitzplatz erreichen konnte, stellte der Mann auf dem Nachbarplatz schnell seine Aktentasche dort ab. Ich wollte keine Kämpfe mehr ausfechten, also humpelte ich weiter durch den Wagen, aber als ich mich einem anderen freien Sitzplatz näherte, bemerkte ich die Frau in der Nähe, die ihr Kind an sich zog. Ich hätte am liebsten geweint. Sah ich aus wie jemand, der einem Kind etwas zuleide tun würde?

Die Frau zuckte zurück, als ich mich auf den Sitz ihr gegenüber setzte und die Flasche vor mir auf den Tisch stellte. Durch den Schmerz in meinem Knöchel landete ich schwer auf meinem Sitz, woraufhin sie aufsprang, als hätte ich mich auf sie gestürzt. Sie schaute zu ihrem Kind hinunter, das sie noch immer festhielt, so wie ich Minuten zuvor die Weinflasche festgehalten hatte. Genauso wie Dans Freundin ihren Bauch festgehalten hatte. Ich sah die gleiche Angst in den Augen dieser Frau wie in denen von Della. War ich etwa ein Monster?

Ich fühlte mich unwohl und unsicher in meiner Haut wegen dem, was gerade passiert war. Ich wollte die Frau am Arm berühren und mich erklären, ihr sagen, dass ich ein guter Mensch war und weder ihr noch ihrem Kind etwas tun wollte. Dass ich einfach nur nach Hause wollte. Ich sehnte mich danach, ihr zu erzählen, was mir gerade passiert war, und war überzeugt, dass sie es verstehen würde, wenn sie mir nur zuhörte, aber es war nicht der richtige Zeitpunkt, und sie hatte viel zu viel Angst, um mir Gehör zu schenken.

Der Schaffner, der meine chaotische Ankunft im Zug bemerkt hatte, marschierte jetzt auf mich zu.

»Ihre Fahrkarte bitte, Madam«, sagte er und gab sich entspannt, doch ich konnte an der Art und Weise, wie er breitbeinig und kampfbereit dastand, erkennen, dass er auf einen Konflikt vorbereitet war.

Ich wollte keinen Ärger, ich wollte nur dem entkommen, was gerade passiert war. Aber wo war meine Fahrkarte?

Sie war in meiner Handtasche. Ich musste meine Handtasche im Supermarkt vor Dan und dieser Frau fallen gelassen haben, bevor ich die Flucht ergriffen hatte. Die Flasche Merlot musste zerbrochen sein, als die Tasche auf dem Boden landete, die andere Flasche hatte ich noch in der Hand. *Ihre* Hände hatten auf ihrem Bauch gelegen.

»Ich habe gefragt, ob ich *bitte* Ihre Fahrkarte sehen dürfte?«

Ich blickte zu dem Mann auf, der nun über mir stand, doch alles, was ich in meinem Kopf sah, waren zerbrochenes Glas und Rotwein, der sich über den ganzen Boden des Supermarktes ergoss. Und dann Dans entsetztes Gesicht.

»Ich ... ich habe meine Fahrkarte nicht«, krächzte ich. Spielte mir mein Verstand einen Streich, oder war da auch Blut gewesen?

»Nun, ich fürchte, dann müssen Sie eine neue Fahrkarte kaufen. Oder den Zug an der nächsten Haltestelle verlassen.«

»Ich ... kann nicht, ich kann keine neue kaufen, ich habe meine Tasche verloren.« Ich schaute nach unten, um zu zeigen, dass ich sie nicht bei mir hatte. Mein Blick fiel auf die roten Flecken auf dem Stoff meines karamellfarbenen Mantels.

Er starrte mich weiter von oben herab an. Ich war verunsichert, wie ein in die Enge getriebenes Tier, und wusste nicht, was ich tun sollte.

»Ich habe meine *Geldbörse* nicht, ich *kann* keine Fahrkarte kaufen.«

»Dann müssen Sie den Zug verlassen.«

»Ich kann nicht *laufen*, ich habe mir den Knöchel verstaucht. Bis zu mir nach Hause sind es noch fünf Haltestellen – kann ich nicht dort bezahlen? Ich könnte meine

Schwester bitten, mich abzuholen«, schlug ich vor, obwohl ich genau wusste, was Heather davon halten würde.

Jetzt schüttelte er energisch den Kopf. »Es tut mir leid, aber Sie müssen den Zug an der nächsten Haltestelle verlassen.«

»Aber ich wohne meilenweit weg von hier, und es regnet ... Sie können mich doch nicht einfach im Dunkeln aus dem Zug werfen.« Ich fing an zu weinen.

»Sie können sich auch nicht einfach in den Zug setzen, um Schutz vor der Kälte zu suchen«, schnauzte er mich an. »Ein Zug ist keine Notunterkunft für Obdachlose.«

Ich war völlig entsetzt. Offenbar sah ich so zerzaust und verwirrt aus, dass er annahm, ich würde einen Platz zum *Schlafen* suchen.

»Wir erreichen in Kürze die nächste Haltestelle. Wenn Sie nicht aussteigen, muss ich leider die Bahnpolizei rufen.« Sein Gesicht war wie versteinert, anscheinend *lebte* er für solche Momente.

»Nein, bitte nicht«, flehte ich.

Achselzuckend erwiderte er: »Entweder Sie steigen aus, oder ich rufe die Polizei.«

Im ganzen Wagen war es so mucksmäuschenstill, dass ich hören konnte, wie jemand den Deckel seines Kaffeebechers abnahm und leise eine Tüte Chips öffnete. Genau wie im Kino wollten sie ihre Snacks essen, während sie den Film sahen, aber sie waren höflich genug, das Vergnügen der anderen Zuschauer nicht zu stören. *Eine gute Show zum Abendessen.*

Langsam und unter Schmerzen versuchte ich aufzustehen. Ich hatte wirklich vor, zur Tür zu gehen und den Zug zu verlassen, der jetzt quietschend und keuchend in den Bahnhof einfuhr. Aber in dem Moment, in dem ich meinen rechten Knöchel belastete, schoss ein heftiger Schmerz durch mein Bein. Dadurch fiel ich auf den Sitz zurück, während der Schaffner mich beobachtete und meine Mitreisenden so taten, als wären sie mit ihren Handys, ihren Büchern oder ihrem

Kaffee beschäftigt. Selbst in meinem dissoziativen Zustand wusste ich, dass sie auf die nächste Dialogzeile zwischen der durchgeknallten Lady und dem Schaffner warteten. Genau wie er nahmen die Zuschauer an, dass ich nur eine weitere Verrückte im Zug war. Niemand setzte sich für mich ein, wollte meine Fahrkarte bezahlen oder schenkte mir auch nur ein beruhigendes Lächeln. Ich mochte obdachlos sein oder ein Missbrauchsopfer – aber ich war nicht ihr Problem, denn sie hatten für *ihre* Fahrkarten bezahlt, also sollte ich auch für *meine* bezahlen.

Ich blickte flehend zu ihm auf und stellte fest, dass sich mein Handy ebenfalls in der Handtasche befand, die ich im Supermarkt fallen gelassen hatte, bevor ich die Flucht ergriff. Selbst wenn er mir erlaubt *hätte*, umsonst mitzufahren, hätte ich keine Möglichkeit gehabt, vom Bahnhof nach Hause zu kommen. Ich konnte weder ein Taxi bestellen noch meine Schwester Heather anrufen.

Da ich also weder eine Fahrkarte hatte noch die Mittel, mir eine zu kaufen, wurde ich kurz darauf von zwei stämmigen Polizisten aus dem Zug geschafft. Schlimmer konnte der Abend nicht mehr werden – dachte ich zumindest.

»Was soll das? Das können Sie doch nicht machen!«, schrie ich, als sie mich aus dem Waggon auf den eiskalten Bahnsteig zerrten.

»Ich weiß nicht, wie ich nach Hause kommen soll«, fügte ich den Tränen nahe hinzu.

»Sie gehen auch nicht nach Hause«, erwiderte einer von ihnen, holte sein Funkgerät heraus und verkündete: »Wir haben sie gefunden, wir bringen sie aufs Revier.«

»Wie bitte?«

»Sie sind verhaftet«, begann er.

»Verhaftet? Aber ...« Obwohl ich so aufgebracht war, hätte ich beinahe gelacht. »Sie können mich nicht verhaften, nur weil ich keine Fahrkarte habe!«

»Wir suchen nach Ihnen, seit Sie aus dem Tesco Express in der Crossland Road geflohen sind. Miss, es macht keinen guten Eindruck, von einem Tatort zu fliehen. Wir nehmen Sie mit aufs Revier, damit Sie uns genau erklären können, was heute Abend dort passiert ist.«

3

Eine Stunde später saß ich auf dem örtlichen Polizeirevier in einer Zelle und wartete darauf, von den Detectives befragt zu werden. Das Drama um die fehlende Fahrkarte hatte sich ausgeweitet, denn nachdem ich meinen Namen und meine Adresse genannt hatte, kristallisierte sich endgültig heraus, dass ich mittlerweile eine »gesuchte« Frau war.

Ich wurde beschuldigt, Dan angegriffen und ihn mit einer Weinflasche geschlagen zu haben.

»Ich habe ihn nicht geschlagen. So was würde ich nie tun«, antwortete ich.

»Aber Sie haben uns gegenüber angegeben, dass Sie sich an nichts erinnern können. Sie sagten, Sie hätten einen Blackout gehabt.«

»Stimmt, ich kann mich nicht an das erinnern, was passiert ist. Ich habe die beiden nur gesehen, und das Nächste, woran ich mich erinnere, ist, dass ich aus dem Supermarkt gerannt bin.«

»Woher wissen Sie dann, dass Sie ihn *nicht* mit der Flasche auf den Kopf geschlagen haben?«

»Weil ich die Flasche noch in der Hand hatte, als ich den Laden verließ.«

»Das ist nicht die Flasche, mit der Sie ihn geschlagen haben, die haben Sie aus Ihrer Tasche genommen.«

Dieses Gespräch dauerte bis in die frühen Morgenstunden, bis ich nicht mehr wusste, wer ich war oder mit welcher Weinflasche ich meinen Ex geschlagen haben sollte. Sie hielten mich zweifellos für schuldig und glaubten, meine Behauptung, ich könne mich an nichts erinnern, sei eine Lüge; dabei hatte ich tatsächlich einen Blackout gehabt, so etwas war bei mir schon häufiger vorgekommen. Ich versuchte, das zu erklären, aber in meiner Müdigkeit und Verwirrung – ganz zu schweigen vom Schock – brachte ich kaum einen Ton heraus und verstrickte mich in immer neue Widersprüche. Ich rechnete fest damit, wegen Körperverletzung angeklagt zu werden, so entschlossen schienen sie zu sein, aber nach vierundzwanzig Stunden in Polizeigewahrsam konnten sie mich nicht länger festhalten, also wurde ich mit dem Vermerk »Einleitung eines Ermittlungsverfahrens« entlassen, womit ich zu diesem Zeitpunkt wenig anfangen konnte. Ich wusste nur, dass ich aus diesem Höllenloch verschwinden konnte. Ich war keine Kriminelle, zumindest nicht in meinen Augen.

»Geht es Dan gut?«, fragte ich den Polizeibeamten, als ich meine Entlassungspapiere unterschrieb.

Er zuckte mit den Achseln. »Soweit ich weiß, wird er noch im Krankenhaus untersucht«, war alles, was er sagte, bevor er hinzufügte: »Sie können gehen, aber es wird weiter gegen Sie ermittelt.«

Verwirrt sah ich meine Verteidigerin an, die mir rasch erklärte, dass man mich nur gehen ließ, weil die Polizei noch nicht genug Beweise hatte, um mich weiter festzuhalten.

»Eine erneute Verhaftung könnte *unmittelbar* bevorstehen«, warnte sie.

Mir lief es kalt den Rücken herunter. »Die Sache ist also noch nicht vorbei?«

Sie schüttelte den Kopf. »Gegen Sie wird weiter ermittelt. Und zwar so lange, bis sie mehr Beweise finden.«

»Und *wenn* sie genug Beweise finden, was dann ...?« Ich konnte den Satz nicht zu Ende bringen.

»Wenn sie beweisen können, dass der Angriff mit der Absicht begangen wurde, eine schwere Körperverletzung oder Verwundung zu verursachen«, antwortete sie ernst, »dann liegt die Höchststrafe bei lebenslanger Haft.«

Ich spürte, wie der Boden unter mir bebte. »Aber das ist doch nur das Worst-Case-Szenario, oder?«, fragte ich und flehte die einzige Person, die in dieser Nacht auch nur ansatzweise auf meiner Seite zu stehen schien, um ein paar beruhigende Worte an.

Sie zuckte nur mit den Schultern.

Wie konnte jemandem wie mir so etwas passieren? Ich hatte zwar meine Probleme gehabt, aber noch nie eines, das mit der Polizei zu tun hatte.

»Wie wäre es, wenn ich Dan anrufe, mit ihm rede und ihm erkläre, dass das alles ein Missverständnis ist?«, schlug ich hoffnungsvoll vor.

»Nein«, erwiderte sie schroff. »Unter keinen Umständen dürfen Sie mit jemandem Kontakt aufnehmen, der mit dem Fall zu tun hat.«

Die nächsten Tage vergingen wie im Flug, unterbrochen von Heathers Genörgel, den Streitereien meiner beiden Nichten und meinen eigenen, immer noch sehr lebendigen Albträumen.

Nach ein paar Wochen konnte ich die Anspannung nicht mehr ertragen. Ich wusste, dass in jener Nacht etwas passiert war, und Heather hatte über den Freund eines Freundes erfahren, dass Dan noch im Krankenhaus lag. Aber ich hatte immer noch keine Ahnung, was genau geschehen war oder wie es ihm ging, denn ich durfte ihn nicht kontaktieren. In der Zwischenzeit bestand die Möglichkeit, dass die Polizei weitere Beweise finden könnte und ich verhaftet werden würde, obwohl ich keinerlei Erinnerungen an das hatte, was ich getan haben sollte. Jedes Mal, wenn mein Handy klingelte oder jemand an die Tür klopfte, setzte mein Herz einen Schlag aus, und Heather wurde blass. Der Stress war für uns beide unerträglich.

Also beschloss ich, ihr eine Pause zu gönnen, mein Leben selbst in die Hand zu nehmen und zu gehen. Doch als ich ihr von meinem Plan erzählte, war Heather entsetzt.

»Korfu? Du willst nach Korfu abhauen? Bist du wahnsinnig geworden? Du darfst nicht ins Ausland reisen, während gegen dich ermittelt wird«, zischte sie. »Die Sache ist noch nicht ausgestanden, Alice. Es ist illegal, zu fliehen, während du auf Kaution raus bist, und hat die Polizei nicht auch deinen Reisepass beschlagnahmt?« Heather war ein True-Crime-Junkie, sie las Bücher, schaute sich Sendungen an und hörte Podcasts. Und manchmal tat sie so, als ob sie in einem ihrer Fälle mitspielen würde.

»O mein Gott, Heather, hör auf! So spannend ich dein Drama auch finde, die Polizei hat *nichts* beschlagnahmt, und ich bin nicht ›auf Kaution raus‹. Bei mir spielt Fluchtgefahr keine Rolle, denn ich bin weder eine Mörderin noch eine Menschenhändlerin oder eine Gefahr für andere. Es war eine *Auseinandersetzung* in einem Supermarkt mit meinem Ex.«

»Eine Auseinandersetzung?«, fragte sie skeptisch und zog die Augenbrauen hoch.

»Ja, mehr war da nicht. Es war keine Körperverletzung, ich habe ihm keine Flasche über den Kopf gezogen.«

»Du *erinnerst* dich nicht daran, ihn mit der Flasche

geschlagen zu haben, aber du kannst auch nicht beschwören, dass du es nicht getan hast.«

»Du hörst dich an wie die Polizei. Ich dachte, du wärst auf meiner Seite?«

»Das bin ich auch, immer, aber ...«

»Sie haben keine Beweise, meine Anwältin sagt, dass die Bilder der Videoüberwachung nicht eindeutig sind sind.«

»Hast du schon mal davon gehört, dass man solche Bilder nachbearbeiten kann?«, erwiderte sie. »Ein Experte könnte die Pixel in Minutenschnelle korrigieren, wo wärst du dann?«

»Ich wäre unschuldig«, antwortete ich verunsichert.

»Hmmm. Ich bin nicht überzeugt. Sieh mal, Schatz, irgendwo gibt es immer jemanden, der irgendwas weiß«, zitierte sie einen abgedroschenen Spruch aus einem ihrer Lieblingskrimis. »Und wenn du es nicht warst, wer war es dann?«

»Jetzt klingst du wirklich wie die Polizei: Alles in trockenen Tüchern, ab ins Gefängnis mit ihr.«

»Weißt du, ich sage ja nicht, dass er es nicht verdient hat«, fügte sie hinzu. »Und was ist, wenn du weg bist und die Polizei schließlich zu dem Ergebnis kommt, dass sie dich für schuldig hält?«

»Schuldig weswegen? Wegen einer *Auseinandersetzung* in einem Mini-Supermarkt?«

»Du *weißt*, was ich meine. Diese ... diese *Frau* ist Anwältin, wie dir sicher nicht entgangen ist.« Heather konnte Dellas Namen nicht aussprechen, denn sie verabscheute sie noch mehr als ich, weil sie schwanger war.

»Ja, ich habe gehört, dass sie Anwältin ist, und sie wird bestimmt nichts unversucht lassen, damit er zu seinem Recht kommt. Das ist einfach mein Pech«, seufzte ich. Ich mochte Della auch nicht, aber den Großteil meines Abscheus sparte ich mir für Dan auf – Abscheu war eine Aktivität, für die man viel Energie brauchte, und damit musste ich sparsam umgehen.

»Ich *weiß*, warum du nach Korfu willst«, sagte sie und hielt plötzlich meinen Arm fest.

»Ich will jetzt nicht darüber reden.«

»Du machst einen Fehler. Ich habe dir schon mal gesagt, dass du mit diesem Irrsinn aufhören musst.«

»Ich bin nicht verrückt, ich muss dahin, du weißt, warum.«

»Ich kann das nicht zulassen. Du musst hierbleiben, dich mit der Polizei auseinandersetzen und vergessen, was in der Vergangenheit passiert ist oder vielleicht auch nicht passiert ist. Du musst damit aufhören.«

»Ich kann nicht aufhören. Wenn ich das jetzt nicht mache, lande ich vielleicht im Gefängnis und bekomme nie wieder die Gelegenheit dazu.«

»Du suchst nach einer Nadel im Heuhaufen, du wirst nur wieder krank werden«, sagte sie, und ihre Augen flehten mich an, auf sie zu hören.

»Ich habe wieder diese Albträume«, murmelte ich, und meine Augen füllten sich mit Tränen.

Sie musterte mich besorgt. »O nein, die gleichen wie früher?«

Ich nickte. »Ich habe Angst vor dem Einschlafen, Heather.«

Sie legte ihren Arm um mich. »Das ist alles nur meine Schuld.«

»Mach dir keine Vorwürfe, niemand ist schuld daran, wir hatten damals beide das Gefühl, dass es richtig war. Und jetzt muss ich hin und es mit eigenen Augen sehen. Wenn ich das nicht tue, werde ich niemals zur Ruhe kommen, Heather.«

Sie seufzte. »Du musst tun, was immer du tun musst – nehme ich an.«

»Ich bin schon seit Jahren emotional am Ende.«

»Ich weiß, Schatz«, sagte sie in einem dieser seltenen einfühlsamen Augenblicke, »und du musst deinem Herzen folgen.« In diesem Moment wusste ich wirklich, was ich an meiner Schwester hatte und wie viel sie mir bedeutete. Doch dann fügte sie hinzu: »Solange du es auf legalem Weg machst, deinen Namen nicht änderst und nicht mit einem falschen Pass unterwegs bist.«

Ich verdrehte die Augen. »Ich werde mich bemühen. Ich habe mich nach einem geheimen Unterschlupf in Südamerika umgesehen, um für die Drogenbarone zu arbeiten, denkst du, das wird funktionieren?«

»Du kannst gern deine Witze reißen, aber gegen dich wird immer noch ermittelt, und wenn irgendwas ans Licht kommt, stehst du plötzlich auf der Fahndungsliste, und Interpol ist dir auf den Fersen!«

Ich hätte beinahe gelacht. »Mir ist niemand ›auf den Fersen‹, ich lebe nicht in einem amerikanischen Krimi aus den Sechzigerjahren. Du siehst zu viel fern.«

»Wenigstens beschränke *ich* mich aufs Fernsehen und werde nicht wegen Körperverletzung verhaftet oder weil ich mich weigere, mir eine Fahrkarte zu kaufen. Und dein Mantel, hast du eigentlich mal gesehen, wie dein Mantel aussieht?«

»Das ist Rotwein.«

»Bist du sicher? Für mich sieht das nämlich nach Blutspritzern aus. Du musst den Mantel in die Reinigung bringen, bevor die Polizei ihn zur Beweissicherung mitnimmt.«

»Ja, danke, Miss Marple, ich bringe ihn in die Reinigung, okay? Ich werde einfach sagen: ›Könnten Sie bitte den Wein, der wie Blutspritzer aussieht, von diesem Mantel entfernen, ohne die Polizei zu verständigen?‹ Ich meine, das würde ja *niemanden* hellhörig werden lassen.«

»Sei nicht sarkastisch. Ich meine ja nur, wenn du das Land verlässt, während gegen dich ermittelt wird, wäre es vielleicht eine gute Idee, vorher einen blutverschmierten Mantel loszuwerden.«

»Wer ist jetzt sarkastisch?«

»Alice, mal davon abgesehen, dass er dich belasten könnte, möchte ich nicht, dass die Mädchen ihn sehen.«

»Okay«, sagte ich, denn ich wollte auch nicht, dass meine Nichten jemals etwas sahen, das sie an mir zweifeln ließ.

»Aber versprich mir, dass du den Mädchen erklärst, dass ich unschuldig bin, sobald ich weg bin. Sag ihnen, dass ich nur im Tesco Express in etwas hineingeraten bin. Das könnte jedem passieren – sogar dir.«

»Nein, *könnte* es nicht.« Sie hatte die Arme streng vor der Brust verschränkt. Ich sah die Sorge in ihrem Gesicht, und mir wurde bewusst, dass sie älter geworden war, seit ich vor einem Jahr nach unserer Trennung bei ihr eingezogen war.

Während dieser Zeit waren Olivia und Amy, Heathers Töchter, mein einziger Trost gewesen. Sie waren lustig und locker, typisch Teenager eben, ganz im Gegensatz zu meiner Schwester. Mit ihnen *Love Island* oder *Big Brother* zu schauen, war meine größte Freude, die einzige Zeit, in der ich alles um mich herum vergessen konnte, die einzige Zeit, in der ich mich wenigstens ansatzweise glücklich fühlte. Ich habe mich oft gefragt, ob es mit meiner eigenen Tochter auch so gewesen wäre.

Also buchte ich den Flug nach Korfu, einem Ort, an dem ich vielleicht Antworten auf die Fragen finden würde, die mich schon seit einiger Zeit verfolgten. Ich war verängstigt, verzweifelt und unglücklich, aber diese wunderschöne Insel im Ionischen Meer war die einzige Hoffnung, die ich noch hatte. Und das war es, was ich im Moment brauchte. Hoffnung.

In der Zwischenzeit hatte ich mit meiner Chefin gesprochen und ihr erklärt, dass mich die stressige Scheidung sehr mitgenommen habe und ich eine Pause bräuchte. Nachdem ich im vergangenen Jahr mit ihr mehrere schwierige, aber verständnisvolle »Gespräche« über meinen Alkoholkonsum geführt hatte, war mir klar, dass alles darüber hinaus dazu führen könnte, dass ich meinen Job verlor. Also erzählte ich ihr nichts von der Straftat, die mir vorgeworfen wurde, in der Hoffnung, dass ich wieder an meinen Arbeitsplatz zurückkehren könnte, sobald alles vorbei war. Sie hatte Verständnis für meine persönliche Notsituation und ermutigte mich, die Reise anzutreten, während ich die Taschentuchbox in ihrem Büro leerte, um meine Tränen zu trocknen. »Nimm dir so viel Zeit, wie du brauchst, Alice«, sagte sie mit Erleichterung in der Stimme. Früher war ich mal eine ihrer besten Mitarbeiterinnen gewesen, doch jetzt war ich zu einer Belastung geworden.

Mitten in einer strafrechtlichen Ermittlung das Land zu verlassen, war wahrscheinlich nicht die beste Idee, die ich je gehabt hatte. Ich wollte Heather und meine Nichten nicht zurücklassen, denn sie waren alles, was ich hatte. Aber eine unberechenbare Tante mit PTBS, einem Alkoholproblem und einer drohenden Verurteilung war das Letzte, was sie in ihrem Gästezimmer brauchten. Außerdem musste ich sie davor schützen, dass plötzlich die Polizei vor der Tür stand und sie zusehen mussten, wie ich in ein Polizeiauto verfrachtet wurde. Da ich nicht die Chance bekommen hatte, eine gute Mutter zu werden, konnte ich wenigstens versuchen, eine gute Tante zu sein. Also blieb mir nur die Möglichkeit, für eine Weile zu verschwinden.

4

Die Ankunft auf Korfu war aufregend und zugleich beängstigend und erinnerte mich augenblicklich an meinen ersten Besuch dort vor fünf Jahren, an meine Flitterwochen mit Dan. Diese glückliche Zeit war viel zu schnell vorbei gewesen, und obwohl ich Korfu ausgesucht und mich auf die Reise gefreut hatte, hatte sie mich nicht glücklich gemacht.

Später, als ich am Gepäckband auf meinen Koffer wartete, sah ich zu, wie eine Mutter ihr kleines Mädchen behutsam vom Band in Sicherheit brachte, und spürte den vertrauten Stich des Verlusts wegen des Lebens, das sich mir entzogen hatte. Ich schnappte mir meinen Koffer und ging zum Taxistand, verdrängte mein Bedauern und meine Traurigkeit und hoffte, dass ich hier auf Korfu einen Abschluss finden würde.

Die Anbieterin der Airbnb-Wohnung, die für die nächsten Wochen mein Zuhause sein würde, hatte mir einen unbefristeten Mietvertrag angeboten. Das bedeutete, dass ich so lange bleiben konnte, wie ich wollte. Sie wies mich darauf hin, dass das eine hohe Kaution und eine längere Kündigungsfrist bedeuten würde, doch das war es mir wert, denn ich war mir noch nicht darüber im Klaren, wie lange mein Aufenthalt dauern würde.

Martha, die Anbieterin, hatte mir per E-Mail versichert, dass ich dort sehr glücklich sein würde, und sobald ich die Unterkunft betrat, wusste ich, dass sie recht hatte.

Die Wohnung war wunderschön, und für einen kurzen Moment vergaß ich beinahe die Polizei zu Hause, doch dann wurde mir bewusst, dass dies vielleicht mein letzter Urlaub für eine lange Zeit war. Als ich aus meinen Schuhen schlüpfte, wurde ich sofort ruhiger. Der Steinboden war kühl unter meinen Füßen, als ich in meinem neuen Zimmer umherlief. *Mein* Zimmer. Ich durchquerte den weiß getünchten Raum und ging hinüber zu den Fensterläden, durch die waagerechte Sonnenstrahlen hereinblitzten, ein Vorgeschmack auf das, was mich dort draußen erwartete. Als ich die Fensterläden öffnete, flatterten die Stores zu beiden Seiten, und die Wärme strömte herein wie warmes Wasser. Beinahe hatte ich das Gefühl, dass meine Sorgen von mir abfielen und in die Luft hinausschwebten. Könnte dies der Ort sein, an dem ich endlich den ersehnten Seelenfrieden finden würde?

Ich trat auf die brütend heiße Veranda hinaus und stellte mir vor, wie ich abends mit einem Glas Wein dort sitzen und auf die Straße hinunterblicken würde. Korfu-Stadt sah aus wie ein Postkartenidyll: pastellfarbene Gebäude im venezianischen Stil, so zuckersüß, als wären sie zum Anbeißen. Das Ganze *wirkte* zwar wie eine Filmkulisse, aber jeder Zentimeter war bewohnt und genutzt; von den Klimaanlagen auf Fensterbänken, die nur um Haaresbreite davon entfernt waren, in die Tiefe zu stürzen, bis hin zu der sauberen Wäsche, die auf Wäscheleinen hoch über dem Boden trocknete, die Farben von der Sonne gebleicht.

Es war mitten am Vormittag, und es war viel los, aber nicht so viel wie zu Hause mit den Autoabgasen und den griesgrämigen Pendlern. Nein, hier war *griechisch* viel los, mit

Menschen, die an Straßenecken miteinander plauderten, und Kellnern, die Teller zu den Gästen trugen, die an wackeligen Tischen saßen, die man auf windschiefe Bürgersteige gestellt hatte.

Der Duft von Knoblauch und Kaffee lag in der Luft und erinnerte mich daran, dass ich seit meiner Abreise aus London nichts mehr gegessen hatte. Ich konnte die goldgelben Hühnerfleischstücke schon beinahe schmecken, die nur wenige Meter entfernt mit kühlem Tsatsiki serviert wurden. Aber das Wichtigste zuerst. Ich ging wieder hinein und trank den Rest der warmen Wasserflasche aus meinem Handgepäck aus.

Martha hatte eine Flasche leuchtend orangefarbenen Kumquat-Likörs mit einer Notiz auf dem Küchentisch hinterlassen. *Ich hoffe, du fühlst dich rundum wohl auf meiner Insel,* hatte sie geschrieben. Nachdem ich ausgepackt hatte, goss ich mir einen Schluck in ein Glas und setzte mich aufs Bett, um erst mal den Frieden und die Ruhe in meinem Refugium zu genießen, während sich draußen die Hektik und der Trubel fortsetzten. Das Leben ging weiter, rief ich mir ins Gedächtnis. Was immer auch geschieht, das Leben muss weitergehen.

Nachdem ich an dem zuckerhaltigen Likör genippt und meine Umgebung in Augenschein genommen hatte, konnte ich es kaum erwarten, einen Spaziergang zu machen. Wieder dachte ich an Dan und unsere Flitterwochen vor fünf Jahren zurück. Wir waren beide neununddreißig gewesen, und da wir schon etwas älter waren und bereits ein Jahr vor unserer Hochzeit versucht hatten, schwanger zu werden, begannen wir gleich nach den Flitterwochen mit einer Fruchtbarkeitsbehandlung. Wir freuten uns auf die Zukunft, und mein Kopf war voller weißer Spitze und wunderbarer Verheißungen, während wir lange Spaziergänge am Strand unternahmen, der ins Gold der prachtvollen Sonnenuntergänge getaucht war. An diesen Abenden schmiedeten wir so viele Pläne, und zum ersten Mal in meinem Leben dachte ich, ich hätte gefunden, wonach ich suchte, einen Neuanfang, doch im Nachhinein betrachtet waren es nur Optimismus und blinde Hoffnung, verpackt in schwächer werdenden Sonnenschein.

Es gab Schwangerschaften, himmelhoch jauchzende, ekstatische Hoffnungsschimmer auf ebendie Zukunft, von der ich geträumt hatte, doch keines meiner Babys überlebte die Reise. Der Schock zermürbte uns, und es stellte sich heraus, dass Dan nicht der Mann war, für den ich ihn gehalten hatte. Es begann mit einem wütenden Wort, einer hässlichen Bemerkung, dann wurde ich an die Wand gedrückt und bekam ab und zu einen Schlag zu spüren. Anschließend weinte er, bat mich auf den Knien um Verzeihung, und zuerst glaubte ich ihm, wenn er sagte, dass es nie wieder vorkommen würde. Aber es kam wieder vor, alle paar Wochen oder Monate, und in der Zwischenzeit redete ich mir ein, dass alles in Ordnung sei, schließlich passierte es nicht jeden Tag, und eine angedrohte Ohrfeige, bei der seine Hand beinahe mein Gesicht berührte, war doch noch keine Gewalt, oder? Ich hatte das Gefühl, dass es meine Schuld war, weil ich ihm nicht die Kinder geben konnte, die wir uns wünschten, weil ich nicht in der Lage war, eine Familie zu gründen und unser Leben richtig zu gestalten. Eine Zeit lang tat ich, was ich immer getan hatte, und passte mich ihm und seinem Verhalten an. Als ich meiner Therapeutin später erzählte, dass die Wut nachgelassen hatte und die körperliche Gewalt viel weniger geworden war, meinte sie, das liege daran, dass ich mich geändert hätte, nicht Dan. Ich hatte meine Gefühle verheimlicht, darauf geachtet, dass ich nichts sagte oder tat, was ihn verärgern könnte, und indem ich zu einer anderen Frau wurde, hatte ich dafür gesorgt, dass es weniger Auslöser gab. Heute weiß ich, dass das dumm, naiv und schwach war, aber während dieser Zeit wollte ich immer noch unbedingt ein Baby haben. Ich hatte jemanden geheiratet, der genauso verzweifelt war, ich war Ende dreißig, und die Zeit lief uns davon.

Ich spazierte weiter durch die Straßen von Korfu-Stadt, dachte über alles nach, was passiert war, bedauerte meine Ehe und wünschte mir nach wie vor, wir hätten das Baby bekommen. Noch immer war ich so durcheinander und kaputt wegen meiner Vergangenheit. Dan hatte ich als meinen Retter gesehen, ich hatte so viel Hoffnung in ihn und unsere Ehe gesetzt, dass ich ein Scheitern nicht zulassen konnte. Erst hier, an einem anderen Ort, vermochte ich endlich langsam loszulassen.

Ich musste aufhören, über die Vergangenheit nachzugrübeln, sie in eine Kiste stecken, den Deckel schließen und die Gegenwart akzeptieren. Also blieb ich stehen, um mir ein Eis an einem Kiosk auf dem Platz zu kaufen, und überquerte die Straße, um mich auf eine Bank mit Blick auf den Hafen zu setzen. Das war genau das, was ich jetzt brauchte, etwas Ruhe und Frieden in meinem Kopf. Die Vergangenheit hatte mich geprägt, sie war ein Teil von mir, ich konnte sie nicht auslöschen, also musste ich jetzt einen Weg finden, mit der Vergangenheit zu leben, ohne dass sie sich wiederholte.

Unter den Bäumen war es kühler, und ich ließ mich nieder, um mein Eis zu essen, während ich auf die verpixelten Plakate starrte, die an die Baumstämme genagelt worden waren. Anfangs konnte ich kaum etwas darauf erkennen, doch als ich aufstand, um genauer hinzuschauen, sah ich, dass es Gesichter waren, Gesichter von Frauen. Ich kannte sie nicht, aber ich hatte ihre Fotos schon Jahre zuvor im Fernsehen und in meinem Newsfeed gesehen, daher kamen sie mir merkwürdig vertraut vor. Tragischerweise waren alle diese Frauen in den letzten Jahren auf Korfu und anderen griechischen Inseln verschwunden. Natürlich kursierten überall im Netz Theorien, die meisten davon ziemlich grausam, aber es bestand auch die Möglichkeit, dass die Frauen einfach weitergezogen waren. Ich ging zwischen den Bäumen hindurch und entdeckte immer mehr Fotos, das Papier von der Sonne gebleicht. Jede Frau war nur noch ein Umriss, eine verblasste Erinnerung, ein Gesicht, das keinen Hinweis darauf lieferte, wer sie war oder was passiert war. Es gab mehrere Plakate an verschiedenen Bäumen, auf jedem war eine andere Frau zu sehen, und ich schaute mir jedes einzelne aufmerksam an.

Sonne und Regen hatten die Daten und Details längst verschwinden lassen, und man konnte nur noch die Umrisse eines weiblichen Gesichts und das Wort VERMISST erkennen.

Soweit ich mich erinnern konnte, hatte keine von ihnen enge Angehörige, sie waren alleinstehend und alle Ende dreißig oder vierzig. Heather und ich hatten viel darüber gesprochen, wir waren davon fasziniert und verschlangen jede Kleinigkeit, die wir finden konnten, aber es gab nur ein paar Krümel. Es schien so, als ob die Medien und die Öffentlichkeit sich nur dann für vermisste Frauen interessierten, wenn diese jung und schön waren. Sogar die Polizei schien aufgegeben zu haben und mutmaßte, dass eine von ihnen ertrunken war, während eine andere offenbar beim Wandern verloren gegangen war. Ein paar der Frauen waren Britinnen, aber ohne Berichterstattung und ohne Angehörige, die gelbe Schleifen um Bäume binden und Druck auf die Behörden ausüben konnten, gab es keinen Grund für die Suche. Heather und ich waren fasziniert und entsetzt, es war für uns beide zu einer persönlichen Suche geworden, und wie verrückte Hobbydetektivinnen durchforsteten wir die sozialen Netzwerke nach Hinweisen. Aber angesichts des Durchschnittsalters der Frauen wurde in den Medien nur sehr wenig darüber berichtet, sodass wir nur auf den Websites für vermisste Personen auf Neuigkeiten stoßen konnten.

»Die Polizei hat gemeint, sie könnten auf Reisen gegangen sein?«, hatte ich gesagt, wobei wie immer mein Optimismus aufflackerte. »Ich meine, sie hatten nichts und niemanden, waren frei und ungebunden, vielleicht ist es gar nicht so schlimm, und sie machen einfach nur Inselhopping?«

Doch Heather war viel zynischer als ich. »Ja, oder sie wurden ermordet oder gekidnappt, eben *weil* sie frei und ungebunden sind. Wenn du mal darüber nachdenkst, gibt es niemanden, der sie vermisst oder sie auch nur als vermisst meldet, und niemanden, der nach ihnen sucht.«

Bei ihren Worten lief es mir kalt den Rücken herunter. »Wenn sie verschwinden und sie niemand als vermisst meldet, könnte es noch viel mehr von ihnen geben.«

»Ja, aber bilde dir jetzt nicht alles Mögliche ein, Schatz, diese Frauen sind mittleren Alters, und nicht alle stammen aus Großbritannien.«

Wenn ich mir jetzt die verwitterten Plakate ansehe, die an den Bäumen hängen, verblassen die Erinnerungen wie diese Fotos, und wenn die Zeit vergeht und keine von ihnen gefunden wird, werden sie schließlich ganz verschwinden.

Ich war so in Gedanken, dass ich erst bemerkte, dass mein Eis geschmolzen war, als es mir kalt den Arm hinunterlief. Plötzlich verging mir der Appetit, und ich ließ es in den nächstbesten Mülleimer fallen. Ich blieb eine Weile stehen und hielt mir das Geheimnis der verschwundenen Frauen noch einmal vor Augen. Mindestens fünf waren in den letzten fünf Jahren verschwunden. Das war eine pro Jahr. Während ich darüber nachdachte, betrachtete ich gedankenverloren mein Eis, das sich im Mülleimer in eine süße rosa Flüssigkeit verwandelt hatte und gerade von einem Schwarm Wespen verzehrt wurde.

Ich setzte meinen Weg fort, konnte die Gesichter dieser Frauen aber einfach nicht vergessen. Ihr Lächeln verfolgte mich durch die Straßen. Ich nahm die schönen Gebäude, das bunt bemalte Mauerwerk und die venezianische Architektur kaum mehr wahr, sondern hörte nur die imaginären Schreie dieser Frauen. Meine Therapeutin hatte mir gesagt, dass ich mich in solchen Momenten ablenken müsse, um nicht wieder in meine Obsession zu verfallen. Als ich also zu einem kleinen Café mit freien Tischen kam, setzte ich mich in die Sonne und bestellte einen Weißwein. Der Service war zum Glück schnell, und meine Medizin wurde mir kalt serviert, mit salzigen, saftigen, grünen Queens-Oliven als Beilage, die so groß waren wie Dauerlutscher. Ich nippte an meinem Wein, kaute auf den Oliven herum und sagte mir: *Ich schaffe das, ich kann das Leben wieder genießen.* Ich musste mich nur an den einfachen Dingen erfreuen und versuchen, ein paar gute Menschen zu finden, mit denen ich meine Freude teilen konnte.

Mein Blick schweifte über die Schar von Gästen, die ihr Mittagessen genossen, und ich sah diesen attraktiven älteren Mann, der nur ein paar Tische weiter allein saß. Es ist schwer zu beschreiben, aber er hatte einfach etwas an sich. Er sah freundlich aus, was sich nicht besonders aufregend oder sexy anhört, aber nach meiner unfreundlichen Ehe fühlte ich mich von Freundlichkeit magisch angezogen. Ich war nicht auf der Suche nach einem Mann, ich war fertig mit Männern, von jetzt an war ich mir selbst genug. Aber trotzdem bemerkte ich, dass er mich jedes Mal ansah, wenn ich zufällig hinüberschaute. Verlegen wandte ich mich ab und beobachtete einen Tisch mit laut lachenden Frauen in der Nähe. Sie schienen sich prächtig zu amüsieren, frei von allen Sorgen, und ihr Lachen heiterte mich auf.

»Willst du mich verarschen? IST NICHT DEIN ERNST!«, rief die eine laut. Sie schien ungefähr so alt zu sein wie ich, die beiden anderen waren jünger. Ich lächelte in mich hinein, während ich sie beim Plaudern beobachtete. Genau das hätte ich jetzt auch gebraucht, eine Freundin, jemanden, mit dem ich tratschen und lachen konnte, der mir half, aus mir herauszukommen, und dafür sorgte, dass die Schreie verstummten.

Ich konnte nicht zu Mittag essen und wollte nicht zu viel Alkohol trinken, da das in der Regel kein gutes Ende nahm. Als ich mit meinem Weißwein fertig war, bestellte ich deshalb einen Kaffee. Beim ersten Schluck bemerkte ich, dass der attraktive Typ sich von seinem Tisch erhoben hatte, was schade war, weil ich es genossen hatte, ihn zu beobachten. Aber ein paar Minuten später ging er erneut an meinem Tisch vorbei, wahrscheinlich war er auf der Toilette gewesen. Doch auf seinem Weg stieß er versehentlich leicht gegen den Tisch, was ihn zum Wackeln brachte, sodass ein Teil meines Kaffees verschüttet wurde.

»Das tut mir ja so leid!«, rief er.

»Nichts passiert«, erwiderte ich, überrascht über seinen britischen Akzent.

»Ich bin wirklich ein Tollpatsch.«

»Nein, sind Sie nicht.« Ich wischte seine Entschuldigung mit einer Handbewegung beiseite und goss den verschütteten schwarzen Kaffee aus meiner Untertasse zurück in die Tasse.

»Ich *muss* Ihnen einen neuen bestellen.« Er sah sich nach der Bedienung um, um noch einen Kaffee zu ordern.

»Nein, wirklich, der ist doch schon wieder in der Tasse, alles gut.«

Er nahm seine Sonnenbrille ab, schaute mich direkt an und sagte aufrichtig: »Danke, das ist sehr nett von Ihnen.« Seine Augen waren stechend blau, und ich wollte am liebsten in ihnen ertrinken.

»Das ist doch nicht der Rede wert, die paar Tropfen Kaffee.«

Er berührte meine Schulter. »Ich bitte nochmals um Entschuldigung!«, wiederholte er und ging langsam zu seinem Tisch zurück. Ich sah zu, wie er sich setzte, und beobachtete ihn noch immer, als er sein Glas hob, um mir zuzuprosten. Das ließ mich erröten, und ich rief mich selbst zur Ordnung: ich war eine vierundvierzigjährige geschiedene Frau, die mit der Männerwelt fertig war.

Die Frau und ihre Freundinnen riefen jetzt einen Kellner, der weitere Getränke bringen sollte. Eine der Jüngeren hatte eine laute Stimme, und ich konnte hören, wie sie Cocktails bestellte, die zu ihrer unüberhörbaren Begeisterung auch bald in Schalen serviert wurden. Ich beobachtete hinter meiner Kaffeetasse hervor, wie die schaumigen hellrosa Köstlichkeiten schnell geleert wurden. Die Frau, die etwa in meinem Alter war, sah attraktiv und elegant aus, sie trug ein langes schwarzes Sommerkleid mit Neckholder. Ihr dichtes, glänzendes blondes Haar war zu einem kurzen Bob geschnitten, und neben ihren Füßen stand eine tomatenrote Hermes-Handtasche. Ich liebte Designer-Handtaschen und hatte mehrere Fälschungen zu Hause, ein Original hatte ich mir aber noch nie leisten können – und das hier war eine Vintage-Tasche, die wahrscheinlich sehr teuer war. Die beiden jüngeren Frauen waren ebenfalls schick angezogen, und als ich zusah, wie sie gemeinsam tranken und lachten, musste ich daran denken, dass ich noch nie eine solche Clique von Freundinnen gehabt hatte. Nach dem Tod unserer Eltern waren Heather und ich zusammengeblieben. Wir waren beide zu sehr damit beschäftigt gewesen, über die Runden zu kommen und auf unsere Sicherheit zu achten, als dass wir uns Freundschaften und ein soziales Leben gegönnt hätten. Wir hatten Spaß und gingen aus, aber bei mir waren es hauptsächlich Arbeitskolleginnen samt gelegentlichen Abenden mit dem Büroteam, keine echten Freundinnen, wie diese Frauen es zu sein schienen. Ich beneidete sie um ihre lockere Art, sich zu unterhalten, um ihr schallendes Gelächter und wünschte mir, ich hätte auch solche Freundinnen. Aber ich ahnte, dass meine Freundinnen mich angesichts der Schwierigkeiten, in denen ich steckte, vielleicht schon längst verleugnet hätten. Nur Heather und ich wussten von der Verhaftung. Ich hätte es nicht ertragen können, es noch einmal zu erzählen, und solange es keine Gerichtsverhandlung gab, brauchte auch niemand davon zu erfahren. Ich konnte mich immer noch nicht an die Details erinnern, ich wusste wirklich nicht, wie es passiert war, aber wenn ich Dan tatsächlich angegriffen hatte, dann hatte ich Angst davor, wozu ich fähig war. Ich musste wirklich vorsichtig sein, denn alles, woran ich mich bisher geklammert hatte, war mir in dieser Nacht wie eine Krücke weggetreten worden. Ich konnte mich nur noch daran erinnern, wie ich vor einem Tsunami aus Glasscherben, Rotwein und Blut geflohen war.

Ich zwang mich, das Grauen zu verdrängen, und erinnerte mich daran, dass ich jetzt an einem anderen Ort war und dass es hier die Möglichkeit einer Heilung gab. Also schaute ich mich um, nahm die Farben, das Klirren der Gläser und das leise Geplauder um mich herum wahr und versuchte, ein wenig Licht hineinzulassen. Aus dem Augenwinkel sah ich, dass der attraktive Mann seinen Drink geleert hatte und nun eine Handvoll Euromünzen auf den Tisch legte. Doch als er sich erhob, um zu gehen, entdeckte ihn eine der jüngeren Frauen in der Gruppe, die mit dem lauten Organ, und sie fing an zu winken und zu rufen. Zuerst schien er es nicht zu hören, oder vielleicht wollte er es auch nicht? Doch sie ließ es nicht zu, überhört zu werden, erhob sich von ihrem Platz und rief: »Nik, Nik!« Er drehte sich schnell um, und als er sie sah, erhellte ein Lächeln sein Gesicht.

»Ich wusste gar nicht, dass du hier bist. Hast du dich vor mir versteckt?« Ihr englischer Tonfall schien einen griechischen Akzent zu haben. Sie bahnte sich schnell einen Weg durch die Tische, und als sie ihn erreichte, stürzte sie sich in eine Umarmung, während er aufrecht dastand und den Aufprall abfing. Sie hielt sich an ihm fest, als hätte sie Angst, ihn loszulassen, und flüsterte ihm etwas ins Ohr, was ihm ein Kichern entlockte.

Während ich die beiden unauffällig aus sicherer Entfernung beobachtete, stellte ich fest, dass sie sehr schön war und etwa zwanzig Jahre jünger als er. Er musste von ihrer stürmischen Umarmung sehr beeindruckt sein, und wer könnte ihm das verübeln? Mein Herz pochte vor Enttäuschung. Nun ja, ich hatte inzwischen gelernt, dass bei Männern grundsätzlich immer bereits jüngere und schönere Frauen in den Startlöchern standen. Ich dachte wieder daran, wie mein Mann mich betrogen hatte, und daran, wie seine neue Partnerin mich angeschrien hatte, weil ich die Frechheit besessen hatte, ihn spätabends anzurufen. Aber ich hatte keine Ahnung gehabt, dass sie *da* war, dass sie überhaupt *existierte* – und schon gar keinen blassen Schimmer, dass er mit einer Frau zusammen war, die hochschwanger mit seinem Kind war. Würde ich jemals daran denken können, ohne dass es wehtat?

Ich ließ die hübsche junge Frau am Arm des attraktiven Mannes hinter mir, bezahlte meine Rechnung und ging. Ich versuchte, an etwas Schönes zu denken, doch hier und da sah ich ein verblasstes Plakat an einem Baum oder einem Laternenpfahl. Mir wurde ganz flau im Magen, denn irgendwo musste es doch jemanden geben, der *irgendwas* wusste.

5

Ein paar Tage später spazierte ich über den Marktplatz und stieß buchstäblich mit dem Mann aus dem Café zusammen.

»Ach, Sie sind es!«, sagte er und war ebenso überrascht über unsere Begegnung wie ich. »Ich bin der Typ, der Ihren Kaffee verschüttet hat.«

»Hallo, ja, ich erinnere mich an Sie.« Ich lächelte, und wir standen beide unbeholfen da.

»Machen Sie hier Urlaub?«

»Ja. Ich bleibe für ein paar Wochen«, erklärte ich.

»Schön. Korfu ist eine kleine Insel, hat aber eine ganze Menge zu bieten.«

»Und Sie?«

»Na ja, ich habe auch eine Menge zu bieten«, frotzelte er.

»Da bin ich mir sicher – aber ich wollte eigentlich wissen, warum Sie hier sind. Machen Sie auch Urlaub?«

»Schon klar, ich habe mir nur einen kleinen Scherz erlaubt. Nein, ich wohne hier.«

Mit seiner satten Bräune und seinem eleganten Hemd sah er *tatsächlich* wie ein Grieche aus. Ich fragte mich, ob ihm vielleicht eine der Jachten der Millionäre gehörte, die im Hafen in der Nähe der Altstadt vor Anker lagen? Ich konnte ihn mir gut am Steuer eines Bootes vorstellen, wie das weiße Hemd hinter ihm herwehte und die Gischt seine Haut nach Salz schmecken ließ. Ich erwischte mich dabei, dass ich ihn anstarrte, und er starrte zurück. Dann wandten wir beide verlegen den Blick ab.

»Sie wohnen also hier?«, murmelte ich und versuchte verzweifelt, das Gespräch wieder in Gang zu bringen, während ich meine Augen von ihm losriss. »Sie Glückspilz.«

»Ja, ich habe tatsächlich Glück. Ich besitze ein kleines Weingut in den Bergen. Sie sollten es sich ansehen, während Sie hier sind«, fügte er hinzu.

»Das würde ich gerne«, erwiderte ich, als er in die Tasche seiner Jeans griff und eine Visitenkarte hervorholte.

»Kouris Estates«, las ich von der Karte ab.

»Nik Kouris.« Er streckte mir die Hand entgegen, damit ich sie schütteln konnte. »Alice ...« Ich beschloss, ihm meinen Nachnamen nicht zu verraten. Ganz nach dem, was Heather mir so eindringlich eingeschärft hatte, als sie mich am Flughafen absetzte: »Du bist jetzt auf der Flucht, du kannst niemandem trauen.« Wie immer hatte sie recht. Schließlich könnten sich die Dinge zu Hause sehr schnell ändern und jemand könnte nach mir suchen.

»Es hat mich gefreut, dich kennenzulernen, Alice, und ich meine es ernst, du musst mich besuchen. Rufst du mich an?«, fragte er im Davongehen, mit einem Lächeln und noch etwas anderem auf seinem Gesicht.

Ich reagierte mit einem affigen Winken, merkte es aber sofort und ließ die Hand sinken. Er war umwerfend, und ich verhielt mich in Gegenwart von attraktiven, charmanten Männern stets albern – nicht, dass ich in meinem Leben allzu viele Exemplare getroffen hätte. Ich verstaute seine Karte sicher in meiner Handtasche und überlegte, ob ich ihn vielleicht anrufen sollte, während ich hier war. Doch dann verwarf ich die Idee wieder. Für wen hielt ich mich überhaupt? Ich war Männern gegenüber noch nie selbstbewusst gewesen und hatte mich immer gefragt, was sie in mir sahen. Wahrscheinlich war ich ein Geschenk für Dan, eine verletzliche Frau ohne Selbstvertrauen – Männer wie er liebten Frauen wie mich. Andererseits musste ich daran glauben, dass es da draußen gute Männer gab, denn wenn nicht, welche Hoffnung gab es dann noch?

Ich spazierte zurück zu meiner Wohnung und dachte an Nik Kouris' blaue Augen und sein reizendes, offenes Lächeln. Dann fiel mir die schöne junge Frau wieder ein, die ihn im Café umarmt hatte. Ich durfte mich nicht noch mehr zurückweisen oder verletzen lassen, und wenn meine Beobachtungsgabe mich nicht täuschte, hatte diese attraktive junge Dame zweifellos ein Auge auf ihn geworfen.

Nach meiner Rückkehr saß ich mit meinem Handy auf dem Balkon und hatte vor, mich über die Orte zu informieren, die ich hier besuchen wollte. Als Erstes googelte ich nach Kouris Estates und fand heraus, dass es sich um ein familiengeführtes Weingut mit eigener Kellerei auf dem Pantokrator-Berg handelte. Es sah wunderschön aus, aber ich hatte mir eigentlich mehr Informationen über Nik Kouris erhofft (und ja, auch ein schönes Foto von ihm). Auf der Website ging es eher um das Land und den Wein. Trotzdem konnte ich herausfinden, wo das Weingut ungefähr lag und dass man von Korfu-Stadt aus etwa eine Stunde mit dem Auto dorthin brauchte.

Der Gedanke gefiel mir, und ich überlegte, ob ich dort hinfahren sollte, während ich auf der Insel war. Ich hatte sowieso vor, ein Auto zu mieten, um Glyfada zu besuchen, eine wunderschöne Küstenstadt an der Westküste. Dan und ich waren schon in unseren Flitterwochen dort gewesen. Ich hatte behauptet, dass ich mir die spektakulären Sonnenuntergänge ansehen wolle, doch das war nicht der eigentliche Grund. Ich hätte es ihm sagen sollen, aber irgendetwas hielt mich davon ab.

Ich hatte Angst, dass er mich verlassen würde, wenn er es herausfand, und dass unsere Ehe vorbei wäre, noch bevor sie richtig begonnen hatte.

Im Internet fand ich viele Reiseinformationen über Glyfada und buchte einen Mietwagen, um im Laufe der Woche zu der Stadt zu fahren. Ich war beunruhigt, als ich erfuhr, dass mindestens eine der vermissten Frauen dort gewohnt hatte, als sie verschwand, aber es gab dazu nur wenige Angaben. Ich suchte nach weiteren Informationen über die Frauen, aber soweit ich sehen konnte, gab es im Moment keine aktiven Ermittlungen. Nach intensiver Suche und zahlreichen Notizen fand ich heraus, dass es insgesamt neun vermisste Frauen waren. Sie stammten aus verschiedenen Ländern – Niederländerinnen, Amerikanerinnen, Deutsche, Britinnen und Irinnen –, aber auf den Fotos waren sie alle in einem ähnlichen Alter. Was das Aussehen anging, so sah keine von ihnen den anderen ähnlich, alle schienen jedoch aus ähnlichen sozioökonomischen Verhältnissen zu kommen.

Ich checkte die sozialen Medien, und obwohl die Angaben dürftig waren, fand ich heraus, dass eine von ihnen ein Elternteil verloren hatte, eine andere sich kürzlich von einem Millionär hatte scheiden lassen und eine weitere ihren Job vorzeitig aufgegeben hatte. Durch meinen Beruf wusste ich, dass jedes dieser Lebensereignisse auf einen Zuwachs an persönlichem Reichtum in Form einer Erbschaft, einer Scheidungsvereinbarung oder einer vorzeitigen Rentenauszahlung hindeuten konnte. Soweit ich das beurteilen konnte, schienen sie nach Griechenland gekommen zu sein, um ein neues Leben zu beginnen, und waren dann einfach von der Bildfläche verschwunden.

Ich stieß auf einen Zeitungsartikel, in dem ein Sprecher der griechischen Polizei sagte, dass sie die Insel durchkämmt und Höhlen, Strände und Berge überprüft hätten. Doch er betonte: »Korfu ist zwar klein, aber auf der Insel gibt es zahlreiche

Verstecke, unter anderem das Meer.« Er schloss Mord und sogar Menschenhandel nicht aus: »Die Frauen könnten in ein anderes Land gebracht und verkauft worden sein«, fügte er hinzu; eine Vermutung, bei der es mir eiskalt den Rücken herunterlief.

Entsetzt, aber auch fasziniert scrollte ich weiter, und später, als sich die rosa Dämmerung über die Stadt legte und der Hunger mir sagte, dass es Zeit fürs Abendessen war, saß ich im rosa Licht und saugte auf, was von der Wärme des Tages noch übrig war. Nur der Durst zwang mich, aufzustehen, um mir ein Glas Wasser zu holen, doch als ich in die Wohnung hineinlief, war es auf einmal sehr dunkel. Ich musste mich vorsichtig bewegen, bis sich meine Augen an das schummrige Licht gewöhnt hatten. Während ich mir Wasser aus einem Krug im Kühlschrank einschenkte, glaubte ich plötzlich, in der Zimmerecke eine Bewegung wahrzunehmen. Mein ganzer Körper kribbelte, und ich hörte mit dem Einschenken auf, starrte in die entfernte Ecke und wartete darauf, dass sich dort etwas bewegte oder auch nicht. Ich wusste, dass es wahrscheinlich nur meine Fantasie war, beflügelt von all den beunruhigenden Theorien, die ich gelesen hatte. Das war mein Signal, dass es Zeit wurde, eine Pause zu machen, und anstatt mit meinen beängstigenden Gedanken allein zu bleiben, beschloss ich, zum Abendessen auszugehen. Doch bevor ich mein Handy weglegte, öffnete ich meinen Instagram-Feed und scrollte durch die Bilder. Alte Freunde, neue Freunde, Nicht-Freunde – alle posteten ihre besonderen Erlebnisse, ihre Abendessen, ihre Partynächte. Alle schienen eine tolle Zeit zu haben, nur ich nicht, und wie immer, wenn ich an mein gescheitertes Leben erinnert wurde, überkam mich ein flaues Gefühl im Magen.

Und gerade als ich dachte, dass es nicht schlimmer werden könne, kehrte ich dorthin zurück. Zu Dellas Instagram-Account. Und als ich auf ihre Seite klickte, schnappte ich nach Luft. Eine Nahaufnahme der ungeschminkten Della, der die

Haare auf ihrer schweißnassen Stirn kleben. Sie hält ihr wunderschönes, gerade geborenes Töchterchen im Arm. Ich hatte das Gefühl, mich selbst zu sehen, ein Spiegelbild von Mutter und Baby, ein verpixeltes Quadrat von dem, was hätte sein können und wofür es jetzt für mich zu spät war.

6

Ich hatte gewusst, dass die Geburt von Dans und Dellas Baby unmittelbar bevorstand, als ich sie an jenem Abend gesehen hatte. Ich dachte, ich wäre darauf vorbereitet und dass die Entfernung von Hunderten von Meilen genau das richtige Mittel gegen den Schmerz sein würde. Aber es hätte so viel mehr gebraucht als diese Entfernung, um den Schmerz zu lindern, den ich empfand, als ich die neue Partnerin meines Mannes mit ihrem wunderschönen kleinen Mädchen im Arm sah.

Dann riss ich mich endlich zusammen, und als ich mich auf den Weg in die Nacht hinaus machte, versuchte ich, nicht mehr an Dellas gerötetes, glückliches Gesicht und die süße kleine Nase des Babys zu denken.

Sobald ich einen Tisch in einem kleinen Restaurant auf dem Platz gefunden hatte, rief ich Heather an. Sie war fasziniert von dem, was ich über die vermissten Frauen herausgefunden hatte, allerdings auch ein bisschen beunruhigt.

»Lass dich davon nicht verrückt machen«, sagte sie. »Pass auf, mit wem du redest, geh nicht mit Fremden aus und bitte,

bitte bleib mit mir in Verbindung«, fügte sie hinzu, als wäre ich zehn Jahre alt.

»Mir geht es gut, niemand wird mich entführen«, versicherte ich ihr.

»Aber du passt in das Profil: eine allein reisende Frau mittleren Alters«, begann sie. »Ich wünschte, du würdest einfach nach Hause kommen. Ich habe Angst, Alice.«

»Ich *will* nicht nach Hause kommen. Das könnte ich nicht ertragen. Della hat das Baby bekommen.«

Schweigen.

»Ach, Schatz. Tut mir leid, dass muss schwer für dich sein. Woher weißt du davon?«

»Ich habe die Fotos auf ihrem Instagram-Account gesehen. Es war schlimm genug, die Ultraschallbilder anzuschauen, alles über jeden kleinen Tritt und jeden leisen Rülpser des Embryos zu lesen. Aber jetzt womöglich das echte Baby vor Augen zu haben ...« Mir kamen schon wieder die Tränen.

»Warum hast du überhaupt nachgeschaut? Warum tust du dir das an? Du solltest dir ihren Instagram-Account nicht ansehen, Alice.«

»Es *ging* nicht anders. Dan postet nichts mehr. Wenn ich wissen will, was los ist, muss ich nachschauen, was Della schreibt.«

»Aber du *musst* nicht wissen, was los ist. Das ist ihr Leben, du hast damit nichts mehr zu tun.«

»Das weiß ich selbst, daran musst du mich nicht erinnern. Es gibt *niemanden*, mit dessen Leben ich was zu tun habe«, heulte ich. »Ich wollte sie doch nur sehen, das Baby.«

Eine Zeit lang sagte keine von uns beiden ein Wort, dann fragte sie: »Ist es, weil du wissen wolltest, ob ihr Baby so aussieht, wie deines vielleicht ausgesehen hätte?«

»Nein«, log ich und wischte mir mit dem Handrücken über die Augen. Ich sagte ihr, dass meine Pizza fertig sei, und legte schnell auf. Ich wusste, wenn ich litt, dann litt Heather ebenfalls, und ich wollte nicht, dass sie merkte, wie sehr mich das Ganze mitgenommen hatte.

Ich dachte an die frühen Ultraschallbilder von Babys, die Dan und ich liebevoll angeschaut hatten, wir hatten uns ausgemalt, wie er oder sie aussehen würde und zu was für Menschen sie heranwachsen würden. Es schmerzte, dass drei meiner Babys nie geboren worden waren, dennoch missgönnte ich Della ihr Baby nicht. Ich wünschte nur, ich wäre an ihrer Stelle gewesen. Ich hatte nach Fotos von ihren Ultraschallbildern *gesucht*, den ersten Blick auf ihr Baby erhaschen wollen, das an ihrer Brust lag. Ich wollte mich daran erinnern, wie es war, einen Menschen zu lieben, den man noch gar nicht kannte.

Ich fühlte mich dumm, leer und einsam. Ich fragte mich, ob Heather doch recht hatte und ich einfach den nächsten Flug nach Hause nehmen sollte. Was zum Teufel wollte ich eigentlich hier, und wonach suchte ich?

Ich rührte meine Pizza kaum an, blieb aber am Tisch sitzen und bestellte noch einen Drink, während ich weiter auf meinem Handy googelte. Ich musste mich von Dans und Dellas Baby ablenken, also stürzte ich mich wieder einmal wie besessen auf die vermissten Frauen. Ich fühlte mich so einsam, und mich damit zu beschäftigen, lenkte mich sowohl von meinem Schmerz als auch von meiner Einsamkeit ab. Schon bald war ich so vertieft in meine Recherche, dass ich die blonde Frau von vor ein paar Tagen, die in der Tür des Restaurants stand, zunächst gar nicht bemerkte. Sie war in Begleitung der attraktiven, jüngeren Frau mit dunklem Haar gekommen, die beiden schienen darauf zu warten, dass ein Tisch frei wurde. Da ich fertig war, winkte ich den Kellner heran.

»Ich werde jetzt gehen, bitte teilen Sie den beiden Frauen mit, dass sie meinen Tisch haben können«, sagte ich und bat um die Rechnung. Er nickte, und noch bevor er mit der Rechnung zurückkam, schickte er die beiden rüber an meinen Tisch.

»Das ist sehr nett, vielen Dank«, sagte die Ältere. »Wir

dachten schon, wir müssten mindestens eine Stunde auf einen Tisch warten.«

»Wir *hätten* auch woanders hingehen können«, erklärte die jüngere Frau undankbar, ohne mich oder die Tatsache, dass ich ihnen meinen Tisch überlassen hatte, in irgendeiner Weise zu würdigen.

»Bitte gehen Sie nicht, wir setzen uns auch gerne dazu«, schlug die Ältere jetzt freundlich vor, anscheinend ein verzweifelter Versuch, die Unhöflichkeit ihrer Freundin durch ihre eigenen guten Manieren wettzumachen.

»Vielen Dank, aber ich muss wirklich los«, log ich. Ich musste nirgendwohin, niemand wartete auf mich, fragte sich, wo ich steckte, oder vermisste mich. Ich wurde nicht gebraucht – genauso wie die vermissten Frauen.

»Aber Sie hatten noch gar keinen Nachtisch und keinen Kaffee. Sie können nicht einfach gehen.« Die Frau sah sich nach einem der Kellner um, und als einer auftauchte, sagte sie: »Könnten Sie uns bitte eine Flasche Sauvignon und *drei* Gläser bringen?« Dann drehte sie sich zu mir um und fragte: »Sie trinken doch Weißwein, stimmt's?«

Ich nickte und dachte: Warum nicht? Schon der Gedanke, in meine Wohnung zurückzukehren, über mein Handy gebeugt dazusitzen und mir vermisste Frauen oder Dans neues Baby anzusehen, widersprach meiner Vorstellung von einem gelungenen Abend daheim.

»Ich bin übrigens Sylvie.« Sie setzte sich mit einem Lächeln. »Und das ist Angelina, wir arbeiten zusammen.« Angelina lächelte auch, obwohl sie offensichtlich kein Interesse daran hatte, mich kennenzulernen. Aber wenn man so umwerfend aussah wie sie, mit ihren langen, dichten schwarzen Haaren und den faszinierenden Wimpern – dann konnte man sich aussuchen, zu wem man nett war. Ich war nicht verärgert, sondern lediglich überrascht über den Unterschied zwischen ihrem Verhalten neulich gegenüber Nik Kouris und ihrem mürrischen, desinteressierten Auftreten jetzt. Doch Sylvie machte die fehlende Gesprächigkeit ihrer Freundin wieder wett, und schon bald unterhielten wir beide uns bei einem Glas Weißwein.

»Wir haben gerade eine Hochzeit hinter uns und sind auf einen kleinen Absacker hergekommen«, sagte Sylvie und erklärte, dass sie Inhaberin einer Eventagentur war. »Deshalb waren wir so dankbar, als du uns diesen Tisch überlassen hast, denn wir waren den ganzen Tag auf den Beinen, stimmt's?« Sie drehte sich zu Angelina um, die nickte und einen Schluck von ihrem Wein nahm.

»Geht es dir gut, Angelina?«, fragte Sylvie.

Sie zuckte die Achseln. »Ich bin müde, ich möchte jetzt heimgehen.«

»Ich weiß, ich bin auch müde, Schatz, aber es ist doch schön, hier mit Alice einen kleinen Schlummertrunk zu nehmen«, erwiderte Sylvie und holte einen Verdampfer aus ihrer schönen Hermes-Handtasche. »Du hast doch nichts dagegen, wenn ich dampfe, oder?«, fragte sie.

»Überhaupt nicht«, antwortete ich, und plötzlich lag der Duft von Zitrusfrüchten in der Luft.

»Und was ist mit *dir*?«, wollte Sylvie wissen. »Was führt dich nach Korfu?«

Eine zerbrochene Weinflasche blitzte in meinem Kopf auf, und mir wurde flau im Magen.

»Ich brauchte mal eine Pause, und ich liebe Korfu«, erwiderte ich.

Sie lächelte erwartungsvoll und wartete gespannt, dass ich noch mehr erzählte, aber ich hatte nicht vor, mich einer Fremden anzuvertrauen, wie freundlich sie auch sein mochte.

»Ich bin frisch geschieden. Es war eine ziemlich schwierige Trennung.« Ich hielt inne. Sie hörte immer noch zu und nickte.

»Ich verstehe«, versicherte sie warmherzig. Ich war immer noch nicht über die Baby-News hinweg und fühlte mich sehr einsam, deshalb schätzte ich ihre Freundlichkeit und ihre lockere Art.

»Was machst du beruflich?«, wollte sie wissen.

»Ich arbeite in der Kundenbetreuung eines Internetunternehmens«, antwortete ich.

»Oh, wie aufregend.«

»Nicht wirklich, normalerweise schlafen wir bei der Kundenbetreuung während der Arbeit ein«, scherzte ich.

»Ach übrigens, *ich* schlafe auch gleich ein«, meldete sich Angelina plötzlich zu Wort.

Ich war entsetzt über ihre schlechten Umgangsformen und hörte sofort auf zu reden.

»*Angelina*«, fuhr Sylvie sie an.

»Tut mir leid, ich wollte nur sagen, es war ein anstrengender Tag, war nicht so gemeint ...«

»Schon okay«, sagte ich. Aber es war nicht okay, es hatte mich verletzt, und trotz ihrer schwammigen Entschuldigung hatte ich das Gefühl, dass sie es genau *so* gemeint hatte.

»Hör mal, warum nimmst du dir nicht ein Taxi und fährst nach Hause? Die Fahrtkosten kannst du über die Firma abrechnen«, schlug Sylvie vor und verdrehte unauffällig die Augen.

»Danke«, erwiderte Angelina strahlend, erhob sich sofort und ließ ihr Glas Wein stehen, weil sie unbedingt gehen wollte. »Hat mich gefreut, dich kennenzulernen, Alice«, warf sie mir noch über die Schulter zu. Nachdem sie Sylvie flüchtig umarmt hatte, war sie verschwunden.

»Tut mir leid«, sagte Sylvie. »Angelina ist ein nettes Mädchen, aber manchmal hat sie so eine Art an sich.« Sie machte ein zerknirschtes Gesicht.

»Sie war müde und wollte nicht zuhören, wie *ich* mich über meinen langweiligen Job auslasse«, sagte ich und versuchte, fair zu bleiben.

»Nein, sie war unhöflich«, widersprach sie. »Normalerweise ist sie nicht so, und ich will sie nicht in Schutz nehmen, aber ich bin ihr gegenüber etwas nachsichtig. Sie hatte eine schwierige Kindheit mit Vernachlässigung und Missbrauch«, erwähnte sie beiläufig. »Ich glaube, manchmal wird sie einfach wütend und unruhig, sie sieht sich das Leben anderer Leute an und ist neidisch auf das, was sie haben. Was nur verständlich ist, denn sie hat kein Geld, keine Qualifikationen und keine Unterstützung, verstehst du?«

»Das ist traurig«, sagte ich.

»Ja, und als sie auf der Suche nach einem Job war, habe ich sie einfach aufgenommen, ihr Arbeit gegeben und zu helfen versucht.«

»Das ist nett von dir.«

»Nicht wirklich, ich hoffe einfach, dass ich ihr helfen kann«, fügte sie hinzu und kreuzte zwei Finger.

Plötzlich tat mir die jüngere Frau leid, und ich schämte mich ein bisschen dafür, dass ich sie als unhöflich abgestempelt hatte. »Wir alle haben unsere Gründe, warum wir so sind, wie wir sind«, sagte ich und dachte an mein eigenes Leben und wie es mich geprägt hatte.

»Sie hat erst vor ein paar Monaten bei mir angefangen.« Sylvie beugte sich vor. »Sie ist noch in der Probezeit und macht manchmal einfach blau, was natürlich nicht gut ist. Um ehrlich zu sein, behalte ich sie nur aus Mitleid«, fügte sie leise hinzu.

Ihre Kindheit erklärte in gewisser Weise ihre Schroffheit und ihr ruppiges Auftreten, sie hatte wahrscheinlich eine Menge Wut in sich aufgestaut. Ich erinnerte mich daran, wie sie Nik Kouris ein paar Tage zuvor durch das Restaurant gejagt hatte, und das ergab jetzt einen gewissen Sinn. Vielleicht suchte sie wie ein Kind seine Aufmerksamkeit, seine Anerkennung? Als ich darüber nachdachte, fühlte ich mit ihr mit.

»Armes Mädchen«, murmelte ich und dachte an meine eigene Kindheit und wie glücklich und geborgen sie gewesen war. Obwohl wir Mutter und Vater verloren hatten, als wir noch sehr jung waren, waren Heather und ich immer füreinander da gewesen. Die arme Angelina hatte wahrscheinlich niemanden.

Sylvie schenkte uns beiden ein zweites Glas Wein ein und erkundigte sich nach meiner Ehe. Und ich ertappte mich dabei, wie ich ihr alles über Dan erzählte. Ich erzählte ihr von der regnerischen Nacht, dem kleinen Supermarkt und der zerbrochenen Weinflasche und hatte das Gefühl, über eine andere Person in einem anderen Leben zu sprechen. Obwohl ich gerade erst ein paar warme, ruhige Tage auf dieser schönen Insel verbracht hatte, waren die dunkle Nacht, der kalte Regen und der Schock über Dellas gewölbten Bauch für mich schon in weite Ferne gerückt.

Ich erzählte Sylvie nichts von der Anklage wegen Körperverletzung, sondern nur, dass ich eine Flasche Wein fallen gelassen hatte, als ich Dan und Della sah. Dann erzählte ich ihr von dem Foto, das ich nur wenige Stunden zuvor von der perfekten kleinen Tochter der beiden gesehen hatte, und sie hörte mir aufmerksam zu, während sich meine Augen mit Tränen füllten.

»Ach, Süße, ich kann dich verstehen, wirklich. Ich habe etwas Ähnliches erlebt wie du, denn ich habe meinen Mann mit meiner besten Freundin erwischt. Sie waren in *unserem* Bett.« Der Schmerz in ihrem Gesicht verriet mir, dass das erst kürzlich passiert war. »Eine andere Art von Trauma, aber trotzdem ein schrecklicher Verrat«, sagte sie und schüttelte den Kopf. Obwohl ich immer noch aufgewühlt war, fühlte ich mich durch den Drink und das Gespräch angenehm benebelt, und wir bestellten noch mehr Wein. Ich hatte Heather versprochen, nicht zu viel zu trinken, während ich weg war, aber zum ersten Mal seit langer Zeit fühlte ich mich gut. Sylvie war lustig und nett, und ich genoss ihre Gesellschaft und den Wein so sehr, dass ich mich ein wenig entspannte.

Bevor wir das Restaurant verließen, schlug Sylvie vor, bald wieder zusammen was trinken zu gehen, und wir tauschten unsere Nummern aus. Als ich an diesem Abend durch die warmen, mondbeschienenen Straßen nach Hause ging, war ich so glücklich wie schon lange nicht mehr. Ich hatte das Gespräch mit Sylvie genossen und nun das Gefühl, dass wir Freundinnen werden könnten, spürte allerdings noch sehr deutlich, dass Angelina mich nicht mochte. Unabhängig von ihrem jugendlichen Alter und ihrer Vergangenheit beruhte diese Abneigung auf Gegenseitigkeit. Ich konnte es nicht genau benennen, aber sie hatte irgendetwas an sich, das mich wirklich beunruhigte.

7

»Zwei Cosmopolitans, bitte«, sagte Sylvie und klang dabei leicht angesäuselt.

Es war unser dritter Abend in Folge, und wir saßen auf Hockern in einer Bar mitten in der Stadt. Sie sah umwerfend aus in ihrem smaragdgrünen Seidenkleid und während ich das Kleid bewunderte, bedauerte ich meinen eigenen Mangel an Stil.

»Du siehst immer so atemberaubend aus«, schwärmte ich, »für dieses Kleid könnte ich töten!« Nach ein paar Cosmopolitans war ich schon ziemlich angeheitert, und nachdem wir zwei weitere bestellt hatten, um unsere rasch wachsende Freundschaft zu besiegeln, erzählte ich Sylvie von meinen Erlebnissen bei der künstlichen Befruchtung.

Ihr Gesicht war vom Schmerz gezeichnet, als ich von den Hochs erzählte und den verheerenden Tiefs, die darauf folgten. Das Wiedererleben des Traumas trieb mir frische Tränen in die Augen und machte mir klar, wie nahe unter der Oberfläche das Thema für mich immer noch war.

»Oh, Alice!«, rief sie. »Jetzt verstehe ich, wie schmerzhaft es für dich gewesen sein muss, von seinem Baby zu erfahren – mit ihr!« Mir wurde ganz warm ums Herz, weil sie so loyal war und genau verstand, was ich durchgemacht hatte. Dann fragte ich mich, ob ich ihr eines Tages vielleicht *die ganze Geschichte* erzählen könnte.

»Ich kann mir das gar nicht vorstellen«, sagte sie und zögerte dann. »Na ja, eigentlich schon. Ich konnte auch keine Kinder bekommen.«

»Ach, Sylvie, das tut mir so leid.«

Sie nickte langsam und machte sich an einem imaginären Fleck auf ihrem nackten Knie zu schaffen. »Eine Fehlgeburt, dann jahrelanges Warten und Hoffen, ohne Ergebnis, und immer noch vergeht kein Tag und keine Stunde, ohne dass ich daran denken muss.«

Während sie von ihren eigenen Erlebnissen erzählte, klangen ihre Worte nach, als ob sie meine Geschichte erzählen würde. Ihre Traurigkeit legte sich wie eine Decke über mich, und ich spürte ein Gefühl der Erleichterung – hier war jemand, der mich *wirklich* verstand, der meinen Schmerz nicht abtat, indem er mir vorschlug, mich auf meine Karriere zu konzentrieren. Sie würde mir nicht sagen, was für ein »Glück« ich doch hätte, dass ich meine Freizeit, meinen Schlaf, meine Karriere und meine sogenannte *Me*-Time hätte, wie meine Schwester und meine Freundinnen mit Kindern es immer getan hatten.

»Heather, meine Schwester ... sie hat keine Ahnung. Sie hat zwei wunderbare Töchter, wie sollte sie das *jemals* verstehen?«, klagte ich und fühlte mich ein wenig illoyal, weil ich jemanden, den ich liebte, gegenüber jemandem kritisierte, den ich kaum kannte. »Aber sie meint es gut«, fügte ich hinzu, um mein eigenes Gewissen zu beruhigen.

»Schwestern? Sie meinen es *immer* gut, mit ihren Meinungen, ihrem Urteil und ihren Ratschlägen, wie man sein Leben führen soll. Ich habe gleich *zwei* von der Sorte«, sagte sie, und ihr Kiefer wurde hart. »Du solltest dich glücklich schätzen,

Sylvie. Du hast viel Geld und ein erfolgreiches Unternehmen‹«, knurrte sie leise, als die Erinnerung sie übermannte.

»Wow! Das klingt genau wie bei meiner Schwester«, antwortete ich und nickte begeistert mit dem Kopf. »Sie glaubt offenbar, dass die Freiheit, lange auszugehen oder ein Wellness-Wochenende zu verbringen, eine angemessene Entschädigung für ein Baby ist. Aber es gibt keine Alternative zu einem Kind, vor allem nicht, wenn es das ist, was du dir immer gewünscht hast.« Ich spürte, wie mir die Tränen kamen, doch ich wischte sie heimlich weg, weil ich Angst hatte, Sylvie könnte mich für verrückt halten. Sie kannte nicht meine ganze Geschichte, nur einige Momentaufnahmen. Einiges davon war zu persönlich, um es ans Tageslicht zu zerren und zu teilen.

»Ja, oder?« Sie nickte. »Und das ist es, was Freundinnen und Schwestern mit Kindern einfach nicht in ihre Dickschädel bekommen.«

»Dickschädel«, wiederholte ich und merkte, dass die Cosmopolitans mich zu übermütigen Antworten veranlassten. »Gott, Sylvie, entschuldige, wenn ich zu viel rede, ich kenne dich doch erst seit ein paar Tagen«, sagte ich und leerte mein Glas.

»Ich habe auch das Gefühl, dass ich dir *alles* erzählen könnte. Ich wusste sofort, dass du auf meiner Wellenlänge bist, als wir uns trafen. Dass wir Freundinnen fürs Leben werden, war mir klar, als du mir erzählt hast, wie du deinen Mann angeschrien und im Tesco Express mit Weinflaschen um dich geworfen hast«, lachte sie. Dann musterte sie mich besorgt. »Tut mir leid, war das jetzt taktlos?«

»Nein, überhaupt nicht. Ich würde auch lieber darüber lachen.« Ich war erst ein paar Tage hier, und obwohl ich noch nichts davon verarbeitet hatte, spürte ich, dass ich einen kleinen Schritt in die richtige Richtung gemacht hatte.

»Es ist gesünder, darüber zu lachen, wenn man es kann«, nickte sie und tupfte sich mit einer Cocktailserviette den Mund ab. »Meine Ehe hielt nur ein paar Jahre, und als die Kinder ausblieben, wurde ich ängstlich und depressiv. Dann kam ich eines Tages früher von der Arbeit nach Hause und fand ihn mit Anna, meiner besten Freundin, in unserem Bett. Ich war so am Boden zerstört, dass ich ging und nie mehr zurückkehrte. Manchmal frage ich mich, ob er mich jemals geliebt hat«, fügte sie traurig hinzu, und ihre Augen wurden feucht.

»Das tut mir so leid, Sylvie.« Mir fiel nichts mehr ein, was ich sagen konnte, und sie brauchte offensichtlich einen Augenblick Zeit.

»Ist schon okay. Aber ich stand wirklich vor dem Nichts; ohne Mann, ohne Geld, ohne Zuhause und ohne Selbstwertgefühl.«

Ich seufzte. »Du hast wirklich gelitten, ich hatte mehr Glück. Ich habe zwar Jahre verloren, aber ich hatte bei Heather ein Dach über dem Kopf und bekam auch eine finanzielle Abfindung. Sosehr ich mich auch darüber ärgere, dass sich meine Schwester ständig einmischt, sie hat mir einen Anwalt bezahlt und darauf bestanden, dass ich um die Hälfte des Hauses kämpfe. Es wurde schnell verkauft, noch vor dem rechtskräftigen Scheidungsurteil, und ich zahlte ihr das Geld zurück, sobald ich es hatte.«

»Du hattest Glück, dass deine Schwester helfen konnte.«

»Ja, aber ich fühle mich trotzdem ein bisschen schuldig wegen des Geldes.«

»Warum *schuldig*?«

»Dan hat damals mehr verdient als ich, außerdem hatten seine Eltern ihm eine große Anzahlung gegeben, also hat er einen viel größeren Beitrag geleistet. Als wir uns scheiden ließen, war das Haus schon fast komplett abbezahlt.«

»Mach dir keine Vorwürfe, rechtlich gesehen gehört eine Hälfte dir. Verwende das Geld einfach für schöne Dinge, die dich glücklich machen.«

»Das tue ich. Deshalb bin ich hier, im Urlaub, in einer

schönen Wohnung und trinke Cocktails mit neuen Freundinnen«, sagte ich. Sie lächelte, und wir stießen an, aber ich wusste, dass es nicht so einfach war, denn ich hatte noch einen langen Weg vor mir – manche Dinge gehen so tief, dass Narben zurückbleiben. Ich hatte die meiste Zeit meines Erwachsenenlebens damit verbracht, den Schmerz dieser Narben zu spüren, und bezweifelte, dass ich jemals wieder richtig glücklich sein könnte.

»Das freut mich für dich, Alice!«

»Ja, das ist zwar nicht das Leben, das ich geplant hatte, aber hier mit rosaroten Drinks und einer neuen Freundin zu sitzen, ist Balsam für die Seele«, sagte ich. Außerdem schenkte es mir einen Hoffnungsschimmer nach Jahren der Dunkelheit.

Mehr wollte ich dazu nicht sagen, aber nach der Nacht im Supermarkt hatte meine Anwältin gemeint, dass Dan, falls ich jemals verurteilt werden sollte, einen Anspruch auf Schadenersatz haben könnte. Wenn bewiesen würde, dass ich ihn angegriffen hatte, könnte er mich verklagen, und als Anwältin würde seine Partnerin Della ihm zweifellos dabei helfen, den Fall durchzuziehen. Er war nicht damit einverstanden gewesen, dass ich bei unserer Scheidung die Hälfte von allem bekam, und das war seine Chance, sich das Geld zurückzuholen. Und so wie ich Dan kannte, würde er dafür Himmel und Hölle in Bewegung setzen. Ich hatte ein Testament verfasst, in dem ich alles, was ich besaß, meinen beiden Nichten vermachte. Und wenn ich wegen Körperverletzung verurteilt würde, könnte ich nicht nur im Gefängnis landen, sondern Dan und Della könnten auch alles bekommen, und dann hätten die Mädchen nichts mehr.

»Ich glaube, wir brauchen noch ein paar Drinks«, sagte Sylvie, rief den Kellner herbei und bestellte weitere Cosmopolitans.

»Ich habe meiner Schwester versprochen, nicht zu trinken«, sagte ich leise und mit einem Anflug von Schuldbewusstsein.

»Sie ist nicht deine Mutter!«, erwiderte Sylvie kichernd.

Ich lächelte über die Ironie, denn sie benahm sich tatsächlich so. Als alleinerziehende Mutter mit einem Vollzeitjob und zwei Töchtern im Teenageralter behandelte Heather mich wie ihr drittes Kind.

»Sie ist sechs Jahre älter als ich, und als unsere Eltern bei einem Autounfall ums Leben kamen, war sie zwanzig und ich erst vierzehn«, erklärte ich.

»Oh, das tut mir leid.«

»Nicht nötig, das ist schon eine halbe Ewigkeit her. Ich will nicht um Mitleid betteln, sondern nur die Dynamik zwischen uns erklären«, versicherte ich. »Heather hat damals dafür gekämpft, dass wir zusammenbleiben konnten, und wurde mein gesetzlicher Vormund. Sie war selbst gerade erst aus dem Teenageralter heraus, aber wenn sie nicht gewesen wäre, wäre ich in einem Kinderheim gelandet. Deshalb stehen wir uns so nahe. Sie ist fast wie eine Mutter für mich. Ich bin ihr sehr dankbar.«

»Oh, ich verstehe schon. Das ist wirklich traurig, und es klingt, als wäre sie ein wunderbarer Mensch«, erwiderte Sylvie mit einem mitfühlenden Lächeln. »Aber andererseits behandelt sie dich immer noch wie einen Teenager, oder?«

Die Richtung, in die sie das Gespräch nun lenkte, brachte mich zum Lachen. »Ja, das stimmt. Ich bin jetzt über vierzig, und sie behandelt mich immer noch wie eine Vierzehnjährige!«

Wir lachten beide darüber, als der Kellner mit unseren Getränken kam. Ich reichte ihm mein leeres Glas von der letzten Runde, während ich Heathers warnende Stimme in meinem Kopf hörte: »Trink nicht zu viel, Schatz, du weißt, was dann passiert, du landest bloß wieder in einem Schlamassel.«

Doch ich hob trotzig mein Glas, und nach einem großen, köstlichen Schluck fuhr ich fort. »Sie verlangt immer, ich solle mit dem Trinken aufhören, und ruft mich täglich an, um mir zu sagen, ich solle ›nach Hause kommen‹, mir vorzuwerfen, ich würde vor meinen Problemen davonlaufen und mein Leben vergeuden. Wahrscheinlich hat sie sogar recht.« Ich verdrehte die Augen und nahm noch einen Schluck. Ich wusste, dass ich irgendwann nach Hause zurückkehren musste, aber solange ich mich nicht an das Geschehene erinnern und mich nicht verteidigen konnte, war ich froh, irgendwo außerhalb des Landes unter dem Radar zu bleiben.

»Ich würde nicht sagen, dass du dein Leben vergeudest«, sinnierte Sylvie. »Sieh dich doch mal an. Du bist auf einer schönen griechischen Insel und trinkst Cocktails, während sie im kalten England sitzt, wahrscheinlich die Wäsche wäscht, einen langen Arbeitstag hinter sich hat und sich *wünscht*, sie könnte davonlaufen – *wer* vergeudet hier also sein Leben?« Sie hob ihr Glas, stieß mit meinem an und sagte: »Auf ein Leben ohne Kinder, ohne Ehemänner, ohne Schwestern ... und blau wie ein Veilchen!«

Sylvie erinnerte mich an meine beste Freundin aus der Schulzeit, sie war mitreißend, ausgelassen und so witzig, dass ich nun einen kleinen Funken Aufregung in mir verspürte. Sie gab mir das Gefühl, jung, frei und rebellisch zu sein, und nachdem wir unsere Cosmopolitans ausgetrunken hatten, schlug ich vor, noch zwei zu bestellen. Ich amüsierte mich prächtig, bis ich sah, dass Angelina auf dem Weg zur Bar war und direkt auf uns zusteuerte.

»Ich dachte, du hättest heute Abend ein heißes Date?«, fragte Sylvie ehrlich überrascht, als sie sich näherte.

Angelina rollte mit den Augen, schnappte sich einen Hocker, der weiter unten an der Bar stand, und platzierte ihn zwischen Sylvie und mir. »Er hat mich versetzt«, murmelte sie und warf mir einen Seitenblick zu. Plötzlich befand ich mich nicht länger in einem angeregten Gespräch mit Sylvie, sondern war zur Außenseiterin geworden.

»Und jetzt ghostet er mich, Männer sind wirklich das Letzte«, fügte sie stöhnend hinzu.

»Ach, Süße, das ist echt hart, du hattest ihn wirklich gerne, nicht wahr?«, sagte Sylvie freundlich.

Sie nickte, schmollend wie ein Kind, das sein neues Fahrrad verloren hatte und sich nicht beschwichtigen lassen wollte. »Ich schätze, ich hätte es wissen müssen, ich habe einfach kein Glück. Männer sind nur darauf aus, einem wehzutun ...« Zum ersten Mal erkannte ich ihre Verletzlichkeit ganz offen, und ich wurde sofort weicher.

»Nicht *alle* Männer, Ange«, widersprach Sylvie, die in dieser Beziehung eindeutig die Mutterhenne war. »Du wirst deinen Mr Right schon noch finden, du hast noch so viel Zeit, er war einfach nicht der Richtige.«

»Ich bin sechsundzwanzig, also praktisch eine alte Jungfer.«

Sylvie lachte. »Hast du das gehört, Alice?« Sie beugte sich vor, um mich anzusprechen, doch Angelina machte keine Anstalten, sich zu bewegen, damit ich in das Gespräch einbezogen werden konnte.

»Du bist praktisch noch ein Kind«, versuchte ich mein Glück. »Sylvie hat recht, du hast noch jede Menge Zeit.«

Angelina drehte sich zu mir um, und trotz dieser warmen Sommernacht ließ ihr Gesichtsausdruck mein Blut zu Eis gefrieren. Sie konnte mich nicht hassen, weil sie mich eigentlich kaum kannte, aber es war nicht zu übersehen, dass sie es hasste, dass ich *da* war. Ich glaube nicht, dass mir jemals jemand das Gefühl gegeben hat, so unwillkommen zu sein, mich so auszuschließen versuchte. Daran war ich nicht gewöhnt.

Sie drehte sich wieder zu Sylvie um und sprach mit leiser Stimme, was besonders bei der Musik schwer zu verstehen war. Ich beugte mich vor, aber es war offensichtlich, dass sie ihr Dating-Desaster mit niemandem außer Sylvie teilen wollte, und sie drehte mir immer noch den Rücken zu und machte keine Anstalten, mich einzubeziehen. Sie war genauso unhöflich wie das letzte Mal bei unserer ersten Begegnung. War es etwas Persönliches, mochte sie mich einfach nicht, oder hatte sie das

Gefühl, ich würde ihr Sylvie wegnehmen? Vielleicht war ich nach allem, was mir in letzter Zeit passiert war, sehr verletzlich geworden, ja geradezu paranoid. Plötzlich gesellte sich eine weitere junge Frau zu uns. »Das ist Maria«, sagte Sylvie, »sie ist Teil des Teams.«

Sie lächelte und grüßte in die Runde. Maria war ebenfalls Griechin und schien genauso unhöflich zu sein wie Angelina, sie nahm sich einen Hocker und setzte sich auf die andere Seite von Sylvie. Wieder einmal fühlte ich mich völlig ausgeschlossen, als alle anfingen, über eine Hochzeit zu reden, auf der sie Anfang der Woche gearbeitet hatten. Aber weil Sylvie so war, wie sie eben war, merkte sie schnell, wie unangenehm mir das war.

»Könntest du ein Stückchen nach hinten rutschen, Angelina?«, fragte sie. »Ich kann Alice nicht sehen.«

Ohne mich eines Blickes zu würdigen, rückte Angelina ihren Hocker ein Stück zur Seite. Wir hatten uns immer noch nicht begrüßt. Ich war enttäuscht und verwirrt, aber da sie sich ein wenig bewegt hatte, konnte ich jetzt wenigstens die anderen sehen und an dem Gespräch teilnehmen.

»Wie bist du eigentlich Hochzeitsplanerin geworden?«, fragte ich Sylvie während einer kurzen Gesprächspause.

Sie überlegte kurz. »Gute Frage. Das war nicht mein Kindheitstraum, es ist einfach passiert. Als ich meinen Ex verließ, bekam ich einen Job in einer Bar und lernte ein hübsches Mädchen kennen, das gerade heiraten wollte.« Sie lächelte verträumt. »Sie hatte kein Geld, also habe ich ihr geholfen, ihre Traumhochzeit am Strand zu feiern, und zwar mit einem *kleinen* Budget. Ein Gast auf dieser Hochzeit fragte mich, ob ich das auch für sie tun würde, und jetzt mache ich das schon seit ein paar Jahren.«

»Aber jetzt nicht mehr mit kleinem Budget.« Angelina verdrehte die Augen in Marias Richtung.

»Nein, heutzutage *wollen* die Leute, dass ich ihr Geld

ausgebe«, antwortete Sylvie. »Und das meiste habe ich allein erledigt, bis vor ein paar Monaten diese Frau vor meiner Tür stand und mich fragte, ob ich eine Assistentin bräuchte.« Sie deutete auf Angelina. »Also habe ich sie eingestellt, und vor ein paar Wochen kam ihre Freundin Maria dazu.«

Bevor ich etwas darauf erwidern konnte, wurde ich plötzlich auf eine weitere Person am Rande der Gruppe aufmerksam. Es war Nik Kouris, der attraktive Weingutbesitzer, der meinen Kaffee verschüttet hatte.

»Heute ist also der Abend der Hochzeitsplanerinnen?«, fragte er und lächelte uns erwartungsvoll an.

Angelina stand sofort auf und umarmte ihn herzlich. Wie ich schon vermutet hatte, war sie *nicht immer* mürrisch; sie war nicht zu allen so unhöflich und kalt – nur zu mir.

»Ich dachte, du hättest heute Abend schon etwas vor?«, sagte sie, einen Arm noch immer um seinen Hals gelegt.

»Ich war ... ich hatte nur Lust auf einen Drink«, sagte er und warf mir einen kurzen Blick zu. »Schön, dich wiederzusehen, Alice.« Er nickte mir zu. Daraufhin schien Angelina seinen Hals noch fester zu umarmen und ihn an sich zu ziehen.

»Setzt du dich zu uns, Nik?«, bettelte sie.

Er schien zu zögern. »Danke, aber ich möchte nicht bei eurer Geschäftsbesprechung stören ...« Sein Blick wanderte zu Sylvie hinüber, vielleicht weil er hoffte, sie würde es ihm gestatten, doch sie bemerkte es gar nicht.

Sie ermutigte ihn auch nicht, sich zu uns zu setzen, wie ich es erwartet hatte.

»Nein, das ist keine Geschäftsbesprechung«, betonte Angelina. »Ich wurde gerade versetzt und brauche eine Schulter, an der ich mich ausheulen kann«, sagte sie und sah mit großen Augen zu ihm auf.

»Ach so, na wenn es nicht um die Arbeit geht, setze ich mich gerne auf einen Drink zu euch«, entgegnete er und griff sich einen Hocker, den er zwischen Angelina und mich stellte, doch Sylvie drehte sich zu Maria um, und ich blieb wieder einmal außen vor.

Währenddessen streichelte Angelina Niks Arm und schaute ihm ins Gesicht – er hatte keine Chance. Ich wusste, dass ich wahrscheinlich paranoid war, aber es schien Angelinas Ziel zu sein, mich von Nik fernzuhalten.

Doch schließlich gelang es ihm, sich von ihr zu lösen und sich mir zuzuwenden. »Also, Alice, wie gefällt dir Korfu?«

»Ich ... ich liebe es«, antwortete ich schüchtern und war mir bewusst, dass die jüngere Frau mich mit ihren Blicken durchbohrte. Ich konnte ihr nicht verübeln, dass sie sich bei diesem Typ so besitzergreifend benahm, denn er war so attraktiv und gab mir das Gefühl, dass er alles über mich wissen wollte. Ich war nicht naiv, denn offensichtlich ging es jeder anderen Frau, mit der er sprach, genauso, aber ich fühlte mich trotzdem von seiner Aufmerksamkeit geschmeichelt. Ich schätzte ihn auf Ende vierzig, aber er hätte auch jünger sein können, ein Silberfuchs auf der Lauer. Wenn er lächelte, tauchten Grübchen auf seinen Wangen auf, und ich erkannte etwas Jungenhaftes unter seinem kultivierten, reiferen Äußeren.

»Nik«, sagte Angelina.

»Ich unterhalte mich gerade mit Alice«, hörte ich ihn antworten – freundlich, aber bestimmt, als würde er mit einem Kind sprechen.

Er drehte sich wieder zu mir um, und ich hörte nicht einmal, was er sagte, während er über die Orte plauderte, die ich mir auf Korfu ansehen sollte. Sein Gesicht und die Haut an seinem weißen Hemd mit offenem Ausschnitt waren braun gebrannt, vermutlich von der Arbeit in der Sonne auf seinem Weingut. Vielleicht musste er als Besitzer aber auch gar nicht arbeiten und sonnte sich einfach den lieben langen Tag? Dann stellte ich mir vor, wie er auf seinem Weinberg mit nacktem Oberkörper unter einem Olivenbaum in der Sonne brutzelte, und reagierte nur mit Banalitäten auf das, was er mir erzählte, während ich ihm wie eine Närrin ins Gesicht grinste.

»Nik!«, wiederholte Angelina laut und packte ihn ungeduldig an der Schulter, damit er sich zu ihr umdrehte. Sylvie hatte ihre schwierige Kindheit erwähnt, und ich gab mir alle Mühe, verständnisvoll zu sein, während Nik sie nachsichtig anlächelte. »Tut mir leid, Alice, aber Angelina braucht *sehr* viel Aufmerksamkeit.« Sie streckte ihm die Zunge heraus und brachte ihn damit zum Lachen. Angelina war sehr attraktiv, ich bezweifelte, dass irgendein Mann sie abgewiesen hätte, und Nik war da offensichtlich keine Ausnahme. Sie kuschelte sich an ihn, und ich war ein wenig bestürzt darüber, wie wohl er sich zu fühlen schien, denn sein Arm lag nun locker über ihrer Schulter, und beide lächelten das gleiche Lächeln. Ich beobachtete die zwei und fragte mich, ob sie eine gemeinsame Vergangenheit hatten oder ob im Moment etwas zwischen ihnen lief, während Angelinas Augen mich dunkel und bedrohlich anfunkelten.

»Glaubst du, dass Angelina und Nik eine Affäre haben?«, fragte ich Sylvie, als wir uns das nächste Mal trafen. Sie hatte mich eingeladen, mit ihr einen Tag am Strand zu verbringen, und wir saßen nebeneinander auf unseren Sonnenliegen und schauten aufs Meer hinaus.

Sie schob ihre Sonnenbrille hoch und sah mich an, wobei sie mit einem leichten Stirnrunzeln gegen das Botox ankämpfte und versuchte, ein skeptisches Gesicht zu machen.

»Nein«, sagte sie. »Ich *kenne* ihn nicht, aber ich kann mir nicht vorstellen, dass er Interesse an Angelina hat.« Dann schien sie gründlicher über meine Frage nachzudenken. »Aber *sie* ist auf jeden Fall verknallt. Ich habe gehört, wie sie zu Maria gesagt hat, dass sie auf ihn steht. Er sieht gut aus und ist sehr reich, also warum sollte sie nicht?« Sylvie kicherte leise. »Männer wie Nik sind für hübsche junge Mädchen wie Angelina ein gefundenes Fressen. Ich bezweifle, dass sie etwas dagegen hätte, die Herrin ihres eigenen Weinbergs zu werden. Wären wir nicht alle gerne die Burgherrin der besten Weinkellerei auf Korfu?«

»Hört sich gut an«, antwortete ich und kehrte dann zu der brennenden Frage zurück. »Du glaubst also nicht, dass zwischen den beiden tatsächlich was läuft?« Ich war mir nicht sicher, aber nach dem Abend in der Bar hatte ich das Gefühl, dass zwischen Nik und mir eine Verbindung existierte.

Oder konnte es sein, dass ich mir selbst etwas vormachte? Was sollte er denn in einer blassen Mittvierzigerin sehen, wenn ihm eine wie Angelina zu Füßen lag?

»Ich habe Nik Kouris ein paarmal bei der Arbeit getroffen, und ich kann mir ihn und Angelina einfach nicht zusammen vorstellen, sie sind so verschieden«, fügte sie hinzu und setzte ihre Brille wieder auf. Sie starrte weiter auf das Meer hinaus, offenbar nicht interessiert genug, um diesen Gedanken weiterzuverfolgen.

»Ich dachte nur, dass sie sich miteinander wohlzufühlen scheinen ...«, sagte ich und wollte sie motivieren, das Gespräch irgendwie auf Nik zu lenken. Ich wartete sehnsüchtig auf jeden kleinen Krümel, den sie mir vielleicht zuwerfen würde.

Sie zuckte die Achseln.

»Er ist wirklich attraktiv, nicht wahr?«, murmelte ich.

Daraufhin drehte sie hastig den Kopf in meine Richtung. »Du stehst auf ihn, stimmt's?«

»Ja, wer würde nicht auf ihn stehen? Aber mit Angelina kann ich nicht konkurrieren, sie ist etwa zwanzig Jahre jünger als ich und wunderschön.«

»Man weiß ja nie, ob er nicht einer der seltenen Männer ist, die auf attraktive ältere Frauen stehen, die eine Geschichte zu erzählen haben?«

Dann beugte sie sich zu mir hinüber und senkte die Stimme. »Ich habe gehört, dass er mal verheiratet war und sehr verletzt wurde. Ich glaube, sie hat ihn für einen Milliardär verlassen oder so ähnlich. Über die Einzelheiten weiß ich nichts, aber wann immer ich ihn gesehen habe, sah er ein bisschen ...« Sie hielt inne und überlegte einen Augenblick. »Verloren, ja, das trifft es, er sieht *verloren* aus.«

Bei dieser Vorstellung wurde mein Herz schwer. Leider wusste Sylvie nicht mehr darüber, aber tief in ihrem Inneren war sie so sehr »Mädchen«, dass sie gerne Amor spielen wollte und anbot, ihn für mich anzurufen. »Ich kenne ihn zwar nicht besonders gut, aber ich könnte vielleicht ein gutes Wort für dich einlegen«, schlug sie vor.

Ich war entsetzt. »Danke, aber lieber nicht, aus dem Teenageralter bin ich raus.« Dann kicherte ich. Wie ein Teenager.

In den nächsten Stunden hatte sie einige verrückte Ideen, wie ich ihm »rein zufällig« über den Weg laufen könnte. Wir lachten hysterisch darüber, wie unwahrscheinlich es war, dass ich mich an seinen Lieblingsplätzen herumtreiben würde, und wie ich sogar plötzlich auf seinem Weinberg hinter einer Rebe auftauchen und meine »Überraschung« vortäuschen könnte, ihn zu sehen. »Aber mal Spaß beiseite«, sagte sie, »du könntest das Weingut anrufen und so tun, als hättest du Interesse an einer Besichtigung.«

»Du meinst, ich soll ihn *öffentlich* stalken?«, fragte ich lachend. »Tatsächlich habe ich sogar seine Visitenkarte.« Ich erzählte ihr, wie er meinen Kaffee verschüttet hatte und wie ich ihm später noch einmal begegnet war.

»O mein Gott! Ihr seid praktisch schon verlobt«, scherzte sie. »Aber mal im Ernst: Wenn er dich unbedingt begrüßen wollte und dir seine Karte gegeben hat, klingt das für mich schon so, als wäre er ziemlich interessiert.«

»Ich weiß nicht«, erwiderte ich zweifelnd, während ich mich insgeheim über ihre Vermutung freute. Ich hatte gehofft, dass es so sein könnte, aber da ich so lange verheiratet gewesen war, war ich mir nicht sicher, wie genau mein Radar für Männer war, die meine Gefühle erwidern könnten. »Vielleicht wollte er nur nett zu einer Touristin sein?«, vermutete ich und wollte, dass sie mir widersprach.

»Nein, es ist offensichtlich, dass er auf dich *steht*. Ich *hatte* mich neulich schon gewundert«, fuhr sie mit einem geheimnisvollen Gesichtsausdruck fort, »dass er in der Bar aufgetaucht ist – er geht sonst *nie* aus.«

»Vielleicht ist er in die Bar gekommen, um Angelina zu sehen?«, spekulierte ich und hoffte, dass diese Idee sofort wieder verworfen werden würde.

»Nee. Sie ist total vernarrt in *ihn*, nicht umgekehrt. Ich gehe oft mit ihr aus, und er ist noch nie aufgetaucht. Wenn ich so drüber nachdenke: Wenn er dich schon mal getroffen hat, als er deinen Kaffee verschüttet hat, könnte er doch nach dir Ausschau gehalten haben?«

»Der Gedanke gefällt mir, aber ich bezweifle, dass er in die Bar gekommen ist, um *mich* zu sehen.«

»Ich vermute schon, dass es so war. Aber wir werden es nie erfahren, weil Angelina ihn im Schwitzkasten hatte, bevor er *Hallo* sagen konnte.«

Ich lachte. »Stimmt, und wer könnte es ihr verübeln, er ist ein guter Fang. Aber ich bin nicht auf der Suche nach einer ernsthaften Beziehung, selbst wenn er interessiert wäre, ich will nur ein bisschen Spaß.«

»Willst du mir damit sagen, dass du jemanden wie Nik Kouris abweisen würdest, wenn er dich fragen würde, was du mit dem Rest deines Lebens vorhast?«

»Ich habe ja nicht gesagt, dass ich ihn abweisen würde.«

»Wenn du Spaß haben und dich an niemanden binden willst, warum gehst du dann nicht auf Tinder«, schlug sie vor.

»Nein, das könnte ich nicht.«

»Aber wenn du nichts Ernstes willst ...?«

»Ich überlasse das lieber dem Schicksal.«

»Du willst also doch was Ernstes«, lächelte sie. »Mir geht es genauso. Ich habe mich noch nie auf Tinder umgeschaut. Ich will mehr als nur einen One-Night-Stand. Tindern könnte ich auch nicht. Ich habe furchtbare Angst davor, dass sie vielleicht nach rechts wischen, weil ihnen das Foto gefällt, sie mich aber in Fleisch und Blut hassen könnten. Dass sie vielleicht denken, ich sei langweilig, dumm oder hässlich.«

»Mein Gott, Sylvie, willst du mich verarschen? Wie kannst du so etwas auch nur *denken*? Du bist witzig und klug und absolut hinreißend«, sagte ich, aber ich verstand ihre Unsicherheit. Wie ich hatte auch sie schlechte Erfahrungen gemacht, und das wahrscheinlich nicht nur einmal. Vom Vater, der mir sagte, ich sei fett, bis hin zu meinem ersten Freund, der mir sagte, ich sei nicht gut genug ... Wir wurden von den Menschen geprägt, die wir liebten.

»Ich verstehe dich«, sagte ich, »und das kann nicht jede von sich behaupten.«

»Manchmal habe ich einfach nur das Gefühl, nicht zu genügen.«

Ich schüttelte energisch den Kopf. »Es gibt Frauen, die würden ihren rechten Arm dafür geben, so einen Bikini zu tragen und so gut auszusehen wie du«, versicherte ich ihr.

»Danke, das ist lieb von dir.« Sie setzte sich auf. »Sollen wir was trinken gehen?«

»Würde ich ja gerne, aber es ist erst drei Uhr nachmittags und wenn ich jetzt zu viel trinke, weiß ich nicht, wann ich aufhören muss«, erwiderte ich cool, aber es stimmte.

»Nur einen, okay?« Es fiel mir schwer, ihr den Wunsch abzuschlagen, und wenige Minuten später kam sie mit zwei Cosmopolitans von der Strandbar zurück, leuchtend rosa, eisig, spritzig und in der Nachmittagshitze sehr willkommen. Ich liebte Drinks, und an einigen Stationen meines Lebens hatte dieses Verlangen an ein *Bedürfnis* gegrenzt, sodass ich es im Zaum halten musste, damit es nicht zu einer Sucht werden konnte. Es fiel mir schwer, nach einem Drink aufzuhören, und sobald ich erst mal ein paar intus hatte, fand ich kein Ende mehr. Nachdem Dan und ich uns getrennt hatten und mein Alkoholkonsum immer schlimmer geworden war, gab es Zeiten, an die ich mich tatsächlich nicht erinnern konnte. Meine Schwester nannte das »Alice' Auszeit«, weil ich jeden Abend mindestens eine Flasche Wein trank, um den Schmerz zu vergessen und ihn auszulöschen, aber es konnte alles Mögliche passieren, und ich erinnerte mich nur selten daran. Eben deshalb hatte ich jetzt so viel Ärger und konnte mich nicht gegen den Vorwurf der Körperverletzung wehren: weil ich mich *nicht* erinnern konnte.

Sylvie nahm einen großen Schluck von ihrem Cosmopolitan. Bevor ich sie kennenlernte, hatte ich noch nie einen Cosmopolitan probiert, doch jetzt war ich verrückt nach dem süßlich-herben Cocktail, der mit einer zuckersüßen Frucht beginnt und mit einer bitteren Limette endet. Und genau wie eine Süchtige griff ich nach meinem Drink.

»Ich werde dich vermissen, wenn du weggehst«, sagte sie plötzlich.

»Ich dich auch. Schon der *Gedanke*, dass ich zurückmuss, macht mich traurig.« Ich spürte, wie mir die Tränen in die Augen stiegen, als ich an das Chaos dachte, das mich zu Hause erwartete.

»Du *musst* nicht zurück«, murmelte sie und nahm noch einen Schluck. »Flieg nicht nach Hause, bleib für immer hier.«

»Ich würde ja gerne, aber ich wurde von der Arbeit freige-stellt, also muss ich irgendwann zurück«, erklärte ich, ohne den Grund für meine Freistellung zu erklären.

»Dann glaub einer Frau, die sich damit auskennt: Deine Chefin wird darüber hinwegkommen, und zwar viel schneller, als du denkst. Und nächstes Jahr um diese Zeit wirst du nur bereuen, dass du nicht früher aufgehört hast.«

Was sie sagte, klang sehr verlockend. Wie schön wäre es, all den Problemen, die sich zu Hause auftürmten, einfach den Rücken zu kehren, auf dieser schönen Insel zu bleiben und in der Sonne Cocktails zu schlürfen. In diesem Moment wusste ich, dass ich das Richtige tun sollte und zurückfliegen, bevor die Polizei merkte, dass ich weg war. Aber gleichzeitig hatte ich außer Heather und meinen Nichten nichts mehr zu Hause, niemanden, der auf mich wartete, noch nicht mal ein eigenes Dach über dem Kopf. Außerdem machte ich mir Sorgen, dass ich am Flughafen von bewaffneten Polizisten in Empfang genommen werden könnte, die nur darauf warteten, mich erneut zu verhaften. Ich konnte nur hoffen, dass sich nach ein paar Wochen hier alles aufklären würde und ich nach Hause zurückkehren, weiterarbeiten und mir ein neues Leben aufbauen könnte. Ich hob mein Glas, und Sylvie stieß mit ihrem an.

»Lass uns ein Selfie für Instagram machen.« Sie drehte sich um, sodass das Meer hinter ihr war, und zog mich zu sich heran, wobei sie ihr Handy hoch über uns beide hielt, während ich meinen Sonnenhut tiefer zog.

»Versuchst du etwa, dich zu tarnen?«, fragte sie kichernd.

»Nein«, log ich und zog mir die Hutkrempe noch tiefer ins Gesicht.

Ich bezweifelte zwar, dass irgendjemand, der mich kannte, Sylvies Instagram folgte, wollte aber trotzdem nichts riskieren.

Sylvie lächelte und ließ ihren Kopf auf die Sonnenliege zurücksinken, während die späte Nachmittagssonne langsam über ihren Körper glitt. »Ich glaube fest an das Schicksal«, murmelte sie und schloss die Augen, während sie sich der goldenen Hitze ergab. »Ich weiß nicht, ob es daran liegt, dass wir das Gleiche durchgemacht haben – oder dass wir uns einfach gut verstehen. Aber weißt du ...« Sie drehte den Kopf, öffnete die Augen und schirmte sie mit dem Handrücken ab, um mich anzuschauen. »Ich glaube, wir waren dazu *bestimmt*, Freundinnen zu werden.«

Später suchte ich Sylvies Instagram und speicherte einen Screenshot von unserem Foto. Zwei glückliche Frauen, mit

Sonnenbrille, leicht unscharf, das Meer glitzernd in der Ferne, ein sommerlicher Schnappschuss unserer neuen Freundschaft. Doch rückblickend betrachtet war nicht jeder, den ich in diesem Sommer auf Korfu traf, mein Freund, und genau wie bei Instagram ist das echte Leben nie so schön, wie es scheint.

9

Ich war schon seit drei Wochen auf Korfu, als ich endlich meine beruflichen E-Mails checkte, und sobald ich die E-Mail-Adresse der Personalabteilung mit dem Betreff DRINGEND sah, wurde mir flau im Magen.

Mein Finger schwebte über der Löschtaste, doch ich ging ohnehin schon allem aus dem Weg und musste mich wenigstens dieser Sache stellen. Also öffnete ich die E-Mail und las den förmlich verfassten Text, der mir im Wesentlichen mitteilte, dass meine Arbeit bei ihnen nun beendet sei und sie mir meinen letzten Gehaltsscheck zusenden würden.

Ich rief sofort Sophie, meine Chefin, an. Ich ließ es eine halbe Ewigkeit lang klingeln, doch niemand hob ab. Den ganzen Tag über versuchte ich es wieder und wieder, und am Abend war ich ein Wrack.

Erst am nächsten Tag, nach mehreren weiteren Versuchen, nahm sie den Anruf entgegen.

»Sophie, was ist da los? Ich bin doch freigestellt worden. Müssen die nicht erst mit den Leuten reden, bevor sie jemand entlassen?« Ich konnte die Tränen in meiner Stimme hören.

Am anderen Ende der Leitung herrschte einige Zeit lang Schweigen.

»Sophie?«

Ich hörte sie seufzen. »Alice, es war ein Albtraum. Ich habe mit Händen und Füßen für dich gekämpft, aber das ist ja nicht das erste Mal, dass es Probleme gibt. Das Trinken tagsüber habe ich auf die Scheidung geschoben ...«

»So *war* es auch, manchmal brauchte ich einfach eine Flasche in meiner Schublade, um über den Tag zu kommen. Das hatte keine Auswirkungen auf meine Leistungen.«

»Mag schon sein, im Kundendienst sah es aber nicht gut aus, und jetzt ist noch etwas anderes ans Licht gekommen.«

»Ich verstehe das nicht«, unterbrach ich sie, obwohl sich mein Magen zusammenkrampfte, weil ich genau wusste, was jetzt kam.

»Ich hatte gedacht, dass deine Scheidung der Grund für die Probleme war, die du in letzter Zeit hattest. Du hast mir nicht gesagt, dass die *Polizei* damit zu tun hat.«

»Ich *hatte* zu kämpfen, woher weißt du von der Polizei?«

»Die Leute reden, Alice, ich wünschte, du hättest es mir gesagt.«

»Es tut mir so leid.«

»Mir auch.«

Ihre Stimme klang kalt und schroff. »Es tut mir leid, dass wir uns von dir verabschieden müssen. Ich weiß, der Zeitpunkt ist denkbar ungünstig, aber du hast uns keine andere Wahl gelassen.«

»Aber, Sophie, ich bin unschuldig. Ich wurde nicht angeklagt, es ist nur eine Ermittlung. Ich brauche meinen Job – er ist alles, was ich noch habe ...«

»Es tut mir wirklich leid, Alice, aber das liegt nicht mehr in meiner Hand. Deinen letzten Gehaltsscheck bekommst du Ende des Monats. Ich hoffe, die Sache geht gut für dich aus.« Dann war das Telefon tot.

Am Boden zerstört schleuderte ich mein Handy quer durchs Zimmer, weinte zornige Tränen, lag auf meinem Bett und starrte an die Decke, während mir die Kontrolle über mein Leben noch ein Stückchen mehr entglitt. Keine Ehe, keine Kinder und jetzt auch keine Arbeit mehr. Ich musste mich zusammenreißen, denn nur ich konnte meine Probleme lösen, und so beschwor ich etwas von diesem blinden Optimismus herauf und versuchte, mein Handy wiederzufinden.

Schließlich fand ich es in der Zimmerecke, in der es gelandet war. Es war anscheinend noch funktionstüchtig, was Heather erfolgreich getestet hatte, indem sie mir mindestens drei Nachrichten hinterlassen hatte, um sich zu erkundigen, welchen Flug ich gebucht hatte.

Also rief ich Heather an, die sich sofort meldete.

»Ich würde die volle Verantwortung übernehmen, wenn ich was falsch gemacht hätte, aber das habe ich nicht«, begann ich. Diese Art Gespräch führten wir ständig, und obwohl sie so nervig war, fand ich es beruhigend, einfach jemanden anrufen zu können und nicht mal »Hallo« sagen zu müssen.

»Du kannst dich nicht daran *erinnern*, etwas falsch gemacht zu haben«, rief sie mir ins Gedächtnis. »Aber du könntest es getan haben – Alice, gegen dich wird wegen Körperverletzung ermittelt.«

»Ich weiß, aber meine Anwältin hat gesagt, dass er laut Polizeibericht in dieser Nacht einfach davonspaziert ist, also kann ich ihn nicht so schlimm verletzt haben, selbst *wenn* ich es war!«, weinte ich ins Telefon. »Wenn ich es gewesen bin, müsste es doch irgendeinen Beweis geben. Sie sind zu zweit, und Dan und Della sagen beide das Gleiche, verstehst du nicht, Heather? Sie wollen, dass ich verurteilt werde, damit sie eine Entschädigung von mir fordern können.«

Sie seufzte. »Ich weiß, Schatz, und es ist wirklich unerhört. Er ist derjenige, der dich im Stich gelassen hat. Er ist derjenige, der *dein* Leben zerstört hat – und selbst wenn du ihn angegriffen hast, ist es in meinen Augen seine Schuld, weil er dich dazu getrieben hat«, erwiderte sie wütend.

Tief in meinem Inneren wusste ich, dass ich meinen Ex-Mann nicht angegriffen hatte, aber mein Kopf sagte mir immer wieder, dass ich es vielleicht doch getan haben könnte. Ich war manchmal impulsiv, und meine übliche Reaktion auf die meisten Dinge war emotional, ich dachte nicht nach, sondern handelte. Deshalb war ich auf Korfu, ich war einfach hingeflogen, ohne nachzudenken, getrieben von meinen Gefühlen und meinen Ängsten.

Ich übernahm die volle Verantwortung für meine Situation, aber Heather hatte recht: Dan war der Katalysator, meine Ehe und die Scheidung und alles, was in der Zwischenzeit passiert war, hatten das Leben geformt, das ich jetzt führte.

»Du hast recht«, sagte ich. »Er ist nicht zufrieden damit, wie unsere Ehe geendet hat, und zerstört jetzt Stück für Stück mein Leben, ich habe kein Zuhause mehr, und jetzt habe ich auch noch meinen Job verloren. Ich bin so wütend, ich könnte, ich könnte ...«

»Jetzt beruhige dich doch erst mal. Er ist es nicht wert«, erwiderte Heather mit der Stimme, die sie für ihre Mädchen benutzte. »Wütend zu werden ist keine Lösung. Das war noch nie eine Lösung, Schatz.«

Ich wusste, was sie damit sagen wollte. Manchmal fiel es mir schwer, meine Wut zu zügeln, das war schon immer so gewesen. Und seit meiner Jugend hatte ich meinen Schmerz, meinen Verlust und meine Trauer in Wut verwandelt. Mum und Dad waren gestorben, als ich vierzehn war, und ich hatte es immer noch nicht verarbeitet, und das, was danach kam, brodelte in mir wie in einem Dampfkochtopf. Tagsüber schien es mir gut zu gehen, aber das war nur oberflächlich, denn der Schmerz lebte in mir und zeigte sich in den Albträumen, die mit Schreien gefüllt waren.

»Komm nach Hause, Alice. Wir können das klären, weglaufen ist keine Lösung.«

»Das werde ich. Bald.«

»Deine Anwältin hat wieder eine Nachricht auf unserem Festnetztelefon hinterlassen. Du hast mir versprochen, dass du dich bei ihr meldest.«

»Scheiße! Mach ich, tut mir leid.« Nach dieser schrecklichen Nacht hatte ich meine Nummer geändert. Ich wollte nie wieder mit jemandem reden, der mich kannte.

»Ich nehme mal an, du hast deiner Anwältin deine neue Handynummer nicht gegeben?«, sagte Heather und klang enttäuscht, aber auch so, als hätte sie schon damit gerechnet, und das tat weh.

»Doch, ich habe sie ihr gegeben, sie muss sie verloren haben.« Das war gelogen. Ich hatte vorgehabt, ihr meine neue Nummer zu geben, hatte es jedoch immer wieder aufgeschoben, weil ich wohl unbewusst darauf gehofft hatte, dass sich die ganze Sache einfach in Luft auflösen würde, wenn meine Anwältin mich nicht mehr erreichen konnte.

»Also kommst du nach Hause?«, wollte Heather wissen.

»Ja«, antwortete ich schwach, obwohl ich es in Wahrheit nicht vorhatte.

»Okay, dann buch deinen Flug, *jetzt gleich*.«

»Wird gemacht«, murmelte ich und beendete das Gespräch. Dann fand ich eine Flasche Wein im Schrank. Es war ein süßer griechischer Wein mit einer holzigen Retsina-Note, die nicht gerade angenehm war, aber ich kippte ihn unter Tränen hinunter. Er besänftigte meine Wut und schickte mich in den Schlaf, wo ich den Albtraum von allem, was an jenem Abend passiert war, noch einmal durchlebte. Dann ging es weiter in die Vergangenheit, zu meiner Ehe, meiner Unfruchtbarkeit, zu meiner schwierigen Jugend, und dann wieder zurück in die Gegenwart, wo ich aufschreckte und mein erster

Gedanke der gleiche war wie immer: Ist *sie* es, die in meinen Träumen schreit?

Lange lag ich dort und versuchte, mir ihr Lächeln vorzustellen, doch im Laufe der Jahre war auch ihr Gesicht verblasst. Manchmal konnte ich mich nicht einmal mehr daran erinnern, wie sie ausgesehen hatte, und das brach mir das Herz. Ich hatte gehofft, dass mein Verstand mir auf Korfu erlauben würde, ihr Gesicht wiederzusehen, doch der einzige Unterschied war, dass die Schreie in meinen Albträumen hier noch lauter waren.

Ich taumelte ins Bad und spritzte mir kaltes Wasser ins Gesicht.

So lieb ich sie auch hatte, eine weitere Standpauke von Heather hätte ich nicht ertragen, also schrieb ich Sylvie eine SMS, um ihr zu erzählen, was passiert war. Ich wusste, dass sie den ganzen Tag über Meetings hatte, also rechnete ich nicht sofort mit einer Antwort. Ich hatte einfach nur das Bedürfnis, jemandem zu erzählen, dass ich meinen Job verloren hatte – aber natürlich nicht den Grund dafür.

Noch immer unter Schock ging ich auf den Balkon, um die Sonne auf meinem Gesicht zu spüren und mich selbst davon zu überzeugen, dass alles gut werden würde. Als ich auf die Straße hinunterblickte, sah ich ihn, und mein Herz machte einen kleinen Hüpfer. Nik Kouris saß allein mit einem Bier in einem Straßencafé. Sollte ich runtergehen und Hallo sagen? Ich stand eine Weile da und beobachtete ihn, bis mir klar wurde, dass er nur nach oben schauen musste, um zu sehen, dass ich hier wie eine Verrückte über meinem Balkongeländer hing. Vielleicht hatte er mich sogar schon entdeckt. Also beschloss ich, es zu riskieren. Ich hatte eine Menge zu bedenken, und ein Gespräch mit einem attraktiven Typen, der mich nicht kannte, war jetzt genau das, was ich brauchte. Zehn Minuten später, nachdem ich mich eingecremt, geschminkt und umgezogen hatte, schlenderte ich an ihm vorbei und machte ein überraschtes Gesicht, als er meinen Namen rief. *Bingo!* Ich ging zu ihm hinüber und tat immer noch so, als wäre ich überrascht. »Hey, was machst du denn hier?«, fragte ich dümmlich, als ob es ein unglaublicher Zufall wäre, ihn in einer Kleinstadt zu treffen, in der wir beide wohnten.

»Ich habe auf dich gewartet, was sonst«, scherzte er.

Ich stand ein paar Sekunden an seinem Tisch und quasselte über das Wetter, dann fragte er, ob ich mich zu ihm setzen wolle.

Ich schaute mich um, als ob ich noch irgendwo anders hinmüsste, dann aber zu dem Entschluss käme, dass ich die Zeit erübrigen konnte, und setzte mich.

Er bestellte sich noch ein Bier, und ich sagte, dass ich auch eines trinken würde. Ich redete mir ein, dass das Bier nur meinen Durst löschen würde, aber es schmeckte gut, und als mein Durst gestillt war, bestellte er noch zwei. Ich hatte keine Einwände. Beim dritten Bier fühlte ich mich sehr entspannt, und Nik schien so nett zu sein, dass ich ihm meine Lebensgeschichte erzählte – na ja, die redigierte Version davon. Er hörte mir aufmerksam zu. »Alice, das ist so traurig«, seufzte er, als ich ihm den wahren Teil über den frühen Tod meiner Eltern erzählte und dass meine Schwester wie eine Mutter für mich gewesen war.

Dann erzählte ich ihm von der Begegnung mit meinem Ex-Mann und seiner neuen, schwangeren Freundin. Ich erwähnte keine »Auseinandersetzung« im Supermarkt, bei der Weinflaschen zerschlagen wurden, sondern erklärte ihm einfach nur, wie verletzt ich gewesen war.

»Das muss wirklich hart gewesen sein«, sagte er. Ich wusste, dass sein Mitgefühl wahrscheinlich auf seinen eigenen Erfahrungen beruhte, denn Sylvie hatte mir ja erzählt, dass er geschieden war und ihn seine Ex-Frau sehr verletzt hatte.

»Bist du verheiratet?«, fragte ich, aber er schüttelte nur den Kopf. »Ich bin mit meinem Job verheiratet«, erwiderte er und wollte vermutlich nicht über seine letzte Ehe reden. Offensichtlich war er nicht bereit, sich jemandem anzuvertrauen, den er kaum kannte. Dafür war ich nach dem vierten Bier kaum mehr zu bremsen. Doch selbst in meinem betrunkenen Zustand konnte ich mich noch irgendwie beherrschen, zum Beispiel, als ich ihm sagte, dass ich meinen Job wegen »Einsparmaßnahmen« verloren hätte und nicht wegen der Tatsache, dass ich in eine polizeiliche Ermittlung verwickelt war.

»Womit willst du jetzt deinen Lebensunterhalt verdienen?«, fragte er zögernd, während wir unsere Gläser leerten.

»Im Moment komme ich zurecht«, erwiderte ich. »Es gab eine Scheidungsabfindung, davon kann ich erst mal gut leben. Ich hatte gehofft, mir damit eine Wohnung kaufen zu können, wenn ich eines Tages nach Großbritannien zurückkehre.«

»Du hast keine eigene Wohnung zu Hause?«

Ich schüttelte den Kopf. »Ich habe bei meiner Schwester gewohnt, aber das wird auf Dauer nicht funktionieren.«

»Ich will dich nicht in Verlegenheit bringen oder herumprahlen, aber mach es dir nicht so schwer, solange du hier bist, ja? Wenn du Geld brauchst, kann ich dir jederzeit etwas leihen, damit du über die Runden kommst.«

»Das ist wirklich großzügig von dir«, sagte ich, sein Angebot rührte mich, andererseits machte es mich aber auch ein bisschen verlegen. »Aber ich komme schon klar.« Ich hatte das Bedürfnis, ihn zu umarmen. Dieser Mann kannte mich kaum und bot trotzdem an, mir Geld zu leihen, um mir aus der Patsche zu helfen. Ich fühlte mich schuldig, weil ich ihm nicht die Wahrheit sagte, aber ich wollte ihn nicht so sehr auf die Probe stellen, denn das hätte mich wie eine Verrückte dastehen lassen. Ich mochte Nik und wollte mir die Chance auf eine Freundschaft oder mehr mit ihm nicht verbauen.

Ich wollte gerade vorschlagen, noch ein Bier zu bestellen, als er auf die Uhr schaute. »Das war wirklich nett«, sagte er, »aber ich muss jetzt zurück zur Arbeit.«

»Auf dem Weinberg?«, fragte ich und versuchte, mir meine

Enttäuschung nicht anmerken zu lassen. Ich hatte gehofft, dass wir bis zum Abend hier sitzen bleiben und vielleicht sogar gemeinsam zu Abend essen würden.

»Ja, wir stecken gerade mitten in der Weinlese«, antwortete er, während er die Papierquittungen auf dem Tisch aufsammelte und mein Angebot zu bezahlen mit einer wegwerfenden Handbewegung ausschlug.

»Ich dachte, die Weinlese findet hier von September bis Oktober statt?« Ich erinnerte mich, dass ich das auf der Kouris-Website gelesen hatte.

»Das hängt von verschiedenen Faktoren ab«, erwiderte er vage. »Bei Kouris Estates ist immer viel zu tun, du musst unbedingt vorbeikommen.«

»Ja, gerne«, antwortete ich erwartungsvoll und nahm an, er würde mir ein Datum für einen Besuch vorschlagen und wir würden uns in dem Wissen trennen, dass wir uns wiedersehen würden. Aber das tat er nicht, und nachdem wir uns voneinander verabschiedet hatten, blickte ich ihm ziemlich enttäuscht nach. Vielleicht war er nicht mal an einer Freundschaft mit mir interessiert? Er verschwand in der Menge, und ich dachte daran, dass Männer wie Nik nicht lange Single blieben, egal wie verletzt sie auch sein mochten. Selbst wenn es nicht Angelina war, war ich mir sicher, dass jemand in den Startlöchern stand und auf ihn wartete. Dennoch hatte ich es genossen, mit ihm zu plaudern, und es hatte mich für eine Weile von der Dunkelheit abgelenkt, die mich immer wieder einholte, sobald ich allein war.

10

Später am Abend, als ich wieder in der Wohnung war, rief mich Sylvie an.

»Tut mir leid, dass ich dir nicht früher geantwortet habe, das mit deinem Job tut mir so leid«, sagte sie. »Du musst mit den Nerven am Ende sein.«

»Mir geht's gut, wirklich. Ich muss das erst mal verarbeiten, das ist alles.«

»Ich habe mir gedacht, dass du vielleicht ein bisschen Arbeit brauchen könntest.«

»Ich komme schon irgendwie klar, bis ich zu Hause bin.«

»Aber jetzt *musst* du nicht mehr nach Hause, Alice. Du wolltest nur wegen deiner Arbeit zurück.«

»Meine Schwester würde ...«

»*Was* würde deine Schwester tun? Dich nerven, weil du deinen Job verloren hast, dir vorschreiben, wie du dein Leben leben sollst?«

Ich hatte eigentlich sagen wollen, dass meine Schwester aufgebracht sein würde, wenn ich nicht nach Hause käme, doch Sylvies Worte drangen zu mir durch und blieben in der Leitung hängen. Sie hatte recht: Musste ich wirklich zurück nach

Hause? Wollte ich das überhaupt? Ich war an Heathers Nörgelei gewöhnt, sie meinte es gut, aber da war noch das winzige Problem mit der polizeilichen Ermittlung. Was wäre, wenn ich auf unbestimmte Zeit hierbliebe? Ich musste immer noch ein paar Antworten finden, und ich konnte mir die Zeit nehmen, dies an einem Ort zu tun, an dem mich niemand kannte und an dem mich niemand finden konnte.

»Bist du noch da, Alice?« Sylvies Stimme am anderen Ende des Handys holte mich in die Gegenwart zurück.

»Ja, ja, ich bin noch da.«

»Okay. Ich habe ein Angebot für dich.«

»Ach?« Ich war verblüfft.

»Das Hochzeitsgeschäft läuft gut. Wie du weißt, habe ich unglaublich viel zu tun, und ich habe nur Maria und Angelina, aber die beiden arbeiten erst seit ein paar Monaten für mich, und sie sind noch jung, sie haben nicht deine Reife, deine Lebenserfahrung. Und deine Kenntnisse in der Kundenbetreuung ...«

»Ich weiß nicht ...« Ich hatte nicht vorgehabt, irgendeinen Job anzunehmen, und ich hatte schon gar nicht die Absicht, ein Arbeitsvisum zu beantragen und irgendjemanden über meinen Aufenthaltsort zu informieren.

»Ich will damit nur sagen, dass du, wenn du nur für ein paar Wochen Arbeit brauchst, hier in der Sonne bleiben kannst, anstatt zurück ins verregnete Großbritannien zu fliegen. Und mach dir keine Sorgen über Steuern und Genehmigungen«, fügte sie hinzu, als hätte sie meine Gedanken gelesen. »Den Papierkram können wir uns sparen. Mein Angebot steht.«

Jetzt geriet ich tatsächlich in Versuchung. Ich könnte hier für eine Weile untertauchen, bis zu Hause alles vorbei war. Und da war noch etwas anderes – ich musste an Nik Kouris und seine blauen Augen denken.

»Ich würde dich gerne unterstützen, aber du brauchst mich

vorerst nicht zu bezahlen. Ich komme zu ein oder zwei Hochzeiten mit, dann siehst du, wie ich mich anstelle.«

»Prima, aber das machst du nicht umsonst. Du hast keinen Job mehr. Ich hoffe, ich bin jetzt nicht taktlos, aber du brauchst doch das Geld.«

»Das mit dem Geld bekomme ich schon hin, es sind die anderen Sorgen, die mir nachts den Schlaf rauben«, scherzte ich vorsichtig.

»Willst du darüber reden?«, fragte sie leise.

Ich bereute sofort, etwas gesagt zu haben, selbst im Scherz. »Nein, es ist alles so kompliziert.«

»Ich mache mir Sorgen um dich … geht es dir gut?«

Ich wollte Sylvie nicht mit meinen Sorgen belasten, schließlich war unsere Freundschaft noch recht frisch, also spielte ich es herunter: »Alles bestens. Tatsächlich hatte ich einen wirklich schönen Nachmittag mit einem sehr netten Mann«, sagte ich, um zu einem unverfänglicheren Thema zu wechseln.

»Ach wirklich?« Sie war neugierig.

»Er ist auch ein guter Zuhörer«, sagte ich.

»Das ist interessant, ich hatte Nik nicht wirklich als Zuhörer in Erinnerung. Attraktive Leute hören normalerweise nur sich selbst gerne zu.«

»Woher wusstest du, dass es Nik war?«, fragte ich mit einem Lächeln. »Hast du uns in der Stadt gesehen?«

»Nein, ich habe Besseres zu tun, als dich quer durch die Stadt zu verfolgen«, lachte sie.

»Hat Nik es dir erzählt?«, bohrte ich nach und merkte, dass ich einfach nicht aufhören konnte zu lächeln.

»Nein, ich weiß es von Angelina.«

»Und woher weiß *sie* davon?« Jetzt war mein Lächeln verschwunden. Wie *weggewischt*.

»Ich nehme mal an, *Nik* hat es ihr erzählt?«

11

Am darauffolgenden Samstag tauchte Sylvie morgens um neun in meiner Wohnung auf, um mich für eine Hochzeit abzuholen. Ich war ihr dankbar, dass sie mir Arbeit angeboten hatte, obwohl ich nicht wusste, was ich in Zukunft machen würde. Aber ich wollte mich unbedingt einarbeiten, und meine Neugier wuchs, als sie mir sagte, dass die Hochzeit auf dem Weingut Kouris Estates stattfinden würde. Ich wollte es mir unbedingt anschauen und auch Nik wiedersehen, und sei es nur, um mehr über seine Geschichte zu erfahren. Er hatte so freundlich gewirkt, schien sogar mit mir zu flirten, als wir vor ein paar Tagen auf dem Platz zusammen Bier getrunken hatten, und ich fragte mich immer noch, warum er so schnell weggegangen war. Ich verstand, dass er arbeiten musste, aber ihm *gehörte* der Weinberg, und er hatte doch sicher Arbeiter, die die Ernte einbrachten, wenn das das Problem war? Meine Sorge war, dass das letzte Bier eines zu viel gewesen war und ich zu viel geredet hatte, vielleicht hatte er sich deshalb entschuldigt und war verschwunden. Wenn ich ihn verschreckt hatte, war die Arbeit auf der Hochzeit die perfekte Gelegenheit, ihn wieder zu treffen und ihm meine ruhige und nüchterne Seite zu zeigen.

Sylvie kam früher, als ich erwartet hatte, und ich saß noch im Morgenmantel auf dem Balkon und trank Kaffee, als ich ihre Stimme hörte.

»Komm schon, Faulpelz, die Arbeit ruft«, schrie sie von der Straße hoch. Ich hing lachend über dem Balkongeländer. Wenn ich mit ihr zusammen war, fühlte ich mich wieder wie achtzehn: frei, glücklich und albern.

Ich öffnete die Tür zu meiner Wohnung, und sie kam herein, sah sich um und setzte sich aufs Bett. Sie hatte eine große Tasche im Stil einer Strandtasche aus Stroh und Leder dabei, die wahrscheinlich sehr teuer gewesen war. Sie öffnete sie, nahm etwas heraus, das in Seidenpapier eingewickelt war, und reichte es mir.

»Was ist das?«, fragte ich verwirrt, als ich es ihr abnahm.

»Nur eine Kleinigkeit von mir für dich.« Sie holte ihren Verdampfer heraus, ging zur Balkontür und fing an, den fruchtigen Zitrusduft zu inhalieren.

Ich legte das in Seidenpapier gewickelte Geschenk aufs Bett und öffnete es vorsichtig. Als ich das lose eingeschlagene Tuch öffnete, sah ich einen Hauch von grüner Seide. Ich wusste sofort, was es war, und als ich den weichen, seidigen Stoff entfaltete, spürte ich, wie ich vor Freude errötete. »Das ist so ein Kleid wie das, das du neulich an dem Abend getragen hast.«

»Das *ist* das Kleid, das ich an dem Abend getragen habe.«

Ich schnappte ungläubig nach Luft. »Das ist eine nette Geste, wirklich lieb von dir, aber ich kann das nicht annehmen – es gehört *dir*.«

»Sei kein Dummerchen«, sagte sie liebevoll. »Ich *will*, dass du es bekommst.«

Ich blickte von dem Kleid auf, sah ihre Freude und erkannte in diesem Augenblick das kleine Mädchen, dessen einziger Wunsch es war, ihre Freundin glücklich zu machen.

Trotz all der wunderschönen Kleider und ihrer lebhaften Persönlichkeit steckte in ihr ein kleines Mädchen, das dir beim Spielen ihre Süßigkeiten schenken würde – nur weil sie wollte, dass ich sie mochte. Das war eine nette Geste, aber ich merkte, dass sie mir wahrscheinlich alles geben würde, was ich mir wünschte, wenn es irgendwie ging. Deshalb nahm ich mir vor, ihr nie wieder über etwas ein Kompliment zu machen. Denn wenn ich es tat, war die Wahrscheinlichkeit groß, dass sie mir das betreffende Teil in ein Seidentuch eingeschlagen überreichen würde.

»Das hättest du wirklich nicht tun sollen, du kannst nicht einfach deine Sachen weggeben, Sylvie. Aber ich liebe es«, fügte ich hinzu und umklammerte das weiche, seidige Kleid.

Sie lächelte breit zwischen zwei Zügen an ihrem Verdampfer und blies den Duft von einer Million Zitronen in den Raum.

Ich ging zu dem ziemlich ramponierten Wandspiegel hinüber und hielt mir das Kleid an. Der Stoff war aus reiner Seide, das konnte ich fühlen; zweifellos hatte das Kleid ein Vermögen gekostet.

»Ich wusste, dass dir das Kleid stehen würde«, murmelte sie und stellte sich hinter mich, um mein Spiegelbild zu betrachten. »Wir haben die gleiche Hautfarbe und Größe, nur um die Taille herum bist du etwas schmaler.« Sie griff sanft nach einem Stück des Stoffes, das leicht herunterhing, zog ihn um meine Mitte herum enger und sagte mir, dass ich das Kleid bei der Hochzeit unbedingt tragen müsse. Wie hätte ich dazu Nein sagen können? Schon als ich es in der Hand hielt, fühlte ich mich, als hätte ich eine Million Dollar auf dem Konto. Ein paar Minuten später ging ich mit ihr über den Platz und kam mir vor wie ein Supermodel, fast genauso gut fühlte es sich an, in ihren pfefferminzgrünen, offenen Sportwagen zu steigen, der auf dem Platz parkte. Ich war überrascht, ich hatte zwar keine Ahnung von Autos, doch dieser hier sah sehr glänzend und sehr teuer aus. »Hübsch, nicht wahr?« Sylvie kletterte auf den Fahrersitz und öffnete die Beifahrertür.

»Wow! Ich wusste gar nicht, dass das Hochzeitsgeschäft so lukrativ ist«, murmelte ich, schnallte mich an und ließ meine Finger über das Armaturenbrett gleiten.

Sie lachte nur und startete den Motor. Bald fuhren wir die hohe Küstenstraße zum Weingut hinauf. Je weiter wir kamen, desto steiler wurde es. Wir schlängelten uns zwischen den Felsen hindurch, und die Aussicht wurde mit jeder Meile atemberaubender. Unterwegs erklärte mir Sylvie die wunderschöne Landschaft. Das endlos blaue Meer, das in der Ferne glitzerte, goldene Strände, die unter uns auftauchten und wieder verschwanden, während sich weiß getünchte Villen an Berghänge schmiegten. Es war wie in einem Film, wir waren einfach zwei Mädchen, die über die Straße dahinflogen und sich von der Sonne bescheinen ließen, unterwegs in ein Abenteuer. Wir waren Thelma und Louise, Grace Kelly und Cary Grant, das schöne Auto, die unwirkliche Kulisse. Die Musik spielte in meinem Kopf, während die salzige Brise mein Haar zerzauste. Plötzlich fuhr Sylvies Auto in ein Schlagloch direkt am Straßenrand.

Wir schrien beide auf und sahen uns an, als wir erschrocken zum Stillstand kamen.

»Geht es dir gut?«, fragte sie.

Ich nickte. »Und dir?«

»Ja, ich muss nur weg vom Straßenrand«, sagte sie mit zusammengebissenen Zähnen.

Ich drehte mich weg, um einen Blick in den Abgrund zu vermeiden, während sie den Motor anließ. Am Straßenrand stand ein kleiner, geschmückter Schrein. Ich hatte solche Straßenschreine in Griechenland schon öfter gesehen, und dieser war den anderen ähnlich: aus weißem Stein, mit Rosenkranzperlen und einer kleinen Jesus-Statue hinter einer gewölbten kleinen Glasscheibe. Links neben der weißen Steinkonstruktion war ein Bild an ein Holzkreuz gepinnt. Es war ein weiteres Plakat, auf dem eine vermisste Frau zu sehen war, genauso ausgefranst und verblasst wie die übrigen, doch dieses hier hatte ich noch nie gesehen. Es traf mich völlig unvorbereitet, und ich musste mich am Rand des Autositzes festhalten, als ich das Gesicht der Frau auf dem Plakat anstarrte. Mein Herz klopfte so laut, dass ich sicher war, Sylvie könnte es hören. Die vermisste Frau auf dem Plakat sah mir zum Verwechseln ähnlich.

»Siehst du das Plakat da drüben?«, fragte ich Sylvie und deutete mit dem Kopf darauf, konnte den Blick dabei aber nicht von der jungen Frau abwenden, die mich anschaute.

»Ja«, murmelte Sylvie, während sie versuchte, das Auto vom Klippenrand wegzumanövrieren. Wir befanden uns direkt neben einem gefährlichen Abgrund, und doch konnte ich meine Augen einfach nicht von dem Plakat losreißen. Es war, als ob die Welt stehen geblieben wäre. Ich nahm nichts anderes mehr um mich herum wahr.

»Findest du, dass sie mir ähnlich sieht?« Ich hörte mich die Worte laut aussprechen, und die Angst rann langsam durch mich hindurch wie Schweiß.

»Alice, kannst du mir bitte helfen?« Sie klang gereizt, verwirrt, dann folgten ihre Augen langsam meinen zu dem Plakat. Sie war durch die Situation mit dem Auto abgelenkt, aber trotzdem konnte ich sehen, dass sie wirklich erschüttert war. Sie schaute von dem Plakat zu mir zurück und versuchte, sich wieder zu fassen.

»Du siehst es auch, oder?«, sagte ich und blickte auf das verblasste Gesicht. »Sie schaut ein bisschen aus wie ich. Glaubst du, er hat einen bestimmten Typ?«, fragte ich und nahm geisterhaft ein vertrautes Lächeln wahr. Ich schnappte mir mein Handy und zoomte es heran, in der Hoffnung, sie zu erwischen, nur für den Fall.

»O Gott, Alice, was *machst* du denn? Du musst mir helfen, das Auto vom Straßenrand wegzubekommen.«

Ich hörte sie, aber ich hörte nicht zu. Alles andere war nun unwichtig.

Flüchtig nahm ich zur Kenntnis, wie Sylvie mit der Zündung kämpfte, und einen Augenblick lang dachte ich, sie würde in Tränen ausbrechen. Doch schließlich startete sie den Wagen und fuhr diesmal langsamer über die unbefestigte Küstenstraße.

»Bist du okay?«, fragte ich.

»Ja, ich bin nur ein bisschen erschrocken, weil wir beinahe von der Klippe gestürzt wären«, erwiderte sie gereizt.

»Tut mir leid, ich war völlig abgelenkt«, sagte ich und hörte für einen Moment auf, auf mein Handy zu schauen, während ich es immer noch festhielt, um das Bild abzuschirmen, sie zu beschützen.

Wir fuhren schweigend ein Stück weiter, ich wollte etwas sagen, Small Talk machen, aber ich konnte einfach an nichts anderes denken. Also öffnete ich wieder die Foto-App auf meinem Handy und vergrößerte das Bild.

»Es ist verblasst, aber ich glaube, diese Frau ist definitiv jünger als die anderen, sie sieht aus wie ein Teenager«, murmelte ich und zoomte noch näher heran. »Ich glaube, sie hat Blumen im Haar. Ich frage mich, was mit ihr passiert ist.«

»Wahrscheinlich ist sie Inselhoppen gegangen«, meinte Sylvie gedankenverloren.

»Glaubst du wirklich?«, fragte ich voller Hoffnung.

»Ja, ich meine, wo könnten die sonst alle sein? Niemand hat sie je gefunden. Ich wette, sie *alle* haben die Insel verlassen, auf der Suche nach einem Mann, einem Traum oder einem besseren Leben.«

»Ja«, sagte ich lächelnd. »Ich hoffe, sie leben alle in einer Kommune irgendwo in der Sonne und haben eine ganze Horde Kinder.«

»Jeder hat andere Theorien, und vielleicht werden wir es nie erfahren, also lass uns über etwas anderes reden«, sagte sie. »Wir könnten uns sonst mit der Frage, was passiert ist, verrückt machen.«

»Meine Schwester und ich versuchen immer, Rätsel zu lösen, wir sind beide süchtig nach True-Crime-Serien, und ich wollte schon immer Detective werden«, sagte ich.

Sie wandte den Kopf von der Straße ab und sah mich an.

»Ich kann mir dich nicht als Detective vorstellen.«

Ich zuckte mit den Schultern. »Das wäre mir lieber, als im Kundendienst zu arbeiten.«

»Warum hast du dich dann dafür entschieden, anstatt Verbrechen aufzuklären?«

»Es hat sich einfach nicht ergeben«, erwiderte ich, da ich nicht bereit war, noch mehr zu erzählen.

»Nun, es ist nie zu spät, Alice.«

Ich antwortete nicht, ich hatte meine Träume schon vor langer Zeit aufgegeben. Außerdem *war* es sowieso zu spät, vor allem, wenn die Polizei Beweise fand und beschloss, Anklage gegen mich zu erheben.

Schweigend setzten wir unsere Fahrt fort, und nach etwa zwanzig Minuten verließen wir die heiße, staubige Straße und näherten uns dem Weingut. Erst da legte sich meine Nervosität.

»*Schön* ist es hier«, murmelte ich, als sich die Szenerie von der gleißend hellen, heißen Straße und dem strahlend blauen Himmel in die schattigen Zypressen, Orangen- und Olivenbäumen verwandelte, die in langen Reihen an mir vorüberzogen. Das üppige Blätterdach aus kühlem Grün bot eine Atempause von der sengenden, trockenen Hitze, und während wir uns langsam durch das gedämpfte Licht bewegten, legte ich den Kopf zurück und schloss die Augen, um die glitzernden Sonnenstrahlen zu genießen, die durch die Äste drangen.

»Wunderschön, nicht wahr?«, sagte sie, als wir die lange,

breite Kiesauffahrt zu einer riesigen weißen Villa hinauffuhren, die auf einem weitläufigen Anwesen stand. »Ausgereift, prachtvoll und ein Vermögen wert«, verkündete Sylvie.

»Genau so mag ich meine Männer«, scherzte ich.

»Ich auch!«, sagte sie lächelnd und parkte das Auto. »Außerdem ist es nach Meinung dieser Hochzeitsplanerin der beste Ort für eine Hochzeit auf der ganzen Insel.«

Die Villa war wunderschön erhalten, von der Sonne weiß gebleicht, die Fensterläden meeresblau gestrichen und die hellgrünen Olivenbäume sorgfältig zu beiden Seiten der großen Holztür platziert.

»Wenn ich ein Bild von Griechenland malen müsste, würde es so aussehen«, sagte ich, als ich aus dem Auto stieg und alles auf mich wirken ließ.

»Ja, es ist etwas Besonderes«, sagte sie voller Bewunderung. »Und das ganze Land dahinter führt schließlich zum Meer. Anscheinend sorgt die salzige Luft für einen herben Geschmack bei den Trauben, deshalb schmeckt der Wein nach Meer.«

»Und das alles gehört Nik Kouris?«, fragte ich.

»Ja, ich glaube, das Weingut ist seit Jahrhunderten im Besitz seiner Familie.«

»Und seine Frau hat ihn verlassen ... und das für einen reichen Kerl?«, fragte ich und tat so, als würde mich das nur am Rande interessieren, obwohl ich in Wirklichkeit darauf brannte, mehr zu erfahren.

Sie zuckte die Achseln. »Sieht ganz so aus. Wenn du mich fragst, ist das völliger Wahnsinn oder sogar noch schlimmer. Ich meine, Geld ist die eine Sache, aber als sie Nik Kouris verließ, hat sie damit auch eines der größten Weingüter der Insel verloren.«

Ich kicherte, als sie an die große Holztür klopfte und darauf wartete, dass jemand öffnete. Ich hatte damit gerechnet, dass mich ein Butler, ein Dienstmädchen oder was auch immer das griechische Äquivalent war, empfangen würde. Doch plötzlich öffnete sich die Tür und ein älterer Mann, wahrscheinlich in den Sechzigern, stand vor uns. Er war riesig, über einen Meter achtzig groß, mit dicken, muskulösen Armen und einem wirklich unheimlichen Blick.

»Oh, hallo, Dimitris«, sagte Sylvie und war plötzlich sichtlich angespannt. »Wir sind wieder wegen einer Hochzeit hier.« Sie stellte mich nicht vor, sondern verdrehte nur leicht die Augen, während der Mann auf uns beide hinunterstarrte. »Er spricht kein Englisch, das ist immer *so was* von kompliziert«, murmelte Sylvie, während ich in sein Gesicht blickte, das unverkennbar von der lebenslangen Arbeit in der Sonne gezeichnet war. In den Falten hatten sich Dreck und Schweiß gesammelt. Er starrte mich weiter an, ohne zu lächeln, was mir ein sehr unangenehmes Gefühl gab.

»Ist Nik Kouris hier – du weißt schon, dein Chef?« Er starrte sie ausdruckslos an.

Sie schien nervös zu sein und wich ein wenig zurück, während er sich nach vorne beugte und zu verstehen versuchte, was sie wollte.

Er starrte sie weiter an, bis sie ein paar Worte auf Griechisch sagte, auf die er schließlich mit kehligen, einsilbigen Antworten reagierte.

Sylvie drehte sich zu mir um. »Alles okay«, meinte sie, »Nik ist zu Hause, denke ich.«

Wir drehten uns beide zu Dimitris um, der beiseite ging, damit wir eintreten konnten. Ich starrte Sylvie an, die mich nervös musterte, bevor sie vorsichtig das Haus betrat. Wir folgten ihm in sicherem Abstand durch eine lange, kühle Halle, die über und über mit gerahmten Gemälden des Weinbergs geschmückt war, die mehrere Hundert Jahre alt waren. Das hier war altes Geld, mit hohen Gewölbedecken, und als wir zur Rückseite des Hauses gingen, erblickte ich riesige Räume, die mit wunderschönen Kunstwerken ausgestattet waren. Hinten befand sich ein moderneres Wohn- und Esszimmer mit einer Terrasse und einer Lounge im Freien. Ich konnte mir gut vorstellen, abends mit einem Glas Wein dort zu sitzen und mir den Sonnenuntergang über dem Weinberg anzusehen, der sich kilometerweit erstreckte.

Sylvie gab mir mit einer unbeholfenen Geste zu verstehen, dass ich mich auf ein Sofa setzen sollte, und nahm neben mir Platz.

»Wir werden hier auf ihn warten«, erklärte sie in einem geschickten Versuch, Dimitris abzuwimmeln, aber da er das offensichtlich nicht verstand, blieb er in der Nähe stehen. Sein muffiger Körpergeruch wehte schwach zu uns herüber, seine rasselnden Atemzüge durchdrangen die Stille, bis er schließlich langsam in die Küche stapfte. Ich sah ihm nach und bemerkte nach anfänglicher Erleichterung einen Schatten an der Wand – er stand immer noch hinter der Tür und beobachtete uns. Mir war äußerst unbehaglich zumute. Da waren nur Sylvie und ich, zwei Frauen von durchschnittlicher Statur. Gegen einen Mann mit seinem Körperbau hätten wir nicht die geringste Chance. Ein leichtes Zittern überkam mich; das Haus fühlte sich kalt an, obwohl es ein so warmer Tag war.

Was von außen so schön wirkte, sah drinnen ganz anders aus. Es roch alt und feucht, die Bezüge waren abgewetzt und das Mobiliar dunkel und hässlich. Die altmodische Tapete mit ihren langen Ranken, die aus dunklen Blumen hervorsprossen, und den Vögeln mit ihren scharfen Klauen übte eine seltsame Faszination auf mich aus. Offensichtlich war die Tapete ebenso alt wie die Möbel. Ich war überrascht, dass Nik oder seine Ex-Frau das Haus nicht auf Vordermann gebracht hatten.

Ich warf einen Blick auf Sylvie, die in die Küche schaute. »Jetzt ist er weg«, sagte sie leise.

»Ein Glück, das war irgendwie seltsam.«

»*Er* ist seltsam!«, flüsterte Sylvie.

»Wer ist das überhaupt?«

»Ich habe gehört, dass er Niks Cousin ist und schon seit Jahren hier lebt. Er arbeitet auf dem Weinberg. Ich glaube, Nik hat seinem Vater versprochen, sich um ihn zu kümmern oder so, aber ich schätze, jetzt hat er ihn sein Leben lang am Hals. Er spricht ein bisschen Griechisch, aber du hast sicher bemerkt, dass er nicht besonders gesprächig ist.«

Mein Mund war trocken. Ich hatte das Gefühl, dass er uns belauschen würde, wo immer er gerade steckte. Doch Sylvie redete weiter.

»Ich mache mir Sorgen um die Brautpaare, die manchmal die Möglichkeit nutzen, in der Honeymoon-Suite zu übernachten. Sie könnten eines Nachts aufwachen und Dimitris mit einem Küchenmesser über sich stehen sehen.« Sie schauderte und sah mich dann an. »Jetzt guck nicht so ängstlich, er ist weg, außerdem spricht er kein Wort Englisch.«

»Das erklärt, warum er uns noch nicht mal begrüßt hat. Warum ist er hier?«

»Ich glaube, Nik hat Mitleid mit ihm.«

Bei diesem Gedanken wurde mir ein wenig warm ums Herz. »Er ist offensichtlich sehr nett.«

»Ja, das denke ich auch.« Sie starrte vor sich hin, ganz in ihrer eigenen Welt gefangen, und fügte hinzu: »Aber Nik versucht, sein Geschäft aufzubauen – und das ist bestimmt nicht einfach, wo es doch all diese seltsamen *Gerüchte* über Dimitris gibt.«

Ihre Worte blieben in der Stille hängen.

»*Gerüchte?*«

Sie nickte langsam, offensichtlich zögerte sie, weitere Details preiszugeben. »Du weißt doch, diese Vermisstenplakate in der ganzen Stadt, wie das, das du auf dem Weg hierher gesehen hast?«

»Ja ...« Ich spürte, wie mein Herz überall im Körper pochte und durch das Sofa vibrierte, auf dem ich saß.

»Davon gab es im Laufe der Jahre eine ganze Menge.«

»Ich weiß, das sind Frauen, die hergekommen sind, um Urlaub zu machen oder zu arbeiten – und die nie wieder nach Hause zurückgekehrt sind.«

»Das ist richtig. Und wie gesagt, ich hoffe wirklich, dass es einen guten Grund gibt, warum sie Korfu verlassen haben, aber ...«

»Aber was?«

Sie beugte sich zu mir, denn obwohl sie gesagt hatte, dass er kein Englisch verstand, schien es sie genauso zu beunruhigen wie mich, dass er noch in Hörweite war. »Es gibt einige Leute, die glauben, dass er genau weiß, was mit den vermissten Frauen passiert ist.«

»Denkst du, *er* hat irgendwas getan?«

Sie zog die Augenbrauen hoch. »Hör mal, ich weiß es nicht, ich habe nur gehört, dass man darauf achten sollte, nie mit ihm allein zu sein.«

Ihre Worte schwebten über uns wie eine dunkle Wolke. Ich spürte die Kälte im Raum und die schwache Note seines Körpergeruchs, der uns auch jetzt noch begleitete, nachdem er weg war. Vorhin hatte mich das Plakat am Straßenschrein verunsichert, und jetzt erschrak ich bei dem Gedanken, dass ich mich möglicherweise in der Gegenwart eines Täters befand. Eines Entführers? Eines Mörders? Stellte ich eine Verbindung her, wo es gar keine gab? Hatte Dimitris etwas mit den verschwundenen Frauen zu tun, oder war das nur Gerede, und die Polizei hatte es deshalb nicht weiterverfolgt?

»Was hält die Polizei davon?«, fragte ich.

»Das weiß niemand, sie haben keine Spur«, erwiderte sie verächtlich.

»Meine Schwester und ich haben die Geschichte der vermissten Frauen verfolgt, wir haben im Internet recherchiert, ein paar Leute auf TikTok haben darüber berichtet ...«

»Ach wirklich? Ich finde es so geschmacklos, dass Kinder sich unbedingt als Hobbydetektive aufspielen müssen.«

»Ja, aber irgendwo gibt es immer irgendjemanden, der etwas weiß. Und manchmal geht es darum, die Informationen an die Öffentlichkeit zu bringen. Abgesehen von einer winzigen Meldung in den Nachrichten gab es bisher nichts.«

»Nein, die Polizei gibt keine Informationen heraus, weil es nicht gut für den Tourismus ist, wenn Frauen auf einer paradiesischen Urlaubsinsel verschwinden«, erklärte sie. »Komm schon, genug von Dimitris, dem Serienmörder«, sagte sie und riss mich aus meinen düsteren Gedanken. »Der Florist wird jeden Augenblick hier sein.« Sie marschierte in die Küche, und ich folgte ihr, bekam aber den Lärm der schreienden Frauen einfach nicht aus dem Kopf. Es machte mir Angst, aber zugleich war ich gezwungen, hier auf der Insel zu sein, wo sie zuletzt gesehen worden waren. Ich musste versuchen, sie zu retten, damit die Schreie in meinem Kopf verstummten. Doch im Laufe der nächsten Monate wurde mein Leben zu einem Versteckspiel. Es wurde erst wärmer, dann heißer, je näher ich dem kam, was ich für die Wahrheit *hielt*, und doch versteckte sich die Wahrheit die ganze Zeit über vor mir. Bald wurde es wieder kalt, ich hatte keine Anhaltspunkte und keine Antworten, und die Schreie in meinem Kopf wurden lauter.

12

Viel später, als der Geruch von Minze und frisch geschnittenen Gurken die Küche erfüllte und die Blumen auf den schön gedeckten Tischen sich in üppige Bouquets verwandelt hatten, tauchte Nik Kouris auf.

»Alice, bist du endlich zu Besuch gekommen?«, sagte er, als er die Küche betrat, in der ich mit Sylvie stand. Er trug eine helle Leinenjacke, die seine Bräune noch intensiver wirken ließ, und mein Herz schlug schneller.

»Ja, aber ich bin nicht nur zum Vergnügen hier, ich unterstütze die Hochzeitsplanerinnen«, sagte ich, damit er nicht glaubte, ich hätte seine Einladung ernst genommen und wäre zufällig in seiner Küche aufgetaucht.

Er ignorierte alle anderen, auch Sylvie, kam mit ausgestreckten Armen auf mich zu, und als er mich umarmte, roch er köstlich.

»Herrlich«, murmelte ich und geriet bei der Aussicht, in seinen Armen zu liegen, ins Träumen. Nachdem wir uns umarmt und wie alte Freunde auf beide Wangen geküsst hatten, fragte er, ob er mich herumführen dürfe.

»Ich bin eigentlich zum Arbeiten hier«, antwortete ich etwas verlegen.

»Das gehört alles zum Job«, sagte Sylvie. »Du gehst mit Nik, lass dir von ihm alles zeigen. Es ist gut, wenn du dich in diesem Gebäude auskennst, ich habe mich beim letzten Mal verlaufen«, sagte sie mit einem beruhigenden Lächeln.

»Hallo«, sagte Nik und streckte ihr die Hand entgegen. »Schön, dich wiederzusehen, Sylvie. Geht es dir gut?«

»Mir geht's bestens, danke«, antwortete sie. Sie nahm seine Hand. »Wie ich sehe, kennt ihr beiden euch bereits?«

»Ja, Alice und ich sind alte Freunde«, stichelte er, doch bevor sie etwas darauf erwidern konnte, schob er mich sanft durch die Tür und begleitete mich die Treppe hinauf, wo noch mehr freiliegende, strahlend weiß gestrichene Backsteine zu sehen waren. Als wir das obere Ende der Treppe erreicht hatten, führte er mich auf eine obere Terrasse und zeigte mir die Olivenpresse, die Weinkellerei und sogar einen Laden, in dem die Weine an Besucher verkauft wurden.

Ich redete nicht besonders viel. Eine seltsame Schüchternheit überkam mich, wie bei einer Jugendlichen, die zum ersten Mal verknallt war. Ich beobachtete, wie er neben mir auf einer hohen Terrasse stand. Im Sonnenschein war seine Haut glatt rasiert, hatte die Farbe von Honig, und er roch nach teurem Parfum.

»Wie schön, an einem Ort wie diesem zu heiraten«, sagte ich und dachte an meine eigene Spätsommerhochzeit mit Dan zurück. Es hatte den ganzen Tag über geregnet, der Bar war der Wein ausgegangen, und wir hatten uns pausenlos gestritten. Schon damals hätte ich es wissen müssen.

»Ich habe hier geheiratet«, sagte Nik, ohne weiter ins Detail zu gehen.

»Bist du ... noch verheiratet?« Sylvie hatte erwähnt, dass er geschieden war, aber ich wollte Niks Geschichte von ihm selbst hören.

»Nein, wir sind nicht mehr zusammen«, sagte er traurig. »Sie hat mich verlassen, sie lebt jetzt bei einem anderen. Und ich dachte, die Ehe wäre was für die Ewigkeit.«

»Nichts ist für die Ewigkeit«, erwiderte ich.

Plötzlich war ich wieder in dem hell erleuchteten Supermarkt, die zerbrochene Flasche, Rotwein und etwas anderes … Blut. Blut, gefolgt von Stille. *Ohrenbetäubender* Stille.

Wir lehnten nun beide an einer Wand und blickten auf den Weinberg hinunter, jeder in seiner eigenen Welt und doch zusammen. Ich atmete ihn ein, spürte die Wärme seines Körpers neben meinem und fragte mich, ob *er* mich vielleicht zu retten vermochte. Konnte Nik Kouris mich das Geräusch der schreienden Frauen und das Blut auf dem Boden eines Supermarktes vergessen lassen?

Plötzlich holte mich ein lautes, aufdringliches Summen in die Wirklichkeit zurück.

»Mein Handy, tut mir leid, da muss ich ran«, sagte Nik und ging zurück ins Haus, um den Anruf entgegenzunehmen. Ich hörte, wie er sprach, verstand aber nicht, was er sagte. Dann vernahm ich ein Lachen und bemerkte den sanften, neckischen Tonfall. In diesem Moment wusste ich, wer ihn angerufen hatte, und als ich über den Rand der Terrasse spähte, sah ich sie. Angelina war am Telefon. Sie lachte. Noch beunruhigender war, dass sie direkt zu mir hochschaute, als hätte sie damit *gerechnet*, dass ich auf der Terrasse stand und nach unten blickte. Unsere Blicke trafen sich, und obwohl ich instinktiv wegschauen wollte, tat ich es nicht. Sie starrte mich weiter an und lachte.

Lachte sie *über* mich? Und lachte Nik ebenfalls *über* mich? Während meiner Zeit mit Dan hatte ich verschiedene Arten von Paranoia kennengelernt. Er hatte es geschafft, dass ich mich unsicher und ungeliebt fühlte und gegenüber den meisten Menschen und ihren Beweggründen misstrauisch war. Mein geringes Selbstwertgefühl wurde durch alles, was er tat, noch verstärkt, bis ich schließlich die Rettung in einem Glas fand, was zu allen möglichen Problemen führte. Ich beobachtete Angelina, die mich von unten anstarrte, und fragte mich, ob das, was ich sah, der Wahrheit entsprach. War ich auf der richtigen Spur oder auf dem Holzweg? Oder litt ich *immer noch* an einer Art Wahnvorstellung? Hatte mein Gehirn alles so sehr betäubt, dass ich, wie meine Therapeutin gemeint hatte, nicht mehr wusste, was tatsächlich real war und was ich mir nur einbildete?

Was Nik anging, hatte ich mir etwas vorgemacht? Hatte ich mich so sehr zu ihm hingezogen gefühlt, war ich so überwältigt von seiner Person, dass ich nicht mehr klar denken konnte? Ich konnte Dans Stimme hören, die fragte: »Warum sollte jemand wie er jemanden wie dich auch nur *ansehen?*« Er war umwerfend, und er *besaß* einen Weinberg. Ich war eine glanzlose, geschiedene Mitvierzigerin ohne Job, gegen die die Polizei ermittelte – keine guten Gründe, direkt nach rechts zu wischen. Wer war ich schon, dass er mir den Vorzug gegenüber Angelina geben könnte, die wunderschön, scharfsinnig, selbstbewusst und so viel jünger war?

Plötzlich wurde ich von einer Bewegung auf der Terrasse abgelenkt – war es die leichte Brise, die vom Meer herüberwehte, ein Vogel oder meine trügerische Fantasie? Nik war es jedenfalls nicht, denn ich hörte ihn immer noch telefonieren, und als ich wieder über die Mauer nach unten blickte, sah ich, dass auch Angelina noch am Telefon war. Außerdem starrte sie *immer noch* zu mir hoch. War das Bosheit oder Gleichgültigkeit in ihren Augen?

Als ich mich von ihr abwandte, bemerkte ich, dass sich in der Türöffnung, die aus dem Flur hinausführte, etwas bewegte. »Hallo?«, rief ich. Als niemand antwortete, ging ich langsam auf die offene Tür zu. Es war dunkel, deshalb konnte ich nicht besonders gut sehen.

Ich keuchte und blieb wie angewurzelt stehen. In der

Terrassentür lauerte Dimitris. Er trat heraus, und ich wich zurück, als er etwas auf Griechisch sagte, das ich nicht verstand.

»Hallo«, krächzte ich, entsetzt darüber, dass ich hier oben allein war, gefangen zwischen diesem seltsamen Mann auf der einen Seite und einer lachenden Angelina da unten.

Er kam mit schweren Schritten auf mich zu und deutete auf das Mäuerchen, das die Terrasse umgab.

Mein Instinkt sagte mir, dass ich rückwärtsgehen sollte, um Abstand zu halten und ihn im Blick zu haben. Sylvies warnende Worte »Sieh zu, dass du nicht allein mit ihm bist« klingelten in meinen Ohren, während ich zurückwich.

Ich bewegte mich langsam, unsicher, was ich tun sollte. Dimitris schien wütend und aufgebracht zu sein, und ich musste sehr vorsichtig agieren. Jetzt war nicht der richtige Zeitpunkt für missglückte Übersetzungsversuche. Von meiner derzeitigen Position aus war der nächste Ausweg ein Sprung über die Mauer, ein etwa sechs Meter tiefer Sturz, dorthin, wo Angelina stand und am Telefon mit Nik plauderte.

In der Absicht, höflich und ruhig an Dimitris vorbeizugehen und die Terrasse zu verlassen, bewegte ich mich auf ihn zu. Aber er war riesig, er versperrte den einzigen Ausgang, und mir wurde schnell klar, dass er mich nicht vorbeilassen würde. Er stand ganz still und hatte offenbar nicht vor, sich von der Stelle zu rühren. Die Terrasse war hoch, und ich war allein mit einem Mann, der möglicherweise für das Verschwinden oder sogar den Mord an neun Frauen verantwortlich war; oder auch zehn, wenn das jüngere Mädchen, das ebenfalls vermisst wurde, nicht einfach untergetaucht war. Ich fand, dass sie mir ähnlich sah, oder war es wieder meine blühende Fantasie, die mir einen Streich spielte? Selbst wenn es eine Ähnlichkeit gab, bedeutete das nicht, dass ich mit den meisten dieser Frauen etwas gemeinsam hatte. Doch was, wenn er einen bevorzugten Typ hatte? Was, wenn ich zu diesem Typ gehörte? Und was, wenn *er* jetzt mit mir auf dieser menschenleeren Terrasse stand, wo niemand meine Schreie hören würde?

»Dimitris, könntest du mich bitte vorbeilassen?«

Er sah mich an. Verstand er mich wirklich nicht, oder *wollte* er mich nicht verstehen? Endlos lange Sekunden standen wir da und starrten uns an, dann stellte ich zu meiner großen Erleichterung plötzlich fest, dass sich jemand hinter ihm bewegte.

»Tut mir leid, das war ein Lieferant am Telefon«, sagte Nik, schob sich vorsichtig an dem älteren Mann vorbei und schenkte ihm ein Nicken und ein Lächeln. Plötzlich löste sich die Anspannung in Luft auf. Dimitris war weg, und Nik war hier. Erleichterung strömte durch meine Adern. Ich stützte mich mit der Hand an der Wand ab, um nicht das Gleichgewicht zu verlieren. Ich war wegen meiner eigenen Sicherheit beunruhigt gewesen, doch nach dem, was an dem Abend mit Dan passiert war, machte ich mir jetzt Sorgen darüber, wie ich reagieren würde, wenn es um die Wahl zwischen Kampf oder Flucht ging. Ich war immer davon ausgegangen, dass ich die Flucht ergreifen würde, aber es schien auch die Möglichkeit zu bestehen, dass ich blieb und mich für den Kampf entschied. War es das, was ich Dan an jenem Abend angetan hatte, war ich zum ersten Mal überhaupt geblieben und hatte gekämpft? Das schien zumindest die Polizei zu glauben. Wenn ich Dan also *tatsächlich* angegriffen hatte, wer konnte dann schon sagen, ob ich nicht wieder ausrasten würde, wenn mich jemand in die Enge trieb?

»Tut mir leid, wo waren wir stehen geblieben?« Nik schien die Spannung, die sich durch seine Ankunft wenige Sekunden zuvor aufgelöst hatte, gar nicht bemerkt zu haben. Dimitris war jetzt verschwunden, und ich überlegte, ob ich etwas sagen sollte, doch was genau sollte ich sagen? Dass Dimitris mir Angst gemacht hatte? Dass ich vielleicht wegen eines Mannes überreagiert hatte, der möglicherweise nur verwirrt war und von den

Leuten missverstanden wurde? Obwohl ich das wirklich bezweifelte.

»Nachdem du jetzt das Obergeschoss gesehen hast, lass mich dir den Weinkeller zeigen«, schlug Nik vor.

»Ich würde ja gerne, aber ich frage mich, ob ich Sylvie nicht helfen sollte. Ich glaube, der heutige Tag ist eine Art Bewährungsprobe, und ich möchte sie nicht gleich an meinem ersten Tag enttäuschen.«

»Sylvie kommt schon zurecht. Lass mich dir einen meiner legendären Meisterkurse in Sachen Wein geben«, sagte er und schenkte mir ein strahlendes Lächeln. »Außerdem tue ich deiner Chefin einen Gefallen, denn es ist gut, wenn sich das Hochzeitspersonal mit Wein auskennt.«

»Oh, na wenn das so ist ... perfekt, dann kann der Meisterkurs ja losgehen«, antwortete ich und folgte ihm die Treppe hinunter in die Küche, wo eine Menge los war. Ich sah ein paar Kochmützen, einige schrien, einige lachten, und jede Menge Essen, Berge von buntem Gemüse und riesige Kisten mit Salat. Der Metzger war gerade gekommen und schrie einen der Köche an, während Teller und Gläser zu Bruch gingen. Nik zog die Augenbrauen hoch, öffnete eine schwere Holztür und führte mich eine weitere Treppe hinunter in einen kühlen, dunklen Raum.

»Da drin geht's ja *richtig* zur Sache!«, staunte ich und folgte ihm die Stufen hinab.

»Ja, manchmal frage ich mich, ob es wirklich klug ist, Fremde in mein Haus zu lassen«, sagte er wehmütig. »Sie neigen dazu, alles in Beschlag zu nehmen, und vergessen, dass es nicht ihnen gehört.« Er zuckte leicht mit den Schultern, als ob er in diesen Dingen kein Mitspracherecht hätte. Er stand jetzt am Fuß der Treppe und reichte mir die Hand, und in dem schwach beleuchteten Keller war ich froh, dass ich jemanden hatte, der mich führte.

Ich wusste nichts über Wein, doch Nik war ein Profi, der

mich über Temperaturen, Säuregehalt, Tannine, Mazeration und andere Begriffe aufklärte, die für mich ziemlich bedeutungslos waren. Dennoch genoss ich es, ihm zuzuhören. Ich beobachtete nur, wie sich sein Mund bewegte, und war begeistert von seinem Wissen und seiner Leidenschaft. Er stand neben einem Fass, und seine langen, schlanken Finger strichen über das dunkle, gealterte Holz. »Und dann ist da noch der Engelsanteil«, sagte er.

»Was ist das denn?« Der Klang dieses Begriffs gefiel mir.

»Das ist der Teil des Weins, der in einem reifenden Fass zurückbleibt und durch Verdunstung verloren geht.«

»Mir gefällt der Gedanke, dass es Engel gibt, die Wein aus den Fässern trinken«, sagte ich und musste an die Frauen denken. Ich hoffte, dass sie, wo auch immer sie waren, Wein tranken und ihren Engelsanteil bekamen.

»Ja, das ist eine ziemlich nette Idee, nicht wahr?« Er lächelte mich an. Das war ein gutes Gefühl.

Wir standen mindestens eine Stunde lang in dem kalten, dunklen Keller, und als wir wieder in den Sonnenschein hinaustraten, hatte ich mich ein bisschen in Nik verliebt.

Als ich schließlich die helle Terrasse betrat, auf der die gedeckten Tische standen, war das ein ziemlicher Schock für meine Sinne. Nik sprach gerade mit dem Caterer über den Wein. Ich sah mich nach Sylvie um, die anscheinend in ein heftiges Wortgefecht mit Angelina verwickelt war. Ich bekam nur den letzten Teil des Gesprächs mit, doch es gab offensichtlich Spannungen zwischen den beiden. »Wir können nicht zur Polizei gehen, es gibt keine *Beweise*«, zischte Sylvie leise. Beide Frauen sahen wütend aus.

»Aber ich habe ihn mit dieser Frau gesehen, wirklich. Ich bin mir ganz sicher, Sylvie.«

»Ja, aber das heißt doch nicht, dass er irgendwas *verbrochen* hat? Angelina, so was kannst du nicht einfach behaupten, sonst bekommst du Ärger.«

Ging es um Dimitris? Hatte Angelina ihn mit einer der vermissten Frauen gesehen? Wäre ich bei dem Gespräch dabei gewesen, hätte ich sie ermutigt, zur Polizei zu gehen, aber Sylvie wollte keinen Ärger, sie war manchmal zu gut für diese Welt.

»Tut mir leid, ich wollte nicht stören«, begann ich.

»Nein, wir reden nur über einen aggressiven Gast«, sagte Sylvie und legte ihren Arm locker um Angelina, die mich missmutig ansah.

»Geht es dir gut?«, fragte ich.

»Ja, warum sollte es mir nicht gut gehen?«, blaffte sie.

»Nur so«, erwiderte ich ebenso kurz angebunden, weil ich keinen Streit mit ihr anfangen wollte. Was hatte sie eigentlich für ein Problem?

»Erklärst du mir, was ich tun muss?«, fragte ich, bemüht, die Enge in meinem Brustkorb abzuschütteln. Ich hatte das Gefühl, dass ich nicht die Einzige war, die auf dieser Hochzeit etwas zu verbergen hatte.

13

Eine Woche nach meiner Feuertaufe auf der ersten Hochzeit fand eine weitere Hochzeit statt, wieder auf dem Weingut. Sylvie hatte mich gefragt, ob ich arbeiten könnte, und wollte mich vor meiner Wohnung abholen, wo ich auf einer Bank im Sonnenschein auf sie wartete. Da ich zu früh dran war, rief ich Heather an und erwähnte nach ihrer üblichen Befragung das Plakat des jungen Mädchens, das ich gesehen hatte.

»Ich mache mir Sorgen um dich, Alice«, sagte sie seufzend. »Du scheinst in das Profil dieser Frauen zu passen.«

»Ja, es sieht so aus, als hätte er einen Typ, aber keine Sorge, ich werde nichts Unüberlegtes tun und mich nicht in Gefahr bringen.«

»Du? Dich nicht in Gefahr bringen?« Sie lachte. »Warum fällt es mir so schwer, das zu glauben?«

»Ich bin ... die Dinge ändern sich für mich, Heather, mir geht es gut, ehrlich. Jetzt, wo ich hier bin, fühle ich mich nicht mehr so niedergeschlagen. Ich habe ein paar nette Freunde gefunden, und ich bin nicht mehr so *besessen*.«

»Gut, ich bin froh, dass du Leute hast, die dich unterstützen. Wir alle brauchen Menschen um uns herum.«

»Jemand, mit dem ich befreundet bin, besitzt ein Weingut und …«

»Oh, ich hoffe, du ziehst keinen Vorteil aus den Produkten dieser Freundin, dein Alkoholkonsum …«

»Also, eigentlich ist es ein Mann, dem das Weingut gehört, und ich trinke auch nicht mehr so viel«, log ich, damit sie sich keine Sorgen machte. Heather brauchte nicht zu erfahren, dass ich mich regelmäßig mit Sylvie zu Cocktails traf.

»Du klingst tatsächlich glücklicher.« Sie hielt inne, ich wusste, was als Nächstes kommen würde. »Dieser Typ, bist du nur mit ihm befreundet?«

»Im Moment *noch*, aber wer weiß, was daraus wird!«

»Sei vorsichtig, du bist noch ziemlich labil, Alice. Ich weiß, du hältst mich für eine Spielverderberin, aber du verliebst dich ziemlich leicht. Du hast dich Hals über Kopf in Dan verknallt, und schau, was daraus geworden ist.«

»Ich werde nichts überstürzen, ich fühle mich einfach wohl in seiner Gesellschaft.«

»Das klingt gut, ich will nur, dass du glücklich und in Sicherheit bist, Alice, das ist alles, was ich je wollte.«

»Ich weiß.«

»Aber dieses Foto … die vermissten Frauen, das macht mir Sorgen. Versprich mir, dass du nicht zu intensiv suchen wirst.«

»O nein, keine Sorge, ich werde nicht wieder anfangen, mich zwanghaft damit zu beschäftigen.«

»Das hast du auch gesagt, nachdem Dan sich von dir getrennt hat, aber du hast dich wie besessen darauf gestürzt, zu viel getrunken und dann hast du ihn mitten in der Nacht angerufen.«

»Woher weißt du davon?«

»Ich habe dich gehört, die Wände sind dünn. Ich habe dich auch weinen gehört, und jetzt redest du von den vermissten Frauen, und das macht mir Sorgen. Komm nach Hause, Alice, wir können das alles gemeinsam durchstehen.«

»Du bist die beste Schwester, die man sich wünschen kann, aber ich habe mich viel zu lange auf dich verlassen. Du musst dich jetzt um deine eigenen Mädchen kümmern, ich kann nicht dein drittes Kind sein«, fügte ich hinzu – ein missglückter Versuch, einen Witz zu machen. »Und ich verspreche dir, dass ich nicht besessen bin. Vielleicht ist da gar nichts. Meine Freundin Sylvie meint, dass die vermissten Frauen alle einen guten Grund gehabt haben könnten, die Insel zu verlassen«, sagte ich, ohne selbst daran zu glauben, aber in der Hoffnung, wenigstens meine Schwester davon zu überzeugen, dass ich mich *nicht* in die Sache verrannt hatte.

»Dann wollen wir hoffen, dass es auch so ist, aber solange nicht zumindest eine dieser Frauen wieder auftaucht, weißt du nicht, wem du trauen kannst, also bleib möglichst auf Abstand und komm so schnell wie möglich nach Hause.«

»Das werde ich.«

»Alice …« Sie hielt inne. »Ich will dir nicht noch mehr Sorgen machen, aber die Dinge scheinen sich hier ziemlich schnell zu entwickeln, Dan und Della wohnen nur ein Stück die Straße runter, und da kommen mir gewisse Dinge zu Ohren.«

»Was denn?« Ich versuchte, den Schock in meiner Stimme zu überspielen, damit sie ihn nicht bemerkte. Was war passiert?

»Gestern habe ich zufällig gehört, wie eine Frau im Friseursalon über Dan und Della gesprochen hat. Sie kennt mich nicht, aber sie kennt die beiden, und sie hat erzählt, dass die Polizei vorhat, dich in Kürze *anzuklagen*, Alice.«

Ich holte tief Luft. Es fiel mir schwer, Worte zu finden, denn ich hatte den Gedanken zwar die ganze Zeit über im Hinterkopf gehabt, dennoch hatte ich so bald noch nicht damit gerechnet.

»Scheiße, haben sie irgendwas gefunden? Einen Beweis?«

»Ich weiß es nicht, aber wenn sie beschließen, Anklage zu erheben, dann spielt es keine Rolle, wo du bist, sie werden dich finden«, sagte sie in die Stille hinein. »Ich verstehe, was du da draußen suchst, Schatz, doch im Moment fühlt es sich an, als wolltest du dich einfach nur ablenken. Du hast hier aber etwas viel Wichtigeres zu tun.«

»Wie kannst du so was sagen? Wie kann etwas wichtiger sein als das, Heather?«

»Ich weiß, ich weiß, aber so ist es nun mal – ich mache mir wirklich Sorgen, Alice. Du könntest im Gefängnis landen. Oder ein Opfer von dem werden, was auch immer dort vor sich geht. Wenn er einen bestimmten Typ *hat*, könntest du die Nächste sein.«

»Sag doch so was nicht.« Ich zitterte, weil ich nur allzu genau wusste, dass sie möglicherweise recht hatte. »Hör mal, Heather, ich muss los. Ich muss heute arbeiten und bin spät dran«, log ich. »Hab dich lieb, wir hören bald wieder voneinander.«

Die verblassten Gesichter der Frauen waren eine ständige Fotomontage in meinem Kopf, und als ich das Handy weglegte, traten sie wieder in den Vordergrund. Aber jetzt verfolgte mich eine von ihnen mehr als die anderen. Sie stand im Mittelpunkt meiner Gedanken, und es war ihr Gesicht, das mich dazu trieb, mehr herauszufinden. Alles, was ich hatte, war ein Foto des Plakats, und wäre es ein Papierfoto gewesen, dann wäre es mittlerweile längst abgegriffen. Immer wieder öffnete ich die Foto-App, um es mir anzuschauen. Sogar mitten in der Nacht wachte ich auf und schaute sie an, als könnte ich sie überraschen und einen Hinweis entdecken, irgendetwas, das mir vorher nicht aufgefallen war.

Ich fand, dass sie jung aussah, aber wie Sylvie gesagt hatte, konnte man sich nicht sicher sein, wie alt sie war, da das Bild so stark verwittert war. Die einzige Information auf dem Plakat war eine Telefonnummer der griechischen Polizei, und selbst die war unvollständig.

Doch dann musste ich mich von dem Foto losreißen, denn

Sylvie rief meinen Namen aus ihrem Wagen, der nur ein paar Meter entfernt stand.

»Ich habe bestimmt zehnmal nach dir gerufen«, sagte sie, als ich ins Auto stieg. »Ich dachte schon, du wärst plötzlich taub geworden.«

Lächelnd legte ich meinen Sicherheitsgurt an. Heather hatte recht, das mit meiner Obsession ging schon wieder los.

Doch wie immer schaffte es Sylvie mit ihrer fröhlichen Art, mich abzulenken. Sie schien nie launisch oder niedergeschlagen zu sein und sah stets an allem eine positive Seite, was ich als sehr heilsam empfand. Sogar ihre Kleidung war fröhlich, und als ich an diesem Tag zu ihr ins Auto stieg, trug sie eine leuchtend orangefarbene Palazzohose und ein weißes Neckholder-Top, und die wunderschöne tomatenrote Hermes-Handtasche lag neben meinen Füßen im Fußraum. Ich machte ihr jedoch keine Komplimente zu ihrem Outfit oder ihrer Handtasche, weil ich befürchten musste, dass sie sich auf der Stelle ausziehen und mir alles schenken würde. Allein das Outfit musste ein Vermögen gekostet haben, von der Tasche mal ganz zu schweigen. Sie hatte es seit dem Scheitern ihrer Beziehung so weit gebracht; sie hatte mir erzählt, nach der Trennung sei sie mit leeren Händen dagestanden, und doch genoss sie jetzt die Sonnenseite des Lebens und verdiente einen Haufen Geld. Ich hoffte, dass ich auch eines Tages meine Vergangenheit hinter mir lassen könnte, wie sie vorankommen und solch ein Glück finden würde; sie war mein Vorbild.

»Was für eine Hochzeit steht denn heute an?«, fragte ich.

Wir standen gerade an der Ampel, deshalb drehte sie sich zu mir um und schob sich die Sonnenbrille ins Haar.

»Ein Millionär und ein Victoria's-Secret-Model«, erwiderte sie mit einem Zwinkern. »Es ist die bisher größte Hochzeit, es gibt nichts, was den beiden zu teuer ist.«

»Scheiße, jetzt komme ich mir aber *wirklich* altbacken vor. Was werden sie wohl davon halten, wenn ein Mitglied der

Amish-Gemeinschaft auf ihrer Millionen-Dollar-Hochzeit aufkreuzt?«, fragte ich und zupfte dazu verunsichert an meinem eher unförmigen rosa Leinenkleid herum.

»Du fühlst dich darin nicht wohl, stimmt's?«, sagte sie, setzte den linken Blinker, wendete und ordnete sich in den Urlaubsverkehr Richtung Stadt ein. »Lass uns zu mir fahren, wir haben noch jede Menge Zeit. Ich habe genau das richtige Outfit für dich, das du heute tragen kannst.«

»Nein, das habe ich doch nicht gesagt, damit du anbietest, mir was zu leihen ...«, versuchte ich zu protestieren, weil ich wusste, dass ich den Mund hätte halten sollen, aber mir war auch klar, dass es nun zwecklos war, mit ihr zu streiten.

Wenige Minuten später hielten wir vor einem Wohnblock, der sehr exklusiv wirkte. »Komm schon, Miss Amish«, sagte sie und stellte den Motor ab. »Jetzt machen wir dich richtig schick!« Ich folgte ihr durch die riesigen Doppeltüren, und sie winkte der Concierge an der Rezeption kurz zu und drückte dann auf den Aufzugsknopf für die dritte Etage.

»Mein Penthouse-Apartment«, murmelte sie. Und sie machte keine Witze, es war tatsächlich ein Penthouse: Glaswände, die bis zur Decke reichten; warme Holzböden und jede Menge heller Sofas.

»Wenn ich auch nur daran denke, dass ich Mitleid mit dir hatte, weil dein Ex dir alles weggenommen hat«, sagte ich und staunte über den Ausblick auf den Hafen mit seinen weißen und blauen Farben, dem Meer und den Segeln.

»Hast du schon mal was von Rachepornos gehört? Nun, das war meine Racheimmobilie«, erwiderte sie mit einem Lächeln. »Ich denke, man könnte sagen, er hat mir einen Gefallen getan. Als er mich betrogen hat, war ich fest entschlossen, mein Leben zum Erfolg zu führen, und da habe ich das Unternehmen gegründet.«

»Dein Zuhause ist wie *du*.« Ich betrachtete die weichen weißen Ledersofas und den kühlen Marmorboden.

»Wie meinst du das?«

»Nun, es hat klare Linien, bequeme Sofas, eine schöne Aussicht, ist geschmackvoll und teuer, genau wie man es erwarten würde. Und dann *so was*.« Ich zeigte auf einen riesigen Kronleuchter, der von der hohen Decke hing. »Das kommt total überraschend, und manchmal überraschst du mich ebenso.«

»Was meinst du damit?«

»Manchmal habe ich das Gefühl, dich richtig gut zu kennen, und dann wieder nicht.«

»Wirst du jetzt irgendwas Schreckliches über mich sagen?« Sie sah wirklich verletzt aus.

»Auf keinen Fall, du bist perfekt – du überraschst mich einfach nur.« Ich hatte ein schlechtes Gewissen, Sylvie hatte mal beiläufig erwähnt, dass sie in der Schule gemobbt worden war, und dann hatte sie dieses schlimme Erlebnis mit ihrem Ex gehabt. Obwohl sie glücklich und zufrieden zu sein schien, hatte sie eine verletzliche Seite, und ich musste vorsichtiger sein und durfte diese Unsicherheiten nicht noch verstärken, auch nicht unabsichtlich. Also wechselte ich das Thema, weg von Sylvie, hin zu meiner neuen fixen Idee. Die ließ mich nicht los, und ich war geradezu süchtig danach, mehr darüber herauszufinden.

»Neulich habe ich dich doch gefragt, ob die Frau auf dem Plakat aussieht wie ich«, begann ich. »Ich hatte gedacht, du würdest das abtun und mir sagen, dass ich Unsinn rede. Aber du warst genauso erschrocken wie ich. Liegt das daran, dass du denkst, dass er einen Typ hat und dass *du* vielleicht auch in dieses Profil passen könntest?«

Sie sah mich einen Moment lang an, als wollte sie zugeben, dass ich recht hatte, doch dann stritt sie alles ab. »Nein, ich hatte keine Angst, weil die Frau auf dem Plakat so aussieht wie du *oder* ich, ich hatte Angst, dass ich das Auto beschädigt haben könnte«, antwortete sie schroff. »Ich rede nicht gerne darüber, ich finde die ganze Sache einfach ...« Sie hielt inne, um nachzudenken, und holte ihren Verdampfer hervor: »Okay, ich sage dir, wie ich darüber denke. Das Leben hier ist wundervoll, ich war noch nie so glücklich, aber so toll mein Leben auch ist, es gibt immer Schattenseiten. Ich habe nie ohne Schatten gelebt, Alice, also habe ich gelernt, *mit* ihnen zu leben, und das bedeutet, nicht zu sehr in dunkle Ecken zu schauen. Und wenn ich das zu dir sagen darf, du wärst glücklicher, wenn du das genauso halten würdest.«

Sie wandte den Kopf in Richtung Fenster, um die Aussicht zu betrachten. Das war ihre Art, mir zu zeigen, dass das Gespräch vorbei war, dass es für sie zu schmerzhaft war, überhaupt darüber zu reden. Ich fragte mich, was in ihren dunklen Ecken lauerte, hatte auch sie jemanden verloren? Meine Trauer hatte mit dem Tod meiner Eltern begonnen, und ich verstand, was sie mit Schatten meinte, die allgegenwärtig waren. Doch während sie diese Schatten ignorieren und in Ruhe lassen wollte, wollte ich die dunklen Ecken aufbrechen und das Licht hereinlassen. Damit die Schreie aufhörten.

»Die Frau, die du auf dem Plakat gesehen hast, sah aus wie ein verblasstes Foto von jemandem, der vor Jahren gestorben ist, und wir können nichts mehr tun, um sie zu retten.« Sie zog an ihrem Verdampfer und meinte dann: »Und ich glaube auch nicht, dass der Mörder – wer auch immer er sein mag – einen bevorzugten Typ hat.«

»Das glaube ich auch nicht, aber ...« Ich hielt mich zurück. Es war nicht fair, Sylvie mit meinen düsteren Gedanken und Theorien zu belasten. Sie hatte ihren Standpunkt klargemacht, sie hatte entschieden, wie sie ihr Leben leben wollte. Wer war ich, dass ich meine Dunkelheit in unsere Freundschaft hineinzutragen versuchte?

»Gefällt dir der Raumduft?« Ich beneidete sie um ihre Fähigkeit, abschalten zu können, die schönen Dinge zu schätzen und trotz der Schatten die Sonne auf ihrem Gesicht zu spüren.

»Es duftet wunderbar«, antwortete ich, als mir eine säuerliche Zitronennote in die Nase stieg.

»Ich mag es, wenn alles sauber und frisch riecht«, sagte sie, als wir durch die Wohnung gingen.

Ihr Schlafzimmer war atemberaubend, und nachdem sie einen der wandhohen Kleiderschränke mit Spiegel- und Glastüren aufgeschoben hatte, trat sie hinein. »Ein begehbarer Kleiderschrank?«, rief ich überrascht. »Dein Ankleidezimmer kann ja mit dem der Kardashians mithalten.«

»Ja, ich denke, wenn man schon Designerklamotten hat, brauchen die auch einen anständigen Platz zum Wohnen«, lächelte sie stolz. In dem Raum stapelten sich so viele Kleidungsstücke, alles, was eine Frau tragen konnte – in allen Farben und Längen. In jedem Bereich gab es Schattierungen einer Farbe, wie Ombre, sortiert von den hellsten bis zu den dunkelsten Tönen, und glaubt mir, es waren wirklich *alle* Farben vertreten. Und erst die Schuhe, o diese Schuhe.

»Jimmy Choo?«, hauchte ich und bückte mich, um die durchsichtigen Aufbewahrungsboxen zu bewundern, die alle Designerschuhe enthielten, von Overknees (die, wie Sylvie klagte, in diesem Klima nur sehr selten zum Einsatz kamen) bis hin zu Ledersandalen mit zierlichen, schmalen Riemchen.

»Hast du jemanden, der das alles abstaubt und sauber macht?«

»Nein.« Sie lachte über meine absurde Frage. »*Meinen* Scheiß putze ich selbst«, fügte sie hinzu. »Ich liebe es zu putzen, für mich ist das die reinste Therapie. Ich bin sogar ein bisschen zwanghaft, alles *muss* makellos sein. Manchmal liege ich abends müde im Bett, und wenn ich dann an die Arbeitsplatte in der Küche oder die Dusche denke, stehe ich auf und schrubbe alles blitzeblank«, kicherte sie. »Mein Ex hat sich immer beklagt und gemeint, ich könne mich nie entspannen.

Ich könnte auch gar nicht zulassen, dass jemand anderes in meinen Sachen herumwühlt, das ist was Persönliches. Für mich wäre das ein *Eingriff in die Privatsphäre*, verstehst du?«

Sie kramte in einem der Fächer herum, förderte einen rosa Hosenanzug mit einem weißen Tank-Top zutage und reichte mir die Sachen.

»Probier das mal an.« Sie stand hinter mir und wartete darauf, dass ich mich auszog, doch ich fragte, wo das Badezimmer sei. Ich fühlte mich nicht so wohl in meinem Körper wie Sylvie. Sie zeigte mir die Richtung, und ich öffnete die Tür zu einem coolen, in schwarzem Onyx gefliesten Schmuckstück von einem Bad, es war wirklich wunderschön. Ultramodern, glatt und glänzend, mit einem Duschkopf so groß wie der Mond. Die kleinen Badezimmerschränke waren ganz im minimalistischen Stil in die Wände eingelassen. Ich konnte der Versuchung nicht widerstehen, einen davon aufzuschieben. Die Tür glitt mühelos zur Seite, und die automatische Beleuchtung erwachte flackernd zum Leben, um den Inhalt zu offenbaren – alles, was ich von Sylvie erwartet hätte: teure Parfüms, hochwertiges Make-up und ein ganzer Bereich, der Hautpflegeprodukten von Chanel gewidmet war. Ich öffnete den Schrank daneben und stellte überrascht fest, dass dieser einen Rasierpinsel für Männer, eine Flasche Aftershave und Kämme enthielt. Ich fragte mich, ob Sylvie einen Partner hatte oder ob sie diese Dinge nur für den Fall aufbewahrte, dass sie Männerbesuch bekam. Ich kam nicht dazu, mich weiter umzuschauen, weil sie mich unbedingt sehen wollte.

»Komm, lass dich mal anschauen«, rief sie von der Tür aus.

Ich hatte die Hose und das Oberteil angezogen, mich im Ganzkörperspiegel betrachtet und war von dem Ergebnis so begeistert gewesen, dass ich mir die Hand auf den Mund presste. Ich hätte nie gedacht, dass ich so gut aussehen konnte, und Sylvie war offensichtlich meiner Meinung. »Das *gefällt* mir«, sagte sie, trat einen Schritt zurück und kam dann wieder auf mich zu, um das Tank-Top unter der Jacke zurechtzuzupfen.

»Wir können natürlich nicht zulassen, dass du der Braut die Show stiehlst«, sagte sie mit einem Augenzwinkern und holte die bonbonfarbenen Slipper aus dem Schrank, die ich vorhin umklammert hatte. »Aber die hier werden toll dazu aussehen.«

»Aber das sind doch Jimmy Choos.«

»Ich bin mir sicher, dass er nichts dagegen hat«, erwiderte sie mit einem Kichern.

Ich schlüpfte mit meinen Füßen in die teuersten und schönsten Schuhe, die ich je gesehen hatte, stand vor ihr und fühlte mich wie ein Model.

»Wow, du siehst hinreißend aus, Alice, wirklich toll«, sagte Nik und umarmte mich, als ich für die Hochzeit auf dem Weingut ankam. Ich inhalierte sein köstliches Aftershave, das nach Seeluft und teuren Resorts duftete.

Sylvie führte mich über den Innenhof hinaus zum Weinberg, wo später am Tag die Hochzeitsfeier stattfinden sollte. Wir gingen gemeinsam durch Reihen von alten Tischen, die mit unzähligen Rosen in zartem Rosé und riesigen Satinschleifen geschmückt waren. Das Geschirr war cremefarben, und die Ränder waren etwas uneben. »Ist das handgemacht?«, fragte ich und nahm einen großen Essteller zur Hand.

Sylvie lächelte. »Das ist genau das, was die Gäste *glauben* sollen.« Sie hielt ein geätztes Weinglas in der Hand, um dessen Stiel eine Schleife gebunden war.

»Diese Hochzeit ist das, was ich ›traditionell light‹ nenne«, sagte sie leise, nur für meine Ohren bestimmt. »Die Braut *denkt*, sie wolle authentisch sein, sie *denkt*, sie wolle traditionell sein, aber bei einer traditionellen griechischen Hochzeit würde der Priester den Bräutigam ohrfeigen, jemand würde ein Baby aufs Ehebett werfen, und Teller würden wie Frisbees durch die Luft segeln. Glaub mir, sie will nicht das, was sie zu wollen glaubt – ich weiß, was sie will. Es ist alles nur Lug und Trug, Alice«, kicherte sie.

Sylvie bat mich, bei der Kontrolle der einzelnen Tische zu helfen, und da ich befürchtete, dass meine Ansprüche nicht so hoch waren wie ihre, nahm ich das sehr ernst und prüfte jedes einzelne Besteckteil. Ich war so auf meine Aufgabe konzentriert, dass ich zusammenzuckte, als eine laute Stimme in der Nähe »O mein Gott!« rief.

Ich drehte mich um und war nicht überrascht, dass Angelina mich mit offenem Mund anstarrte.

»Was ist denn?«, fragte ich, irritiert über ihre plötzliche Lautstärke.

»Du hast ja Sylvies Hosenanzug an!«

»Äh … ja«, antwortete ich ein wenig verlegen.

»Ich habe dich glatt für sie gehalten. Ich wollte dich fragen, was zu tun ist.« Sie hielt sich die Hand vor den Mund und kicherte.

»Nun, ich fühle mich geschmeichelt, aber da ich hier neu bin, habe ich *keine* Ahnung, was zu tun ist«, scherzte ich. »Sylvie hat mich gebeten, diese Tische hier zu kontrollieren.«

»Dann solltest du dich lieber darum kümmern, sie findet immer irgendeinen Fehler. Hast du mal ihre Wohnung gesehen? Da kannst du vom Fußboden essen.«

Ich nickte. »Sie ist wunderschön.«

»Oh, du warst also schon dort?« Ihr klappte die Kinnlade runter.

»Ja, heute Morgen«, antwortete ich.

»Ich habe bei ihr in der Wohnung übernachtet. Wenn sie dich bittet, bei ihr zu übernachten, sag lieber Nein. Du wirst kein Auge zutun«, lispelte sie in ihrem griechischen Akzent. »Ich wurde um vier Uhr morgens von einem Geräusch aus dem Badezimmer geweckt, das mich erschreckt hat. Also nahm ich einen schweren Gegenstand zur Hand, um jemandem eins überzubraten – und da war sie im Bad, in ihrem Pyjama und mit Gummihandschuhen, und sang und putzte. Sie ist *wahnsinnig*.«

Diese Geschichte war zweifellos wahr, aber warum erzählte sie mir das? Ich hörte einen Anflug von Eifersucht und eine vage Drohung in ihrer Stimme mitschwingen. Es war, als ob sie nicht wollte, dass ich Sylvie zu nahe kam, und mich davor warnte, bei ihr zu übernachten, weil Sylvie in erster Linie ihre Freundin war. Ich war so überrascht, dass mir die Worte fehlten. Außerdem wollte ich ihr keine Antwort geben, die sie aus dem Zusammenhang reißen und später gegen mich verwenden könnte. Wir standen beide eine Weile schweigend da, dann machte ich mich wieder daran, das Besteck zu überprüfen, ohne mich konzentrieren zu können, weil ich nur über das nachdachte, was sie gesagt hatte, aber noch mehr darüber, wie sie es gesagt hatte. Was auch immer der Grund dafür war, dass sie mit mir redete, sie war auf jeden Fall gesprächiger als je zuvor, und das nutzte ich aus und sagte, ohne auf Sylvie und mögliche Freundschaftsprobleme einzugehen: »Ich hoffe, du nimmst mir die Frage nicht übel, aber vor ein paar Tagen habe ich gehört, wie du und Sylvie darüber geredet habt, jemanden bei der Polizei anzuzeigen?«

Sie hatte mit verschränkten Armen dagestanden und mich dabei beobachtet, wie ich den Tisch kontrollierte, aber nun sah sie plötzlich aus, als wäre ihr sehr unbehaglich zumute. Sie griff nach einer Vase mit Blumen und nestelte an den Blüten herum, als ob ihre Hände unbedingt etwas zu tun brauchten. Mit einer so heftigen Reaktion hatte ich nicht gerechnet.

»Ja, und Sylvie hat dir *gesagt*, dass es um einen Gast ging«, sagte sie langsam, ohne mich anzusehen, und ihre Stimme klang gereizt.

»Das hat sie, aber ich wollte nur wissen, ob ich auf irgendjemand Bestimmten achten muss?«

»Wie sie gesagt hat, es ging um einen Gast, der vor ein paar Wochen auf einer Hochzeit war«, antwortete sie und schaute dann auf. »Aber wenn du meinen Rat willst – vertraue *niemandem*.«

Sie wollte mir offensichtlich Angst einjagen, ich konnte die Drohung hören, die in ihrer Stimme mitschwang, versuchte aber, nicht zu reagieren. »Das klingt nicht gut.«

»Es *ist* nicht gut.« Sie meinte es todernst, ihr Gesicht war blass, schwarzer, geschwungener Eyeliner umrahmte grüne Augen, die mich mit ihren Blicken durchbohrten.

Ihr Verhalten beunruhigte mich, denn sie hörte nicht auf, mich anzustarren, und eine unausgesprochene Drohung lag zwischen uns in der Luft. Ich wusste, dass ich es dabei belassen sollte, aber wie ich nun mal war, drang ich weiter in sie. »Ich wollte das wissen, weil ich noch mehr Hochzeiten machen werde, und ich habe mich gefragt, ob es Dimitris war, über den du mit Sylvie geredet hast? Ich will den Klatsch und Tratsch nicht noch anheizen, aber ...«

»Mehr *Hochzeiten*?« Ihr Gesicht errötete, offensichtlich vor Wut.

»Ja, Sylvie hat mich gefragt, ob ich gerne Teil des Teams werden würde. Sie braucht Verstärkung, und ich möchte noch ein bisschen hierbleiben und ...«

»Sylvie hat mir nichts davon erzählt«, sagte sie, offenbar zweifelte sie meine Neuigkeiten an und schob mürrisch das Kinn vor.

»Sie hat mich nur gebeten, ihr zu helfen, damit ich dich und Maria entlasten kann«, sagte ich, um dem Gespräch die plötzliche Schärfe zu nehmen.

»Ich habe meinen Namen gehört, redet hier jemand über mich?« Marias mediterrane, melodische Stimme drang durch die Bäume. Bald tauchte sie auf und stand lächelnd neben uns, schaute von mir zu Angelina und wieder zurück.

»Darf ich vorstellen: unsere neue Kollegin«, erwiderte Angelina und warf Maria einen vielsagenden Blick zu.

Maria reagierte sofort widerborstig. »Du? Aber warum solltest *du* uns die Arbeit wegnehmen wollen? Du hast doch zu Hause einen guten Job, oder nicht?« Das war scharf und auf den Punkt gebracht, gespickt mit Panik.

Ich fühlte mich unbehaglich, denn so eine Reaktion hatte ich von Maria nicht erwartet.

Vielleicht nahmen sie an, dass ich sie ablösen sollte, dass ich Sylvies Liebling sei und ihnen die ganze Arbeit wegnehmen würde. »Ich werde nur auf Hochzeiten helfen, wenn Sylvie zu wenig Personal hat. Ich werde euch keine Arbeit wegnehmen, ich habe keine langfristigen Pläne«, versuchte ich, sie zu beruhigen.

»Du *kannst* auch keine langfristigen Pläne haben, du bist doch nur mit einem Touristenvisum hier, oder?«, fragte Angelina kühl und wartete auf meine Reaktion.

»Ich habe ein Arbeitsvisum«, log ich.

Bevor wir unser Gespräch fortsetzen konnten, war Sylvie mit zwei Kellnern zurück und wuselte um die Tische herum.

»Ihr *müsst* jeden gedeckten Tisch genauestens unter die Lupe nehmen, alles muss perfekt sein«, sagte sie. Da offensichtlich keiner der Kellner Englisch sprach, bezweifelte ich, dass sie die Anspielung mit der Lupe verstanden hatten, denn sie sahen ziemlich verwirrt aus.

»Okay«, sagte sie und kam auf uns zu, »ich kenne das griechische Wort für Lupe nicht.«

»Du kennst *überhaupt keine* griechischen Wörter«, sagte Angelina.

Sylvie lächelte sie an. »Ich weiß genug.«

Angelina kicherte nur in Marias Richtung, offensichtlich irgendein Insider-Witz zwischen den beiden. Jetzt war mir klar, warum Sylvie mich unbedingt dabeihaben wollte. Die beiden waren ein eingespieltes Team, beide um die zwanzig, beide sprachen fließend Griechisch, sodass es für Sylvie, die die Sprache kaum beherrschte, ziemlich befremdlich gewesen sein musste. Ich konnte gut verstehen, wie sich das anfühlte. Die Sprache nicht zu verstehen, war frustrierend, und ich schwor mir, Unterricht zu nehmen, falls ich mich jemals dazu entschließen sollte, dauerhaft hierzubleiben. Ich hatte gehört, wie Nik sich vorhin mit dem Cateringpersonal auf Griechisch unterhalten hatte. Wenn ich hierblieb, könnte er mir vielleicht ein paar nützliche Wörter und Sätze beibringen. Ich würde lieber von ihm Griechisch lernen als von Angelina. Wenn ich Sylvie wäre, würde ich ihr nichts anvertrauen.

Wenig später beobachtete ich Angelina vom anderen Ende des Raums aus. Ich tat so, als ob ich es nicht bemerkt hätte, aber sie schmiss sich an Sylvie ran und flüsterte ihr etwas ins Ohr, während sie zu mir hinüberschaute. Ich sah, wie Sylvie über das, was sie gerade gesagt hatte, lächelte und sie liebevoll von sich wegschubste. Ich war neugierig, was Angelina vorhatte. Und wer war der Grund, warum sie gegen mich kämpfte – Nik oder Sylvie?

14

Um siebzehn Uhr tauschten Braut und Bräutigam unter den Bäumen Ringe und Gelübde aus. In dem durch Olivenbäume und Zypressen gedämpften Licht, während der Duft von Meersalz und Thymian in der Luft lag, sah ich dabei zu, wie ein wunderschönes Model einen Millionär heiratete. Die Zeremonie war auf Griechisch; ich selbst hatte kein Wort verstanden und der Bräutigam offensichtlich auch nicht, aber alle waren sich einig, dass es wunderschön war. Nach der Hälfte des Gelübdes bemerkte ich, dass jemand in der Nähe stand, und als ich meinen Kopf leicht drehte, sah ich Nik, der durch die Olivenbäume ging. Ich schaute nach vorne zu dem Paar, war mir aber bewusst, dass er jetzt neben mir stand. Er war nah, aber nicht zu nah, gerade nah genug, um mir den Atem zu rauben, während wir schweigend die Zeremonie verfolgten.

»Was für eine schöne Kulisse«, flüsterte ich ihm zu, als die Ringe getauscht wurden, aber er konnte mich nicht verstehen, und deshalb kam er näher, beugte sich zu mir hinunter, sodass sich unsere Gesichter beinahe berührten. Ich spürte, wie mich eine plötzliche Wärme durchströmte, und mein

Herz klopfte so heftig wie schon lange nicht mehr. Ich erinnerte mich an Heathers Worte, dass ich mich immer zu schnell verliebte, und nahm mir vor, mich zu bremsen. Er war ein netter Kerl, der einfach nur *nett* war. Aber als ich mich zu ihm hinunterbeugte, um die geflüsterten Worte zu wiederholen, streiften meine Lippen versehentlich sein Ohr, und er zuckte weder zusammen, noch wich er zurück. Das tat auch ich nicht.

Nach der Trauung übernahm das Catering-Team, servierte Sekt und Canapés, und die Gäste zogen an uns vorbei. Sie folgten dem Paar zurück auf die sonnige Terrasse und wanderten durch den Wald aus Weinreben und Olivenbäumen.

»Es muss doch ein komisches Gefühl sein, all diese Fremden in deinem Haus zu haben?«, fragte ich.

»Ja, schon, aber ich muss mit der Zeit gehen. Und diese Art von Hochzeit bringt Geld ein.«

»Ich kann mir vorstellen, dass das der einzige Weg ist, um zu überleben und das Weingut am Laufen zu halten – Touristen und Hochzeiten?«

»Ja, als mein Vater es mir vererbt hat, habe ich versprochen, mich darum zu kümmern. Kouris Estates ist schon seit Jahren im Besitz meiner Familie. Erst hat es meinem Vater gehört und davor seinem Vater.«

»Du hast sicher sehr glückliche Kindheitserinnerungen an diesen Ort?«

»Nicht wirklich.« Er schüttelte den Kopf und blickte schließlich vom Boden auf, als die letzten Gäste den Weinberg verließen. Es war, als ob er sie nicht ansehen wollte oder aber nicht wollte, dass sie ihn sahen. Ich bin mir sicher, dass sie überrascht gewesen wären, wenn sie gewusst hätten, dass dieser unscheinbare Mann, der hier im Schatten blieb, der Besitzer dieses wunderschönen Ortes war. Nik war so bescheiden, und das gefiel mir an ihm.

»Nein, nicht viele glückliche Erinnerungen«, sagte er wehmütig.

Wir waren jetzt allein, und es war still, bis auf das leise Murmeln der Hochzeitsgäste, die am Sekt nippten und gedanklich schon beim Abendessen waren.

»Meine Eltern haben sich getrennt, als ich noch sehr klein war«, fuhr er fort. »Und da meine Mutter Engländerin war, nahm sie mich mit nach Großbritannien, sodass dieser Ort in meiner Kindheit eigentlich keine Rolle gespielt hat. Die Scheidung war nicht schön. Ich glaube, es war schon früh klar, dass es dazu kommen würde, als sie sich nicht mal auf einen Namen für mich einigen konnten«, fügte er bedauernd hinzu. »Dad wollte mich Achilles oder Adonis nennen, aber Mum sagte, sie könne mich nicht nach etwas taufen, das mit einer Ferse oder einem Liebesgott zu tun hat.«

»Also haben sie sich als Kompromiss auf Nik geeinigt?«, fragte ich.

»Ja, der Name kann griechisch oder englisch sein, Nikolas mit K – ich nehme an, Dad hat sich bei der griechischen Schreibweise durchgesetzt.«

»Du hast also deine Kindheit in England verbracht?«

»Ja. Ich bin erst als Erwachsener hierher zurückgekehrt. Meine Mum wollte nicht, dass ich Dad besuche, vor allem nicht, nachdem er eine andere Frau kennengelernt hatte«, fügte er beiläufig hinzu. Er holte tief Luft und fuhr dann fort. »Als Dad vor ein paar Jahren krank wurde, kam ich schließlich her, um ihn zu treffen. Ich wollte meinen Vater ein letztes Mal wiedersehen und mich von ihm verabschieden. Ich hatte nicht die Absicht zu bleiben, doch auf seinem Sterbebett bat er mich, das Weingut zu übernehmen.«

»Und ich nehme mal an, dein Sohn wird eines Tages das Gleiche tun?«

»Mein Sohn? Ich habe keinen, und ich habe auch nicht vor, Vater zu werden«, antwortete er und blickte noch immer hinaus auf seine Ländereien. »Mum und Dad haben als Eltern auf ganzer Linie versagt, warum sollte aus mir ein besserer Vater werden? Ich schätze, *das da* sind meine Kinder«, murmelte er und deutete auf die Bäume und die Reben in der Ferne.

»Was für ein schöner Gedanke«, erwiderte ich.

»Besitzer eines Weinbergs zu sein, mag sich romantisch anhören, aber dieses Leben ist nichts für schwache Nerven«, erklärte er. »Morgens muss ich meistens früh raus, die Arbeitstage sind endlos lang, dazu die ständige Sorge um Schädlinge, Überschwemmungen und das Klima. Es ist alles so heikel, und es ist ein schmaler Grat zwischen Überleben und der Gefahr, in einem einzigen schlechten Winter alles zu verlieren.«

»Gott, dein ganzer Lebensunterhalt hängt buchstäblich an einer Weinrebe.«

»Ja, und an Oliven, wir haben eine Olivenpresse, unser Öl ist einfach unglaublich. Und dann sind da noch die Zitrusfrüchte ... Wir haben hier einen Orangenhain. Komm, ich zeige ihn dir«, sagte er und machte sich plötzlich auf den Weg zwischen die Bäume. Ich wollte ihm folgen, hatte aber auch ein schlechtes Gewissen. Ich sollte doch arbeiten, und Angelina und Maria würden einen Aufstand machen, wenn ich nicht da wäre. Doch jetzt entfernte er sich immer weiter von mir, und ich konnte nicht einfach umdrehen und zum Haus zurückgehen. Der Boden war trocken und staubig, und nennt mich ruhig oberflächlich, aber ich konnte nur daran denken, wie sich das auf Sylvies wunderschöne Jimmy Choos auswirken würde. Ich stand hilflos da und sah zu, wie er weiterging, um mir seinen Orangenhain zu zeigen, ohne sich meines Dilemmas bewusst zu sein. Also zog ich die Schuhe aus, nahm sie in die Hand und stakste auf Zehenspitzen durch den Weinberg, in der Hoffnung, dass es keine Dornen oder spitzen Steine gab. Ich ging weiter in die Richtung, in die er sich entfernt war, doch nach einer Weile konnte ich ihn vor lauter Bäumen nicht mehr sehen und fand mich allein in einem sehr dunklen Wald wieder. Es war früh am Abend und noch hell, doch das Blätterdach ließ kein Sonnenlicht hindurch.

Ich rief ein paarmal nach Nik, bekam jedoch keine Antwort. Das Gebiet um ihn herum war so weitläufig, dass er überall sein konnte. Ich fühlte mich etwas orientierungslos; alles war grün und bewuchert, und in welche Richtung ich mich auch drehte, es sah alles gleich aus. Es gab keinen Weg, der irgendwohin führte, keine Lichtung, ich konnte nicht sehen, was vor oder hinter mir war. Ein Anflug von Panik überkam mich. Das war wie ein Labyrinth, wie zum Teufel sollte ich hier rauskommen? Ich hatte keine andere Wahl, als weiterzugehen, ohne zu wissen, ob das richtig oder falsch war, und je tiefer ich in die Bäume vordrang, desto dunkler schien es zu werden. Ich rief Nik noch einmal, dieses Mal lauter, blieb stehen und wartete in der ohrenbetäubenden Stille auf eine Antwort. Aber es kam keine. Ich konnte nicht einmal mehr die Hochzeitsgesellschaft hören, nur eine unheimliche Stille, das sanfte Rascheln der Blätter, die in der warmen Abendbrise wehten.

»Ist da jemand?«, rief ich. Plötzlich nahm ich eine flüchtige Bewegung wahr, etwas schlängelte sich zwischen den Bäumen hindurch. War es ein Tier? Oder war mir jemand gefolgt? Ich fand den abgebrochenen Ast einer Zypresse, griff danach und hielt ihn wie eine Waffe hoch, während ich regungslos stehen blieb. Wenn sich jemand versteckte, konnte er nicht ewig dort bleiben, er musste sich bewegen. Und sobald er das tat, würde ich ihn sehen können, und sobald mein Verfolger auf mich zukam, würde ich ihm den Ast über den Schädel ziehen. Ich untersuchte die Rinde eines jeden Baumes, den ich von meiner Position aus sehen konnte, und versuchte, eine Form zu erkennen, irgendwas Greifbares. Ich sah mich weiter um. Ein Rascheln ließ mich zusammenzucken, und ich setzte mich in Bewegung. Wieder und wieder drehte ich mich um und schaute in die fast völlige Dunkelheit hinauf, das dahinschwindende Licht wurde von den Baumkronen verschluckt. Ich blickte auf meine Füße hinunter, die schwarz von Erde und Staub waren, und ein wenig Blut, genau dort, wo ich mit der Ferse auf irgendwas Scharfkantiges getreten war. Langsam hob ich den Kopf, und was ich sah, ließ mich erschaudern. Dunkle Arbeitsstiefel, die Stiefel eines Mannes; wem auch immer sie gehören mochten, er stand jetzt nur noch wenige Meter von mir entfernt.

»Wer sind Sie? Warum verfolgen Sie mich?«, schrie ich in die Bäume hinein.

Dann plötzlich eine Bewegung, jemand kam aus einer anderen Richtung. Nik.

»Geht es dir gut? Ich habe im Orangenhain auf dich gewartet?«

»Ich ... ich hatte mich verlaufen«, krächzte ich und drehte meinen Kopf in die Richtung der Stiefel.

»Wie? Was ist los, bist du okay?«

»Da drüben ist jemand«, zischte ich, immer noch den Ast in der Hand haltend.

»Wo?« Er schien sichtlich besorgt.

»Da drüben«, beharrte ich und riss meinen Blick für ein paar Sekunden von den Stiefeln los, als Nik an mir vorbeistolperte und rief: »Hallo? Hallo?«

Doch als ich mich wieder umdrehte, waren die Stiefel verschwunden. »Er muss weggerannt sein«, sagte ich.

»Du hast also jemanden gesehen, du hast tatsächlich eine Person gesehen?«

»Ich habe gesehen, wie sich jemand bewegte, dann sah ich die Stiefel – jemand hatte sich hinter dem Baum versteckt.«

Er suchte ein paar Minuten lang, rief und rüttelte an den Bäumen, aber wer auch immer dort gewesen war, war fort.

»Ich frage mich, wer das war?«, sagte ich. »Ich hatte solche Angst.«

»Es war wahrscheinlich nur ein Gast, der zu weit gelaufen ist«, meinte er und wollte mich damit offensichtlich beschwichtigen, doch ich sah auch die Furcht in seinem Gesicht und wie seine Augen zwischen den Bäumen hin und her huschten. Inzwischen zitterte ich vor Angst und Adrenalin und wollte nur noch so schnell wie möglich wieder zurück.

»Es tut mir leid, das war allein meine Schuld«, sagte er, bemerkte meine Angst und zog mich schützend zu sich heran. Er schlang beide Arme um mich, und das war so tröstlich, dass ich anfing zu weinen und nicht mehr aufhören konnte. Ich weinte wegen allem, was passiert war, wegen allem, was ich getan hatte, und wegen der Angst, dass ich nie finden würde, wonach ich suchte, und mich mein Leben lang fragen würde, was wäre, wenn?

»Nein, es war meine Schuld«, widersprach ich und löste mich aus unserer Umarmung. »Ich bin dir nicht gleich gefolgt, sondern habe mir erst die Schuhe ausgezogen und dann gemerkt, dass ich nicht schnell genug war, um dich auf nackten Füßen einzuholen.«

Er blickte zu Boden, sichtlich entsetzt über den Zustand meiner Füße. »Hast du dich verletzt?«

»Nein, ich bin nur auf einen Ast oder ein paar Kieselsteine getreten«, sagte ich und versuchte, nicht vor Schmerzen das Gesicht zu verziehen.

»Jetzt können wir genauso gut zum Orangenhain weitergehen«, meinte er. »Es ist nicht mehr weit. Und auf dem Rückweg können wir eine andere Route nehmen, die offener ist, weil es dort weniger Bäume gibt.«

Unterwegs sprachen wir über Gott und die Welt, und ich erwähnte Angelina.

»Ich glaube, ich habe sie verärgert, weil ich angefangen habe, für Sylvie zu arbeiten«, sagte ich.

»Tatsächlich? Warum denn?«

»Ich weiß nicht, ich glaube, sie ist ziemlich unsicher und hat wahrscheinlich Angst, dass ich ihr den Job wegnehme, aber ich bin ja nur für eine Weile hier.«

»Nur für eine Weile?« Zu meiner großen Freude schien er darüber ziemlich bestürzt zu sein.

»Ich habe mich noch nicht entschieden, was ich tun werde. Mein Leben war schon immer verplant, sogar ziemlich restriktiv. Jetzt habe ich zum ersten Mal die Freiheit, selbst zu entscheiden«, log ich. »An manchen Tagen würde ich am liebsten für immer hierbleiben, aber zu Hause warten Dinge auf mich, um die ich mich kümmern muss.«

»Ich hoffe, du bleibst hier, wenigstens für eine Weile«, sagte er leise. »Ich würde dir gerne mehr von der Insel zeigen.«

»Das wäre schön. Aber darf ich dich mal was fragen?«

»Natürlich.«

»Ich wollte nur wissen, ob du und Angelina ein Paar seid? Ich würde sie ungern verärgern oder Probleme verursachen, indem ich mit dir befreundet bin.«

»Nein, ganz und gar nicht. Wir sind nur Freunde.«

»Die Sache ist die ...« Ich zögerte einen Moment, bevor ich fortfuhr: »Ich glaube, sie mag dich.«

Er lächelte über meine Vermutung. »Ich bin mir sicher, dass Angelina viele Verehrer hat, die jünger und viel hübscher sind als ich. Sie ist ein nettes Mädchen, aber sie ist einfach nur sympathisch und will ihren Spaß, mehr nicht.«

Ich war erleichtert, denn sie schien sich immer so sehr zu freuen, ihn zu sehen, und war ziemlich besitzergreifend in der Art, wie sie ihn berührte und umarmte. Sylvie nahm an, dass Angelina unglücklich in ihn verliebt war, aber als ich sie neulich mit ihm auf der Straße telefonieren sah, war mir der Gedanke gekommen, dass zwischen den beiden möglicherweise doch etwas lief. Ich wollte ihr wirklich nicht in die Quere kommen, das wäre nicht fair – außerdem war ich mir sicher, dass ich mir Angelina lieber nicht zur Feindin machen sollte.

Jetzt, wo ich wusste, dass es keine Beziehung zwischen ihnen gab, fühlte ich mich nicht mehr so schuldig bei dem Gedanken, die Sache weiterzuverfolgen, falls das eine Option war. Ich dachte immer noch, dass er zu attraktiv, zu weltgewandt und wahrscheinlich auch zu reich war, um jemanden wie mich auch nur anzuschauen. Doch als wir unseren Weg fortsetzten und ich mich umdrehte, um ihm etwas zu sagen, erwischte ich ihn dabei, wie er mich ansah, und die Hoffnung blühte in meiner Brust auf wie die Blumen im Frühjahr.

Wir erreichten den Orangenhain genau bei Sonnenuntergang. Der Himmel war in ein dunkles Apricot getaucht, und im Gegensatz zu der pechschwarzen Dunkelheit und den Schatten des Weinberges strahlte der ganze Orangenhain in einem goldenen Licht. Der Sonnenuntergang flutete orangefarben durch die Bäume, und die hübschen weißen Blüten schienen zu leuchten. »Die Blütenblätter sehen aus wie Lichterketten«, murmelte ich.

»Und die herabfallenden Blütenblätter sind das Konfetti der Natur«, sagte er, ohne den Blick von mir abzuwenden.

»Rieche ich da Orangen in der Luft, oder bilde ich mir das nur ein?«, fragte ich.

»Doch, es riecht nach Orangen. Ich komme um diese Jahreszeit oft bei Sonnenuntergang hierher, um diesen Duft einzuatmen.«

Die Luft roch nach Meersalz und Zitrusfrüchten, und ich fühlte plötzlich wieder Wärme und Furchtlosigkeit in mir, die dunklen Ecken wurden erhellt, und meine Ängste verschwanden. Und als Nik seine Arme um meine Taille legte und sich zu mir hinunterbeugte, um mich zu küssen, schmolz ich in seinen Armen dahin, so wie die Sonne mit dem Meer verschmolz.

Wenig später wanderten wir zurück durch Reihen von Olivenbäumen, die im Mondlicht glitzerten, und mein Herz war so voll, dass ich dachte, ich würde vor Glück platzen. Bis wir uns dem Haus näherten und sahen, dass Angelina auf uns zumarschierte. »Wo zum *Teufel* hast du gesteckt?« Ihre Stimme ertönte laut und deutlich über den dunklen Weinberg.

»Wir waren ... Nik hat mir den Orangenhain gezeigt«, sagte ich, fassungslos darüber, wie sie auf uns zustürmte.

»Wir haben überall nach dir gesucht«, fauchte sie. »Du bist von Kopf bis Fuß voller Staub, wo sind deine Schuhe?«

Ich fühlte mich gedemütigt, es ging sie nichts an, wo ich gewesen war, und ich war versucht, ihr das zu sagen, wusste aber, dass ich damit nur einen Streit anzetteln würde, der zu nichts führte.

»Es ist alles gut, Angelina«, versicherte Nik gelassen.

»Ja, kein Grund, dir Sorgen zu machen, Nik hat mir den Orangenhain gezeigt, und ich habe mich verlaufen.«

»Kein Grund, mir Sorgen zu machen?«, wiederholte sie entrüstet. »Du kannst doch nicht einfach so von der Bildfläche verschwinden!« Sie war wirklich außer sich vor Wut. Ich konnte auch sehen, wie besorgt sie gewesen war, und obwohl ich eine Ahnung hatte, welcher Grund hinter ihrer offensichtlichen Besorgnis steckte, überraschte mich ihre emotionale Reaktion.

»Ich hatte gerade Pause«, antwortete ich energisch.

»Wir haben *erst* Pause, wenn die Hochzeit vorbei ist und alle Gäste gegangen sind«, zischte sie. »Und selbst dann können wir nicht einfach in den Wald gehen, wir müssen beim Aufräumen helfen.«

»Und ich bin hier, um genau das zu tun«, sagte ich ruhig und ohne ein Lächeln.

Angelina war nicht wütend, dass ich für eine Stunde verschwunden war, sie war wütend, dass ich mit Nik verschwunden war. Die Erkenntnis, dass ich gerade Zeit mit ihm allein verbracht hatte, hatte sie sichtlich verärgert und das hatte sie nicht gerade sehr subtil zum Ausdruck gebracht.

In Niks Gegenwart war das peinlich, aber ich konnte nicht zulassen, dass sie so mit mir sprach, das war demütigend. »Angelina, hast du irgendein Problem mit mir?«, fragte ich.

»Ich habe kein *Problem*.« Ihr Blick glitt zu Nik hinüber, der sich sichtlich unwohl fühlte und das Gewicht abwechselnd von einem Bein aufs andere verlagerte.

»Gut«, erwiderte ich, woraufhin sie in ihren üblichen schmollenden Kindermodus verfiel. Ich war müde und wollte nicht, dass ein dummer Streit mit diesem pampigen, eifersüchtigen Mädchen die wunderbaren Momente verderben würde, die ich gerade mit Nik erlebt hatte.

»Okay«, sagte ich. »Fangen wir noch mal von vorne an. Gibt es irgendetwas, was ich tun kann, um dir zu helfen?«

»Nein, Maria und ich haben schon *alles* erledigt.«

»Oh, dann brauchst du mich also nicht. Okay, dann gehe ich rüber zu Sylvie und schaue, ob ich etwas für *sie* tun kann.«

»Ich hab's dir doch gesagt, wir haben alles erledigt. Hör mal, es war ein langer Tag. Ich werde mir einen kalten Drink aus der Küche holen. Kommst du mit? Du siehst erhitzt und erschöpft aus.« Während sie das sagte, sah ich, wie sie wieder kurz zu Nik hinüberschielte. War das ihre nicht sonderlich subtile Art, ihn auf meine Schwächen aufmerksam zu machen?

Nik verstand das als sein Stichwort, die Flucht zu ergreifen. Er berührte diskret meinen Arm, murmelte, dass wir uns später sehen würden, und ging davon.

Ich beobachtete Angelina, die seinen Weggang verfolgte, und fragte mich, welches Spiel sie spielte. In der einen Minute war sie noch verärgert darüber, dass ich unauffindbar gewesen war, hatte dann aber gar nichts für mich zu tun. Und jetzt schlug sie mir vor, sie auf einen Drink in die Küche zu begleiten.

Wahrscheinlich sah sie mich als Bedrohung, deshalb hatte sie ihn angerufen, als sie uns zusammen auf der Terrasse gesehen hatte, bei der ersten Hochzeit, auf der ich gearbeitet hatte. Es ging ihr nur darum, zu verhindern, dass wir Zeit miteinander verbrachten. Und sie war sehr entschlossen. Ich traute Angelina nicht, ich traute ihr kein Stück. Sie folgte mir in die Küche und fing an, mir Fragen zu stellen.

»Läuft da was zwischen dir und Nik, ich meine, triffst du dich mit ihm? Oder vögelst du ihn?«

Ich war entsetzt. »Das geht dich nichts an, und bitte rede nicht so mit mir«, sagte ich.

»Das war nur ein Witz.« Sie täuschte ein Lächeln vor. »Ich frage mich nur, was du in ihm siehst, er ist doch schon so alt.«

Und du bist so durchschaubar, dachte ich und konnte nicht glauben, wie sehr es ihr an Subtilität mangelte. »Ich mag ihn, du nicht, nehme ich mal an?«

»Ich? Ich bin nicht an Nik Kouris interessiert.«

»Gut, dann dürfte es dir ja nichts ausmachen, wenn ich mich für ihn interessiere.«

Mit diesen Worten stellte ich meinen Drink ab und machte mich auf den Weg rüber zu Sylvie, die sich angeregt mit Magda, der Braut, unterhielt. Sylvie bezog mich sofort in das Gespräch ein, stellte mich als ihre Freundin vor und gab mir das Gefühl, dazuzugehören. Es war wie ein Geschenk; sie hatte diese großzügige, vertrauensvolle Art, die sie offen und warmherzig wirken ließ, aber gleichzeitig war sie durch ihre Naivität auch verletzlich. Als ihre Freundin fühlte ich mich verpflichtet, sie zu beschützen, und ich wusste, dass es Angelina ebenso ging, obwohl sie sich mir gegenüber so gemein verhielt. Sie schien sich um sie zu kümmern. Sie übersetzte für sie und lachte liebevoll darüber, wie wenig sich Sylvie mit den sozialen Medien auskannte, während sie ihr half. Ich hatte immer noch das Gefühl, dass ein Teil der Spannungen zwischen mir und der jüngeren Frau darauf zurückzuführen war, dass Angelina Sylvie vor neuen Leuten beschützen wollte, weil sie wusste, wie leicht sich Sylvie vereinnahmen ließ. Vielleicht würde sie mich mit der Zeit, wenn sie über Nik hinweg war, nicht mehr als Bedrohung sehen, und wir könnten Freundinnen werden?

»Danke für diesen ganz besonderen Tag«, erwiderte Magda mit leichtem griechischem Akzent, als ich ihr gratulierte.

»Das ist wirklich nicht mein Verdienst. Ich bin neu und arbeite mich gerade erst ein.«

Sie lächelte. »Ich danke dir trotzdem. Es ist nicht meine erste Hochzeit, und es wird wahrscheinlich auch nicht meine letzte sein«, fügte sie kichernd hinzu, »aber es ist meine teuerste!«

Sylvie lachte darüber, aber ich konnte sehen, dass sie sich bei Magdas Bemerkung unbehaglich fühlte. Sie gab sich so viel Mühe, ihre Hochzeiten perfekt zu gestalten, und ich glaube, sie wollte auch, dass die Beziehung des Paares perfekt war. Tatsächlich hatte sie mir erst heute Morgen erzählt, dass sie nicht mit einem Paar arbeiten würde, wenn sie nicht davon überzeugt war, dass es sich aufrichtig liebte.

»Du solltest darüber keine Witze machen«, wies sie Magda sanft zurecht. »Ich weiß zufällig, dass ihr beide *wahnsinnig* ineinander verliebt seid, also geht einfach und genießt den Rest eures Lebens«, erklärte Sylvie. Magda ging davon und warf ihr einen Kuss zu. Dann drehte sich Sylvie zu mir um. »Hat dir deine zweite Hochzeit gefallen?«, fragte sie mit einem leisen, flehenden Unterton in der Stimme.

Wie hätte ich sie enttäuschen können? Meine liebe und großzügige Freundin, die mich in ihre Welt aufgenommen hatte, hatte mehr als nur ein Ja verdient.

»Ich habe jede Minute davon genossen«, sagte ich, während wir Magda nachsahen, die auf ihren High Heels davonstakste. »Sie scheinen glücklich und verliebt zu sein, aber ich frage mich, ob sie ihn auch so sehr lieben würde, wenn er kein Geld hätte«, murmelte ich Sylvie zu.

Sie drehte sich zu mir um. »Ich weiß, nach was das hier aussieht, aber ehrlich gesagt spielt Geld in dieser Beziehung überhaupt keine Rolle«, meinte sie. »Magda vergöttert ihn.« Sie gestikulierte mit dem Kopf in Richtung der Tanzfläche auf der Terrasse, wo die schöne Frau dem Millionär in die Augen sah, als wäre er der einzige Mann – oder die einzige Bank – auf der ganzen Welt.

»Ehrlich, die Leute können so was von zynisch sein«, sagte sie, jetzt etwas leiser. »Ich bin Hochzeitsplanerin, ich glaube an die Liebe.«

»Du hast noch Hoffnung, nicht wahr?«

»*Du* denn nicht?«

Ich nickte und wollte ihr von Nik und mir erzählen, wie wir uns im Orangenhain geküsst hatten, beschloss aber, mir das für ein anderes Mal aufzuheben.

Ich glaubte zwar an die Liebe, doch später sah ich, wie Magda wild mit einem attraktiven jungen Kellner flirtete, sie berührte seine Brust, und er lachte. Da fragte ich mich, ob ich recht hatte und Sylvie einfach nur naiv war.

Ich wandte mich von Magda und dem Kellner ab, und mein Blick fiel auf Dimitris. Ich hatte ihn den ganzen Abend über nicht wahrgenommen, und der Kuss mit Nik hatte bis jetzt all meine Sorgen und Ängste vertrieben. Als ich ihn an der Bar stehen sah, wo er auf Angelina einredete, spürte ich wieder dieses Kribbeln der Angst. Es war spät und dunkel, doch das Mondlicht und die Sterne strahlten hell am Himmel. Aber selbst im glitzernden Halbdunkel konnte ich die Angst auf Angelinas Gesicht sehen, als Dimitris sich dicht zu ihr hinunterbeugte und ihr etwas ins Ohr flüsterte.

15

Am nächsten Tag rief Sylvie an, sie klang noch fröhlicher als sonst und fragte, ob wir uns zum Mittagessen treffen könnten.

Ich stimmte sofort zu und fand mich später bei einem kühlen Weißwein am Hafen wieder, während sie aufgeregt über die Hochzeit vom Vortag sprach. Die Sonne schien warm auf meine Arme, und unser Tisch war perfekt, mit Blick auf riesige weiße Jachten, die auf dem ruhigen türkisfarbenen Wasser dümpelten.

»Idealerweise bräuchte ich mehr Paare wie Magda und Mike«, sagte sie, während wir an unserem gekühlten Weißwein nippten und auf das Paradies blickten.

»Du meinst, du willst mehr Millionäre als Kunden gewinnen?«

»Nein«, sagte sie und tat so, als wäre sie ein bisschen beleidigt. »Gott, bei dir hört sich das an, als wäre ich zugleich Hochzeitsplanerin und Goldgräberin«, erwiderte sie lachend. »Bist du bereit für die nächste Hochzeit am Samstag?«

Mir graute vor diesem Gespräch. »Sylvie, ich habe die Hochzeit wirklich genossen«, begann ich, »aber ich habe das

Gefühl, dass ich keine Zusage machen kann, was die Zusammenarbeit mit dir angeht. Meine Schwester will, dass ich nach Hause komme ... und ...«

»Du kannst nicht nach Hause.« Sie sah richtig überrascht und aufgebracht aus.

»Ich fliege ja nicht sofort, aber ich muss realistisch sein, ich kann nicht für immer bleiben«, erwiderte ich wahrheitsgemäß. Seit ich hier angekommen war, hatte Heather immer wieder angerufen und mich angefleht, nach Großbritannien zurückzukehren, und sie hatte recht, ich lief vor meinem Leben davon.

»Wage es ja nicht, einfach zu verschwinden, ohne mir Bescheid zu sagen.«

»Als ob ich so was machen würde. Aber wenn es für dich okay ist, werde ich nächste Woche nicht arbeiten, ich möchte ein bisschen auf Erkundungstour gehen und mir etwas Zeit für mich nehmen, verstehst du?« In Wahrheit hatte ich keine Lust auf einen weiteren Arbeitstag mit einer streitlustigen Angelina. Außerdem machte ich mir Sorgen wegen des Gesprächs, das wir über die Arbeitserlaubnis geführt hatten: Wie zum Teufel kam sie darauf? Ich machte mir Sorgen, dass sie mich anzeigen würde, wenn sie mich für eine Bedrohung hielt, und das konnte ich wirklich nicht brauchen. Finanziell vermochte ich schon eine Zeit lang über die Runden zu kommen, ich wollte zwar nicht allzu viel von dem Geld aus meiner Scheidungsabfindung ausgeben, aber im Moment würde ich davon und von meinem letzten Gehaltsscheck leben müssen. Das war sicherer, als wegen Angelina Ärger zu riskieren, denn eine schlimmere Unruhestifterin als sie konnte ich mir kaum vorstellen.

»Ach, das hätte ich beinahe vergessen«, sagte Sylvie. »Der Bräutigam hat allen Mitarbeitern eine Prämie gezahlt. Ich werde dir deine Prämie zusammen mit deinem Lohn für gestern auf dein Konto überweisen.«

»Danke, aber ich verdiene keine *Prämie*. Teile meinen

Anteil zwischen Angelina und Maria auf«, bat ich und hoffte, dass ich mir damit Sympathiepunkte bei Angelina verdienen würde, sodass sie die Hunde wieder zurückrufen würde.

»Ich werde dein Geld nicht den Mädchen geben.«

»Aber sie haben so hart gearbeitet.«

»Das hast *du* auch!«

Sie stellte ihr Glas ab und sah mich an. »Hat Angelina etwas gesagt?«

»Ja, aber sie hatte nicht ganz unrecht. Ich habe eine Pause gemacht, ohne zu fragen, ich bin einfach während der Hochzeit für eine Stunde weggegangen. Die Mädchen mussten meinen Teil der Arbeit übernehmen, das war nicht fair – Angelina hatte recht, etwas zu sagen.«

»Jeder hat seine eigenen Arbeitsmethoden ...«, antwortete sie. »Bitte nimm dir das nicht zu Herzen, sie kann schwierig sein, aber lass dich davon nicht unterkriegen.« Sie rief die Kellnerin herbei und bestellte zwei Cocktails. »Ich weiß, es ist noch zu früh für Cocktails«, sagte sie zu mir, »aber es ist Sonntag und wir sind am Leben, und das unter einem so wunderschönen Himmel.«

Ich lächelte.

»Also, was Angelina angeht«, fuhr sie fort, »lass sie am besten einfach links liegen, sie hatte wahrscheinlich nur schlechte Laune.«

Offensichtlich hatte Sylvie Angelinas Wut noch nie zu sehen bekommen, die hatte sie sich für mich aufgespart.

»Sie war sauer, weil ich sie mit der ganzen Arbeit allein gelassen habe, während ich mit Nik Kouris spazieren war.«

»Ah, das erklärt alles. Hör mal, Alice, ich finde es *toll*, dass du Zeit mit Nik Kouris verbracht hast, er ist ein netter Kerl, und um mal eigennützig zu sein, er ist gut für mein Geschäft. Und wenn du mit ihm befreundet bist, dann ...« Sie hielt inne und sah mich neugierig an. »Oder ist da *mehr* als nur Freundschaft?« Sie beugte sich leicht vor, um zu hören, was ich zu sagen hatte.

»Vielleicht. Ich meine, *könnte* schon sein.«

Ihr Gesicht verzog sich zu einem breiten, strahlenden Lächeln. »Also, was weiter ... ihr wart spazieren?«

Ich spürte, wie ich rot im Gesicht wurde. »Ja, und wir haben geredet und ...«

»Was? Nun sag schon?« Das war typisch Sylvie, sie war aus dem Häuschen und ermutigte mich, mehr zu erzählen.

»Wir waren ungefähr eine Stunde lang weg.«

Sie stützte ihr Kinn auf eine Hand, ihre Augen lächelten. »Und?« Sylvie war wie meine beste Freundin damals in der Schule, sie war an meiner Seite, wollte unbedingt hören, was es bei mir Neues gab, und mich anfeuern.

»Und ... er hat mir den Orangenhain gezeigt, es ist wunderschön dort, die Blütenblätter fielen zu Boden ...«

»Das Konfetti der Natur!«, sagte sie seufzend.

»Das ist aber komisch, genau das hat Nik auch gesagt«, kicherte ich.

»Scheint fast so, als hätten wir beide Hochzeiten im Kopf«, erwiderte sie, immer noch mit einem Strahlen im Gesicht, »aber möglicherweise hat er ja an seine eigene gedacht?«

»Ich glaube, da sind wir etwas voreilig«, antwortete ich, das alberne Schulmädchengeplapper genießend. Das war die Art von Gesprächen, die Heather sofort unterbinden würde: keine Träumereien, keine Erwartungen, alles musste auf Realität und Furcht basieren. Sylvie war wie eine frische Brise. Sie wollte nie über gescheiterte Ehen, Gefahren, Trauer oder den Tod sprechen. Dafür redete sie umso lieber über Handtaschen, Schuhe, Uhren und übers Verliebtsein. Wie sie gesagt hatte, mochte sie alles, was sauber war und gut duftete, und was zum Teufel war falsch daran? Ich brauchte diese Auszeit, diese Zeit in der Sonne, Cocktails und weiße Sandstrände. Ich brauchte eine Pause von meinen eigenen Gedanken und der Dunkelheit, die dort lauerte.

Unsere Salate wurden serviert, und wir legten eine kurze Gesprächspause ein, um salzigen Feta, süße Tomaten und saftige Oliven zu essen. Aber das lenkte Sylvie nicht lange ab, und schon bald löcherte sie mich mit weiteren Fragen.

»Also, du und Nik?«, fragte sie und senkte den Blick, als sie ihre Gabel hob. »Ist auf diesem Spaziergang irgendetwas *passiert*?«

Ich musste es ihr sagen, ich wollte es unbedingt *jemandem* erzählen, das machte es realer. »Ein Kuss«, sagte ich.

»Yesss!« Ihr Gesicht war vor Aufregung gerötet.

»Vielleicht erzählst du Angelina besser noch nichts davon?«, meinte ich.

»Okay, vielleicht nicht, aber lass nicht zu, dass Angelina etwas Wunderbarem in die Quere kommt. Wenn du ihn magst, Alice, dann tu es einfach. Ich bin mir sicher, dass er eine Frau wie dich viel lieber hat als ein Mädchen wie Angelina. Du magst ihn doch, stimmt's?«

Ich nickte. »Ja, er scheint nett zu sein, er ist interessant und intelligent, er weiß alles über Wein, und ich ... ja, ich *mag* ihn.«

»Hat er dich gefragt, ob ihr euch wiedersehen wollt, oder hat er Pläne für euer nächstes Treffen gemacht?«

»Nein.« Ich schüttelte traurig den Kopf. »Vielleicht wollte er es nicht weiterverfolgen, vielleicht war es nur eine spontane Geschichte?«

»Er kommt mir nicht wie ein spontaner Typ vor. Angelina sagt, er war mit keiner Frau mehr zusammen, seit seine Frau ihn verlassen hat, und ich glaube, das ist schon eine Weile her. Ich meine, er hat dich geküsst, Alice, er *muss* an dir interessiert sein.«

»Ich hoffe es, ich weiß nur nicht, wie Angelina reagieren würde, wenn wir zusammenkommen.«

»Wen interessiert das schon!«, sagte sie und trank einen großen Schluck von ihrem Cosmopolitan.

Ich nahm ebenfalls einfach meinen Drink zur Hand, doch in Wahrheit interessierte es mich sehr wohl, wie es Angelina damit gehen würde. Ich konnte den Hass in ihrem Gesicht nicht vergessen, die Wut, als sie mich angeschrien hatte: »Wo zum Teufel hast du gesteckt?«

»Wie auch immer das mit dir und Nik weitergeht, Angelina kommt schon darüber hinweg«, fuhr Sylvie fort. »Es gibt jede Menge gut aussehender junger Männer, die nur darauf warten, mit ihr auszugehen. Sie wird Nik Kouris bald vergessen haben«, fügte sie zwischen zwei Bissen Feta und Gurke hinzu.

»Angelina hat sich letzte Woche über etwas oder jemanden aufgeregt. Sie wollte, dass du die Polizei rufst«, sagte ich. »War es *wirklich* ein Gast, der sie verärgert hat?«

Sie verdrehte die Augen. »Ja, hab ich dir doch gesagt. Sie ist schnell beleidigt, du weißt schon, wenn jemand eine Bemerkung macht oder etwas sagt, was ihr nicht gefällt, und dann will sie gleich die Polizei rufen.«

Ich hob den Kopf, um zu zeigen, dass ich ihre Erklärung zur Kenntnis genommen hatte. Für Sylvie war das offensichtlich kein Problem, aber ich fragte mich wieder, ob es vielleicht um Dimitris gegangen war. Und seit ich gesehen hatte, wie er auf der Hochzeit auf Angelina eingeredet hatte, ließ mich der ängstliche Ausdruck auf ihrem Gesicht nicht mehr los.

»Lass uns über etwas Schöneres reden, zum Beispiel darüber, ob Nik Kouris irgendwelche Freunde hat, die für mich infrage kommen könnten«, kicherte sie.

»Wenn ja, dann erfährst du es als Erste.«

»Ein Doppeldate?«

»Unbedingt.«

»Wenn du mich fragst, ich finde, er ist perfekt für dich. Er scheint nett und vertrauenswürdig zu sein – wir alle brauchen jemanden, dem wir vertrauen können.« Sie lehnte sich zurück, dachte über das Gesagte nach und nickte langsam. »Ja, Nik Kouris scheint mir der Typ zu sein, dem du deine dunkelsten Geheimnisse anvertrauen kannst.«

Daraufhin zog ich die Augenbrauen hoch. Konnte ich Nik *tatsächlich* meine dunkelsten Geheimnisse anvertrauen?

Ich hoffte es, aber die eigentliche Frage war: Konnte er mir auch *seine* anvertrauen?

16

Am Tag nach meinem Mittagessen mit Sylvie rief Nik an. Sobald ich seine Stimme hörte, schlug mein Herz schneller, und ich dachte schon, ich würde wie die Heldin eines Jane-Austen-Romans jeden Moment in Ohnmacht fallen.

»Ich hoffe, es macht dir nichts aus, dass ich dich anrufe. Ich habe deine Nummer aus der Liste der Hochzeitskontakte.«

»Oh ...«

»Ich weiß, dass ich das nicht hätte tun sollen, aber ... es hat mir Spaß gemacht, mit dir zu plaudern, und ich wollte mich einfach melden«, sagte er und klang dabei so unbeholfen wie ein Jugendlicher.

Für mich war das auch ungewohnt. Der Kuss hatte unsere aufblühende Freundschaft in ein anderes Fahrwasser gebracht, und nachdem ich mich vorher ganz ungezwungen mit ihm hatte unterhalten können, fühlte ich mich jetzt befangen und legte jedes Wort auf die Goldwaage.

Gegen Anfang meiner Teenagerjahre war ich aus der Reihe getanzt und hatte Heather eine Menge Ärger bereitet. Aber das hörte auf, als ich älter wurde, und ich lebte einfach weiter, blieb Single und genoss meine Jugend nicht so, wie ich es vielleicht hätte tun sollen. In meinen späten Teenagerjahren und in meinen Zwanzigern war ich konsequent Single; dass ich in meinen Dreißigern Dan traf und mich in ihn verliebte, kam ziemlich überraschend. Dan war die einzige wirkliche Beziehung, die ich je gehabt hatte, also fühlte sich das – was auch immer zwischen Nik und mir war – sehr neu und seltsam an, und ich war mir nicht sicher, was ich davon halten sollte.

Es herrschte ein unangenehmes Schweigen, und schließlich ergriff er das Wort. »Verzeih mir, so was ist für mich sehr ungewohnt – es ist schon eine Weile her«, begann er.

»Wie du weißt, geht es mir genauso«, sagte ich. »Bei unserer zweiten Begegnung draußen im Straßencafé hab ich dir ja praktisch meine Lebensgeschichte erzählt.«

»Stimmt, das hast du, und ich wusste deine Offenheit sehr zu schätzen.«

»Danke, ich neige dazu, zu viel zu erzählen, aber ich verstehe, dass es nicht einfach ist, Kontakt aufzunehmen, es wird schwieriger, je älter man wird«, sagte ich in die Stille hinein und konnte über das Telefon förmlich seine Qualen spüren.

Ich hörte, wie er tief Luft holte. »Ja, es stimmt, ich bin eingerostet, wenn es um das andere Geschlecht geht«, gab er zu, und ich hörte das Lachen in seiner Stimme. »Also ich verstehe, wenn du Nein sagst, und ich will dich auch nicht in Verlegenheit bringen.«

Mein Herz begann erwartungsvoll zu pochen.

»Aber ... ich wollte dich fragen, ob du vielleicht mal an einem Abend zu mir aufs Weingut kommen möchtest, ich könnte uns was kochen, und dieses Mal könntest du den Wein richtig *verkosten*?«

»Ja.« Ich war so aufgeregt, denn das kam unerwartet und ich hatte nicht vor, die Unnahbare zu spielen. »Sehr gerne.«

»Wann hättest du Zeit?« Ich merkte an dem Zögern in seiner Stimme, dass ihm dieses Gespräch nicht leichtfiel.

»An den meisten Abenden«, antwortete ich ehrlich. Die einzige Freundin, die ich hier bisher gefunden hatte, war Sylvie, und wenn ich nicht mit ihr verabredet war, hatte ich immer Zeit.

»Okay, wie wäre es mit morgen?« Er meinte damit nicht, dass er mich in seinen vollen Terminkalender quetschen musste, sondern er hatte ganz einfach am nächsten Tag Zeit und sagte das auch ganz ehrlich. Das fand ich erfrischend, also war ich ebenfalls ehrlich zu ihm.

»Morgen habe ich noch nichts vor. Das würde gut passen.«

Wir machten aus, uns um sechs Uhr abends auf dem Weingut zu treffen. In dieser Nacht fand ich keinen Schlaf, sondern wurde von Aufregung und Nervosität wach gehalten, weil ich keine Ahnung hatte, was mich erwartete, aber ich war auch voller Freude darüber, gefragt worden zu sein, und hoffte, dass ich ihn nicht enttäuschen würde.

Am nächsten Morgen schrieb ich Sylvie eine SMS, um ihr alles zu erzählen, und sie antwortete mit Großbuchstaben und Ausrufezeichen. Dann rief sie mich an. »O mein Gott! Ich freue mich so für dich, Alice. Lass uns shoppen gehen und dir etwas zum Anziehen kaufen.«

Ich war vierundvierzig Jahre alt, hatte aber aufgrund meiner familiären Situation nie wirklich die Freiheit der Jugend genießen können. Mit einer Freundin shoppen zu gehen, irgendwo was zu trinken und Geld auszugeben, waren keine Dinge gewesen, die Heather und ich tun konnten, als wir jünger waren. Außerdem musste Heather als ältere Schwester, die für mich die Verantwortung trug, für unsere Sicherheit sorgen. All das lastete auf ihren Schultern, und dann war sie auch noch dafür verantwortlich, dass wir das Geld hatten, das wir brauchten, um zu leben, zu essen und ein Dach über dem Kopf zu haben.

Als ich schließlich Dan geheiratet hatte, war Heather froh darüber gewesen. Ich glaube, sie war erleichtert, weil sie endlich das Gefühl hatte, die Verantwortung an jemand anderen abgeben zu können. Ich hatte ihr das nicht erzählt, weil ich sie nicht beunruhigen wollte, aber er hatte sich nicht um mich gekümmert, er hatte mich nicht beschützt, und obendrein wurde ich von der Trauer um das Baby, das ich nie bekommen hatte, förmlich erdrückt.

Sylvie hatte ihre Kinderlosigkeit auf eine viel positivere Weise bewältigt. »Es sollte eben nicht sein«, hatte sie gesagt, »und ich muss herausfinden, wie ich mein Leben anders gestalten kann, als ich es mir vorgestellt hatte.« Während ich die Unfruchtbarkeit als Ende sah, betrachtete sie sie als einen Anfang, ein neues Abenteuer. Ich hatte immer noch vage Hoffnungen für die Zukunft und wusste, dass ich meine Kinderlosigkeit nie ganz akzeptieren würde. Ich hoffte, dass ich eines Tages besser damit zurechtkommen könnte, aber meine Geschichte war ganz anders als die von Sylvie, und ich hatte ihr nicht alles erzählt.

Nach all der Traurigkeit, all den Erwartungen in meinem Leben, die sich nicht erfüllt hatten, war hier also jemand, der mir sagte, ich solle shoppen gehen, mich freuen, weitermachen und genießen, was mir das Leben zu bieten hatte. Anstatt an meinem Urteilsvermögen zu zweifeln und sich den Kopf vor Angst zu zerbrechen, dass ich wieder denselben dunklen Weg einschlagen könnte, wollte Sylvie darüber reden, was ich anziehen und welchen Lippenstift ich wählen sollte. Wir verabredeten uns in einer Stunde in einer Boutique, die sie kannte, direkt am Marktplatz.

»Ich bin so stolz auf dich«, sagte sie, während sie die Designerkleider in dem Laden durchstöberte, der sich als ziemlich teuer entpuppt hatte.

»Es ist nur ein Abendessen bei ihm zu Hause«, erinnerte ich sie noch einmal. »Ich will meine Erwartungen nicht zu hoch schrauben, man weiß nie, was alles passieren kann, wir stehen ja noch ganz am Anfang«, erklärte ich und hörte Heathers Worte, gesprochen mit meiner Stimme. Komisch, wie wir uns manchmal verändern, je nachdem, mit wem wir zusammen sind. Bei Heather war ich die Optimistin, bei Sylvie die Pessimistin und bei Dan die Frau, die immer versuchte, es allen recht zu machen. Ich hoffte wirklich, dass das bei Nik anders sein würde, vielleicht könnte ich bei ihm sogar ich selbst sein?

Sylvie nickte abwesend hinter einem Stapel von Sonnenhüten hervor. Sie hörte nicht zu, wollte nicht über Erwartungen und Neuanfänge reden, sie wollte die volle Aufregung eines ersten Dates. Und dafür liebte ich sie.

»Jetzt probier das mal zusammen an.« Sie drückte mir ein aquamarinfarbenes Seidentop in die Hand, ging dann zu einer weißen Hose hinüber und reichte sie mir. Die Boutique wirkte luxuriös und edel, und sobald ich in der Umkleidekabine war, suchte ich nach den Preisschildern. Es gab keine. Trotzdem probierte ich die Sachen pflichtbewusst an und hoffte inständig, dass mich dieses Outfit nicht einen ganzen Monatslohn kosten würde.

»Wie geht es dir da drinnen?«, rief sie aufgeregt, bevor ich mich überhaupt ausgezogen hatte, doch als ich schließlich hinter dem Vorhang hervorkam, schnappte sie hörbar nach Luft. Sie hielt einen goldenen Anhänger mit einem großen türkisfarbenen Stein in der Hand und legte ihn mir um den Hals, dann trat sie zurück und lächelte.

»Du siehst umwerfend aus, die Sachen musst du dir für heute Abend zulegen, und der Anhänger rundet das Ganze ab!«

Ich hatte mich schon im Spiegel der Umkleidekabine betrachtet, und mir gefiel, was ich sah, aber sie hatte recht, mit dem Anhänger wurde das ganze Outfit erst richtig komplett.

»Du bist eine tolle Einkaufsberaterin«, murmelte ich und bewunderte mich im großen Spiegel des Ladens.

»Ist sie ein Model?«, hörte ich jemanden in einem griechischen Akzent fragen, und als ich mich umdrehte, sah ich die Besitzerin der Boutique, eine sehr glamouröse, zierliche Frau mit sorgfältig frisiertem Haar und zu viel Make-up.

»Nein, sie ist kein Model, aber ich kann verstehen, warum Sie das denken«, erwiderte Sylvie freundlich.

Ich schüttelte den Kopf und wünschte, sie würden aufhören. Sie waren zwar nett, aber das war zu viel. Ich war kein Model, aber die Frau war eindeutig auf ein gutes Geschäft aus.

»Sie nimmt das Oberteil, die Hose und den Anhänger«, sagte Sylvie.

»Warte, ich weiß nicht mal, wie viel die Sachen kosten.«

Sylvie beugte sich vor und flüsterte: »Und in solchen Läden fragt man auch nicht danach.«

»Also in dem Fall ...«, begann ich und ging zurück in die Umkleidekabine.

»In dem Fall«, setzte sie meinen Satz fort, »werde ich die Sachen kaufen, wenn du sie dir nicht leisten kannst.«

Ich steckte meinen Kopf zwischen den Vorhängen hervor. »Nein, das wirst du schön bleiben lassen.«

»Und ob ich sie kaufen werde. Sie stehen dir super, und wenn du es dir nicht leisten kannst, dir was zu gönnen, dann übernehme ich das eben.«

»Nein, nein, ich *kann* schon, ich frage mich nur, ob ich das Geld ausgeben sollte. Immerhin bin ich gerade arbeitslos«, sagte ich und betrachtete mich noch einmal in aller Ruhe in der Umkleidekabine. Sylvie hatte ein Outfit gewählt, das ich mir selbst nie ausgesucht hätte, und es sah fantastisch aus. »Doch, ich kann es mir leisten, mir was zu gönnen«, verkündete ich, zufrieden mit meinem Spiegelbild.

»Das ist die richtige Einstellung, plündere deinen Notgroschen, Süße. Das Leben ist dazu da, gelebt zu werden!«

»Da hast du recht«, murmelte ich, als ich in den Spiegel schaute und mir vorstellte, wie ich später in diesem Outfit durch das prächtige Haus und den Weinberg schlendern würde. Und allein der Gedanke an seine wunderschönen Augen und daran, wie er mir vielleicht später das aquamarine Seidentop ausziehen würde, ließ mich zur Kasse gehen.

Die Frau faltete die Hose in aller Ruhe zusammen und wickelte sie in Seidenpapier, dann steckte sie sie bedächtig und vorsichtig in eine große, schicke Tragetasche, bevor sie sich an das Seidentop machte. Mit quälender Langsamkeit faltete sie nun auch das schicke Seidenoberteil und wickelte es in Seidenpapier ein, und obwohl ich die Sachen haben wollte, wollte ich auch unbedingt wissen, wie viel sie kosteten.

Schließlich fing sie an, sich die Preise zu notieren, und blickte zu mir auf. »Das macht dann sechshundert Euro«, verkündete sie und verzog ihre mattpfirsichfarbenen Lippen zu einem breiten Lächeln. Doch hinter ihren Augen war kein Leben.

Ich musste mich am Ladentisch festhalten und versuchte, mir mein Entsetzen nicht anmerken zu lassen, als ich in meine Handtasche griff, um meine Kreditkarte hervorzuholen.

»Alles klar, Alice? Soll ich *meine* Karte benutzen?«, flüsterte Sylvie, während die Frau so tat, als wäre sie mit nichts anderem beschäftigt, während sie in Wirklichkeit sehnsüchtig auf meine Kreditkarte wartete. Ich wusste nicht mal, wie hoch das Limit war, und als ich die Karte in den Kartenleser steckte, den sie mir jetzt entgegenstreckte, hielt ich den Atem an, weil ich mir nicht sicher war, was das beste Ergebnis sein würde: dass ich mehr als je zuvor für ein paar Kleidungsstücke und einen Modeschmuckanhänger aus Strass bezahlen würde oder dass das Gerät die Karte nicht akzeptierte und ich ein Vermögen sparen würde. Doch Sylvie stand direkt neben mir, und ich wusste, wenn es ein Problem mit meiner Karte gab, würde sie darauf bestehen, zu bezahlen, was ich nicht zulassen durfte. Also würde ich dieses Outfit so oder so bekommen.

»Wow«, sagte ich, als wir eine Pause in einem kleinen Café machten, um ein Sandwich zu essen und einen Kaffee zu trinken. *»Habe ich wirklich gerade sechshundert Euro für Klamotten ausgegeben?«*

»Lass mich was davon bezahlen, ich habe ein ganz schlechtes Gewissen, als hätte ich dich irgendwie gezwungen.« Sie verstand das Problem tatsächlich nicht. Sylvies Unternehmen war offensichtlich sehr erfolgreich; sie musste nicht mal darüber nachdenken, was sie sich selbst gönnen konnte, und nahm an, dass es allen anderen genauso ging.

»Nein, leisten kann ich es mir schon, ehrlich. Ich hatte nur nicht damit gerechnet, dass es so teuer werden würde.«

»Du hast mit Kreditkarte bezahlt – hast du wirklich genug, um es zurückzuzahlen, Süße, denn ich will nicht, dass du nächsten Monat eine hohe Rechnung bekommst und ...«

»Nein, nein. Ich kann es von meinem Sparkonto nehmen.« Ich hatte über fünfhunderttausend Pfund aus der Scheidungsabfindung, eine riesige Summe, aber ohne einen Job oder die Aussicht, meinen alten wiederzubekommen, konnte ich das Geld nicht einfach nach Lust und Laune für mich ausgeben. Ich musste etwas davon sparen, um mir eine Wohnung zu kaufen. Heather und ich hatten immer gesagt, dass wir alles überleben können, wenn wir nur ein Dach über dem Kopf haben. Ich hatte auch gehofft, etwas davon in einen Treuhandfonds für meine Nichten stecken zu können. Ich wollte Sylvie nichts davon erzählen, weil ich dann auch verraten hätte müssen, dass die Polizei gegen mich ermittelte, aber meine größte Angst war, dass Dan – oder genauer gesagt seine Anwältin und Mutter seines Babys – möglicherweise vorhatte, mich binnen weniger Monate finanziell zu ruinieren.

»In Aquamarin siehst du einfach umwerfend aus«, sagte

Sylvie, als ob das den Preis rechtfertigen würde. Sie konnte mir deutlich im Gesicht ablesen, dass ich meinen Kauf bereute.

»Ja, ich liebe die Farbe, und ich liebe auch schöne Kleidung – und Handtaschen. Aber Designerklamotten hatte ich noch nie, sechshundert Euro«, keuchte ich, »so viel habe ich nicht mal für mein *Hochzeits*kleid bezahlt.«

Ihr klappte die Kinnlade herunter. »Das soll wohl ein Witz sein?«

»Doch, der Preis lag bei sechshundert Euro, in Pfund sind das ...«

»Nein, ich meine, dass du mir weismachen willst, dass du nicht mal sechshundert Euro für dein Hochzeitskleid bezahlt hast. Wo hattest du es denn her, aus einem Sozialkaufhaus?«

Ich lächelte. »Ach, Sylvie, wir sind nicht alle so reich wie du. Ich wette, *dein* Hochzeitskleid würde so viel kosten wie mein Haus!«, scherzte ich.

»Wie viel war dein Haus wert?«

»Ungefähr sechshunderttausend Pfund, als wir es vor zehn Jahren gekauft haben«, antwortete ich. Sie zuckte nicht mal mit der Wimper, für sie waren das nur Peanuts. Ich konnte mir kaum vorstellen, wie viel Geld sie auf *ihrem* Bankkonto hatte.

»Für mein Hochzeitskleid habe ich vielleicht nicht *so* viel bezahlt«, sagte sie kichernd, »aber ein paar Tausend waren es bestimmt.«

»Ich will heute wirklich nicht an meinen Hochzeitstag denken«, sagte ich traurig.

»Oh, ich weiß, dass es schwer ist, aber du musst loslassen, Alice. Und irgendetwas sagt mir, dass du das immer noch nicht getan hast. Liegt es daran, dass du ihn noch liebst?«

Ich lächelte nur, und sie tätschelte tröstend meinen Arm. Ich liebte Dan nicht mehr, aber es war einfacher, dennoch so zu tun, als die Wahrheit zu erklären: dass ich mir wünschte, er wäre tot.

17

Der erste Abend mit Nik war magisch. Ich nahm ein Taxi zum Weingut, der Taxifahrer sprach gut Englisch, und auf der langen, ziemlich bergigen Strecke kamen wir ins Gespräch.

»Du hast also Freunde auf dem Weingut?«, fragte er.

»Ja, ich kenne den Eigentümer.«

»Ah, das ist ein netter Kerl, wirklich nett«, sagte er und warf mir im Rückspiegel einen vielsagenden Blick zu.

»Stimmt, und er weiß eine Menge über Wein«, fügte ich hinzu.

»Das Weingut ist schon seit vielen Jahren im Besitz seiner Familie, bestimmt fließt Wein durch seine Adern«, sagte er und nickte mir zu.

»Ja, er hat mich herumgeführt und mir von seiner Familie erzählt. Er will das weiterführen, was sein Großvater und sein Vater begonnen haben.«

»Ist gut für die Touristen, verstehst du? Sie mögen den Wein, ihr Engländer liebt ihn sogar.«

Ich lächelte. »Ja, das tun wir tatsächlich.«

Als das Taxi die Kiesauffahrt hinauffuhr, färbte sich der

Himmel langsam in ein helles Orange, das sich vom Mauerwerk und dem hellgrünen Anstrich des großen Hauses abhob. Reihen von prächtigen Olivenbäumen sorgten für einen schattigen, begrünten Weg, und ich stieg aus dem Auto und bezahlte den Fahrer.

»Sag Dimitris *Jassas* von mir«, rief er und fuhr in einer Wolke aus kalkweißem Schotter davon. Mir wurde flau im Magen. In der ganzen Aufregung hätte ich Dimitris beinahe vergessen. Ich hoffte, er würde nicht da sein, damit ich das freundliche »Hallo« auf Griechisch des einheimischen Taxifahrers nicht ausrichten musste.

Als ich mich der Haustür näherte, betätigte ich den Türklopfer, und innerhalb von Sekunden war Nik an der Tür. Er sah so gut aus in seinem frischen weißen Leinenhemd und seiner Chinohose. Ich hatte mich schon gefragt, ob ich in meinem Designer-Seidentop und der weißen Hose nicht ein bisschen overdressed war, aber meine Kleidung fühlte sich genau richtig an.

»Du siehst toll aus, Alice«, sagte er, und seine Lippen streiften meine Wange. »Komm doch rein!« Er legte seine Hand auf meinen Rücken, als ich durch die Tür trat. »Ich dachte, wir könnten vielleicht draußen sitzen?«

Sein Aftershave umwehte mich, als ich ihm zu den großen Balkontüren auf der Rückseite des Hauses folgte, durch die wir auf die Terrasse hinausschlüpften. Bei der Hochzeit war mir dieser Bereich gar nicht richtig aufgefallen, denn er war zum Essen und Tanzen freigeräumt worden, doch jetzt gab es nur einen großen Tisch, der einfach, aber wunderschön mit Weinblättern, Laub und Lichterketten geschmückt war.

»Das ist wunderschön«, sagte ich, als er mir einen Stuhl vom Tisch herauszog. »Hast du das alles hier gemacht?«, fragte ich und zeigte auf den gedeckten Tisch.

Er nickte, es war kaum mehr ein Schulterzucken, und ich

sah wieder diesen unauffälligen Mann. Keine Angeberei, kein Machogehabe, nur ein sanfter, bescheidener Mann.

Der hintere Teil des Hauses, die Küche und der schöne Innenhof standen in völligem Kontrast zu dem dunklen, düsteren Vorzimmer. Es war, als würden die Vergangenheit und die Gegenwart auf unangenehme Weise unter einem Dach aufeinanderprallen.

»Hast du den Außenbereich selbst gestaltet, er sieht so anders aus als der vordere Teil des Hauses?« wollte ich wissen und fragte mich insgeheim, ob vielleicht seine Ex-Frau oder sogar ein Profi die verlängerte Rückseite der Villa entworfen hatte, die mit ihren klaren Linien, der modernen Beleuchtung, den freiliegenden Ziegeln und dem geschliffenen Eichentisch an die Ursprünge des Gebäudes erinnerte.

»Das ist ... mein Werk«, sagte er und zuckte erneut mit den Schultern, denn er wollte kein Aufheben darum machen.

»Kann ich dir was zu trinken anbieten?«, fragte er. Ich war sehr aufgeregt wegen des heutigen Abends gewesen, aber ich hatte zu Hause schon zwei Glas Wein getrunken, die mich beruhigt hatten. Ein drittes Glas würde mir guttun.

Er kam mit einer Flasche und zwei Gläsern aus der Küche zurück und beschrieb den köstlichen pinken Rosé aus seinem eigenen Weinberg.

»Wow, das muss wirklich ein gutes Gefühl sein, Wein aus Trauben, die du selbst angebaut hast, auf deinem eigenen Grund und Boden.« Dann trank ich einen Schluck und fügte hinzu: »Der ist köstlich.«

Er lächelte. »Ich dachte mir schon, dass er dir schmecken würde. Dimitris kocht gerade das Abendessen, es dauert nicht mehr lange.«

O nein! »Ach, ich wusste nicht, dass er hier ist.«

»Doch, er ist in der Küche. Ich hoffe, es macht dir nichts aus, aber ich habe ihn eingeladen, mit uns zu Abend zu essen.

Er ... er wollte unbedingt für uns kochen. Da *musste* ich ihn einfach fragen.«

Was zur Hölle? »Klar, gar kein Problem«, log ich. Ich hatte plötzlich keine Lust mehr, etwas zu essen. Damit hatte ich überhaupt nicht gerechnet, hatte ich den Abend etwa missverstanden? Sollte das nicht eigentlich ein Date sein? Wer würde seinen schrägen Cousin zu einem romantischen Abendessen für zwei einladen?

»Ich gehe ihm ein bisschen zur Hand«, sagte er und stand vom Tisch auf. »Sobald er gegessen hat, lässt er uns sicher allein, er geht früh zu Bett«, fügte er hinzu, als ob das einen Unterschied machen würde.

»Ist schon in Ordnung, Nik, *wirklich*«, log ich wieder, und er ging in die Küche, ließ mich allein sitzen, und ich fragte mich, worauf ich mich da eingelassen hatte. Ich trank einen großen Schluck Wein, ich musste runterkommen, es standen nur zwei Teller auf dem Tisch, Nik *hatte* also geplant, dass wir nur zu zweit sein würden. Ich verstand nur nicht, warum er Dimitris nicht erklärt hatte, dass er mit mir allein sein wollte. Ich konnte hören, wie sie sich in der Küche auf Griechisch unterhielten. Sie schienen sich gut zu verstehen, einmal lachte Nik sogar.

»Du musst vielleicht ein zusätzliches Gedeck mitbringen«, rief ich ihm zu. Als Antwort streckte er den Daumen in die Luft. So komisch es auch war, zu dritt zu essen, er hatte Dimitris wahrscheinlich in letzter Minute eingeladen, weil er Mitleid mit ihm hatte. Ich merkte, dass ich mich ziemlich verschlossen benahm und ein bisschen egoistisch, Dimitris war offensichtlich einsam, und Nik war nett. Vielleicht war es an der Zeit, dass ich seinem Beispiel folgte und Dimitris freundlich gegenübertrat, anstatt ihn abzulehnen. Als Nik also an den Tisch zurückkehrte, mit seinem eher mürrischen Cousin im Schlepptau, lächelte ich breit und sagte: »Jassas, Dimitris.«

Ohne mir in die Augen zu schauen, murmelte er leise: »Jassas«, und knallte eine große Pfanne in die Mitte des Tisches.

»Kleftiko, ein griechischer Lammschmortopf«, verkündete Nik, während er es auftischte. »Dimitris' Spezialität.« Er nickte seinem Cousin zu, der keine Reaktion zeigte. Er setzte sich, doch während wir unsere Teller füllten, beobachtete er uns nur, was ich ziemlich irritierend fand. Bevor ich den ersten Bissen zum Mund führte, wartete ich, bis Dimitris sich selbst etwas von dem Essen genommen hatte, aus Höflichkeit, aber auch, um sicherzugehen, dass ich es gefahrlos verzehren konnte. Aber das süße, langsam gegarte Lamm mit dem salzigen Feta war einfach köstlich, und ich lächelte vor mich hin, während ich aß und mir bewusst wurde, dass ich mit Heather zu viele True-Crime-Dokus angeschaut hatte, in denen der Mörder ein schmackhaftes Abendessen mit Frostschutzmittel versetzte.

»Bitte sag Dimitris, dass es köstlich ist«, erklärte ich, und Nik wiederholte meine Worte auf Griechisch, ohne dass Dimitris darauf reagierte. Ich genoss einfach weiter das Essen, es lenkte mich von der seltsamen Situation ab, in der wir zu dritt unter dem Sternenhimmel ein Candlelight-Dinner genossen.

Wir aßen schweigend, und in dem verzweifelten Versuch, ein Gespräch in Gang zu bringen, erwähnte ich Nik gegenüber, dass der Taxifahrer, der mich hergebracht hatte, Dimitris einen Gruß ausrichten ließ. Nik gab das auf Griechisch an Dimitris weiter, während ich lächelnd zusah und kaum eine Reaktion erwartete, doch dieses Mal überraschte er mich mit einem plötzlichen Nicken. Während des restlichen Essens fühlte ich mich angespannt. Dimitris war ziemlich unnahbar, außer für Nik, der eine Art Verbindung mit ihm zu haben schien, aber selbst die wirkte recht bemüht. Während wir weiteraßen, starrte Dimitris nur noch vor sich hin und kaute, während Nik den einen oder anderen Satz auf Griechisch zu ihm sagte und mir dabei schuldbewusste Blicke zuwarf.

Nachdem Dimitris gegessen hatte, nahm er die leere

Pfanne mit, ließ aber alle schmutzigen Teller stehen, also begann ich, sie einzusammeln.

»Nein, bitte lass einfach alles stehen, ich mache das später«, sagte Nik leise. »Ich wollte heute Abend Zeit mit dir verbringen, und du bist schon eine Weile hier, und wir hatten noch keine Gelegenheit, uns zu unterhalten. Tut mir leid wegen Dimitris.«

»Das muss dir nicht leidtun, ich verstehe das schon. Ich nehme an, er ist einsam.«

Er nickte langsam. »Er ist mein Cousin, und ich bin der Einzige, mit dem er wirklich kommuniziert, wenn man das so nennen kann«, fügte er traurig hinzu. »Dimitris ist sozial zurückhaltend, er ist nicht in der Lage, Menschen zu verstehen oder sich auf ihre Gefühle einzulassen. Manchmal wünschte ich, ich könnte den Schlüssel finden, um Zugang zu ihm zu finden. Aber er ist glücklich in seiner Welt, und wer bin ich, sie auf den Kopf zu stellen, nur weil die Gesellschaft etwas von ihm erwartet, was er nicht geben kann?«

»Da hast du völlig recht, und ich muss mich da auch an die eigene Nase fassen. Ich fühle mich in seiner Gegenwart ein wenig unwohl, aber das ist meine Schuld, nicht seine.«

»Ich weiß, aber es ist auch nicht leicht, ihn zu mögen. Ich will nicht abstreiten, dass sein Verhalten schwierig und manchmal ziemlich beunruhigend sein kann, aber im Großen und Ganzen halte ich ihn für harmlos.«

Die Tatsache, dass er ihn lediglich für harmlos hielt, sich aber nicht mit absoluter Sicherheit für ihn verbürgen konnte, ließ bei mir die Alarmglocken schrillen. Ich nahm noch einen Schluck Wein, vor lauter Nervosität hatte ich während des ganzen Essens getrunken, und ich wusste, dass ich schon vor zwei Gläsern hätte aufhören sollen, aber ich konnte einfach nicht.

»Ich glaube, du siehst einen einsamen Mann, der deine

Hilfe braucht, und du scheinst so ein netter Kerl zu sein, Nik, aber bist du vielleicht *zu* nett?«

Er runzelte verwirrt die Stirn.

»Ich will damit sagen, dass ich wirklich glaube, dass du Dimitris im Auge behalten solltest«, lallte ich. »Ich glaube, er könnte gefährlich sein«, hörte ich mich hinzufügen. Ich befand mich in der Phase, in der ich noch nicht komplett betrunken war, und mein nüchterner Teil war entsetzt über die unverarbeiteten Gedanken, die aus meinem Mund sprudelten.

»Ich glaube nicht, dass er gefährlich ist«, antwortete er. »Er braucht nur Unterstützung und Freundlichkeit.«

Trotz meines beschwipsten Zustands merkte ich, dass Nik sich bemühte, die Situation nicht eskalieren zu lassen. Er lächelte mich freundlich an, während ich sprach. Ich war mir bewusst, dass meine Stimme ein wenig zu laut für ein ruhiges, romantisches Glas Wein war, aber ich fuhr fort, obwohl ich wusste, dass ich es besser sein lassen sollte. Ich musste einfach weitermachen, der Kouris-Rosé entfaltete seine volle Wirkung.

»Dimitris ist *gefährlich!*«, wiederholte ich mit zu lauter Stimme.

In diesem Moment kam Dimitris zurück auf die Terrasse und sagte etwas auf Griechisch zu Nik.

Nik antwortete, ohne sich umzudrehen, und Dimitris nickte einmal und ging wieder ins Haus.

»Geht es ihm gut?«, fragte ich und hoffte, dass er nicht gehört hatte, dass ich seinen Namen erwähnt hatte.

»Ja, er wollte mir nur Bescheid sagen, dass er jetzt ins Bett geht.«

»Hat er immer bei dir im Haus gelebt?«, wollte ich wissen.

»Ja, ihm gefällt es hier. Er könnte auch in einer der Hütten auf dem Anwesen wohnen, und manchmal tut er das auch, aber er sagt, er fühlt sich im Haus wohler.«

Wieder war ich gerührt von Niks Freundlichkeit, aber ich

fragte mich abermals, ob er vielleicht zu freundlich war und dadurch sich selbst oder seine Gäste in Gefahr brachte.

»Er hat nicht viel, Alice. Und wenn ein schönes großes Bett und eine Klimaanlage in einer heißen Nacht alles sind, was er braucht, dann bin ich gerne bereit, ihm das zu geben.«

Jetzt nagten Schuldgefühle an mir. »Tut mir leid, ich hätte das nicht sagen sollen.«

»Du denkst nur, was alle anderen auf dieser kleinen Insel auch denken«, erwiderte er achselzuckend.

»Ich glaube einfach, dass man lieber vorsichtig sein sollte«, setzte ich an, doch bevor ich fortfahren konnte, legte er seine Finger so sanft an meine Lippen, dass ich mir nicht sicher war, ob das eine romantische Geste war oder ein Zeichen, dass ich aufhören sollte zu sprechen.

»Lass uns heute Abend nicht mehr über meinen Cousin reden«, flüsterte er. Dann beugte er sich zu meinem Erstaunen über den Tisch und küsste mich. Zuerst war er zögerlich, sogar höflich, doch schließlich legte er seine Arme um mich. Ich spürte den Druck seiner Hände auf meinem Rücken, um meine Taille herum, und gerade als ich dachte, dass es weitergehen könnte, öffnete ich die Augen. Und dort, in der dunklen Küche, erkannte ich einen Schatten, der in der Tür stand.

Als ich mich von Nik löste, sah ich, wie sich der Schatten schnell davonschlich. Eine Gänsehaut jagte mir über den Rücken.

»Was ist los? War ich zu forsch?«, fragte Nik, dem die Verwirrung deutlich ins Gesicht geschrieben stand.

»Nein, warst du nicht«, erwiderte ich und starrte zur Küche. »Da war jemand, ich habe ihn gesehen, er hat uns aus der Dunkelheit beobachtet.« Ich erschauderte. »Da drüben«, sagte ich und nickte in Richtung Küche.

Nik drehte sich um, um hinzuschauen. »Ich kann niemanden *sehen*«, murmelte er und stand auf.

»Doch, ich bin mir *sicher*, dass da jemand war. Ich glaube, es war Dimitris«, sagte ich.

»Bist du dir wirklich sicher, er ist doch gerade ins Bett gegangen?«

»Wer sollte es denn sonst gewesen sein, außer uns ist ja niemand hier. Stimmt's?«

»Ja, natürlich. Vielleicht wollte er sich nur ein Glas Wasser holen oder nachsehen, ob wir noch da sind – er schaltet gerne die Außenbeleuchtung aus, bevor er ins Bett geht.«

Jetzt fühlte ich mich wirklich unbehaglich. »Er wusste doch, dass wir noch hier waren. Er stand im Schatten und hat uns *beobachtet*, Nik.«

»Alice, es tut mir leid, dass er dich verunsichert, aber manchmal ist er einfach ein bisschen verwirrt.«

»Fühlst du dich sicher, wenn er im Haus ist?«, fragte ich. »Ich nehme mal an, du weißt von den Gerüchten?« Ich hörte Heathers Stimme, die mir sagte, ich solle mit dem Trinken aufhören.

»Du meinst die vermissten Frauen? Ja, davon habe ich gehört.«

»Was denkst du? Sind das alles wirklich nur Gerüchte?« Ich versuchte, vorsichtig zu fragen, weil ich wusste, dass dies kein Gespräch für das erste Date war, aber ich musste es einfach wissen.

Er ließ sich einen Augenblick Zeit, bevor er antwortete. »Ja, Dimitris ist schon fast sein ganzes Leben lang hier. Er ist nicht wie alle anderen, und die Leute haben Vorurteile gegenüber Männern wie Dimitris, sie nehmen an, dass man ihm nicht trauen kann und sind entsprechend misstrauisch. Es passt in das Bild, das sich alle von ihm machen, nämlich dass er ein Raubtier ist. Er wird einfach missverstanden. Er könnte keiner Fliege etwas zuleide tun, und ich weiß, dass es Gerüchte über Dinge gibt, die hier auf dem Weingut passieren, aber glaub mir, hier passiert nichts, wovon ich nicht weiß.«

»Über das Weingut habe ich nichts gehört«, sagte ich, »nur über Dimitris.«

»Die Leute erzählen alle möglichen Dinge, die nicht wahr sind. Ich höre nicht auf Gerüchte«, erwiderte er gereizt.

Ich fragte mich, ob er nicht darauf hören wollte, weil er die Gerüchte nicht glaubte, oder weil er den Gedanken nicht ertrug, dass sie wahr sein könnten. Manchmal hören wir nur, was wir hören wollen, und reden uns die Dinge ein, die wir glauben möchten. Plötzlich musste ich an Dan denken, der auf dem Boden des Supermarkts lag. Blut und Regenwasser in Rinnsalen auf dem Boden, ein Schrei in der Stille, Della, die kreischend eingriff, um ihn zu retten, um *mich* aufzuhalten. Das Bild wurde von Tag zu Tag immer klarer, und ich versuchte, es nicht zuzulassen, damit sich der Film nicht vervollständigen konnte. Ich wollte mein eigenes Verbrechen *nicht* sehen, wollte nicht herausfinden, zu welchen Gräueltaten ich fähig war. Ging es Nik genauso, wollte er nicht *wissen*, was Dimitris getan haben könnte und vielleicht auch weiterhin tun würde?

»Ich höre auch nicht auf Gerüchte, Nik, aber hier gehen einige seltsame Dinge vor sich. Wie letzten Samstag, als du mich in den Orangenhain mitgenommen hast und sich jemand hinter den Bäumen versteckt hat. Ich habe seine Stiefel gesehen und ihn zwischen den Bäumen rascheln gehört. Was, wenn es Dimitris war, was, wenn es *seine* Stiefel waren, die ich gesehen habe? Es waren Arbeitsstiefel, wie er sie trägt«, sagte ich.

»Jeder Arbeiter auf diesem *Weingut* hat ein Paar Arbeitsstiefel«, antwortete er sanft. »Sie treiben sich hier ständig herum, auch bei unseren Hochzeiten und Firmenveranstaltungen, und jeder von ihnen hätte dir an diesem Abend folgen können.« Er schob den Tisch zur Seite. »Sieh mal, ich trage die gleichen Stiefel, ich hätte es auch sein können«, lächelte er.

»Aber du warst doch bei mir?«

»Nicht, als du die Stiefel gesehen hast, und ich hatte ebenfalls welche an.«

Ich kicherte. »Ist mir gar nicht aufgefallen. Du trägst Arbeitsstiefel auf einer pompösen Hochzeit? Du bist ja ein komischer Vogel.«

»Ja, darf ich vorstellen, ich bin's, der komische Vogel vom Weingut!«

Wir lachten beide darüber, aber wie immer ließ mich meine Obsession nicht los, und ich verfolgte die Spur weiter.

»Okay, ich geb's zu, es könnte jeder der Arbeiter gewesen sein, sogar du. Aber ich tippe auf deinen Cousin. Und seien wir mal ehrlich, ich wäre nicht die einzige alleinstehende Frau in einem gewissen Alter, die sich hier bedroht fühlt, die anderen sind ja schon verschwunden.«

»Ich glaube, diese ganze Geschichte mit den vermissten Frauen ist reine Hysterie. Das ist das ländliche Griechenland, hier passiert nie irgendwas, also erfinden die Leute Dinge zur Unterhaltung, sodass Klatsch und Tratsch – und Zufälle – zu großen Geschichten aufgebauscht werden. Die letzte Frau, die angeblich ›vermisst‹ wurde, ist drei Jahre später auf Skiathos wieder aufgetaucht.«

»Ja, solche Geschichten über vermisste Personen wird es immer geben. Zu Hause haben meine Schwester und ich dauernd die Websites für vermisste Personen gecheckt, und oft haben sich die Leute einfach aus ihrem Leben verabschiedet, aus ihren ganz eigenen Gründen. Aber es gibt immer noch neun Frauen, von denen jede Spur fehlt.«

»Warum hast du mit deiner Schwester die Websites von vermissten Personen gecheckt?«, fragte er mit einem neugierigen Lächeln.

»So was interessiert uns einfach«, log ich. »Wir hören True-Crime-Podcasts und sehen uns Dokus an. Wir sind fasziniert von vermissten Menschen, warum sind sie verschwunden, wo sind sie, sind sie weggelaufen oder wurden sie entführt? Menschen verschwinden aus einem bestimmten Grund.«

»Sie könnten alle ganz woanders sein«, sagte er. »So wie die sogenannten vermissten Frauen, die vielleicht verreist, untergetaucht oder vor einem eifersüchtigen Liebhaber geflohen sind – wer weiß schon, was im Leben der Leute vor sich geht?«

»Ja, aber all diese Frauen waren alleinstehend, und keine von ihnen hatte einen ersichtlichen Grund, vor *irgendjemandem* oder *irgendetwas* zu fliehen. Sie waren allein oder hatten sich von ihren Familien und Partnern losgesagt. Deshalb ist es auch schwer, zu sagen, wann genau sie verschwunden sind, denn in den meisten Fällen hat sie niemand sofort als vermisst gemeldet. Einige von ihnen waren in den sozialen Netzwerken aktiv, und wenn du dir ihre Freunde und die Orte, an denen sie sich aufhalten, genau ansiehst, kannst du dir ein ungefähres Bild von ihnen machen. Einige der Konten wurden gelöscht, aber einige sind immer noch da, und sie haben plötzlich aufgehört zu posten.«

»Du hast dich wirklich intensiv damit beschäftigt, oder?« Er sah ein wenig entsetzt aus. Ich merkte, dass ich wie eine Besessene klang.

Ich hatte zu viel gesagt, der Alkohol hatte meine Zunge gelockert. Alles, was ich hörte, war das Zirpen der Grillen, das immer lauter wurde und ein Crescendo erreichte wie die Schreie, die in meinem Kopf ertönten. Also trank ich noch einen Schluck Wein, um ihre Lautstärke zu dämpfen.

»Alice, warum beschäftigt dich das Schicksal dieser Frauen so sehr?«, fragte er und lehnte sich mit einem besorgten Gesichtsausdruck in seinem Sitz zurück.

»Weil ich eine Frau bin und mir andere Frauen wichtig sind.«

»Mir doch *auch*. Ich glaube nur nicht, dass ihnen etwas *Schlimmes* zugestoßen ist, und denke, dass sie jetzt wahrscheinlich ein anderes Leben führen.«

Ich hörte einen Anflug von Verärgerung in seiner Stimme, und unter anderen Umständen hätte ich es gut sein lassen, denn ich wusste, dass dies nicht das ideale Thema für ein erstes Date war und dass es nicht fair war, ihm das zuzumuten. Aber dies war meine Obsession, und ich hatte ein paar Glas Wein zu viel gehabt. Anstatt es auf sich beruhen zu lassen, bis ich ihn besser kannte, beugte ich mich vor und sagte: »Ich weiß, du hältst mich jetzt wahrscheinlich für verrückt, aber ich glaube, das ist erst der Anfang, hier geht es nicht nur um neun oder zehn Frauen, sondern um mehr.«

»Wie kommst du darauf?« Sein amüsierter Blick verriet mir, dass er sich über mich lustig machte, aber das war mir egal.

Ich griff nach meinem Handy, tippte darauf herum und fand die Informationen, die ich erst am Vorabend gelesen hatte. »Hier steht, dass auf Kefalonia und Zakynthos, beides nahe gelegene Inseln, allein reisende Frauen unter ungeklärten Umständen verschwunden sind. Ich vermute, dass es da einen Zusammenhang gibt, denn die Inseln liegen nahe beieinander, und es wäre kein Problem, von einer Insel zur nächsten zu gelangen. Ich frage mich, ob es einen Serienmörder gibt, der abwechselnd auf den verschiedenen Inseln zuschlägt und es auf allein reisende Frauen abgesehen hat?« Kaum hatte ich das laut ausgesprochen, wünschte ich, ich hätte es nicht getan. Sein Gesichtsausdruck verriet mir, dass ich, wenn ich so etwas laut zu jemand anderem als Heather sagte, übertrieben dramatisch und ziemlich lächerlich wirkte.

»Ich glaube, du verrennst dich da in was, Alice.«

»Wahrscheinlich«, murmelte ich und vermisste Heather, die verrückten Ideen wie dieser immer nachgehen wollte, anstatt sie abzutun. Früher hatte es mich genervt, wie sie eine einfache Idee zu einem schrecklichen Verbrechen ausschmückte, aber genau das fehlte mir jetzt, weil ich nicht glaubte, dass ich etwas ausschmückte. Doch seine Reaktion zeigte, dass Nik das Gefühl hatte, ich würde einen Riesenwirbel um nichts veranstalten. Er war ein Geschäftsmann und wollte glauben, dass es sich nur um Dorftratsch handelte, denn alles andere wäre schlecht fürs Geschäft.

Ich wollte wirklich nicht, dass Nik mich für dumm hielt, und sehnte mich danach, zu verstehen, warum mir das so wichtig war, aber ich begriff es einfach nicht. Da hätte ich aufhören sollen zu trinken, aber ich redete und nippte immer weiter. Dann brachte Nik eine neue Flasche und schenkte mehr Wein ein. Er schmeckte gut, und wie immer ließ er den Lärm der schreienden Frauen verstummen.

18

Am Morgen nach meinem Abendessen mit Nik wachte ich auf und fühlte mich schrecklich. Ich hatte einen furchtbaren Kater und konnte mich nur noch daran erinnern, dass ich zu Abend gegessen und zu viel geredet hatte, dann hatte Nik mich in ein Taxi gesetzt. Alles andere war nur noch verschwommen, abgesehen von Dimitris. Ich konnte mich nicht an Einzelheiten erinnern, nur an eine dunkle Präsenz. Ich hatte eigentlich gar nicht so viel getrunken, normalerweise waren vier oder fünf Glas Wein an einem Abend kein Problem, aber der köstliche Rosé war viel zu gut heruntergerutscht und hatte neben meiner Nervosität wegen des Dates dafür gesorgt, dass ich schnell tief in die Bredouille geraten war. Als ich etwas munterer wurde, erinnerte ich mich vage an den Kuss, der von Dimitris beobachtet worden war. Ich kletterte aus dem Bett, und als ich nach meinem Handy griff, stellte ich fest, dass ich mehrere Anrufe von Heather verpasst hatte, also nahm ich es mit einer Tasse Kaffee mit raus auf den Balkon und erzählte meiner Schwester alles über den gestrigen Abend, in der vergeblichen Hoffnung auf ein wenig Mitgefühl.

»Alice, du musst mit dem Trinken aufhören«, seufzte sie, »du bist ein hoffnungsloser Fall.«

»Ich habe nur zwei Glas Wein getrunken«, log ich und fragte mich den Tränen nahe, was Nik wohl von mir denken mochte. Ich hatte mit meinem Alkoholkonsum und meiner Obsession von diesen Frauen und von Dimitris etwas potenziell Gutes ruiniert. »Soweit ich mich erinnere, hat er nicht gefragt, ob wir uns wiedersehen, und er hat auch nicht angerufen oder eine SMS geschickt.«

»Ich bin nicht überrascht, dass er sich nicht gemeldet hat. Du sagst zwar, du hättest nur zwei Glas Wein getrunken, aber ich kenne dich zu gut, Alice. Wenn du gestresst bist, trinkst du, wenn du müde bist, trinkst du, wenn du dich aufregst, *trinkst* du. Und jedes Mal, wenn du das tust, verärgerst du die Leute und machst alles nur noch schlimmer. Es tut mir leid, Alice, aber du kannst nicht jedes Mal zur Flasche greifen, wenn es dir schlecht geht.«

»Das habe ich *nicht*«, erwiderte ich gereizt. »Na gut, ich hatte mehr als zwei Glas, aber die Menge, die ich getrunken habe, würde mich normalerweise nicht betrunken machen.«

»*Mich* allerdings schon.«

»Ich weiß, aber du trinkst nicht, also verträgst du auch nicht so viel«, sagte ich. »Aber gestern Abend war ich nervös, und außerdem war Dimitris da, er hat mir Angst gemacht.«

»Klingt wirklich, als wäre er ein zwielichtiger Typ.«

»Nik sagt, er sei harmlos, Dimitris ist sein Cousin.«

»Dann muss er das ja sagen.«

Ich erzählte Heather alles, was ich herausgefunden hatte über die vermissten Frauen und die Gerüchte, die über Dimitris kursierten. Ich erzählte ihr auch von meiner Theorie, dass derselbe »Jemand« für das Verschwinden der Frauen auf den anderen Inseln verantwortlich sein könnte.

»Du meinst, es ist ein Serienmörder am Werk?« Meine Schwester konnte eine Nervensäge sein, aber wenn es um solche Dinge ging, verurteilte sie meine verrückten Hypothesen nicht, sondern unterstützte sie sogar.

»Das musst du der Polizei erzählen.«

»Das werde ich, sobald ich ihnen etwas zu sagen habe, im Moment rede ich einfach nur so daher.«

»Apropos, warum lässt du dich mit einem anderen Mann ein, wenn du immer noch mit den Nachwirkungen der Trennung von Dan zu kämpfen hast?«

»Ich *lasse* mich nicht mit ihm ein, er hat mich zum Essen eingeladen. Und nur weil Dan ein egoistisches, rücksichtloses Arschloch war, heißt das nicht, dass alle Männer so sind«, sagte ich und merkte selbst, wie meine Stimme immer leiser wurde.

»Er lebt also mit seinem Cousin, einem Serienmörder, da draußen im Wald, und du bist allein dorthin gefahren? *Und was ist mit seiner ersten Frau passiert? Weiß jemand, wo sie ist?*«

»Sie ist bei ihrem neuen Verehrer, offenbar einem Milliardär.«

»Wow, sie hat also ein neues Leben angefangen, nicht wahr? Weißt du irgendetwas über diesen Milliardär?«, fragte sie, als ob sie kein Wort davon glauben würde. »Bist du sicher, dass sie nicht auch einfach verschwunden ist?«

Sosehr mir die Begeisterung meiner Schwester für diese Dinge auch fehlte, jetzt war nicht der richtige Zeitpunkt dafür. Der Schmerz in seinem Gesicht, als er über seine Ex-Frau gesprochen hatte, hatte ausgereicht, um mir zu zeigen, wie real ihr Betrug gewesen war. Aber was mir noch mehr Sorgen machte, war, dass ich vielleicht dafür gesorgt hatte, dass die Sache mit Nik vorbei war, noch bevor sie begonnen hatte, und ich musste mir jetzt eine Strategie zur Schadensbegrenzung überlegen. Es war klar, dass Nik mich am Abend zuvor, als ich ihm meine Theorie über die vermissten Frauen erklärt hatte, für ein wenig verrückt gehalten hatte, trotzdem war mir meine Schwester auf der Verrücktheitsskala der Hobbydetektive weit voraus.

Heather und ich liebten es, uns True-Crime-Dokus und Krimis im Fernsehen anzuschauen, aber sie vermutete Mord und Totschlag auch dort, wo gar nichts war.

Ich verabschiedete mich von meiner Schwester, saß eine Weile im Sonnenschein und dachte über mein neuestes Gefühlschaos nach, bevor ich Sylvie anrief. »Wie war dein Abend, ich will *alles* wissen!«, sagte sie, sobald sie den Anruf entgegengenommen hatte.

Und ich wollte ihr *alles* erzählen. Also erzählte ich ihr von den Sternen, dem Wein, dem Kuss, wie seltsam es gewesen war, dass Dimitris dabei war, und wie ich Nik erzählt hatte, dass sein geliebter Cousin gefährlich sei und ein Serienmörder auf den Ionischen Inseln sein Unwesen treibe.

Ich hörte, wie sie während meines Berichts ein paarmal nach Luft schnappte. Dann schloss ich mit den Worten: »Und er hat nicht mehr angerufen, weil er mich für eine Idiotin hält und ich für ihn absolut unattraktiv bin.«

In der Leitung herrschte einige Sekunden lang Stille, dann sprach sie. »Wow, die Menge an Informationen muss man erst mal verarbeiten. Zunächst mal: Warum sollte er dich nicht attraktiv finden? Offensichtlich mag er dich, sonst hätte er dich nicht eingeladen und geküsst, also hör bitte auf, dich selbst zu bemitleiden. Zweitens, lass uns die Sache objektiv betrachten – du warst nicht *die Einzige*, die einen schönen Abend versaut hat. Ja, du hast viel getrunken und warst am Ende beschwipst, und vielleicht warst du offener, als du es dir vorgenommen hattest ...«

»Das ist noch untertrieben.«

»Aber«, fuhr sie fort, »immerhin hat *er* seinen gruseligen Cousin zu einem romantischen Abendessen bei Kerzenschein eingeladen.« Sie kicherte vor sich hin.

»Na ja, vielleicht war es tatsächlich nicht *nur* meine Schuld« räumte ich ein.

»Genau, und jetzt entspann dich, genieß die Sonne, und ich

bin mir sicher, dass er sich schon bald ans Telefon klemmen und dich anbetteln wird, dich mit ihm zu treffen. Glaub mir, ich kenne die Männer, und bei dir und Nik Kouris habe ich ein gutes Gefühl.«

Und sie behielt recht, denn er rief gleich am nächsten Tag an.

»Es tut mir so leid, dass ich mich nicht früher gemeldet habe, aber wir hatten hier eine Katastrophe«, erklärte er.

»Ja, die hatten wir tatsächlich, nicht wahr? Ich habe zu viel getrunken und ...«

»Nein, ich meinte nicht unseren Abend neulich, ich habe es genossen, Zeit mit dir zu verbringen. Bei uns ist ein Rohr geplatzt, und wir haben *massenweise* Wasser verloren.«

»O nein!«

»Aber mit der Hilfe von Dimitris und dem übrigen Personal haben wir es geschafft, einen Teil des Wassers zu retten und das Rohr zu reparieren.«

»Gott sei Dank«, sagte ich, auch wenn ich mit meiner Antwort eher die Tatsache meinte, dass nicht ich, sondern ein defektes Rohr der Grund dafür gewesen war, dass er sich nicht eher gemeldet hatte.

»Ich hatte Sorge um die Ernte und dass wir alles verlieren könnten. Eine einzige schlechte Ernte kann ein ganzes Weingut ruinieren.«

»Ich wünschte, du hättest mir Bescheid gesagt, dann hätte ich vorbeikommen und helfen oder euch wenigstens Tee kochen können.«

Er lachte. »Ahh Tee, aber Tee ist hier nicht so ein Allheilmittel wie bei uns zu Hause. Hier setzen wir in solchen Fällen auf griechischen Schnaps.«

»Ich kann auch Schnaps servieren«, sagte ich lächelnd. Ich war einfach froh, dass er angerufen hatte. Offensichtlich hatte ihn meine Bemerkung nach dem Essen nicht aus der Fassung gebracht, und er verurteilte mich nicht wegen meines Alkoholkonsums. Jetzt mochte ich ihn sogar noch lieber.

»Nun, wo alles wieder in Ordnung ist, kann ich es wiedergutmachen und dich zum Essen einladen?«

»Sehr gerne ... sind wir dieses Mal unter uns?«

»Nein, ich habe Dimitris eingeladen, ich hoffe, das ist okay für dich?«

Ich wusste nicht, was ich sagen sollte, mir fehlten einfach die Worte.

»Das war nur Spaß, Alice.«

Ich lachte, eher vor Erleichterung als vor Freude. »Nichts gegen Dimitris, aber ich denke, zwei Personen auf einem Date sind genug.«

Am nächsten Abend saß ich mit Nik in einem Dachrestaurant unter dem Sternenzelt. Diesmal waren wir allein, und wir redeten und redeten. Wir sprachen über alles Mögliche, von Kunst über Wein bis hin zu Musik, und die ganze Zeit über lachten wir und tranken Retsina. Wir aßen Hähnchen-Souvlaki am Spieß, golden und schmackhaft mit einem erfrischenden, pikanten Joghurtdressing und knackigem Salat. Die Nachtluft duftete nach Thymian und Rosmarin, und als wir uns in die Augen sahen, kribbelten meine Arme von der Sonnenwärme des Tages.

Die Geschichte seiner Ehe stimmte mit dem überein, was man Sylvie erzählt hatte: Er hatte seine Frau auf der Insel kennengelernt, war völlig vernarrt in sie gewesen, und nur wenige Jahre später hatte sie einen anderen getroffen.

»Ich bin mir nicht sicher, ob sie mich jemals geliebt hat«, sagte er. »Ich glaube, ihr gefiel die Idee mit dem Weingut, und sie hielt mich für einen reichen Mann, was ich im Vergleich zu dem anderen Kerl ganz sicher nicht bin. Er ist ein Milliardär.«

»Wow!« Ich tat so, als wäre ich überrascht, denn ich wollte nicht, dass er dachte, ich hätte Nachforschungen angestellt. »Womit hat er sein Geld verdient?«, fragte ich, was wahrscheinlich zu weit ging, denn Nik zuckte mit den Achseln und wollte offensichtlich nicht mehr darüber reden. Ich erinnerte mich an Heathers Bemerkungen darüber, wo seine Frau jetzt wohl war, und fragte mich, ob er nicht darüber reden wollte, weil es schmerzhaft war oder weil er etwas zu verbergen hatte.

»Und wo ist deine Frau jetzt?«, fragte ich so beiläufig wie irgend möglich.

»Auf einer Jacht irgendwo im Indischen Ozean, nehme ich mal an«, sagte er mit einem nachdenklichen Ausdruck in den Augen.

»Sie ist mit einem Vermögen verheiratet, aber sie hat trotzdem auf ihrem Anteil aus unserer Ehe bestanden und die Hälfte des Weinguts gefordert.«

»Aber es ist seit Jahrhunderten im Besitz deiner Familie, wie konnte sie nur?«, murmelte ich. »Ist das überhaupt rechtens, dass jemand die Hälfte eines Familienbetriebs übernehmen kann, wenn er sich scheiden lässt?«

Er nickte. »Nun, sie hat es jedenfalls getan.«

»Ihr gehört also die Hälfte?«

»Bei der Scheidung wurde ihr die Hälfte zugesprochen, aber zum Glück konnte ich sie von ihr zurückkaufen. Ich habe alles, was ich hatte, verkauft, eine Hypothek aufgenommen und bin jetzt wieder alleiniger Eigentümer. Kouris Estates ist eine Menge Geld wert, aber alles, was ich hatte, ging für den Kauf ihrer Hälfte drauf. Wenn ich also neue Ausrüstung brauche oder eine schlechte Saison habe, habe ich keinen Notgroschen mehr, der mir über die Runden hilft.«

Ich konnte darüber nur den Kopf schütteln. Er hatte wirklich eine Menge durchgemacht, emotional und finanziell. Sein Lebenswerk, sein Zuhause, seine Zukunft – all das stand auf wackligen Beinen.

»Ich habe ihr eine schöne Wohnung, ein Auto und schicke Kleidung gekauft, aber das war nicht genug – ich war nicht genug«, fügte er traurig hinzu.

»Sie kam aus einer wohlhabenden Familie und hatte genug eigenes Geld«, fuhr er fort. »Aber als ich Probleme hatte, die Rechnungen auf dem Weingut zu bezahlen, hat sie sich geweigert, mir zu helfen. Nachdem sie gegangen ist, war ich am Boden zerstört, sodass ich ernsthaft daran gedacht habe, mir das Leben zu nehmen ...« Er hielt inne. »Ich habe das noch nie jemandem erzählt – ich bin nicht stolz darauf.«

Ich sah die tiefe Traurigkeit in seinen Augen und konnte ihn so gut verstehen. An diesem Abend verließen wir das Restaurant und überquerten die Straße, um am Strand entlangzugehen. Wir wanderten fast ziellos umher und hatten es beide nicht eilig, den Abend zu beenden. Ab und zu blieben wir stehen und schauten auf das schwarze, endlose Meer und den mitternächtlichen Sternenhimmel. Irgendwann legte er seinen Arm um mich, und obwohl ich niemandem vertrauen konnte, ließ ich mich darauf ein. Ich war jetzt stärker und bereit für eine Beziehung, aber war Nik jemand, auf den ich mich verlassen konnte? Ich kannte ihn kaum und hatte immer noch Zweifel, doch später, als er mich nach Hause fuhr und vor meiner Wohnung hielt, küssten wir uns. Er strich mit seinen Händen über meinen Rücken, und ich spürte an seinem Atem und an der Art, wie er mich berührte, dass mehr daraus werden könnte, und ich war bereit dafür. Ich sagte mir, dass es nicht für ein ganzes Leben sein musste, sondern nur für eine Nacht, jemand, den ich für eine Weile halten konnte. Doch als unser Kuss endete, zog er sich abrupt zurück und ließ den Motor an. »Ich muss jetzt los«, sagte er, als wäre nichts passiert.

Verwirrt und enttäuscht griff ich instinktiv nach der Autotür und fragte mich, was gerade passiert war. War er unsicher in Bezug auf mich, oder hatte er Angst, zu weit zu gehen und es zu bereuen? In diesen wenigen Sekunden versuchte ich, alles zu verarbeiten, und kam zu dem Schluss, dass er vielleicht auf meine Reaktion wartete, dass ich am Zug war. Das musste es sein, ich war eingerostet, die Dinge hatten sich geändert, seit ich das letzte Mal mit jemandem ausgegangen war. Sicher benötigte er ein Zeichen von mir, dass ich ihn ebenfalls wollte.

Also holte ich tief Luft und hörte mich fragen: »Möchtest du mit in meine Wohnung hochkommen?«

Ich wartete und rechnete damit, dass er Ja sagen würde, nicht weil ich eine anmaßende Person war, sondern weil es sich wie der natürliche nächster Schritt anfühlte. Wir waren beide erwachsen, beide Single und wir wussten, was wir taten, also wartete ich auf seine Zusage. Doch stattdessen bekam ich nur ein zögerliches Schweigen, eine furchtbare Verlegenheit, die von ihm ausstrahlte; ich konnte sein Unbehagen in der Dunkelheit spüren. Beschämt blieb ich regungslos sitzen, während er vor sich hinstarrte, ohne sich zu bewegen oder in meine Richtung zu schauen. Das war sehr beunruhigend. Hatte er überhaupt gehört, was ich gesagt hatte? Meine Hand war an der offenen Beifahrertür, ich war bereit, auszusteigen. Aber ich wusste nicht, was ich tun sollte. Sollte ich bleiben und abwarten oder mich einfach in Sicherheit bringen und gehen? Sein Schweigen war ohrenbetäubend, und schließlich drehte er sich zu mir um und sagte: »Ich ... ich muss morgen früh raus.«

Ich konnte seinen Gesichtsausdruck nicht deuten und kam mir plötzlich dumm vor. Ich hatte die Situation offensichtlich falsch eingeschätzt und wurde wieder von Zweifeln geplagt.

»Natürlich«, murmelte ich, und bevor er noch mehr sagen konnte, kletterte ich aus dem Auto. Wir warfen uns einen Abschiedskuss zu, als er davonfuhr, und obwohl ich lächelte und winkte und die Treppe zu meiner Wohnung hinaufhüpfte, war ich völlig niedergeschmettert.

Als ich am nächsten Morgen wach wurde, lag eine so schwere Last auf mir, dass ich nicht mal mit Sylvie reden wollte. War sich Nik in Bezug auf mich nicht sicher? Wenn ja, warum lud er mich dann immer wieder zu Dates ein? Spielte er Spielchen mit mir? Denn wenn er das tat, dann wollte ich ihn nicht in meinem Leben haben. Doch nur zehn Minuten später rief er an, und ich spürte, wie ich wieder von seiner Wärme und seinem Charme mitgerissen wurde, der ein wenig aus der Zeit gefallen zu sein schien.

»Tut mir leid, aber ich war gestern Abend so müde. Wegen all der Probleme mit den Rohren hatte ich tagelang kein Auge zugemacht, um ein Haar wäre ich hinter dem Lenkrad eingeschlafen.«

Das erklärte aber immer noch nicht, warum er nicht zu mir in meine Wohnung kommen wollte. »Es hätte mir nichts ausgemacht, wenn du bei mir übernachtet hättest«, erwiderte ich.

»Nein, ich musste zurück«, sagte er, verspürte jedoch anscheinend nicht das Bedürfnis, mir zu erklären, warum. Seine Stimme klang wie eine Abfuhr; als er also vorschlug, am Nachmittag in die Berge zu fahren, war ich einerseits froh, aber auch irritiert, dass er einfach annahm, ich hätte Zeit.

»Ich würde gerne mitkommen, aber ich habe zu tun«, sagte ich, ohne zu erklären, warum. *Dieses Spiel konnte man schließlich auch zu zweit spielen.*

»Es tut mir leid, ich war ein wenig vermessen, stimmt's?«, sagte er, als hätte er meine Gedanken gelesen. »Ich habe ein Picknick vorbereitet, aber ich hätte es vorher mit dir absprechen sollen. Mach dir keine Sorgen, wann hast du wieder Zeit? Ich könnte mir morgen Nachmittag freinehmen oder übermorgen – oder am Tag danach?«

Ich wurde weich und bereute meine fiese Reaktion, er spielte keine Spielchen, er war wahrscheinlich genauso verletzlich wie ich. Wir bewegten uns beide auf einem schmalen Grat, und ich hatte das Gefühl, dass ich ihm mehr vertrauen sollte, denn er war wie ich, nur etwas ungeschickt und aus der Übung.

»Glaubst du, das Picknick hält sich bis morgen?«, fragte ich.

»Auf jeden Fall«, antwortete er.

Am nächsten Tag fuhren wir hinauf in die Berge, wo es so ganz anders war als in der Stadt und an den Stränden. Dort oben war es kühl und sehr grün, die Luft war schwer vom Duft der Kiefern. Wir parkten am Rande eines Berges, von dem aus wir meilenweit sehen konnten. Dort saßen wir einfach nur da und ließen alles auf uns wirken, unsere Hände ineinander verschlungen. Er hatte ein Picknick mitgebracht und vor uns auf einer Decke ausgebreitet: Hummus und Brot, Oliven, Weintrauben und Orangensaft, der nach Sonnenschein schmeckte.

Nachdem wir gegessen hatten, legten wir uns auf die Decke und blickten durch das Blätterdach über uns nach oben.

Er erklärte mir die Namen der Bäume und Wildtiere, und da wusste ich, dass ich immer in seiner Nähe sein wollte. Ich wollte zuhören und lernen, ich war berauscht von diesem attraktiven, freundlichen und klugen Mann, der so im Einklang mit der Natur war. Wir lagen Seite an Seite im Schatten des Judasbaums, wo es nur uns, die Vögel, die winzigen Zweige zwischen den zerklüfteten Felsen und das Rauschen des Meeres gab.

Eine salzige Meeresbrise rauschte durch den Judasbaum über uns, und ich kuschelte mich an Nik. Nach einer Weile fuhr ich mit der Hand langsam von seiner Brust zu seiner Gürtelschnalle hinunter. Ich ließ meine Finger einen Augenblick lang dort verweilen und öffnete dann seinen Gürtel. Mein Herz raste, weil ich wusste, dass dies der nächste Schritt für uns sein könnte. Ich spürte seine warme Hand, die sich sanft um meine schloss – doch zu meiner Überraschung hob er meine Hand an und schob sie von seinem Gürtel weg. Dann tätschelte er sie sanft. Es fühlte sich wie eine Zurechtweisung an. Ich war labil, ich hatte mich was getraut, und jetzt kam ich mir dumm vor – schon wieder. Tränen stiegen mir in die Augen. Ich war erstaunt über meine eigene Reaktion und blickte fragend zu ihm auf. Doch er sagte oder tat nichts, sondern lag nur da und starrte schweigend in den Himmel, während die Sonne hinter einer Wolke verschwand und alles um uns herum grau und kalt wurde.

19

Ich unternahm keinen weiteren Versuch, den ersten Schritt zu machen. Ich hoffte, dass ich es vielleicht falsch verstanden hatte, als er an diesem Tag in den Bergen meine Hand von seinem Gürtel wegschob. Ich hatte mich zurückgewiesen gefühlt, aber ich sagte mir, dass das alles neu für mich war und ich nicht zu viel darüber nachdenken sollte, also versuchte ich, es zu verdrängen. In den nächsten Wochen trafen Nik und ich uns häufig, wir hatten Spaß, und die anfängliche Unsicherheit schwand, je besser wir uns kennenlernten. Aber trotz der Gespräche, der Küsse und der Herzlichkeit in unserer Beziehung gab es noch immer keine Intimität. Ich wollte nicht mit ihm darüber reden und es zu einem Problem machen. Manche Menschen brauchten länger, um Vertrauen zu fassen, und nach dem, was er mit seiner Ex-Frau durchgemacht hatte, war er vielleicht noch nicht bereit für eine richtige Beziehung. Aber sosehr ich auch versuchte, ihnen zu widerstehen, Heathers Zweifel fanden wie immer einen Weg in mein Gehirn. *Und was ist mit seiner ersten Frau passiert? Weiß jemand, wo sie ist?*, hatte sie misstrauisch gefragt. Sie hatte eine allzu lebhafte Fantasie, aber es schien mir, als ob sie dachte, dass ihr möglicherweise etwas zugestoßen war. Ich hätte das abgetan, aber als ich Nik fragte, ob er irgendwelche Fotos von seiner Ex-Frau habe, schüttelte er den Kopf: »Die habe ich gelöscht, als sie mich verlassen hat«, sagte er und wollte offensichtlich nicht über sie reden.

»Jedes einzelne? Aber sie war ein Teil deines Lebens.«

Er zuckte mit den Achseln.

»Wie ist ihr Name?«, fragte ich.

»Elizabeth ... Elizabeth Brown.«

»Da du sie hier kennengelernt hast, dachte ich, sie sei Griechin«, erwiderte ich.

»Halbgriechin, genau wie ich, sie hatte Familie hier, sie war im Urlaub, lebte aber in Großbritannien.«

Die Tatsache, dass er in der Vergangenheitsform von ihr sprach, störte mich ein wenig, und später googelte ich ihren Namen zusammen mit »Milliardär« und »Korfu« und sogar »Kouris Wines«, fand aber nichts. Ich erzählte es Heather, die selbst im Internet recherchierte, doch auch sie konnte in den sozialen Medien nichts finden. Dann erzählte ich Sylvie davon, die überrascht zu sein schien, dass ich mir überhaupt Sorgen um seine ehemalige Frau machte.

»Ich verstehe nicht, warum dich das so beschäftigt. Es gibt viele Leute, die keine sozialen Netzwerke nutzen, und wenn sie oder ihr Mann nicht berühmt sind, wirst du bei Google nicht fündig«, sagte sie. Das stimmte zwar, aber auch auf die Gefahr hin, paranoid zu klingen, beschloss ich, mit Nik über meine Bedenken zu sprechen, und stellte ihm weitere Fragen über sie. Leider schien er nicht zu begreifen, warum mir das so wichtig war.

»Alice, ich weiß, dass du belogen wurdest, dass man dich verletzt hat und dass es dir schwerfällt, zu vertrauen, aber wenn du jemals darüber hinwegkommen willst, *musst* du mir vertrauen.«

»Das tue ich ja«, antwortete ich unsicher, »es fällt mir nur schwer zu verstehen, dass du jahrelang mit jemandem verheiratet warst und …«

»Zwei Jahre, nur *zwei*«, sagte er sanft. »Sieh mal, ich habe keine Fotos mehr von ihr auf meinem Handy, und ich habe auch keine Bilder mehr von ihr an den Wänden, wie ich sie früher hatte.«

»Du kannst mir nicht vorwerfen, dass ich die Frau sehen will, die du geheiratet hast, ich denke einfach, dass sie ein Teil von dir ist. Ich will nicht aufdringlich oder neugierig sein, es ist einfach ein Teil deiner Geschichte. Ich habe Fotos von Dan, falls du die sehen willst?«, bot ich an, insgeheim wunderte ich mich, warum er mir nie viele Fragen über meinen Ex-Mann gestellt hatte.

Da stand er auf und ging zu seinem Handy auf dem Küchentisch, klickte ein paarmal und legte es wie ein offenes Buch vor mich hin.

»Das ist der Instagram-Account meiner Ex-Frau Elizabeth Brown, die jetzt unter dem Namen Elizabeth Kyriocou bekannt ist. Sie nennt sich heute Innenarchitektin, aber sie macht das nicht wegen des Geldes, sondern nur für ihre reichen Freunde. Schau mal, hier ist sie, sie erwähnt sogar in einem älteren Posting, dass sie mal mit mir verheiratet war.«

Ich spürte, wie mein Gesicht vor Verlegenheit brannte, während meine Augen über die herrlichen Fotos flogen. Niks frühere Frau war quicklebendig und lebte in Cannes. Ich gab meiner Schwester die Schuld, die mich überhaupt erst auf solche Gedanken gebracht hatte – und so viel zur Qualität ihrer Online-Detektivarbeit. Als ich sie im Laufe des Abends anrief, um ihr die gute Nachricht zu überbringen, schien sie tatsächlich enttäuscht zu sein, dass Nik seine Ex-Frau nicht im Schlaf ermordet hatte.

Ich sah von der Instagram-Seite auf, und er lachte.

»Was ist?«, fragte ich.

»Du bist unmöglich, total verrückt, du wolltest Beweise

dafür, dass ich verheiratet war«, sagte er kopfschüttelnd. Ich hatte keine Zweifel an seiner Ehe gehabt, sondern viel schlimmere Zweifel, aber ich wollte ihn nicht beleidigen oder noch paranoider erscheinen als ohnehin schon.

Er sah mich jetzt an, seine Augen waren weich und glitzerten. »Ich glaube, das ist der Grund, warum ich dich liebe, Alice.«

Ich war überrascht, denn es war das erste Mal, dass von Liebe die Rede war, und es fühlte sich gut an. Von diesem Augenblick an hörte ich auf, mir Sorgen wegen seiner Ex zu machen. Solange wir glücklich waren, reichte mir das für den Moment.

Inzwischen war das Hochzeitsgeschäft etwas ruhiger geworden, aber Sylvie sagte, im Hochsommer sei immer weniger los, die Hitze und die Urlauber würden die Leute abschrecken. Es schien sie nicht zu stören, schließlich brauchte sie das Geld nicht, und ich wollte nicht arbeiten, denn ich genoss die Zeit mit Nik. Meine Schwester war darüber nicht sehr begeistert, sie war immer noch überzeugt davon, dass er ein Frauenmörder war, und rief mich regelmäßig an, um mir zu sagen, dass ich meine Sachen packen und sofort nach Hause kommen solle.

Einige von Heathers Anrufen waren schlimmer als andere. Naiv, wie ich war, hoffte ich, dass die Ermittlungen wegen Körperverletzung in Vergessenheit geraten würden, wenn ich auf Korfu blieb, doch bei einem von Heathers Anrufen erfuhr ich, dass Della und Dan immer noch an der Sache dran waren.

»Sie glauben, dass sie Geld aus dir herausholen und deine Scheidungsabfindung zurückfordern können, wenn du verurteilt wirst. Anscheinend liegt sie der Polizei deswegen in den Ohren«, sagte Heather. »Sie will, dass die Ermittlungen weiterlaufen, weil es neue Zeugen gibt. Und ich will dich nicht beunruhigen ...«

»Aber?« Natürlich war ich jetzt beunruhigt.

»Aber vor Gericht nennt man sie nur den Rottweiler.«

»Was für Zeugen?«, wollte ich wissen und ignorierte die Rottweiler-Bemerkung.

»Ich habe keine Ahnung. Aber irgendwo gibt es immer irgendjemanden, der was weiß«, sagte sie auf ihre gewohnt dramatische Art und Weise.

Mir war klar, dass die einzige Möglichkeit, mich nicht aufzuregen, darin bestand, so zu tun, als ob nichts passiert wäre. Leider hatte Heather eine andere Methode, an die Sache heranzugehen, und wenn sie mich nicht ans Telefon bekam, schickte sie mir SMS, die mit »DRINGEND!« begannen. Was sie nicht wusste, war, dass alles, was sie in Großbuchstaben schrieb, bei mir eine pawlowsche Reaktion auslöste: Ich drückte umgehend die Löschtaste.

»Komm nach Hause«, sagte sie, wann immer sie mich anrief. Und das wäre auch das Vernünftigste gewesen, aber wie hätte ich jetzt abreisen können? Ich konnte mich den Dingen, die zu Hause auf mich warteten, nicht stellen, und außerdem musste ich bleiben und mehr über die Frauen herausfinden. Nicht zuletzt hatte ich in Sylvie eine wunderbare Freundin und in Nik so etwas wie Liebe gefunden. Er war ein Teil meines Lebens geworden, wir sahen uns jetzt beinahe täglich. Wir trafen uns zum Abendessen, und wenn er bis spät in den Abend hinein arbeiten musste, trafen wir uns auf einen morgendlichen Kaffee oder zu einem Spaziergang am Strand.

Ich war zum ersten Mal seit langer Zeit wieder glücklich. Heather hatte recht, wenn sie sagte, dass ich unverantwortlich und dumm sei und meine Lage nur noch schlimmer mache, aber zu Hause war alles ein einziges Chaos. Hier jedoch gab es Probleme, die ich womöglich lösen *konnte*. Korfu zog mich magisch an, und ich bekam die vermissten Frauen nicht aus dem Kopf.

Ich verbrachte Stunden damit, zu googeln, mir Notizen zu machen, Listen der Frauen zu erstellen und zu versuchen, mehr über sie herauszufinden – wer waren sie, warum waren sie hier gewesen, hatten sie etwas miteinander zu tun? Hatte sie jemand entführt, verletzt und dann getötet? Waren sie willkürlich ausgewählt worden, oder hatten sie alle etwas gemeinsam? Gab es einen Grund, warum ihnen jemand etwas antun würde? Ich sah mir mögliche Verdächtige im Internet an und war dankbar für das Übersetzungstool auf Facebook, mit dem ich die neuesten lokalen Nachrichten und Theorien lesen konnte. Aber schon nach der kurzen Zeit, in der ich recherchiert hatte, wurde mir klar, dass das Interesse an ihnen nachließ. Diese Frauen waren mittleren Alters, sie waren nicht jung und hübsch und lebendig – bis auf eine, und ich war mir nicht mal sicher, ob sie dazugehörte. Hoffentlich gab es keine Verbindung, vielleicht war sie nur zufällig hier gewesen und dann weitergereist.

Die letzte Frau, die verschwunden war, war schon seit über einem Jahr weg, und die Leute waren schon bald darüber hinweggekommen. Manchmal wünschte ich mir, ich könnte das auch – doch ich würde nie darüber hinwegkommen.

Eines Abends, als Dimitris nicht da war und Nik und ich allein waren, erzählte ich ihm von einigen Kommentaren, die ich im Internet gesehen hatte. Ich wollte den Klatsch nicht wiederholen, fand aber, Nik sollte wissen, was über seinen Cousin und die vermissten Frauen geschrieben wurde. Bisher hatte er mich immer abgewimmelt, wenn ich meine Besorgnis zum Ausdruck brachte, aber er musste die Sache zu seinem eigenen Besten ernst nehmen.

»In den meisten Kommentaren wird Dimitris nicht namentlich genannt, in einigen aber schon, und sie beschuldigen ihn *schrecklicher* Dinge«, sagte ich.

»Geht es wieder um diese vermissten Frauen?« Nik drehte sich zu mir um und warf mir einen besorgten Blick zu.

»Ja, das ist auf Facebook genau dokumentiert, es gibt sogar eine eigene Seite für diese Vermisstenfälle.«

»Tatsächlich? Die Leute sind doch echt Spinner, oder?«

Ich nahm an, dass er auch mich damit meinte, vielleicht hatte er ja recht, aber ich hatte meine Gründe. »Ich habe mir die Seite in den letzten Jahren immer wieder angesehen, und obwohl anfangs noch andere Männer unter Verdacht standen, sieht es so aus, als würden die Leute vor Ort mit dem Finger auf Dimitris zeigen.«

»Wer *stand* denn unter Verdacht?«, fragte er geistesabwesend. Er war immer noch nicht ganz bei der Sache.

»Na ja, die ersten Frauen, die verschwunden sind, schienen eine Verbindung zu einer Bar zu haben ... Sie waren entweder regelmäßig als Gäste dort oder haben da gearbeitet. Sie hieß *Aphrodite Bar* in der Stadt, anscheinend gibt es sie nicht mehr. Niemand wird namentlich genannt, aber es scheint, als hätten dort ein paar Männer gearbeitet, die mit einigen dieser Frauen ausgegangen sind.«

»Gott, das sieht nicht gut für sie aus«, sagte er.

»Bist du je dort gewesen?«

»Nein. Nie davon gehört. Steht da, wer diese Barkeeper waren?«

Ich schüttelte den Kopf. »Niemand scheint es zu wissen, die Bar wurde vor etwa vier Jahren geschlossen.«

»Wie du weißt, bin ich normalerweise hier draußen, ich verirre mich nicht allzu oft ins grelle Licht von Korfu-Stadt.«

»Weißt du, ob Dimitris je in einer Bar gearbeitet hat?«

Nik schüttelte den Kopf. »Nicht, dass ich wüsste.«

»Was du wissen solltest«, begann ich, »ist, dass jemand Dimitris bei den Bäumen in der Nähe des Hafens herumlungern sehen hat. Offenbar hat er sich die Plakate der vermissten Frauen angeschaut.«

»Das ist doch nicht verboten, oder?«

»Nein, aber er hat dort herumgelungert und ... er hat gekeucht.«

Er musterte mich skeptisch. »Was zur Hölle soll das

heißen? Er hat eine eingeschränkte Lungenfunktion, manchmal atmet er so.«

»In einem anderen Kommentar hieß es, die Polizei habe Fotos von einigen der vermissten Frauen auf seinem Handy gefunden, könne ihm aber nichts nachweisen und ihn deshalb nicht verhaften.«

Nik stöhnte leise, als er seinen Kopf von der Brust hob und zur Decke schaute.

»Eine andere Frau, die ihn anscheinend schon seit ihrer Kindheit kennt, nannte ihn einen ›frikio‹, was so viel wie *Freak* bedeutet.«

»Ich weiß, was *frikio* bedeutet«, murmelte er und starrte noch immer an die Decke.

»Ich sage das nicht, um dich zu kränken, Nik. Wenn du wirklich glaubst, dass er unschuldig ist, solltest du versuchen, die Beiträge löschen zu lassen. Sie sind verleumderisch«, fügte ich hinzu und fragte mich, wie weit er gehen würde, um die Unschuld seines Cousins zu beweisen.

Er senkte den Kopf und nickte ganz langsam, ohne mich anzusehen.

»Es können natürlich alles nur Gerüchte sein«, fuhr ich fort, »aber vor über einem Jahr, als die letzte Frau verschwand, gab es einen Kommentar darüber, dass Dimitris in einem der Suchgebiete herumhing und der Polizei zu viele Fragen stellte.«

»Daran erinnere ich mich«, sagte er seufzend. »Ich war mit ihm unterwegs. Ich habe ihm damals gesagt, er solle aufhören, die Polizei zu belästigen, er war aufgewühlt ... aber das heißt nicht, dass er irgendwas *weiß*.«

Ich zuckte mit den Achseln. War der missverstandene Einzelgänger zum Mörder, Entführer und Vergewaltiger geworden? Oder war es etwas anderes, war er nur ein leichtes Opfer für die, die Nik als »die Spinner« bezeichnete? Ich versuchte, fair zu sein, doch je mehr ich las, desto überzeugter war ich, dass Dimitris irgendwas mit der Sache zu tun hatte.

»Hat Angelina dich jemals auf Dimitris angesprochen?«, fragte ich.

»Nein. Warum?«

»Weil ich gehört habe, wie sie sich bei Sylvie über einen Mann beschwert hat, sie wirkte ziemlich aufgebracht. Ich weiß nicht, was passiert ist, aber sie sagte, Sylvie solle zur Polizei gehen. Später habe ich dann gesehen, wie Dimitris mit ihr geredet hat, und sie schien besorgt zu sein, wenn nicht sogar verängstigt.«

Bei diesen Worten änderte sich Niks Verhalten schlagartig, er legte den Arm schützend um meine Schulter und sagte: »Angelina war *verängstigt*?« Er schüttelte den Kopf. »Sie hat vor nichts und niemandem Angst.«

»Weißt du, was sie so aus der Fassung gebracht hat?«

»Ja, sie hat ein paar Anschuldigungen gemacht, aber das war nur Angelina, die ... sich eben so benommen hat, wie es für Angelina typisch ist.«

»Und was zum Teufel soll das bedeuten?« Ich spürte, wie mir die Zornesröte ins Gesicht stieg. Wenn Angelina sich beschwert und Nik sie nicht ernst genommen hatte, dann hatte ich mich in ihm getäuscht.

Er schien verwirrt zu sein, ich glaube, er war von meiner Reaktion überrascht, aber das hier war eine ernste Sache. Ich entzog mich seiner Umarmung und sah ihn an.

»Was ist *passiert*?«, drang ich noch einmal in ihn.

»Sie hat behauptet, dass Dimitris sie bedrängt habe und ihr sei dabei mulmig gewesen. Ich habe ihr gesagt, dass ich mal mit ihm reden werde.«

»Und das ist Angelina, die ... sich eben so benommen hat, wie es für *Angelina* typisch ist, oder was?«, fauchte ich.

»So habe ich das nicht gemeint. Sie kann ganz schön anstrengend sein, du weißt doch, wie sie ist. Sie hat eine lebhafte Fantasie. Und ich werde ihn bestimmt nicht wegen etwas beschuldigen, von dem Angelina behauptet, dass er es getan hat. Ich weiß nicht, was passiert ist, ich war ja nicht dabei.«

»Niemand weiß, was mit diesen Frauen passiert ist, weil niemand dabei war«, sagte ich wütend. »Und wenn wir alle so tun, als ob nichts passiert wäre, dann *wird* vielleicht was passieren?«

»Hör mal, ich habe meinem Vater versichert, dass ich auf ihn aufpassen werde, und ich versichere *dir*, dass er harmlos ist.«

»Tu mir einen Gefallen, Nik, und nimm Angelina ernst, sonst hat nicht er die nächste Frau auf dem Gewissen, die verschwindet, sondern *du*.«

»Alice, wenn ich ihn in irgendeiner Weise für gefährlich halten würde, wäre ich sofort zur Polizei gegangen.«

Ich musste seine Entscheidung akzeptieren, es lag nicht in meiner Hand, aber ich nahm mir vor, bei der erstbesten Gelegenheit mit Angelina zu reden. Wenn sie mir irgendwas über Dimitris erzählte, was mich beunruhigte, würde ich ihr anbieten, selbst mit ihr zur Polizei zu gehen. Die Ironie des Ganzen war mir nicht entgangen. Gegen mich wurde wegen eines kleinen Verbrechens ermittelt, von dem ich nicht glaubte, dass ich es tatsächlich begangen hatte, während jemand auf dieser Insel möglicherweise einen oder mehrere Morde verübt *hatte*, und niemand unternahm etwas dagegen. Aber wenn ich Angelinas Beschwerde Glauben schenken durfte, schien ich der Antwort näher zu sein, als ich dachte.

Als ich die Informationsschnipsel betrachtete, konnte ich nicht viel finden, nur den einen oder anderen Zeitungsartikel. Weil die meisten Frauen mittleren Alters waren, nicht umwerfend schön und ohne heiße Hintergrundgeschichten, hatten die Medien schon bald das Interesse verloren, niemand wollte etwas über unsichtbare ältere Frauen lesen. Bisher hatte ich lediglich herausgefunden, dass die Frauen meist mittleren Alters waren und allein reisten, es sah nicht so aus, als hätten sie Angehörige oder Freunde auf Korfu. Was wahrscheinlich der Grund dafür war, dass es nicht viele Informationen gab und die Suche nach ihnen auch nicht besonders dringend zu sein schien. Niemand vermisste sie. Niemand kümmerte sich um sie, außer mir.

Es war vielleicht zu spät, um sie zu retten, aber ich musste sie finden, um mich selbst zu retten.

20

Seit ich mich mit Nik traf, hatte ich Sylvie nicht mehr so häufig gesehen, aber wir waren in Kontakt geblieben. Ich hielt sie mit SMS und Anrufen über die Entwicklung unserer Beziehung auf dem Laufenden, und wir versprachen einander, uns zu treffen, und einigten uns schließlich auf einen Tag und eine Uhrzeit, die uns beiden passte. Ich war jetzt seit drei Monaten auf Korfu und hatte das Gefühl, hierher zu gehören, obwohl ich weder das richtige Visum noch eine regelmäßige Arbeit hatte. Die Polizei hatte Heathers Nummer und Adresse, aber sie hatte seit Wochen nichts mehr von ihnen gehört. Ich wagte zu hoffen, dass sich die Dinge beruhigt hatten, dass Dan und Della mit ihrem Leben beschäftigt und über die Sache hinweg waren. Sicherlich hatte die Polizei Besseres zu tun, als sich um einen kleinen Ehestreit in einem Supermarkt zu kümmern? Wenn also mein Ex und seine wohlriechende neue Frau aufgehört hatten, sich aufzuregen, war die Ermittlung vielleicht schon auf Eis gelegt worden. Ich konnte nur darauf hoffen, hatte jedoch nicht vor, sofort nach Hause zu fliegen, um es herauszufinden. Ich hatte genug Geld zum Leben und machte mir zunächst keine allzu großen

Sorgen, auch wenn die Tatsache, dass ich keinen Gehaltsscheck mehr bekam, sich ganz schön auf meine Ersparnisse und meine Scheidungsabfindung niederschlug. Sylvie waren solche Probleme natürlich völlig fremd, und sie hatte darauf bestanden, dass wir uns in dem ziemlich teuren Jachtclub mit Blick auf den Hafen trafen.

Sie hatte Cosmopolitans für uns beide bestellt, und meiner stand schon auf dem Tisch, als ich eintraf. Es war toll, sich endlich mal wieder richtig zu unterhalten und nicht nur gelegentlich zu telefonieren und zu simsen. Sie erzählte mir von ihrer letzten Hochzeit und von einem Gast, der sie um ein Date gebeten hatte. Wir kicherten über die Vorstellung, dass wir beide auf Männerfang waren. »Zwei Mittvierzigerinnen«, sagte sie, »und wir benehmen uns wie Teenager.«

»Schieß los, ich will alles wissen«, quiekte sie dann, und ich erzählte ihr, wie ich mich Stück für Stück immer mehr in Nic verliebte, sowie alles über das Leben auf dem Weingut.

»Er klingt einfach perfekt, das ganze Paket und dazu noch ein riesiges Weingut? Du hast immer gesagt, dass du zurückmusst, aber das hört sich so an, als ob dieser Typ dich dazu verleiten könnte zu bleiben.«

»Ich weiß nicht«, antwortete ich und wischte die Frage beiseite. »Es ist ein wunderschöner Ort, und manchmal gehen wir abends durch die Olivenhaine, man hört die Grillen, und der Himmel ist rosa. Ich liebe es.«

»Das klingt himmlisch! Und Nik hat Dimitris in letzter Zeit nicht mehr zu einem eurer romantischen Abendessen eingeladen?« Sie hielt immer noch die Speisekarte in der Hand, ihr Blick glitt über die Seiten und dann wieder zu mir.

Ich zog die Augenbrauen hoch. »Er lädt ihn *nicht wirklich* ein, aber er scheint überall aufzutauchen, wo ich bin. Wahrscheinlich bin ich paranoid.«

»Nein, bist du *nicht*. Du solltest auf der Hut sein und deinem Bauchgefühl vertrauen.«

»Dimitris' Anwesenheit schüchtert mich ein. Wie ein großer, dunkler Schatten, der mich verfolgt.«

»Ich weiß genau, was du meinst.«

»Ja, und diese Wirkung hat er auch auf viele andere Menschen«, sagte ich und erzählte ihr von einigen Dingen, die ich im Internet gelesen hatte. Ihr war dabei offensichtlich nicht wohl, also gab ich ihr nur den Inhalt einiger Kommentare in den sozialen Netzwerken wieder.

»Ehrlich, erzähl mir lieber nicht noch mehr darüber«, sagte sie, hob die Hände und machte ein entsetztes Gesicht. »Du weißt doch, wie ich bei solchen Sachen bin, da bekomme ich Gänsehaut. Ich hoffe nur, dass die Polizei diese Kommentare liest, denn je eher sie ihn einsperren, desto besser«, fügte sie mit einem Schaudern hinzu.

»Ja, er ist *seltsam*, aber macht ihn das gleich zu einem Mörder?«, sagte ich und wiederholte damit Niks Worte. »Niemand kann irgendwas davon *beweisen*.«

»Was für *Beweise* brauchen die denn noch? Wenn es stimmt, was im Internet steht, dass er sich in den Fahndungsgebieten der Polizei herumtreibt und zu viele Fragen stellt, reicht das meiner Meinung nach aus, um ihn anzuklagen.«

Ich lächelte. »Wie gut, dass du nicht bei der Polizei arbeitest, Sylvie«, sagte ich. »Es gilt so was wie eine Unschuldsvermutung, bis die Schuld bewiesen ist.«

Sie verzog angewidert das Gesicht. »Ja, aber ich habe gesehen, wie er die Frauen auf den Hochzeiten ansieht; wenn irgendwas passiert, würde ich mir das nie verzeihen. Auch der Polizei würde ich es nie verzeihen. Sie ist schließlich dafür verantwortlich, die Leute vor Männern wie ihm zu schützen.«

Ich zuckte die Achseln. »Das habe ich auch zu Nik gesagt, aber Dimitris gehört zur Familie. Solange die Polizei keine Beweise hat, kann niemand mit Sicherheit sagen, dass er *tatsächlich* dahintersteckt.«

»Abgesehen von der Tatsache, dass er hier herumschleicht

und überall auftaucht, wo Frauen sind.« Sie zog eine Grimasse. »Wenn du auf dem Weingut bist, pass bloß auf, dass du nie mit diesem Freak allein bist. *Niemals*, hast du verstanden? Das ist mein voller Ernst.«

Ich nickte, und ihr Tonfall jagte mir vor Angst einen Schauer über den Rücken.

Sylvie wurde selten ernst und sprach kaum jemals über schreckliche Dinge, doch jetzt klang sie wie Heather.

Sie musste die Besorgnis in meinem Gesicht gesehen haben, denn die gute alte Sylvie war bald wieder so unbeschwert wie immer.

»Also, lass uns über was Angenehmeres reden, über dich und Nik.« Sie legte ihre Speisekarte weg und beugte sich verschwörerisch zu mir vor. »Ich will *alles* wissen«, flüsterte sie mit einem erwartungsvollen Lächeln.

»Es ist schön, *er* ist schön«, begann ich.

Sie strahlte. »Ich nehme an, ihr zwei seid jetzt ein Paar?«

»Ich *glaube* schon.«

»Wieso *glaubst* du das nur?«, fragte sie und musterte mich besorgt.

»Ach, ich weiß nicht, es ist nur ... Wahrscheinlich mache ich mir einfach zu viele Gedanken. Es ist gar nichts.«

»Irgendwas macht dir aber Sorgen, also muss da etwas sein.«

Ich zögerte, dann erzählte ich es ihr. »Du weißt ja, dass ich mich seit fast drei Monaten mit Nik treffe?«

»Ja, und?« Sie lächelte mich fragend an.

»Nun, ich habe schon öfter versucht, den nächsten Schritt zu machen, aber er scheint nicht daran interessiert zu sein.«

»Du meinst sexuell?«

»Ja, es ist komisch. Wenn wir uns zum Beispiel küssen und es hitziger wird, geht er weg und tut so, als bräuchte er einen Drink oder müsste sein Handy checken oder so.«

Sie schaute etwas überrascht, aber nicht schockiert. »Okay, und ihr habt darüber geredet?«

»Nein, ich muss mit ihm darüber reden, aber ich hoffe, dass es einfach von selbst passiert. Ich will keine große Sache daraus machen, ich will nicht, dass er das Gefühl hat, ich würde ihn unter Druck setzen. Die Sache ist die, Sylvie, ich war schon lange nicht mehr in einer Beziehung, und ich kenne die Regeln einfach nicht mehr. Ich frage mich langsam, ob es an mir liegt – fühlt er sich nicht zu mir hingezogen?«

Sie schüttelte schon energisch den Kopf, aber ich wusste, dass sie nur nett sein wollte.

»Ich bin nicht blöd, Nik ist wirklich attraktiv, und ich habe ein Foto von seiner Ex-Frau gesehen, sie war umwerfend. Das nagt an meinem Selbstbewusstsein, und ich denke einfach, dass *ich* nicht gut genug für ihn bin.«

»Hör auf! Wie kannst du so was auch nur denken? Du *bist* gut genug, *mehr* als gut genug«, versuchte sie mich zu beruhigen.

»Aber du kannst doch verstehen, warum ich so *fühle*, oder?«

»Ja, aber es muss irgendeine Erklärung dafür geben.«

»Warst *du* schon mal fast *drei* Monate lang mit einem Mann zusammen, ohne ein einziges Mal Sex zu haben?«

Sie neigte den Kopf zur Seite und hielt eine Weile inne. »Das war ich tatsächlich.«

»Was?«

»Nun ja, es war ein Grieche, den ich hier kennengelernt habe«, sagte sie. »Ich war seit mindestens drei Monaten mit ihm zusammen und konnte nicht verstehen, warum wir keine ›Fortschritte‹ machten. Ich war bereit für den nächsten Schritt und habe alles versucht, habe mich ihm quasi auf dem Silbertablett präsentiert, aber er sprang einfach nicht darauf an. Ich kapierte es einfach nicht! Als ich anfing, an meinem eigenen Wert zu zweifeln, beschloss ich, mit ihm darüber zu reden.«

Es wurden weitere Drinks serviert, und ich konnte es kaum

erwarten, dass der Kellner schnell wieder verschwand, weil ich unbedingt wissen wollte, was passiert war.

»Und?«, fragte ich schließlich.

»Es stellte sich heraus, dass er gerade eine furchtbare Beziehung hinter sich hatte und einfach nicht bereit war, bis zum Äußersten zu gehen. Er sagte mir, ich sei etwas Besonderes und er wolle mich heiraten – er *wollte* mit mir schlafen, aber er hatte Angst, sich zu sehr zu verlieben.«

Ich dachte einen Augenblick lang darüber nach. »Nik hat eine furchtbare *Ehe* hinter sich, vielleicht geht es ihm genauso?«, mutmaßte ich.

»Ganz bestimmt. Und was du beschreibst, ist *genau* das, was mir passiert ist. Ich würde darauf wetten, dass diese Sache zwischen euch in Niks Augen etwas ganz Besonderes ist, er will sich darauf einlassen, aber er hat Angst, dass ihm mit dir das Gleiche passiert wie mit seiner Frau.«

»Ich frag mich wirklich, ob das der Grund sein könnte. Manchmal stecke ich einfach den Kopf in den Sand, und statt mich dem Problem zu stellen, schließe ich die Augen und hoffe, dass es sich von selbst regelt.« Ich verdrehte die Augen. »Ich weiß, ich weiß, ich bin bescheuert.«

»Hey, das ist nicht wahr, du machst die Dinge einfach auf deine Art. Und ohne hier jemanden zu verurteilen«, fuhr sie sanft fort, »deine Schwester sagt dir schon seit Jahren, dass du bescheuert bist, zwar nicht ganz so wortreich, aber wenn man es nur lange genug hört, fängt man irgendwann an, es selbst zu glauben.«

So hatte ich die Sache noch nie betrachtet, aber ich gab mir immer selbst die Schuld, und selbst jetzt, wo ich mit jeder Faser meines Wesens spürte, dass ich Dan in jener Nacht nicht angegriffen hatte, drang Heather noch immer mit ihren Zweifeln zu mir durch. »Stimmt, Heather vertraut mir nicht, sie glaubt nicht an mich, und deshalb glaube ich auch nicht an mich.«

»Genau, und wahrscheinlich schürt sie in dir auch Zweifel

an deiner Beziehung zu Nik. Aber für mich klingt das, als hättet ihr eine tolle Beziehung, du musst nur offen und ehrlich zu ihm sein. Aber wenn du das bisher noch nicht warst, dann ist das nicht deine Schuld, denn manchmal ist es einfach eine Frage des Timings. Doch vielleicht ist jetzt der richtige Zeitpunkt, um mit ihm zu reden?«

Ich lächelte. »Du hast recht.«

»Und ich würde mir wirklich keine Sorgen machen, Süße, er ist verrückt nach dir.« Sie stieß mit mir an. »Auf die Liebe!«

Sylvie hatte mir Hoffnung gemacht, sie hatte meine Selbstzweifel ausgeräumt, und obwohl ich nicht gut darin war, mich etwas zu stellen, war ich jetzt bereit, ein Gespräch mit ihm zu führen.

Im Laufe des Nachmittags tranken wir noch mehr Cocktails und aßen eine köstliche griechische Meze mit cremigen Dips, Weinblättern, Oliven und Fladenbrot.

Nachdem wir gespeist hatten, holte Sylvie ihren Verdampfer hervor, und ich atmete die sauren Zitrusfrüchte ein, die auf die salzige Meeresluft trafen, und fragte mich, ob ich jemals wieder nach Hause fliegen könnte.

Es ist eine so starke Erinnerung, dass sie sich in alle meine Sinne eingeprägt hat: die anhaltende Wärme der untergehenden Sonne, das Geräusch des plätschernden Wassers und der frische Duft der Zitronen. Doch jetzt bringt mich der Geruch von Zitrusfrüchten zurück in diese Zeit, an diesen Ort, und ich muss gegen die aufsteigende Übelkeit ankämpfen.

21

Bestärkt durch meinen Abend mit Sylvie und ihre Theorie, warum Nik nicht mit mir schlafen wollte, beschloss ich, etwas in dieser Sache zu unternehmen.

Am Tag nach dem Gespräch mit Sylvie kam ich gegen sechs Uhr zu einem frühen Abendessen auf dem Weingut an. Ich fand Nik auf seinem Stammplatz draußen auf der Terrasse und beobachtete ihn einen Augenblick lang, während er in sein Handy vertieft dasaß. Er sah so gut aus unter der Pergola, die mit leuchtend rosa Bougainvillea bewachsen war. Ich liebte die von der Sonne verwöhnten orangefarbenen Abende dort, wenn der Tag zur Nacht wurde und sich alles abkühlte. Später, als wir zusahen, wie sich das Orange in Marineblau verwandelte, fragte ich: »Nik, was erhoffst du dir eigentlich von alldem, von uns beiden?«

Er drehte sich zu mir um, sein Gesicht sah verwirrt aus, als versuchte er gerade, eine weitere meiner vielen Fragen zu begreifen.

»Wahrscheinlich erhoffe ich mir zu viel«, murmelte er und schaute in den Nachthimmel. Er schaute oft nach oben, wenn er mit schwierigen Gesprächen konfrontiert wurde, als ob er glaubte, irgendwo dort im Himmel die Antwort zu finden.

»Es ist nur so, dass ...« Ich zögerte. »Ich habe nicht das Gefühl, dass wir ein Paar sind, nicht in *jedem* Sinne des Wortes.«

Er hielt eine Weile inne, es waren nur Sekunden, aber mir kamen sie wie Stunden vor.

Schließlich brach er sein Schweigen und murmelte: »Ich glaube, ich habe Angst, ich will nicht verletzt werden.«

»Mir geht es genauso. Ist das der Grund, warum wir noch nicht miteinander *geschlafen* haben? Hast du Angst, dass du dich zu sehr auf uns einlässt und dir das Gleiche wieder passiert?«

Er seufzte und stützte den Kopf in die Hände. »Alice, du musst verstehen, dass das für mich nicht nur eine ›Nummer‹ ist, wie die Leute es nennen. Das, was ich mit dir habe, ist was für die Ewigkeit.«

Ich hatte nicht erwartet, dass er so etwas sagen würde, und ich streckte meine Hand aus und berührte sein Gesicht. Sofort nahm er meine Hand und küsste meine Handfläche, sein Mund war warm und feucht und köstlich.

Als er aufblickte, sagte er: »Ich mache mir Sorgen, dass du jederzeit abreisen könntest. Deine Schwester ruft dich ständig an und sagt dir, dass du nach Hause kommen sollst, und du machst Andeutungen wegen Dingen, um die du dich daheim in Großbritannien ›kümmern‹ musst. Ich will damit sagen, dass ich dich liebe und mit dir zusammen sein will, aber ich habe nicht das Gefühl, dass du dich an mich oder Korfu binden willst, wie also sollten wir in unserer Beziehung den nächsten Schritt machen?«

Ich holte tief Luft. »Es *gibt* einige Dinge zu Hause, um die ich mich kümmern muss, aber das gilt *auch* für die Dinge hier auf Korfu. Und ja, Heather will unbedingt, dass ich nach Hause komme, in Sicherheit bin und mein Leben in Ordnung bringe. Aber ich tue nicht immer, was sie sagt.«

Er legte beide Hände in den Nacken und stützte seinen Kopf ab, während er in den Nachthimmel hinaufschaute. »Ich bin froh, dass du nicht alles tust, was sie sagt, denn … Ich will nicht mehr allein sein.« Er senkte den Kopf, sodass seine Augen nun auf meine gerichtet waren. »Bleib hier bei mir auf Korfu.« Er streckte seine Hand aus und nahm meine. »Vergiss alles, was zu Hause passiert ist, das liegt in der Vergangenheit. Ich biete dir die Zukunft.«

Nik erhob sich, er hielt immer noch meine Hand und führte mich langsam ins Haus und die Treppe hinauf. Ich hatte noch nie bei ihm übernachtet, aber irgendwann, während wir unter dem Sternenhimmel saßen, hatten wir uns beide auf etwas geeinigt. Als wir das Schlafzimmer erreichten, *sein* Schlafzimmer, wie ich annahm, ging ich hinein und hörte das deutliche Klicken des Schlosses, als er die Tür zumachte. Ich drehte mich um und sah die dunklen Umrisse seines Körpers. Er bewegte sich nicht, er stand nur einen Schritt entfernt, mit dem Rücken zur Tür. Und mir wurde klar, dass ich nicht gehen konnte, selbst wenn ich gewollt hätte.

»Zieh deine Sachen aus, Alice«, klang seine Stimme aus der Dunkelheit.

In der drückenden Stille fühlte sich das nicht real an. Ich starrte zurück und konnte seinen Gesichtsausdruck nicht erkennen, nur die Umrisse seines Gesichts. Langsam zog ich mir das Kleid über den Kopf und stellte mich ihm gegenüber, wobei ich mich in meiner Unterwäsche entblößt und verletzlich fühlte. Ich konnte nur seine Konturen erkennen, wie er sich mit dem Rücken an die geschlossene Tür lehnte und mich schweigend beobachtete, während er darauf wartete, dass ich die letzte Schicht enthüllte. Alles war so still, so warm und ruhig, als ob jemand eine Decke über die Welt geworfen hätte. Dann sah ich, wie sich seine Umrisse bewegten, spürte, wie sich die Luft regte, als er mir nahe kam, und ich konnte seinen Atem auf meinem Gesicht fühlen. Ich zitterte vor Aufregung. Was hatte er vor? Ich wartete und wartete und war mir bewusst, dass er ganz nah bei mir stand, dann berührte er mich, federleichte Finger an meinen Armen ließen mir einen lustvollen Schauer über den Rücken laufen. Ich streckte die Arme aus. »Nein«, sagte er leise und ging auf das Bett zu, schaltete die kleine Lampe an und beleuchtete meine Verletzlichkeit, meine fast nackte Haut.

Ohne mich anzusehen, ging er zurück zur Wand und stellte sich einige Meter von mir entfernt davor. Das war zu weit, ich wollte ihn ganz nah bei mir haben. Die Sehnsucht war unerträglich.

»Zieh alles aus.« Er sprach leise, ohne jede emotionale Regung, und er rührte sich nicht. Er sah einfach nur zu.

Trotz des Lichts, das die Lampe verbreitete, stand er im Schatten, und ich konnte sein Gesicht noch immer nicht deutlich erkennen. Wortlos löste ich den Verschluss meines BHs, ließ ihn zu Boden fallen, zog meine Unterwäsche herunter und schälte mich heraus. Jetzt, wo ich völlig nackt war, fühlte ich mich seltsam verletzlich und wehrlos. Ich war aufgeregt, erregt, doch dann durchfuhr mich ein Schauer der Angst. Ich kannte diesen Nik nicht, er war wie ein Fremder, und ich fühlte mich plötzlich entblößt. Und die ganze Zeit stand er da im Halbdunkel und starrte mich an.

»Jetzt setz dich aufs Bett«, wies er mich an, und ich trat zurück und kletterte auf das große, hohe Bett. Ich spürte das kühle Bettzeug auf meiner Haut. Erst nachdem er mich noch einige Minuten beobachtet hatte, ging er auf das Bett zu.

»Und jetzt stell dir vor, ich wäre nicht hier, aber du würdest an mich denken«, sagte er.

Ich wusste, was er meinte, und spürte trotz meiner Erregung eine riesige Enttäuschung. Wir würden also doch nicht miteinander schlafen.

»Na los, mach schon, fass dich an! Ich will zusehen«, befahl er heiser. Ich konnte die Lust in seiner Stimme hören, als ich die Hand zwischen meine Beine legte und anfing, mich zu streicheln. Er stand über mir, anscheinend emotionslos, und als die Erregung in mir explodierte, verlor ich die Kontrolle und schrie auf. Ich wollte nichts anderes und nirgendwo anders sein als bei ihm. Er beobachtete mich. Er tat nichts, stand nur da, vollständig bekleidet und ganz still.

Schließlich setzte ich mich auf und versuchte zu sprechen, bekam aber kein Wort heraus.

Er sah mich weiter an, sagte nichts, tat nichts, als wäre er in Trance.

Schließlich fragte ich: »Was ist mit dir?«

»Das war alles, was ich gebraucht habe«, flüsterte er, beugte sich vor und küsste mich auf die Lippen, als würde ich ihm *gehören*.

Wir müssen wohl beide für mehrere Stunden eingeschlafen sein, denn ich kam zu mir, als das fahle Morgenlicht durch die Fensterläden drang und die Hitze des kommenden Tages ankündigte. Jetzt wollte ich dem wirklichen Leben aus dem Weg gehen und für immer in diesem schönen Zimmer mit den hohen, verschlossenen Fenstern leben. Nun tauchten die kühlen weißen Wände im Morgenlicht auf, und ich betrachtete den Raum zum ersten Mal und berührte die pastellblaue Satinbettdecke, die sich unter meinen Fingerspitzen weich und kühl anfühlte. Ich sah ihm in die Augen und stellte mir vor, wie wir Hand in Hand durch den Orangenhain spazierten, händchenhaltend aufs Meer zugingen. Irgendwann im Laufe der Nacht hatte sich etwas verändert. Ich konnte es nicht genau benennen, aber die Dynamik war nun eine andere, ich hatte einen Teil der Kontrolle abgegeben und war eher bereit, mich vom Leben treiben zu lassen, von ihm und von dem, was als Nächstes passieren würde.

Als ob er meine Gedanken gelesen hätte, hörte ich ihn in

die Stille hinein sagen: »Heirate mich, Alice.«

»Ist das dein Ernst?«

»Natürlich ist das mein Ernst.«

Es gab so vieles, was er nicht über mich wusste, und ich konnte gegenüber dem Mann, den ich heiraten würde, nicht mit einer Lüge leben. Ich musste ihm alles erzählen, aber wie sollte ich das tun? Er könnte daraufhin ja zu dem Beschluss kommen, dass er mich doch nicht liebte.

»Kriege ich ein bisschen Zeit, um darüber nachzudenken?«, fragte ich, und er sah so niedergeschlagen aus, als würde er gleich zu weinen anfangen. »Ich will mit dir zusammen sein, ich muss nur darüber *nachdenken*.« Das kam so unverhofft, dass ich nicht wusste, was ich tun sollte. »Warum schließen wir in der Zwischenzeit nicht einfach die Tür ab und bleiben für immer hier drin?«, sagte ich und schaute zur Schlafzimmertür hinüber, wobei mich plötzlich ein sehr ungutes Gefühl packte.

»Nik, wann hast du die Tür geöffnet?«

Er schaute hinüber. »Habe ich nicht.«

»Aber die Tür ist offen«, keuchte ich und zog die Decke um mich herum hoch, während die Angst in meinen Fingerspitzen kribbelte. Ich setzte mich auf, bereit, jeden Moment die Flucht zu ergreifen.

»Oh, ich frage mich, was ...?«, murmelte er. »Wahrscheinlich habe ich sie einfach nicht zugemacht«, sagte er mehr zu sich selbst, während er aus dem Bett kletterte und vorsichtig zur Tür ging.

»Doch, *hast* du, ich weiß es noch genau, ich habe es klicken gehört, du hast dich dagegen gelehnt.« Ich zog die Decke über meinen Körper. »Du glaubst doch nicht ...?«

»Was?« Er schien ehrlich verwirrt zu sein.

»Du glaubst doch nicht, dass es Dimitris war, der sie aus Versehen geöffnet hat?«, fragte ich und stellte mir vor, wie er im Schatten gestanden und mich beobachtet hatte.

»Nein, das würde er nicht tun.« Er sah mich an, und mir

wurde kalt. Nik *wusste*, dass er es gewesen war. Dimitris hatte dort in der dunklen Tür gestanden und zugesehen.

»Nik, jemand war da, und ich glaube, wir wissen beide, wer das gewesen ist. Ich glaube, du leugnest es, weil du mir keine Angst einjagen willst, und du willst nicht glauben, dass dein Cousin zu so was fähig ist. Aber irgendetwas stimmt hier ganz und gar nicht.«

»Vielleicht war er es, vielleicht ist er spät nach Hause gekommen und hat einfach nach mir gesucht? Warum auch immer, er ist nicht gefährlich, das musst du mir glauben. Alice, bitte lass dich davon nicht abhalten, mit mir zusammen zu sein. Ich muss wissen, dass du hier sein wirst«, murmelte Nik. »Ich muss wissen, dass du morgens noch da sein wirst, wenn wir abends zusammen zu Bett gehen. Ich kann nicht noch einmal erleben, dass jemand, den ich liebe, mich verlässt.«

Ich hörte die Verzweiflung in seinen Worten, den Schmerz über den Verrat und den Verlust, und da ich wusste, dass wir das Gleiche wollten, schien es verrückt, dem nicht nachzugeben. Ich glaube, Nik nahm in Dimitris nichts als ein verwirrtes Kind wahr. Vielleicht war das alles, was er war, und ich musste ihn auf die gleiche Weise sehen. Wahrscheinlich vermutete ich eine Gefahr, wo es gar keine gab. Schließlich empfand Nik Dimitris nicht wirklich als Bedrohung. Andernfalls hätte er ihn rausgeworfen und die Polizei gerufen. Selbst jetzt war das Einzige, was ihn an seinem Cousin beunruhigte, dass er ein Grund für mich sein könnte, ihn zu verlassen. Doch im Optimismus eines sonnigen Morgens vergaß ich Dimitris und alle anderen Probleme und versicherte Nik, dass ich nie weggehen würde. »Ich werde hier sein«, flüsterte ich, »für immer.«

»Willst du mich heiraten?«, murmelte er schläfrig.

Und ich hörte meine eigene Stimme antworten: »Ja, ich will.«

Er beugte sich vor und küsste mich, und ich war hin und weg und überglücklich und mir in diesem Moment so sicher.

Doch er schlief bald ein, und ich lag verwirrt da und wusste nicht, was ich in mein Leben lassen würde. Das war verrückt, oder nicht? Meine Gefühle für Nik waren stark, aber konnte ich deshalb zu einer Art Flüchtling werden und nie wieder nach Hause zurückkehren? Dazu kam die Angst, dass meine Gnadenfrist möglicherweise bald ablief und ich jederzeit sofort nach Großbritannien zurückkehren müsste, wenn die Polizei mich dazu aufforderte. In diesem Fall wäre ich gezwungen, Korfu zu verlassen und Nik aufzugeben. Sollte ich also jetzt mein Glück ergreifen und die Zukunft einfach Zukunft sein lassen?

Heute schaue ich zurück und wundere mich, dass ich so verrückt war, zu glauben, ich könne mich auf Korfu verstecken und bis ans Ende meiner Tage mit Nik glücklich sein. Aber an jenem kühlen, blauen Morgen, als die Sonne ins Zimmer schien und ein wunderschöner Mann neben mir schlief, ergab das alles einen Sinn. Ich war bereit, alles hinter mir zu lassen und hier mein Glück zu versuchen, in der Hoffnung, dass ich die Liebe gefunden hatte und niemand mich jemals aufspüren würde. Doch ich hätte wissen müssen, dass blaue Morgen, Sonnenschein und schöne Männer ein tödlicher Cocktail sind. Der mit Vorsicht zu genießen ist.

22

In den darauffolgenden Wochen schmiedeten Nik und ich Hochzeitspläne und legten sogar einen Termin fest.

Ich liebte ihn und wollte mit ihm zusammen sein, aber es gab auch andere, weniger romantische Gründe, die mich glauben ließen, dass es das Richtige war. Ein Anruf von Heather am frühen Morgen machte mir klar, dass eine Heirat mit Nik auch die logische Antwort auf meine Probleme sein könnte.

Nik war draußen auf dem Weinberg, und ich lag noch im Bett, als sie anrief. Da ich am Vorabend ein paar Glas Kouris-Wein getrunken hatte, die es wirklich in sich hatten, fühlte ich mich extrem angeschlagen.

»Was zum Teufel, Alice?«, lautete ihre Eröffnungsstrategie, die ich schon häufig gehört hatte. Ich atmete tief durch und rief mir ins Gedächtnis, dass sie mehrere Tausend Meilen weit weg war und ich jederzeit einfach auflegen könnte.

»Wo hast du gesteckt? Ich habe dich gestern am späten Abend angerufen, und heute früh gleich noch einmal.«

Ich nahm einen weiteren tiefen Atemzug. »Dann ruf mich

nicht zu solchen Uhrzeiten an, weil ich dann *offensichtlich* schlafe.«

»Das kann ich ja nicht wissen. Wenn du dich nicht meldest, könntest du genauso gut auch ausgeraubt, vergewaltigt oder *ermordet* worden sein.«

»Könnte sein, aber so was mache ich normalerweise an einem Mittwochabend nicht. Ausrauben, vergewaltigen und ermorden lasse ich mich in der Regel immer dienstags, das *weißt* du doch.«

»Für dich ist das alles nur ein Witz, stimmt's?«

»Wenn ich nicht darüber lachen würde, müsste ich weinen.«

»Du hast mir gesagt, du würdest nach Hause kommen, aber du bist immer noch auf Korfu. Du treibst dich dort rum, während sich hier die Probleme häufen.«

»Heather, rufst du mich nur an, um mir Vorträge zu halten? Ich bin eine erwachsene Frau. Ich weiß, wie verrückt das ist, aber ich habe beschlossen hierzubleiben. Ich lebe in einer griechischen Idylle mit eigenem Weinkeller und Ausblick auf einen Olivenhain. Warum musst du das ruinieren, indem du mir sagst, dass sich daheim die Probleme häufen?«

»Das ist lächerlich«, seufzte sie. »Du bist ohnehin schon länger geblieben, als es das Gesetz erlaubt.«

Man konnte sich darauf verlassen, dass Heather ihre Hausaufgaben gemacht hatte, wenn es um Visa-Formalitäten ging. Ich antwortete nicht, jetzt war einfach nicht der richtige Zeitpunkt, um mich damit auseinanderzusetzen.

»Hier ist ein Brief, in dem steht, dass die Polizei mit dir reden will.«

Ich fühlte mich, als hätte ich einen Schlag ins Gesicht bekommen. Sie kamen immer näher.

»Heather, hast du schon wieder meine verdammte Post geöffnet?«

»Okay, ja, ich habe deine Briefe aufgemacht. Anscheinend

gibt es neue Zeugen«, fuhr sie fort. »Die Freundin deines Ex-Mannes macht einen Riesenaufstand, und die Polizei schreibt, dass sie dich noch einmal befragen wollen, um dann möglicherweise Anklage gegen dich zu erheben.«

Mir wurde übel. »Ich brauche noch etwas Zeit. Wenn die Polizei aufkreuzt, sag ihnen einfach, dass du nicht weißt, wo ich bin.«

»Falls du es vergessen haben solltest, gegen dich wird gerade ermittelt. Und das hier ist die Adresse, die ich dir großzügigerweise erlaubt habe der Polizei als deinen festen Wohnsitz zu nennen. Aber du *wohnst* nicht hier, sondern treibst dich verdammt noch mal in Griechenland rum, und wenn ich für dich lüge, begehe ich einen Meineid.«

»Ich bitte dich ja nicht, für mich zu *lügen*, sag ihnen einfach, dass du nicht weißt, wo ich stecke.«

»Ist dir überhaupt klar, wie ernst die Sache ist, Alice? Du *musst* mit der Polizei reden. Wenn nicht, werden sie hier um vier Uhr früh in einer Nacht-und-Nebel-Aktion das Haus stürmen, um nach dir zu suchen.«

Ich hörte die Angst in ihrer Stimme. Es war nicht fair von mir, ihr das zuzumuten, aber manchmal wünschte ich mir einfach, sie würde die Zügel ein wenig lockerer lassen. »Hör mal, es tut mir leid, dass ich dich in die Sache mit reingezogen habe. Leite den Brief einfach an mich weiter, und ich kümmere mich drum.«

»Klar, okay, also ich schicke dir den Brief dann einfach an deine Wohnung in Korfu-Stadt und sage der Polizei, dass ich nicht weiß, wo du gerade bist. Warte mal, ich bin mir nicht sicher, ob das vor Gericht Bestand hat, wenn ich im Zeugenstand von der gewieften Anwaltsfreundin deines Ex-Mannes ins Kreuzverhör genommen werde.«

»Dann leite den Brief eben *nicht* weiter, schick mir einfach ein Foto, und falls jemand nach mir fragt, sagst du, dass du das letzte Mal etwas von mir gehört hast, als ich gerade in Ost-Timor war.«

»Sehr witzig.«

»Oh, da kommt mein Bus. Tut mir leid, Heather, ich muss los, liebe Grüße an die Mädchen.«

Ich legte mein Handy weg. Es brach mir das Herz, dass ich nicht wusste, wann ich meine Schwester und meine Nichten das nächste Mal sehen würde, und ich konnte nicht einmal der Tatsache ins Auge sehen, dass ich sie vielleicht nie wiedersehen würde. Ich war nicht überrascht, dass es Zeugen gab, denn der Supermarkt war an diesem Abend voll mit Leuten gewesen, die in letzter Minute noch Valentinsgeschenke und Pralinen kauften. Ich war nur überrascht, dass man die Zeugen nicht schon früher gefunden hatte, aber was machte das schon für einen Unterschied? Ich könnte nach Hause fliegen und versuchen, meinen Namen reinzuwaschen, aber es stand zu viel auf dem Spiel, denn wenn ich versagte, würde ich alles verlieren und vielleicht sogar im Gefängnis landen. Selbst wenn ich wollte, könnte ich jetzt nicht mehr nach Hause zurückkehren. Della gab sich nicht damit zufrieden, mir meinen Mann, mein Haus und mein Leben wegzunehmen, sondern wollte jetzt noch mehr von mir. Wenn sie es schafften, dass ich verurteilt wurde, könnten sie sich das Geld zurückholen, das ich als Scheidungsabfindung erhalten hatte. Und es sah so aus, als wären sie bereit, Himmel und Hölle in Bewegung zu setzen, um genau das zu erreichen.

Das half mir, mich zu konzentrieren, und langsam sah ich immer klarer. Nik war griechischer Staatsbürger, und wenn ich ihn heiraten würde, könnte ich auf Korfu bleiben. Zurzeit hielt ich mich illegal in Griechenland auf, aber wenn ich verheiratet wäre, könnte ich hier leben, ohne befürchten zu müssen, als Ausländerin ohne Aufenthaltserlaubnis verhaftet oder abgeschoben zu werden. Außerdem würde ich meinen Nachnamen in Kouris ändern, sodass Della und die britischen Behörden noch weniger Chancen hätten, mich aufzuspüren.

Nik litt immer noch unter den Narben seiner letzten Ehe, und nachdem wir einen Termin festgelegt hatten, wollte er unbedingt, dass ich auf dem Weingut blieb. »Jetzt, wo ich weiß, dass wir zusammenbleiben, kannst du auch gleich hier einziehen«, hatte er gemeint.

Ich wollte mehr Zeit mit ihm verbringen, und es ergab keinen Sinn, dass ich die Wohnung in der Stadt bezahlte, also zog ich ein. Dort war ich außerdem weniger sichtbar, denn das Weingut lag meilenweit außerhalb, und in meiner jetzigen Situation war es besser, wenn ich an einem abgelegenen Ort lebte.

Da war natürlich noch Dimitris, was nicht ideal war, aber wie Sylvie sagte: »Alles hat seinen Preis.«

Nik und ich hatten miteinander geredet, und er hatte mir gesagt, dass er es vorziehen würde, mit dem Sex bis zu unserer Hochzeitsnacht zu warten. Das respektierte ich, auch wenn ich mich dabei ein wenig unwohl fühlte. Wer legte heutzutage schon so viel Wert auf seine Hochzeitsnacht? Es war ja nicht so, dass er religiös war. Aber wenn es ihm wichtig war, war das für mich in Ordnung. Ich hatte immer noch Selbstzweifel wegen meiner letzten Ehe, aber er versicherte mir, dass er mich wollte. Er wünschte sich nur, dass es diesmal anders war, und wollte keine Erinnerungen an eine unserer früheren Beziehungen.

»Ich möchte in diese Ehe gehen, als wäre es das erste Mal«, erklärte er mir und fügte hinzu, er wolle, dass es etwas Besonderes sei und er sich sicher fühle. Ich fand das entwaffnend ehrlich und verletzlich, konnte aber nicht verhindern, dass sich eine gewisse Verunsicherung in mir breitmachte. Für mich ging es nicht um den Sex, sondern um die Beziehung, und ich war ein wenig besorgt, dass es einen Teil von ihm geben würde, den ich erst in der Hochzeitsnacht kennenlernen würde. Was, wenn er andere sexuelle Vorlieben hatte als ich? Was, wenn er etwas wollte, das ich nicht wollte?

Aber Nik bestand darauf, so schnell wie möglich zu heiraten. »Worauf warten wir noch?«, hatte er gesagt. »Wir wissen, was wir wollen, kein Grund, die Sache länger hinauszuzögern, warum tun wir es nicht einfach? Du kennst eine Hochzeitsplanerin, ich habe die richtige Location. Lass uns jetzt einen Termin klarmachen!«

Ich war aufgeregt, ermutigt von seinem Tatendrang, und ich gebe zu, dass ich mich immer noch sehr geschmeichelt fühlte, dass jemand wie Nik mich so sehr wollte. Wir schliefen in seinem großen Bett, und ich lag ganz nah bei ihm, in der Hoffnung, dass er von seinem Verlangen übermannt werden würde, aber es passierte nie etwas. Eines Nachts, als er schlief, streckte ich meine Hand aus und strich sanft mit meinen Fingerspitzen über seine Brust, dann berührte ich seine stoppeligen Wangen und atmete seinen appetitlichen, exotischen und kostbaren Geruch ein. Normalerweise liebte ich diesen Duft, aber in besagter Nacht war mir ein wenig übel, und was normalerweise appetitlich war, ließ mich plötzlich würgen. Also kletterte ich aus dem Bett, um mir ein Glas Wasser zu holen. Doch als ich durch das Schlafzimmer ging, glaubte ich, draußen ein Geräusch zu hören, also trat ich ans Fenster und zog die Vorhänge ein Stück beiseite.

Während ich auf den dunklen Weinberg hinausschaute, nahm ich zwischen den Bäumen eine Bewegung wahr. *Jemand war draußen im Weinberg.* Ich spürte ein Kribbeln in den Fingerspitzen, als ich den Vorhang weiter öffnete, um zu sehen, was los war. Es war definitiv jemand dort draußen, aber ich konnte nur Bewegungen und eine dunkle Gestalt sehen, nicht genug, um jemanden zu identifizieren. Immer noch gegen die Übelkeit ankämpfend ging ich vorsichtig zu meinem Nachttisch zurück, nahm mein Handy und zoomte die Gestalt näher heran. Aber in der dunklen Ferne war es beinahe unmöglich, alles zu erkennen, also zoomte ich noch näher heran und starrte darauf, bis ich glaubte, die Umrisse einer zusammengekauerten Gestalt zu erkennen. »Mein Gott!«, murmelte ich leise. Es sah aus, als würde sie *graben*. Um ein Haar hätten meine Beine ihren Dienst versagt. Wer zum Teufel grub um vier Uhr morgens im Weinberg – und warum?

Wer auch immer es war, es wanderte jetzt mit der Schaufel über der Schulter und einer Taschenlampe in der Hand durch die abgelegenen Ländereien zurück. Und dann, im Mondlicht, erkannte ich seine Gestalt, den hinkenden, schiefen Gang. Es war Dimitris.

»Geht es dir gut, mein Schatz? Dir ist doch nicht wieder übel, oder?, murmelte Nik im Halbschlaf vom Bett aus, offensichtlich hatte ich ihn geweckt.

»Nein, mir geht es gut, aber, Nik, ich glaube, dein Cousin ist mit einer Schaufel da draußen im Weinberg und gräbt«, sagte ich.

Nik fuhr aus dem Bett hoch. »Was, um diese Uhrzeit? Er ist *jetzt* da draußen?«

»Ja.«

»Ich kann niemanden sehen, wo ist er?«, fragte er und kniff die Augen zusammen.

»Ich glaube, er ist jetzt weg. Aber er war auf jeden Fall da.«

»Bist du sicher?« Er sah mich an, als würde er mir nicht glauben, und ging zurück zum Bett.

»Ich sauge mir das nicht aus den Fingern, Nik.« Ich erhob meine Stimme, weil es mich wütend machte, dass er meine Beobachtungen so abtat.

»Das sag ich ja gar nicht.« Er kletterte zurück ins Bett. »Aber ich glaube, du irrst dich, wahrscheinlich war es ein Fuchs.«

»Nein, einen Mann mit einer Schaufel und einen Fuchs würde ich sicher nicht verwechseln, selbst bei Dunkelheit nicht«, fauchte ich.

»Tut mir leid, ich bin müde«, murmelte er, »komm wieder ins Bett.«

»Meinst du, es ist Dimitris, und er weiß nicht mehr, wo er die Leichen vergraben hat?«, sagte ich halb im Scherz.

»Alice, das ist nicht witzig«, meinte er mit einem ängstlichen Unterton in der Stimme.

»Nein, das ist nicht witzig, überhaupt nicht witzig«, murmelte ich, während sich mir die Nackenhaare sträubten.

23

Ich hatte Angst vor dem, was zu Hause passierte, doch je größer meine Angst wurde, desto mehr versuchte ich, sie zu verdrängen und mich damit abzulenken, was auf Korfu passiert sein könnte. Meine bevorstehende Hochzeit bot jetzt eine viel angenehmere Ablenkung, und was auch immer dort in der Vergangenheit passiert war und was auch immer in der Zukunft mit mir passieren würde, musste warten. Also packte ich meinen Ex-Mann und die vermissten Frauen für eine Weile in imaginäre Kisten in meinem Kopf und schloss sie weg, so wie es die Therapeutin mir nach Mums und Dads Tod geraten hatte. Jetzt hatte ich etwas Positives, eine Blume, die aus den dunklen, zerklüfteten Felsen meines Lebens wuchs – und der Name dieser Blume war Nik Kouris.

Nachdem ich also die Schrecken weggesperrt hatte, erlaubte ich mir, mich ein wenig auf die Hochzeit zu freuen, in der Hoffnung, alles hinter mir zu lassen. Das war alles, was ich mir je erträumt hatte, ja sogar noch mehr, und auf Korfu zu sein, war das Sahnehäubchen auf dem Kuchen. Mit jeder Faser meines Körpers hatte ich mich danach gesehnt, dort zu bleiben, hatte mich von der Insel angezogen gefühlt wie eine Motte vom

Licht. Es war der einzige Ort, an dem ich wirklich Frieden finden konnte, und wer wusste, vielleicht würde ich eines Tages auch noch Antworten finden.

Nik war genial und kümmerte sich um alle praktischen und rechtlichen Dinge rund um die Hochzeit. »Ich kenne einen guten Anwalt«, sagte er. »Seine Kanzlei ist auf die Beantragung der Staatsbürgerschaft spezialisiert, und er kennt sich auch mit Grundbesitz aus, ein Thema, an dem wir nicht vorbeikommen werden.«

»Ich *habe* keinen Grundbesitz«, sagte ich und fragte mich, ob er davon ausging, dass ich mit einer Mitgift in die Ehe gehen würde.

»Ich weiß, aber ich schon, und als meine Frau solltest du einen Anteil daran haben.«

»Gott, nein, das kann ich nicht annehmen, Nik«, sagte ich, weil ich wusste, dass er längst ein gebranntes Kind war. Der Weinberg ist dein Eigentum, er gehört deiner Familie.«

»Du bist jetzt meine Familie. Und du gibst alles auf, um hier bei mir in Griechenland zu bleiben. Außerdem möchte ich sicherstellen, dass es dir gut geht, wenn mir etwas zustößt – du hast ja sonst nichts, Alice.«

»Doch, mir würde es gut gehen – ich habe etwas Geld, aber das meiste davon ist in Großbritannien.«

»Das ist *dein* Geld. Ich weiß nur, dass ich möchte, dass du das alles hier mit mir teilst, in jeder Hinsicht. Ich möchte nicht, dass sich meine Frau wie eine Untermieterin in meinem Haus fühlt. Ich möchte, dass dies *unser* Zuhause ist und dass wir ein Team sind, Alice.«

Ich war gerührt von seiner Geste, er wollte mir geben, was ihm gehörte, erwartete aber keine Gegenleistung. Ich hatte das Gefühl, dass es Niks Zuhause war, aber es würde mir Sicherheit geben und mein Glück komplett machen, wenn es *unser* Zuhause wäre. Doch jetzt konnte ich auch sehen, wie leicht er es seiner ersten Frau gemacht hatte, seine Freundlichkeit auszunutzen, manche würden sogar sagen, er sei naiv. Nik war zweifellos einer dieser Menschen, die sich Hals über Kopf verliebten und alles geben wollten. Das war ich auch, aber ich war nicht seine Ex-Frau und musste ihm etwas zurückgeben.

»Ich würde gerne einen Anteil des Weinguts haben, aber ich bin nicht nur eine Mitläuferin und möchte auch etwas dazu beisteuern«, sagte ich.

»Es reicht, dass du hier bist ...«, begann er.

»Nein, ich möchte mich richtig beteiligen und bei Reparaturen auf dem Anwesen helfen«, sagte ich und versuchte, nicht an Dan und Della zu denken, die ihre eigenen Pläne mit meinem Geld hatten. »Ich weiß, dass du seit der Überschwemmung zu kämpfen hast, und hast du nicht erst neulich erwähnt, dass das Nebengebäude undicht ist?«

»Nein, dafür bin ich verantwortlich.«

»Nicht du, sondern *wir*. Weißt du noch? Du willst nicht, dass ich mich wie eine Untermieterin fühle, und das will ich auch nicht. Wir sind ein Team«, betonte ich. »Und wenn ich an mein Geld herankomme, könnten wir es für den Weinberg verwenden und vielleicht etwas davon investieren?«

Er zuckte leicht mit den Schultern und schien skeptisch zu sein. »Ich weiß nicht. Ich habe keine Ahnung, ob du von hier aus überhaupt an dein Geld aus Großbritannien herankommst. Du könntest es mit dem Anwalt besprechen, wenn wir zu ihm fahren. Was das Investieren angeht, so ist es dein Geld, Alice, und ich kenne mich mit Geld nicht aus, aber vielleicht hat der Anwalt ja auch ein paar Ideen?«

»Das wäre großartig«, sagte ich und hielt einen Augenblick inne, bevor ich fragte: »Wird Dimitris hierbleiben – nachdem wir geheiratet haben, meine ich?«

»Ich bin mir nicht sicher, Alice, es ist kompliziert.«

»Ich verstehe. Aber ich frage mich, ob wir nicht dafür sorgen könnten, dass sein Häuschen auf dem Anwesen ein bisschen gemütlicher wird? Ich könnte es von meinem Geld herrichten lassen, und vielleicht will er dann mehr Zeit dort verbringen?«, schlug ich vorsichtig vor und erinnerte mich an die offene Tür in der Nacht, als ich nackt auf dem Bett gelegen hatte, während Nik zusah.

»Ja. Ich werde mit ihm darüber reden, aber er *glaubt*, dass er hier das Sagen hat, dass das Weingut ihm gehört – und ich habe das ihm gegenüber nie richtiggestellt.«

»Das ist nett von dir, aber vielleicht musst du ihm das klarmachen. Es ist nicht fair ihm gegenüber, ihn in dem Glauben zu lassen, wenn er doch eigentlich ...«

Er lächelte. »Ich verstehe schon, wirklich. Aber um ehrlich zu sein fühle ich mich schuldig. Von Rechts wegen hätte er die Hälfte des Weinguts erben *müssen*, aber unser Großvater hat alles seinem ältesten Sohn hinterlassen, und der hat alles mir vererbt. Als Frau hatte Dimitris' Mutter das Nachsehen – sie erbte ein paar Kleinigkeiten und den Schmuck meiner Großmutter, aber den Löwenanteil hat Dad bekommen.«

»Oh, ich verstehe.« Jetzt begriff ich, warum Nik ihn hierbehielt. »Aber eine Ehe zu dritt möchte ich trotzdem nicht führen.«

»Ich würde ihm gerne ein schönes Haus am Meer kaufen, damit er sich zur Ruhe setzen kann. Aber ich würde mir nur Sorgen um ihn machen.«

»Du kannst dir also nicht vorstellen, dass er jemals auf eigenen Beinen steht?«, fragte ich und versuchte, nicht allzu enttäuscht zu klingen.

»Ich weiß es nicht«, erklärte er zögernd. »Ich meine, wenn wir heiraten und es ein Problem für dich wäre, dann müssten wir eine Lösung finden. *Deine* Gefühle hätten Vorrang für mich.«

Das beruhigte mich ein wenig, aber dann kam ich mir gemein vor, weil ich überhaupt davon angefangen hatte. Nach unserer Hochzeit wäre Dimitris auch ein Teil meiner Familie, also musste ich vielleicht freundlicher und toleranter sein, so wie Nik.

»Aber er ist so allein auf dieser Welt«, fuhr er fort. »Er hat nie geheiratet, hat keine Kinder und wird auch in Zukunft keine haben.«

Jetzt war es an mir, mich unwohl zu fühlen. »Wenn wir heiraten würden, hätten wir *auch* keine Kinder, Nik«, sagte ich sanft.

»Ich weiß, und das ist kein Problem.« Er legte seine Hand auf mein Knie und küsste mich auf den Mund. Ich schmolz dahin.

Dann nahm er seine Hand wieder weg. »Außerdem, wenn ich Kinder gewollt hätte …«, sagte er lächelnd und griff nach meiner Hand, »dann hätte ich Angelina geheiratet.«

Das fühlte sich an wie ein Schlag ins Gesicht, und ich fragte mich kurz, ob ich mich verhört oder ihn missverstanden hatte.

»Warum sagst du so was?« Ich zog meine Hand weg.

»Was?« Er sah von seiner Kaffeetasse auf und hatte die Bemerkung offensichtlich bereits vergessen. Vielleicht hatte er es nur so dahingesagt, aber seine Worte hatten mich verletzt, und ich ließ die Sache nicht einfach auf sich beruhen.

»Was? Ist dir nicht klar, dass du mich mit dieser Bemerkung über eine Hochzeit mit Angelina verletzen könntest?«

Er schien tatsächlich verwundert zu sein.

»Damit hast du angedeutet, dass sie jünger und deswegen fruchtbar ist und dass du ihr jederzeit den Vorzug geben könntest, wenn du nur *wolltest*. Was für eine kränkende und arrogante Aussage.«

Er machte ein trauriges Gesicht. »Tut mir leid. Ich hab's nicht böse gemeint. Ich wollte damit nur sagen, wenn ich Kinder gewollt hätte, hätte ich mir wahrscheinlich eine jüngere Partnerin gesucht. Es war ein Scherz.«

»Es war nicht lustig.«

»Mein Schatz, es tut mir so leid, ich habe es wirklich nicht böse gemeint, ich fühle mich schrecklich.« Er ließ den Kopf sinken, und wir beide saßen ein paar Sekunden lang schweigend da. Ich war immer noch verletzt und den Tränen nahe. Mit Dan hatte ich schon viel Schlimmeres erlebt, aber das hier kam aus heiterem Himmel, und ich merkte, dass ich Nik auf ein Podest gestellt hatte und zu hohe Erwartungen an ihn stellte.

»Ich weiß nicht, was ich sagen soll, um es wiedergutzumachen, ich kann mich nur entschuldigen.«

»Es hat mich verletzt, aber vielleicht habe ich auch überreagiert. Ich bin wohl empfindlich, was Unfruchtbarkeit und das Älterwerden angeht.«

»Ich bin so ein Idiot. Ich hätte das nicht sagen sollen, nach allem, was du durchgemacht hast. Es tut mir sehr, sehr leid. Wie kann ich das nur wiedergutmachen?«

»Ist schon in Ordnung, wirklich«, lenkte ich ein.

»Nein, sag mir bitte, was ich tun kann, egal was?«

»Nein, Nik«, erwiderte ich, besorgt darüber, wie schnell er sich geschlagen gab, wie verzweifelt er sich bemühte, mir zu gefallen. Diese Seite an ihm hatte ich bisher nie kennengelernt. Ich hatte ihn immer für einen eigenständigen Menschen gehalten, jemanden, der seine eigene Meinung hatte und sich nicht scheute, für das einzutreten, woran er glaubte. Komisch, wie sich unsere Wahrnehmung von jemandem ändern konnte, wenn wir ihn näher kennenlernten – ich dachte, er sei stark und zugleich sensibel, freundlich und zugleich durchsetzungsfähig, doch die ganze Zeit über hatte ich diesem Mann, der meine Erwartungen vielleicht nicht erfüllen würde, meine eigenen Ideale aufgezwungen.

Und wie sich herausstellte, war Nik genauso unvollkommen wie wir alle, vielleicht sogar noch unvollkommener ...

24

Als ich ihr von meinen Hochzeitsplänen erzählte, war Sylvie so aufgeregt, dass sie darauf bestand, einen Mädelsabend zu machen, um die Neuigkeiten gebührend zu feiern. Ich nahm ein Taxi zu einer Bar in der Stadt und war etwas enttäuscht, dass sie Angelina und Maria mitgebracht hatte.

Ich erreichte den Tisch, und bevor ich ein Wort sagen konnte, rief Sylvie schon: »Herzlichen Glückwunsch!« Dann hielt sie meine Hand, drehte sich zu den Mädels um und sagte: »Unsere süße Alice wird heiraten!« Sie bestellte sofort Champagner, während Angelinas Miene sich spürbar verfinsterte. Sie hatte offensichtlich keine Ahnung gehabt.

»Wen heiratest du?« Ihr Gesicht war ernst, ihre Stimme hart.

»Nik Kouris, wen sonst«, antwortete Sylvie lachend an meiner Stelle.

Sie hatte anscheinend nicht bemerkt, wie unwohl Angelina und ich uns zusammen fühlten, und in ihrer Aufregung hatte sie nicht darüber nachgedacht, wie das Mädchen diese Nachricht wohl aufnehmen würde.

»Also, erzähl mir von dem Antrag, hat er einen Kniefall

gemacht?«, fragte Sylvie und zog den Stuhl neben sich heran, um mich darauf zu platzieren.

»Ich glaube, ich brauche erst mal einen Drink«, erwiderte ich lächelnd, um Sylvies Begeisterung für meine Hochzeit nicht zu dämpfen. Wie sollte ich ihr all das erzählen, während Angelina mich über den Tisch hinweg anstarrte. Das verdarb den Moment, und ich wünschte, Sylvie und ich hätten allein gefeiert. Es fiel mir schwer, Champagner zu trinken und Sylvie zuzuhören, wie sie erklärte, was für ein schönes Paar wir wären, während Angelina grinste und in Marias Richtung die Augen verdrehte. Ich war an ihre Wut und ihre Gemeinheiten gewöhnt, doch als sie vom Tisch aufstand, sah ich so etwas wie eine Niederlage in ihrem Blick, und in diesem Moment tat sie mir irgendwie leid. Also folgte ich ihr auf die Toilette und wartete dort, bis sie aus der Kabine kam. Als sie es tat, öffnete ich meine Arme in der Hoffnung, dass sie mich umarmen würde. Aber sie wich aus und ging zum Waschbecken.

»Angelina«, stöhnte ich leise. »Was ist dein Problem? Warum bist du immer so wütend auf mich?«

Sie sah vom Händewaschen auf und hielt einen Augenblick inne. Ihre Augen bohrten sich für ein paar lange Sekunden in meine, und die Angst und der Hass in diesem Blick trafen mich bis ins Mark, sie war wie ein wildes Tier. »Alice ...«, begann sie mit zusammengebissenen Zähnen, während ich den Atem anhielt und auf die Beleidigungen wartete, die sie mir gleich entgegenschleudern würde. Aber irgendetwas in ihrem Gesicht veränderte sich, da war wieder dieser geschlagene Blick. Er verdeckte ihre Schärfe und ihre Wut, und sie beschloss offensichtlich, nichts zu sagen.

»Was?«, fragte ich. »Sag es einfach und lass uns die Sache hinter uns bringen.«

Sie schüttelte den Kopf und fuhr wütend fort, sich die Hände zu waschen.

»Ich verstehe dich ja.« Vorsichtig versuchte ich, ihren

Schmerz und ihre Wut zu lindern. »Ich weiß, dass du das nicht von mir hören willst, aber Nik ist zu alt für dich. Es gibt jede Menge Jungs in deinem Alter, die dafür töten würden, mit einer so hübschen Frau wie dir auszugehen.«

Sie trocknete sich die Hände ab. Ihr Mund war fest verschlossen. Ich sah, wie sich ihr Kiefermuskel bewegte, sie hatte so viel Wut in sich aufgestaut, dass ich Angst hatte, sie würde gleich platzen.

»Nik und ich wollen einfach nur glücklich sein, und ich finde es furchtbar, dass dich das offensichtlich unglücklich macht.«

Sie wirbelte zu mir herum. »Das ist es also, was du *wirklich* willst? Dass ich mich für euch *freue*? Nun, kleine Miss Alice im Wunderland, ich hoffe, du wirst sehr glücklich sein. Aber hier ein paar warnende Worte«, fauchte sie und kam mir so nahe, dass sie direkt vor meinem Gesicht war. »Du spielst mit dem Feuer. Und wenn du dich nicht so schnell wie möglich wieder nach Hause verpisst, wirst du dich verbrennen!«

Mit diesen Worten schob sie sich an mir vorbei und stürmte durch die Tür zurück an die Bar, während ich atemlos und schockiert zurückblieb. Ich wusste, dass sie wütend war, aber ich hatte keine Ahnung, dass es so tief ging. Sie *drohte* mir. Jetzt war ich ernsthaft besorgt. Dieses Mädchen war gefährlich und völlig außer Kontrolle, und ich machte mir Sorgen um mich und Nik, denn so, wie sie sich gerade benommen hatte, hatte ich das Gefühl, dass sie jemandem etwas antun könnte – entweder sich selbst oder einem von uns beiden.

Ich ging zurück zur Bar und fühlte mich, als hätte ich einen Schlag abbekommen. Woher stammte all dieses Gift? Ihre Wut machte mir wirklich Angst. Als ich wieder an unseren Tisch kam, stellte ich schockiert fest, dass sie gerade ungezwungen mit Maria und Sylvie plauderte. Und als ich mich setzte, schenkte sie mir seltsamerweise ein Lächeln und fragte mit zuckersüßer Stimme: »Hast du dir schon ein Kleid ausgesucht, Alice?«

Ich schüttelte den Kopf, unfähig, mit ihr zu sprechen. Ich hatte das Gefühl, dass sie mich verprügelt hatte und sich jetzt entschuldigen wollte. Aber es war zu spät, ich wollte mich nie wieder von jemandem so behandeln lassen. Es erinnerte mich an dieses eine Mal, als Dan mir ein blaues Auge verpasst und mir anschließend ein Tiffany-Armband geschenkt hatte.

Sylvie gegenüber erwähnte ich Angelinas Ausraster mit keinem Wort, ich hatte es zu wenig verarbeitet, um es noch einmal wiederaufleben zu lassen, außerdem wollte ich keinen Zoff zwischen den beiden auslösen. Das hier war mein Kampf, und ihre Worte hingen an mir wie ein übler, widerlicher Gestank. Jedes Mal, wenn ich an diesem Abend zu ihr hinübersah, schien sie lustige Geschichten zu erzählen und die anderen zum Lachen zu bringen. Es fiel mir schwer, das mit dem knurrenden, hasserfüllten Mädchen zu unter einen Hut zu bringen, das mich auf der Toilette bedroht hatte, und ich konnte mich einfach nicht mehr am Gespräch beteiligen. Später, als ich nach Hause kam, spielte ich es noch immer in einer Endlosschleife in meinem Kopf ab. Schließlich erzählte ich es Nik, der überrascht schien, aber da er nicht dabei gewesen war, konnte er nicht wirklich nachvollziehen, wie furchteinflößend und bedrohlich sie sich verhalten hatte.

»Sie ist doch mit Mitte zwanzig noch ein halbes Kind«, sagte er, »du solltest sie am besten gar nicht beachten.«

»Sie hat gesagt, ich solle mich nach Hause verpissen«, erzählte ich ihm. »Sie hat auch gesagt, ich würde mich verbrennen, was hat sie damit gemeint? Ob es wohl darum ging, dass ich mit dir zusammen bin?«

Da sah er von seinem Handy auf. »Hat sie das gesagt?«

»Nein, nicht direkt, aber es ging genau darum.«

»Ich glaube, du übertreibst«, sagte er und widmete sich

wieder seinem Handy. Offensichtlich hatte er keine Ahnung, wie sehr sie ihn mochte.

»Dir muss doch aufgefallen sein, wie sie sich dir gegenüber verhält?«, fragte ich.

Er schaute wieder auf. »Ich kenne sie kaum, sie ist zu jedem freundlich.«

»Nein, ist sie nicht, sie ist nur zu dir freundlich. Sie ist ständig auf der Suche nach deiner Aufmerksamkeit, himmelt dich an, lacht über alles, was du sagst, und nutzt jeden Vorwand, um dich zu berühren.«

Ganz langsam verzogen sich seine Lippen zu einem breiten Lächeln. »Könnte es sein, dass du eifersüchtig bist?«

»Nein, bin ich nicht – ich fühle mich bedroht, und ich mag dieses Gefühl nicht, das sie in mir auslöst. Sexuelle Eifersucht ist was ganz anderes. Ich habe den Eindruck, dass du meine Bedenken herunterspielst, Nik.«

»Tut mir leid, das wollte ich nicht.« Er legte sein Handy weg. Endlich hatte ich seine ungeteilte Aufmerksamkeit. »Ich denke, sie ist einfach nur ein freundliches Mädchen, das ab und zu gern flirtet. An einem alten Mann wie mir hat sie doch gar kein Interesse.«

»Und du hast auch kein Interesse an ihr?«

»Aha, du bist also doch eifersüchtig.« Er lehnte sich zurück und lächelte, weil er sich offensichtlich einen Spaß daraus machte.

»Nein, überhaupt nicht«, erwiderte ich und ärgerte mich darüber, dass er das alles in eine Geschichte packte, die seinem Ego schmeichelte. Wenn es um Dimitris ging, war es dasselbe: Nik hörte mir nicht wirklich zu, sondern erzählte mir nur, wie die Dinge aus seiner Sicht lagen. Ich erinnerte mich wieder einmal daran, dass ich ihn von seinem Sockel herunterholen sollte. Er hatte nie gesagt, dass er perfekt sei, und zu diesem Zeitpunkt liebte ich ihn so sehr, dass ich nicht allzu sehr nach Fehlern suchte. Oder nach Warnsignalen.

Also stürzte ich mich in die Hochzeitsvorbereitungen und versuchte, wie Sylvie zu sein, nur an angenehme Dinge zu denken und die Dunkelheit hinter mir zu lassen.

»Die Idee mit der Orangenblüte im Strauß finde ich klasse«, sagte Sylvie am Abend vor der Hochzeit, als ich bei ihr übernachtete. »Das war die richtige Entscheidung. Wusstest du, dass die Orangenblüte ein Symbol für Glück, Reichtum, Gesundheit und Fruchtbarkeit ist?«

»Der letzte Punkt ist vielleicht ein bisschen viel verlangt«, sagte ich.

»Entschuldige, ich wollte kein Salz in die Wunde streuen. Wie wäre es mit Cocktails aus Cointreau und Orangen?«, fragte sie, um das Gespräch schnell in eine andere Richtung zu lenken.

»Ich liebe Motive«, lächelte ich. Wir waren an einem angenehmen Punkt in unserer Freundschaft angelangt, an dem nichts in unserem Leben ein Tabu war, und jetzt, wo ich dieses wunderbare neue Leben hatte, akzeptierte ich sogar allmählich, dass es für mich keine Kinder mehr geben würde. Eine Frau zu treffen, die das Gleiche durchgemacht hatte, war wie eine Therapie für mich, und sie war so großzügig, dass ich oft das Gefühl hatte, sie sei mir eine bessere Freundin als ich ihr. Aber sie hatte so viel Freude am Geben und hatte die komplette Hochzeitsplanung kostenlos für uns erledigt. Und sie genoss es in vollen Zügen, die beste Hochzeit aller Zeiten zu planen.

Ich hatte darauf bestanden, die Hochzeit selbst zu bezahlen, und wie Sylvie nun mal war, hatte sie eine Menge Geld ausgegeben – viel mehr, als ich erwartet hatte. Ich hatte immer noch genug übrig, um mich an den Reparaturen auf dem Weingut zu beteiligen, solange zu Hause nichts Schlimmes passierte und ich mich in einem kostspieligen Gerichtsverfahren wiederfände, auf das noch Dan und Della folgen würden, um eine Entschädigung für den Angriff zu fordern. Ich wollte die Hochzeit bezahlen, und obwohl er es angeboten hatte, war ich nicht der Meinung, dass Nik alle Kosten übernehmen sollte. Er hatte bereits die Location zur Verfügung gestellt und mir außerdem die Hälfte seines Hauses geschenkt.

»Stell dir vor«, sagte Sylvie, »morgen Nacht werdet ihr als Mann und Frau miteinander schlafen.«

»Ja, ich kann es kaum erwarten.«

»Wie läuft es zwischen euch?«, wollte sie wissen.

Sylvie sah ihre Rolle als Hochzeitsplanerin als eine Art Zwischending zwischen Hochzeitsplanung und Eheberatung. Bei der Hochzeit von Magda und Mike hatte sie sich nicht nur um die Gäste und die Getränke gekümmert, sondern auch darum, dass es *den beiden* als Paar gut ging.

»Alles ist wunderbar, ich liebe ihn, und er liebt mich, das sagt er mir ständig«, erklärte ich.

Sie klappte den Laptop zu. »Aber? Ich weiß, dass jetzt ein *aber* kommt?«

Ich seufzte. »Ach, er wirkt ein bisschen gestresst, er telefoniert andauernd, und Angelina hängt ihm ständig am Rockzipfel. Sie arbeitet seit Kurzem auf dem Weingut. Ich sollte mir eigentlich keine Gedanken darüber machen, aber mir ist nicht wohl dabei.«

»Hast du Nik erzählt, wie es dir damit geht?«

»Ja, ich habe es zumindest versucht, aber er nimmt das nicht besonders ernst.«

»Du meinst, er nimmt *sie* nicht besonders ernst«, erwiderte sie mit einem Lächeln. »Ich würde mir ihretwegen wirklich keine Gedanken machen, schließlich hat er *dir* den Heiratsantrag gemacht.«

»Ich weiß, aber sie scheint so wütend auf mich zu sein.«

»Ich weiß, dass sie ein bisschen aufbrausend sein kann, aber Angelina ist ein Schatz, du musst sie nur besser kennenlernen.«

Wie Nik, für den sie ein harmloses »Kind Mitte zwanzig« war, sah auch Sylvie nicht dasselbe Mädchen wie ich. Es hatte also keinen Sinn gemacht, ihr davon zu erzählen, denn das war meine Erfahrung, nicht ihre, und es hätte nur den Anschein erweckt, dass ich Sylvie einreden wollte, sie solle Angelina nicht mögen, was nicht meine Absicht war. »Ja, du hast wahrscheinlich recht, ich denke zu viel über die Dinge nach«, räumte ich ein. »Ich schätze, ich will einfach, dass alles perfekt ist und dass sich alle für mich freuen.«

»Und das tun sie auch!«, sagte sie, als hätte es nie einen Zweifel daran gegeben, dass alle auf Korfu, vor allem Angelina, sich für mich freuen würden. Manchmal wäre ich am liebsten in Sylvies duftende Welt voller netter Menschen geflüchtet, in der sich alle lieb hatten und niemand jemals etwas Böses tat.

»Was du jetzt brauchst, ist eine ungestörte Nachtruhe, damit du morgen fit bist«, sagte sie. »Ich habe Lavendel auf dein Kopfkissen gelegt, und ich stelle meinen Wecker auf sieben. Wer weiß, auf welche Hindernisse wir stoßen, bevor wir dich in den Gang mit den Orangenblüten bringen?«

»Da hast du allerdings recht«, murmelte ich.

25

Sylvie hatte mit ihrer Prophezeiung den richtigen Riecher gehabt, denn am Morgen der Hochzeit rief Heather an. Ich ignorierte die ersten paar Nachrichten auf meiner Mailbox, die alle eine Variation des Themas enthielten: »Ignoriere diese Nachricht NICHT! Du *musst* mich anrufen, Alice, du *kannst* dich nicht davor verstecken. Bitte, *bitte* ruf mich an.«

Sie hatte keine Ahnung, dass ich heute heiraten würde. Ich hatte beschlossen, es ihr nicht zu sagen, weil sie vielleicht versucht hätte, rüberzufliegen und mit mir zu feiern, wahrscheinlich hätte sie allerdings eher versucht, mich davon abzuhalten. Außerdem wollte ich sie nicht dadurch gefährden, dass ich ihr sagte, wo ich war oder was ich tat, da die Polizei mich ja jetzt sprechen wollte. Zu diesem Zeitpunkt wusste ich noch nicht, wie groß das Interesse der Polizei an diesem Gespräch mit mir war, aber wenn sie Heather befragten, konnte ich nicht riskieren, dass sie die Polizei unwissentlich auf meine Fährte führte.

Ich war immer noch bei Sylvie und wollte mich gerade fertig machen, aber die Lage schien ernst zu sein, also verschwand ich ins Bad und rief sie leise zurück.

»O Gott sei Dank«, sagte sie. »Melde dich per FaceTime.«

»Ich kann nicht, ich bin im Bad«, flüsterte ich.

»Alice? Du bist es doch, oder, Alice? Sag doch was!«

»Um Himmels willen, Heather«, sagte ich leise. »Was ist denn so dringend?«

»Warum flüsterst du?«, zischte sie.

»Ich habe dir doch gesagt, dass ich im Bad bin. Ich bin auf der Arbeit, ich arbeite auf einer Hochzeit, ich sollte nicht mal am Telefon sein.« Die Lügen kamen mir inzwischen leicht über die Lippen.

»Du solltest nicht mal im *Land* sein!«, antwortete sie. »Okay, okay, du bist keine große Hilfe. Was ist los, Heather?«

»Die Polizei war hier, sie kamen gestern und wollten wissen, wo du bist. Anscheinend gibt es einen weiteren Zeugen, neue Beweise, und deine Anwältin sagt, dass sie wahrscheinlich deine Bankkonten einfrieren werden.«

»Scheiße ... das darf doch nicht wahr sein. Du hast ihnen doch nicht gesagt, wo ich bin, oder?«

»Nein, denn ich *weiß* nicht, wo du bist. Ich bin mir nicht mal sicher, ob du noch auf Korfu bist.«

»Gut, dann belass es dabei, fürs Erste.«

»Die Frage ist die: Wovon willst du leben, wenn sie dein Bausparkonto einfrieren? Dort befindet sich das Geld für das Haus. Das ist alles, wovon du leben kannst, und du hast schon was davon ausgegeben, stimmt's?«

»Woher weißt *du*, was ich ausgegeben habe? Ich habe doch mit dir über das Öffnen meiner Post gesprochen. Meine Kontoauszüge gehen dich nichts an, Heather.« Ich war entsetzt. Wer weiß, was sie von dem zweitausend Euro teuren Hochzeitskleid halten würde, das ich laut Sylvie unbedingt haben *musste*, aus der schicken Boutique auf Korfu, in der wir schon mal eingekauft hatten. Aber was noch wichtiger war: Wenn die Polizei mein Konto einfrieren sollte, würde *nichts* davon bezahlt werden, und ich hätte *nichts* zum Leben. Ich musste einen Weg finden, das Geld von meinem Konto abzuheben, bevor die Polizei zuschlug.

»Ist bei dir da drin alles in Ordnung?«, fragte Sylvie. »Es ist okay, an deinem Hochzeitstag nervös zu sein, musst du irgendetwas einnehmen?«

»Ich ... Mir geht's gut«, krächzte ich, während ich in meinem Hochzeitskleid auf der Toilette saß, den Kopf in die Hände gestützt und mein Leben ein einziger Scherbenhaufen. »Ich muss auflegen, Heather, mach dir keine Sorgen, ich bringe das in Ordnung«, versprach ich und schaltete mein Handy aus. Ich verließ das Bad und ging in Sylvies Schlafzimmer, wo sie mit ihrem Laptop saß. Sie schaute besorgt auf, und schon dieser Blick ließ mir die Tränen in die Augen steigen.

»Was ist los?« Sie legte ihren Laptop weg.

»Nichts, mir geht's gut.«

»Nein, dir geht's nicht gut.«

»Das war Heather, sie hatte schlechte Nachrichten für mich.«

»Oje. Aber nichts, was mit der Hochzeit zu tun hat?« Jetzt sah sie ernsthaft besorgt aus.

»Nein, es geht um etwas zu Hause, ein kleines Problem. Es geht um die Freundin meines Ex-Mannes, sie hat es auf mich abgesehen.« Ich konnte ihr immer noch nicht sagen, dass die Polizei mich befragen wollte und dass sie vielleicht mein Bankkonto einfrieren würde. Das ließ mich so schuldig aussehen, obwohl ich tief in meinem Herzen *wusste*, dass ich unschuldig war.

»Ach, Süße, kann ich dir irgendwie helfen?«

»Nein ... es ist nichts«, sagte ich mit einem breiten Lächeln.

Sie stand auf und umarmte mich, dann begann sie, mein Kleid zu richten. »Ich lasse dich jetzt ein paar Minuten allein«, sagte sie und warf mir einen Kuss zu, als sie die Schlafzimmertür schloss. Ich saß noch immer auf dem Bett, als ich mein Spiegelbild auf dem Schminktisch betrachtete und eine mit Airbrush bearbeitete Version von mir sah: Ich trug mein wunderschönes, perlenbesetztes Hochzeitskleid, mein Haar war gelockt, gekämmt und mit Haarspray fixiert. Doch mir liefen die Tränen über die Wangen, und das Make-up, mit dem ich laut Sylvie wie ein Model aussah, bekam allmählich Flecken und Risse. Meine Maske bröckelte.

Schon in zwei Stunden würde ich durch einen mit Blumen übersäten Weinberg zum Orangenhain gehen, wo ich den Mann meiner Träume heiraten würde. Noch nie in meinem Leben war ich so ängstlich und unglücklich gewesen, und als mein Blick auf mein wunderschönes Hochzeitskleid fiel, füllten sich meine Augen schon wieder mit Tränen. So sollte es nicht sein, es sollte leicht und schön sein, zusammen mit Freunden und Familie im Glücksrausch eines Hochzeitstages. Aber stattdessen war ich einsam und ängstlich, und das war einzig und allein meine Schuld. Wie dumm ich doch gewesen war. Schon in jungen Jahren hatte ich einige schlechte Entscheidungen getroffen, und wenn ich schon sonst nichts gelernt hatte, hätte ich wenigstens kapieren müssen, dass die Dinge, die wir taten, stets Konsequenzen hatten. Und jetzt war ich, anstatt mich dem ganzen schrecklichen Schlamassel zu Hause zu stellen, einfach weggelaufen und hatte mir eingeredet, dass die Ermittlungen sich von selbst erledigen würden. Doch das war nicht der Fall, im Gegenteil, die Schlinge schien sich um meinen Hals zuzuziehen.

»Jetzt komm, lass uns dein Gesicht wieder herrichten, wir müssen schließlich zu einer Hochzeit.« Sylvie öffnete die Tür und ging zum Bett, wo sie meine beiden Hände in die ihren nahm. Und während sie mir die Tränen abwischte, mein Gesicht retuschierte und mir später in ihr Cabrio half, fühlte ich mich beschützt, ja sogar geschätzt.

»Danke, dass du dich um mich gekümmert und nicht zu viele Fragen gestellt hast«, sagte ich, als sie den Motor anließ. »Die Wahrheit ist, dass mein Leben ein einziges Fiasko ist. Ich werde in Großbritannien polizeilich gesucht, und sobald die Schecks platzen, wird mir die griechische Polizei auf den Fersen sein«, sagte ich.

»Polizei? Sind die Schecks gefälscht?«

»Nein, es ist nur so, dass die Polizei meine Bankkonten einfrieren könnte.«

Um ein Haar wäre sie von der Straße abgekommen.

»Alice, was zum Teufel ist los?«

»Ich weiß, ich weiß. Es ist eine lange Geschichte, aber ich hoffe, ich kann alles klären.«

»Ich habe keine Ahnung von diesen Dingen, hast du Nik davon erzählt?«

Ich schüttelte den Kopf.

»Rede mit ihm, Nik hat Geld, er kann dir helfen oder dir zumindest einen Rat geben.«

Ich hatte wirklich ein schlechtes Gefühl bei der ganzen Sache, aber sie hatte recht. Jetzt hatte ich Nik, und er würde mir helfen. Er war mein Ritter in glänzender Rüstung und würde nicht zulassen, dass mir etwas zustieß.

Ich schaute zu ihr hinüber und lächelte, dann blickte ich wieder auf das aufgewühlte, wartende Meer unter uns. Ein Tritt aufs Gaspedal, ein Ausweichmanöver, und es würde uns mitreißen. Die Gefahr lauerte überall, aber im Leben ging es um Risiken, und man musste Risiken eingehen und aus seiner Komfortzone herauskommen, um sich lebendig zu fühlen. Und an diesem Tag, als wir auf der kurvenreichen Küstenstraße zu meiner Hochzeit unterwegs waren, fühlte ich mich lebendiger als je zuvor. Sylvie fuhr zu schnell, mein Schleier wehte hinter mir im Wind, und meine Zukunft lag vor mir. Die Polizei würde mich nie finden. Ich würde auf dem Weingut sicher sein und dort mit Nik glücklich bis ans Ende meiner Tage leben.

Doch wie ich bald herausfinden sollte, handelten Märchen nicht nur von Prinzessinnen, die ihre Prinzen heiraten, sondern hatten auch einen belehrenden Charakter, der einen vor Gefahren warnen sollte.

26

Es war Mitte August, ich war seit fast sechs Monaten auf Korfu und hatte mich immer noch nicht an die extreme Sommerhitze gewöhnt. Als Sylvie den Wagen abbremste, legte sich die Hitze wie eine riesige Decke über mich.

»Komm, lass uns deine Haare richten, sie sind vom Wind ziemlich zerzaust.«

»Mir gefällt das so, es ist natürlicher«, sagte ich. Ich hasste Haarspray, es fühlte sich wie das Haar einer anderen Person an.

»Okay, aber wir müssen dich reinbringen, da läuft wenigstens die Klimaanlage, wir wollen schließlich keine verschwitzte Braut«, kicherte sie vor sich hin.

»Aber ich kann nicht reingehen, Nik darf mich vor der Hochzeit nicht sehen, das bringt Unglück.«

»Ist schon okay, Angelina hat ihn in den Orangenhain rausgebracht.«

»Ach?« Mein Magen krampfte sich zusammen, aber da meine Freundin Sylvie eine gute Intuition hatte, spürte sie sofort, wie sehr mich diese Neuigkeit beunruhigte.

»Die Gäste sind auch alle da draußen, sie sind also nicht allein, Süße.«

»Ich meinte nicht ... Ich bin einfach nur paranoid, ich habe nicht gedacht, dass ...«

»Das ist völlig verständlich. Du heiratest heute, du darfst paranoid sein – das ist quasi eine Grundvoraussetzung.« Sie lächelte über ihre eigenen Worte. »Ich werde dich jetzt ins Wohnzimmer bringen. Die Hitze hat deinen Haaren nicht gutgetan, also werden wir sie kämmen, ein kaltes Getränk holen und uns entspannen – im wahrsten Sinne des Wortes.«

»Ich bin so nervös, ich fühle mich ganz zittrig.«

»Alles ist gut, beruhige dich einfach und denk an kühles, fließendes Wasser. Ich hole uns etwas zu trinken«, sagte sie und schlenderte wie eine Vision in Puderblau in die Küche, wo das Catering-Team mit den Vorbereitungen für den Hochzeitsbrunch beschäftigt war. Bis zur Zeremonie blieb nur noch eine Stunde Zeit, und sosehr ich mich auch darauf freute, wollte ich es vor allem hinter mich bringen und mit Nik allein sein.

Ich war aufgeregt, und obwohl sie versuchte, mir zuliebe ruhig zu wirken, war Sylvie genauso gestresst. Sie wollte unbedingt, dass alles perfekt war, und hatte mir am Morgen gesagt, dass meine Hochzeit die wichtigste sei, an der sie je gearbeitet hatte. »Du bist meine Freundin, das ist mir wichtiger als alles andere«, hatte sie gemeint. »Ich spüre, dass eine große Verantwortung auf mir lastet, aber ich trage sie gern. Das wird der schönste Tag deines Lebens, und ich habe das Privileg, ihn mitgestalten zu dürfen.«

Mich und Sylvie verband eine schwesterliche Freundschaft, doch im Gegensatz zu Heather gab Sylvie mir all die guten Schwingungen, aber keine dieser herrischen, missbilligenden, die ich von meiner großen Schwester gewohnt war. Ich dachte gerade darüber nach und überprüfte mein Gesicht im Handspiegel, als ich sah, wie sich etwas hinter mir bewegte. Da der Spiegel so klein war, konnte ich nicht erkennen, was es war, also drehte ich den Spiegel um und sah, dass Angelina in der offenen Tür stand und mich anstarrte.

»Wo ist Sylvie?«, fragte sie ohne die Spur eines Lächelns.

»Sie holt uns gerade was Kaltes zum Trinken«, antwortete ich.

»Warum *machst* du das, Alice?«

Ich wirbelte herum, dabei glitt mir der Spiegel aus den Händen und zerschellte auf dem Boden.

»Ich habe dir *gesagt*, du sollst nach Hause fliegen und Korfu verlassen. Wenn du das nicht tust, dann verspreche ich dir, dass ...«

»Tut mir leid, aber deine Drohungen wirst du am Tag meiner Hochzeit schön bleiben lassen.«

»Am Tag deiner Hochzeit?«, feixte sie. »Das ist doch ein Witz. Ihr beide *kennt* euch doch gar nicht.«

»Hey!«, ertönte Sylvies Stimme hinter ihr. »Worüber redet ihr, Mädels?« Sylvie lächelte und hielt zwei große Gläser in der Hand.

Die jüngere Frau errötete. »Ich hätte euch die Getränke bringen können.«

»Das ist lieb von dir, aber jetzt habe ich sie schon.« Sie reichte mir ein Glas, das ich dankend entgegennahm.

»Also, was hast du gerade gesagt?« Sylvie lächelte erwartungsvoll. Meine Freundin wollte Angelina keine Falle stellen, sondern hatte den ehrlichen Wunsch, sich an unserem Gespräch zu beteiligen.

»Ich habe gerade gesagt, dass Alice sieben Jahre Pech haben wird«, sagte sie und starrte auf die Spiegelscherben am Boden.

»O nein.« Sylvies Hand flog zu ihrem Mund.

»Jahrelanges Pech kannst du doch nicht brauchen, Alice, schon gar nicht am Tag deiner Hochzeit«, fügte Angelina hinterhältig hinzu.

Ich funkelte sie an.

»Nur keine Sorge, ich werde die Scherben auffegen und dann etwas Salz über meine linke Schulter streuen, um das Böse zu vertreiben«, spottete sie.

»Das ist so lieb von dir, Angelina«, strahlte Sylvie.

Ich nahm einen großen Schluck von dem, was Sylvie mir gegeben hatte. Ich hielt es für kaltes Wasser, doch es stellte sich heraus, dass es Wein war. Ich hoffte, dass Angelina nach dem heutigen Tag diese Ehe endlich akzeptieren und begreifen würde, dass ich nirgendwo hingehen würde, egal wie viele Drohungen sie aussprach. Ich war hier zu Hause.

»Alles in Ordnung, Süße? Du bist ein bisschen blass um die Nase«, meinte Sylvie.

Ich nickte, meine Gedanken rasten, und meine Nerven lagen blank. Angelina schien es einfach immer wieder zu schaffen, mich auf die Palme zu bringen. Ich trank noch einen Schluck, und dann noch einen, in der vergeblichen Hoffnung, die tobenden Stimmen in meinem Kopf zum Schweigen zu bringen. Der Wein löschte zwar nicht gerade den Durst, aber er war erfrischend, und genau das brauchte ich jetzt. »Dieser Kouris-Wein hat es wirklich in sich«, sagte ich und stellte das Glas widerwillig ab.

»Ja, der haut einen um, das hat mit dem Tannin und dem Meer zu tun«, meinte Sylvie.

»Stimmt, er schmeckt wunderbar, aber ich glaube, ich verzichte erst einmal auf Wein. Ich will auf meiner eigenen Hochzeit nicht umfallen, und ich bin so durstig von der Hitze. Ich brauche etwas Wasser.« Ich wollte aufstehen, doch Sylvie, meine selbst ernannte Hofdame, hielt mich zurück.

»Du rührst dich nicht vom Fleck, ich hole dir dein Wasser, gnädige Frau«, sagte sie, ging in die Küche und kam mit einem großen Glas Wasser zurück, das ich schnell hinunterstürzte.

Es war kurz vor siebzehn Uhr, als Sylvie auf ihre Armbanduhr schaute und aufstand. Ich wusste, was das bedeutete, und mein Magen krampfte sich zusammen, sodass der Wein den Rückweg in meine Kehle antrat. Wegen der Säure musste ich husten. »Ach, du Ärmste«, sagte Sylvie, die gerade mein Kleid zurechtzupfte und den zarten Schleier auf meinen Schultern platzierte.

»Mir ist ein bisschen übel«, gestand ich.

»Ich würde mir Sorgen machen, wenn dir *nicht* übel wäre – jeder Braut ist übel«, sagte sie mit einem mitfühlenden Lächeln. »War dir bei deiner ersten Hochzeit auch übel?«

»Ich kann mich nicht daran erinnern, es ist alles verschwommen«, sagte ich, was auch stimmte. Im Moment versuchte ich, so wenig an Dan zu denken wie möglich.

»Okay, stell dich da drüben ans Fenster«, sagte sie, positionierte mich wie eine Puppe und knipste Fotos mit ihrem Handy. Angelina hatte eigentlich die Aufgabe gehabt, den Hochzeitsfotografen zu buchen, doch anscheinend war er nicht aufgetaucht. Später erzählte mir Sylvie, die ihn einige Tage nach der Hochzeit endlich ausfindig machte, er habe gesagt, dass es *nie* eine Buchung gegeben habe.

Nachdem Sylvie ein Foto von mir gemacht hatte, schenkte sie uns noch ein Glas Wein ein, um das ich zwar nicht gebeten hatte, das ich aber trotzdem trank. Und dann machten wir uns Arm in Arm auf den Weg zum Orangenhain, wo Nik und unsere Gäste warteten. Wenn ich nur die Zeit zurückdrehen könnte, wenn ich nur gewusst hätte, was vor mir lag, wäre ich an diesem Tag gerannt und hätte nie mehr aufgehört zu rennen. Aber das Kleid war gekauft, die Tische waren gedeckt, die Gäste waren eingetroffen, und ich war wahnsinnig verliebt. Da war es schon zu spät.

27

Als ich den Orangenhain betrat, übertraf das, was ich dort vorfand, alle meine Erwartungen. Das Licht wurde langsam schwächer, aber es färbte sich golden, genau wie beim ersten Mal, als ich mit Nik dort gewesen war. Die Abendsonne ließ die Blätter glühen und verwandelte die Blüten auf der Lichtung in weiße Wolken, die in dem nun schwächer werdenden orangefarbenen Licht wie Marmelade schmolzen. Eine leichte Brise strich durch die Bäume, als wir uns dem Wald näherten, wo Angelina und Maria Windlichter anzündeten.

Die beiden lächelten, was für mich eine Erleichterung war, denn es schien, dass Maria aus bloßem Mitgefühl jede Empfindung von Angelina teilen würde. Das Letzte, was ich brauchen konnte, waren *zwei* von denen, die mir heute schlechte Vibes und böse Zauber mit auf den Weg gaben.

Wir mussten nur noch die Zeremonie überstehen, und Sylvie war die ganze Zeit über bei mir. Dieser Tag war für sie genauso wichtig wie für mich, und als ich den Blütenteppich sah, den Angelina und Maria vor mir ausgestreut hatten, zog ich meine Schuhe aus. Das Gefühl der kühlen Blüten unter meinen Füßen beruhigte mich, als ich die Lichtung betrat, auf der es durch den Schatten der Baumkronen angenehm frisch war. Es kam Bewegung in die Gäste, und Köpfe drehten sich in meine Richtung. Niks Familie und Freunde, die gekommen waren, um mit uns zu feiern, gaben ein leises, anerkennendes Murmeln von sich. Sie alle saßen auf rustikalen Stühlen, die in Reihen aufgestellt waren. Jeder Stuhl war mit einer großen weißen Satinschleife und einem Orangenblütenzweig geschmückt.

Nik stand an der Pergola – eine Wolke aus weißen Blüten, übersät mit Orangen und verschlungenen Ranken. Als er das zustimmende Gemurmel der Gäste hörte, drehte er sich um und sah mich. Er riss die Augen weit auf, und die Erleichterung stand ihm ins Gesicht geschrieben, während sich seine Lippen zu einem breiten Lächeln verzogen. Der Zelebrant verkündete meine Ankunft und bat alle, sich zu erheben. Ich machte mich auf den gefühlt sehr langen Weg zu Nik und zu unserer Hochzeit, während ich meinen Strauß duftender Blüten umklammerte, mein Gesicht mit dem zarten Schleier verhüllt, so wie es die Tradition verlangte. Der Duft von Zitrusfrüchten war schwer und süß, und ich atmete ihn ein, während ich an den Gästen vorbeiging und freundlich lächelte. Jeder Einzelne von ihnen war ein Fremder. Ich verspürte einen Anflug von Sehnsucht nach Heather, meinen Nichten und meinen Freunden. Als ich langsam an allen vorüberschritt, in der Hoffnung, schnell herauszufinden, wer wer war, schienen sie die Blicke abzuwenden. Ich trug einen Schleier, sie konnten mich nicht sehen, wahrscheinlich waren sie von der schönen Umgebung abgelenkt und nahmen alles in sich auf, bevor die Zeremonie begann. Ich freute mich darauf, mit ihnen allen bald näher bekannt zu werden. Ich liebte Nik, ich *wollte* seine Frau werden, und diese Fremden auf meiner Hochzeit waren die Familie, die ich noch kennenlernen musste.

Schließlich trat ich zu ihm an die Pergola, hob den Kopf und wartete auf den magischen Augenblick, in dem sich unsere

Blicke trafen. Doch als ich ihm sehnsüchtig in die Augen sah, wurde mein Herz schwer. Er schaute mich nicht an, sondern durch mich hindurch, sein Mienenspiel verriet deutlich, dass er meine Anwesenheit kaum wahrnahm, und in seinem Ausdruck erkannte ich weder Bewunderung für seine Braut noch Liebe, sondern lediglich Anspannung. Ich verstand das nicht und hatte plötzlich das furchtbare Gefühl, dass ich den Mann, den ich heiraten würde, überhaupt nicht kannte.

Als der Zelebrant mit der Zeremonie begann und wir beide unsere Gelübde sprachen, klangen seine Worte nicht, als kämen sie von Herzen, sondern wie aus einem Drehbuch, als könnte er es kaum erwarten, die Sache hinter sich zu bringen. Waren es meine Nerven oder etwas anderes? Schließlich erklärte uns der Zelebrant zu »Ehemann und Ehefrau«, ich hob meinen Schleier, und wir küssten uns unter den herabhängenden Zweigen der Kirschblüte.

Da der Fotograf noch immer nicht eingetroffen war, schlug Sylvie vor, selbst ein paar Fotos zu machen. »Wir müssen das alles festhalten«, sagte sie und dirigierte uns beide in verschiedene Posen. Doch währenddessen reagierten der Wein und die Hitze mit der siruppartigen Luft, die ich eingeatmet hatte. Niks Verhalten hatte mich beunruhigt, und mir wurde wieder übel, aber ich versuchte, ein tapferes Gesicht zu machen. Ich wollte Fotos, die mich an diesen Tag erinnern sollten, und alle schauten schweigend zu, während ich für die Aufnahmen müde lächelte.

»Wir müssen die Gäste für ein Foto zusammentrommeln«, sagte ich zu Nik und versuchte, die Zweifel an meinem Bräutigam zu verdrängen. »Ich möchte sie alle kennenlernen«, fügte ich hinzu. Ich wollte nicht unbedingt, dass auch Dimitris auf dem Foto zu sehen war, und es schien, als würde dieser Wunsch auf Gegenseitigkeit beruhen. Obwohl es die Hochzeit seines Cousins war, hielt er sich im Hintergrund und lungerte während der ganzen Zeremonie zwischen den Bäumen herum, wo er sich in Hemd und Krawatte sichtlich unwohl fühlte. »Wir brauchen sie alle hier. Wo ist deine Mutter? Ich muss sie kennenlernen.«

»Später, mein Schatz, erst müssen wir Fotos von uns machen«, antwortete Nik.

»Aber, Nik, wir brauchen sie auf den Fotos.«

Ich hatte Geschenke für seine Mutter gekauft und freute mich darauf, sie kennenzulernen.

»Erst mal wir beide«, sagte er lächelnd, legte seinen Arm um meine Taille und posierte für Sylvie.

Ich wünschte mir wirklich, dass ich mich bei der ersten Begegnung mit seiner Familie besser fühlen würde, aber ich lächelte einfach weiter in Sylvies Kamera und hoffte, dass sich meine Übelkeit legen würde, sobald die Anspannung nachließ.

»Küsst euch!«, rief Sylvie, und ich drehte mich zu Nik um, doch er starrte hinter die Bäume, genau in die Richtung, in der Dimitris stand. »Da kommen Autos an, und Leute steigen aus«, stellte er überrascht fest.

»Noch mehr Gäste?«, fragte ich verwirrt. Aber er antwortete nicht, sondern starrte nur dorthin, sein Gesicht war so weiß wie mein Schleier.

Ich sah zu Sylvie hinüber, die ebenfalls besorgt aussah und mit der Hand vor dem Mund auf die Öffnung des Hains starrte, durch die wir vorhin gekommen waren.

Ich hörte, wie einer der Gäste etwas wie »Astynomia« murmelte. Ich hatte keine Ahnung, was das bedeutete, bis ich eine Gruppe von Polizisten sah, die durch die Bäume auf uns zukamen. »Scheiße!«, fluchte Nik leise.

Ich aber keuchte. Sie hatten mich gefunden. Die britische Polizei hatte örtliche Beamte geschickt, um mich zu verhaften und mich zu zwingen, nach Großbritannien zurückzukehren, wo sie mich direkt in eine Zelle stecken würden. Ich würde meinen neuen Mann verlassen müssen, und was immer ich hier zu erreichen hoffte, die Zeit würde mir davonlaufen. Ich blieb wie erstarrt mit gesenktem Kopf stehen und wartete darauf, dass sie mir auf meiner eigenen Hochzeit vor aller Augen die Handschellen anlegen würden. Doch stattdessen sagten sie etwas auf Griechisch, packten Nik und legten ihm die Handschellen an.

Als er sich zu mir umdrehte, war er kalkweiß im Gesicht. »Mach dir keine Sorgen, das ist alles nur ein Irrtum«, sagte er. »Ich bin bald wieder da, ich rufe meinen Anwalt an.«

»Sie machen einen Fehler«, sagte ich zu den Polizisten, die ihn umstellt hatten.

Ich schaute zu Sylvie, die auf uns zumarschierte und rief: »Was ist denn hier los?« Aber da wurde Nik schon weggezogen, während er lautstark auf Griechisch mit ihnen diskutierte. Ich hatte keine Ahnung, was er sagte oder warum sie ihn mitnahmen.

»Nik, Nik!«, rief ich verzweifelt, als sie ihn zwischen die Bäume schleiften. Ich war den Tränen nahe, denn das schlechte Gewissen, das ich wegen meiner eigenen Probleme mit der Polizei hatte, ließ mich glauben, dass es meine Schuld war, dass hier ein Fehler vorlag und sie Nik statt mir verhaftet hatten. Sylvie stand jetzt neben mir und legte schützend den Arm um mich. Wir sahen beide hilflos zu, wie mein frisch angetrauter Ehemann zwischen den Bäumen verschwand.

Schluchzend sah ich hinüber zu den Gästen, die mehr verwirrt als beunruhigt über das zu sein schienen, was hier gerade passiert war. Alle starrten in die Richtung, in die Nik verschwunden war, als könnte er plötzlich wieder auftauchen und sagen, dass alles nur ein Scherz gewesen sei. Vielleicht dachten sie, das wäre einer dieser Streiche auf einer Hochzeit, bei denen ›der Kellner‹ plötzlich absichtlich sein Tablett mit Gläsern fallen ließ, um das Eis zu brechen und die Gäste zum Lachen zu bringen. Doch niemand lachte.

»Das kann nur ein Irrtum sein, das ist doch unmenschlich.

Warum sollte die Polizei einen unschuldigen Mann auf seiner eigenen Hochzeit verhaften?«, sagte Sylvie und umarmte mich.

Ich konnte nicht glauben, was gerade passiert war. »Ich weiß es nicht. Das ergibt keinen Sinn«, erwiderte ich und suchte den Orangenhain nach Niks Familie ab. »Ich muss Niks Mutter suchen und ihr erklären, dass das alles ein Irrtum ist, sie ist bestimmt am Boden zerstört.« Nik hatte ein Foto von seiner Mutter und seiner Schwester im Schlafzimmer, das war alles, was mir zur Verfügung stand, und ich konnte unter den anwesenden Gästen niemanden erkennen, der den beiden ähnlich sah. Plötzlich bemerkte ich aus den Augenwinkeln, dass jemand in der Nähe der Pergola stand und mich beobachtete. Es war Angelina, die wie ein vor sich hin brütender Wachhund zu mir herüberstarrte, ihre Augen brannten sich in mich hinein, während ich mich hektisch umsah. Ich fing ihren Blick auf und starrte trotzig zurück. In dem Moment wurde mir klar, dass die Person, mit der ich es zu tun hatte, viel, viel schlimmer war, als ich es mir hatte vorstellen können. Sie sah mir direkt in die Augen und lächelte.

28

Nach Niks Verhaftung war ich ein Wrack, aber Sylvie verhielt sich unglaublich. Sie war ruhig, praktisch veranlagt und übernahm in der Krise das Kommando. Sie bat die Mädchen, sich um die Gäste zu kümmern, während sie mich ins Haus zurückbrachte. Ich war verzweifelt. Was da passiert war, ergab einfach keinen Sinn.

»Ich nehme mal an, dass es irgendwas mit seinem verdammten Cousin zu tun hat«, sagte sie und führte mich ins Wohnzimmer, wo sie sich ihr Handy schnappte.

»Konntest du irgendwas von dem verstehen, was die Polizei gesagt hat?«

»Nein, nicht wirklich, aber ich habe Dimitris' Namen gehört und etwas über die vermissten Frauen – und ein anderes Wort, ›dolofonia‹?«

»Und was bedeutet das?«

»Mord«, sagte sie geistesabwesend und stieß einen Lungenzug voller Dampf aus, während sie Zahlen in ihr Handy tippte.

Ich fühlte mich so hilflos, als ich ihr gegenübersaß und aufmerksam beobachtete, wie sie verzweifelt versuchte, mit einer Telefonzentrale zu kommunizieren. »Astynomia?«, sagte sie immer wieder, in der Hoffnung, mit jemandem von der Polizei zu sprechen. Es war eine Qual, mit jedem Gesichtsausdruck und jedem noch so bedeutungslosen Wort wurden meine Hoffnungen erst geschürt und dann wieder zunichtegemacht. Sie schien nicht weiterzukommen, während ich wie ein Tier im Käfig hin- und herlief und immer noch nicht glauben oder verstehen konnte, was geschehen war.

Jetzt trommelte sie mit den Fingern auf den Couchtisch und verdrehte die Augen, weil sie warten musste, bis jemand an den Apparat kam. Ich hielt es keinen Augenblick länger aus.

»Soll ich losgehen und Angelina suchen? Sie beherrscht die Sprache fließend, sie kann auf Griechisch mit ihnen reden und rausfinden, was ...«

Sylvie schaute mich nur ausdruckslos an. »Angelina? Ist das dein Ernst?«

»Ja, wir können ihr erklären, was sie der Polizei sagen soll, und sie kann für uns dolmetschen.«

»Ausgerechnet Angelina, die von dem Mann besessen ist, den du gerade geheiratet hast? Du willst, dass *sie* für uns dolmetscht?«

»Na gut, du hast ja recht«, räumte ich ein. Wie sich überraschenderweise herausstellte, traute auch Sylvie ihr nicht über den Weg. Sie hatte einfach nur versucht, jedem Konflikt auszuweichen, indem sie so tat, als wäre alles in bester Ordnung.

Errötet und aufgebracht umklammerte sie das Handy. Sie hatte so hart dafür gearbeitet, meinen Tag zu einem einzigartigen Erlebnis zu machen, und auch wenn es verrückt klingt, aber obwohl ich die Braut war, hatte ich jetzt Mitleid mit *ihr*.

Anscheinend sprach jemand am anderen Ende des Telefons ein wenig Englisch, und Sylvie konnte mit ihren Griechischkenntnissen, die sie mit zahlreichen Gesten unterstrich, aus dem Gespräch schließlich einige bruchstückhafte Informationen herausholen.

Sie holte tief Luft. »Okay, also er wurde befragt, aber er ist kein Verdächtiger. Mehr können sie mir nicht sagen, aber sie sind zuversichtlich, dass sie ihn heute noch gehen lassen können.«

»Oh, Gott sei Dank. Haben sie Dimitris denn jetzt verhaftet?«

Sie zuckte mit den Schultern. »Ich bin mir nicht sicher, aber ich kann mir vorstellen, dass sie ihn wegen Dimitris aushorchen. Vielleicht wollen sie wissen, was er darüber weiß ...«

»Er *weiß* gar nichts. Ich habe dir doch erzählt, dass Nik ihn für unschuldig hält, aber er hat auch gesagt, dass er sofort zur Polizei geht, wenn er irgendetwas sieht, das ihn beunruhigt.«

»Das kommt schon wieder in Ordnung, glaub mir, in ein paar Stunden ist er wieder hier, als wäre nichts passiert«, fügte sie hinzu und klang dabei wieder mehr wie die Sylvie, die ich kannte. Die Sylvie, die alle Zweifel wie Spinnweben wegwischte. »Das alles tut mir so leid, Süße«, sagte sie. »Wir hatten die perfekte Hochzeit geplant, alles war so schön – auch die Braut.«

Ich konnte nicht mal an meine Hochzeit denken, es war zu schmerzhaft, und es ergab immer noch keinen Sinn. »Warum sollten sie bei irgendeiner Hochzeitsfeier auftauchen und den Bräutigam verhaften, wenn es keine handfesten Beweise gibt?«

Sie verdrehte die Augen. »Vergiss nicht, dass wir nicht in Großbritannien sind, sondern in Griechenland, und hier kann alles passieren. Hier gelten ganz andere Gesetze.« Sie hielt einen Moment inne und sagte dann: »Ich spreche es nur ungern an, aber wenn du mich fragst, ist das eigentliche Rätsel die Frage, wer Nik heute die Polizei auf den Hals gehetzt hat.«

»Wer sollte *so etwas* tun?«, fragte ich, obwohl ich die Antwort längst kannte.

»Jemand, der nicht wollte, dass er *heiratet?*« Sie zog die Augenbrauen hoch.

Ich nickte langsam und musste an Angelinas seltsames

Lächeln denken, nachdem Nik von unserer wunderbaren Hochzeit weggeschleppt worden war. Dann saßen wir beide einen Augenblick lang schweigend da und dachten darüber nach.

»Jetzt können wir erst mal nur abwarten«, sagte Sylvie und erhob sich. »Ich werde nun das tun, was wir Engländer in solchen Momenten immer tun, und uns beiden eine Tasse Tee zubereiten«, erklärte sie und machte sich auf den Weg in die Küche.

In den paar Minuten, in denen sie weg war, durchlebte ich die Verhaftung erneut, ballte die Hände zu Fäusten, war wütend auf die Polizei und am Boden zerstört, weil unsere Hochzeit ruiniert worden war. Ich dachte wieder an Niks Freunde und Familie, und als Sylvie mit zwei Tassen Tee zurück ins Zimmer kam, sagte ich ihr, dass ich sie sehen müsse.

»Wo sind die ganzen Gäste?«, fragte ich. »Ich habe seine Mutter und seine Schwester noch gar nicht kennengelernt, und sie hatten eine so weite Anreise. Ich habe Geschenke für sie und würde sie in diesem ganzen Chaos gerne ein wenig trösten«, sagte ich, als sie mir meine Tasse Tee reichte, an der ich dankbar nippte.

»Ja, da bin ich ganz deiner Meinung, das wäre schön, aber jetzt mussten die Gäste erst mal gehen.«

»Warum denn das?« Ich ereiferte mich über diese Neuigkeit. »Wer hat sie weggeschickt? Seine Familie und Freunde zu sehen, hätte uns allen gutgetan. Sie sind bestimmt genauso durcheinander wie wir, und wir hätten ihnen vielleicht erklären können, was passiert ist und ... ich weiß nicht, dafür sorgen, dass sie was zu *essen* bekommen. Wir haben jede Menge Essen, alles bezahlt, alles sehr teuer«, sagte ich und hörte mich an wie meine Schwester.

»Ja, aber du willst doch keinen Hochzeitsbrunch ohne den Bräutigam veranstalten«, sagte sie und schien sich sichtlich unbehaglich zu fühlen.

»Ich hatte gedacht, wir könnten sie für eine kleine Stärkung in die Weinkellerei bringen. Ich dachte, die Mädchen würden sich um sie kümmern?«

Sie stand vor mir und hielt ihre Tasse in der Hand, wie ein kleines Mädchen, das gleich eine Standpauke von seinem Lehrer bekommen würde.

»Es ... es tut mir leid. Angelina hat gemeint, die Polizei könnte möglicherweise das Anwesen durchsuchen, und ich dachte nur, wie demütigend es für dich sein würde, wenn die Gäste sich dann alle noch hier aufhielten. Nebenbei bemerkt wäre es auch für die Gäste eine schreckliche Erfahrung.«

Ich seufzte und sagte mir, dass ich unvernünftig war. Sylvie hatte nur getan, was sie für das Beste hielt, und vielleicht war es ja tatsächlich das Beste. »Tut mir leid, ich war einfach enttäuscht. Du hast recht, es wäre wirklich peinlich, wenn die Polizei hier herumtrampeln würde, während die ganzen Leute da sind. Danke«, sagte ich, und in der Stille und dem Schrecken nach der Katastrophe taten wir, was Engländer in solchen Momenten oft taten: Wir tranken noch mehr Tee.

Viel später, als das Haus dunkel und ruhig war, saßen Sylvie und ich draußen auf der Terrasse. Sie hatte Wein vorgeschlagen, aber ich wollte nicht noch verwirrter und orientierungsloser werden, als ich mich ohnehin bereits fühlte, und ich war eh schon erschlagen von dem Tag.

»Lass uns lieber eine schöne Tasse Tee trinken«, sagte ich und versuchte, mich zu sammeln.

Sie lächelte und machte uns Tee, dann rief sie wieder bei der Polizei an. Ich hatte einen schwachen Hoffnungsschimmer, dass sie vielleicht sagen würden, dass sie Nik freigelassen hatten oder dass er sogar schon auf dem Weg nach Hause war. »Die gute Nachricht«, sagte Sylvie, als sie das Gespräch beendete, »ist, dass Dimitris jetzt bei der Polizei ist – es sieht so aus, als sei er verhaftet worden.«

»Wow! Das ging aber schnell, ich habe gar nicht gesehen, dass sie noch mal hier waren.«

»Ich weiß nicht, wo sie ihn festgenommen haben, vielleicht ist er weggelaufen?«

»Hoffentlich gehen sie der Sache jetzt auf den Grund und finden heraus, was er getrieben hat«, sagte ich, aber Sylvie sah mich an, als hätte sie schlechte Nachrichten. »Das sind doch gute Nachrichten, *oder?*«, fragte ich und wünschte mir ihre Bestätigung, war aber nicht wirklich bereit für das, was sie mir vielleicht zu sagen hatte.

»Ja, das heißt, sie haben ihren Verdächtigen«, erwiderte sie unsicher. »Aber, Süße, es tut mir leid, sie behalten Nik über Nacht da.«

»Lieber Himmel, und was glaubst du, was das zu bedeuten hat?«

»Ich glaube, es bedeutet nur, dass sie noch weitere Fragen haben, und jetzt, wo der *wahre* Verdächtige verhaftet wurde, ergibt es Sinn, dass sie Nik Fragen über ihn stellen wollen, oder?«, sagte sie mit einem hoffnungsvollen Lächeln. Ich hatte nicht den Eindruck, dass sie selbst daran glaubte und hielt das lediglich für einen Versuch, mich zu beruhigen.

Denn ich war mir da nicht so sicher, für mich ergab das alles keinen Sinn. Zudem nahm ich an, dass Sylvie ihre Telefonate mit der Polizei mir gegenüber beschönigt hatte.

»Es tut mir so leid.« Sie legte ihren Arm um mich. »Möchtest du etwas zu Abend essen?«

Ich schüttelte den Kopf. »Danke, aber ich fühle mich nicht besonders gut. Ich glaube, ich gehe einfach zu Bett«, erwiderte ich. Die Übelkeit, die mich auf der Hochzeit befallen hatte, war mit aller Macht zurückgekehrt, und ich wollte mich entweder übergeben oder zu Bett gehen. »Ich denke, ich lege mich jetzt hin«, sagte ich und erhob mich auf wackligen Beinen, »ich muss mich einfach ausruhen.«

»Natürlich«, sagte sie und begleitete mich die Treppe

hinauf, ihre Hand auf meinem Rücken, meine Freundin fürs Leben.

»Bleibst du hier?«, fragte ich.

»Klar«, sagte sie. »Ich schlafe in einem der Gästezimmer, in Ordnung?«

Sie begleitete mich in unser Schlafzimmer, zog die Vorhänge zu, schaltete die Lampe ein, und wie eine Mutter deckte sie mich zu und versicherte mir, dass alles gut werden würde. »Du wirst sehen, morgen früh ist er wieder da und hat eine Geschichte zu erzählen, und dann könnt ihr endlich Zeit miteinander verbringen und ...«

»Angelina hat gemeint, ich sei wie Alice im Wunderland«, erzählte ich. »Und genauso fühle ich mich jetzt auch, irgendwie ganz benommen, als wäre ich zu groß für diesen Raum.«

Sie lächelte, legte ihre Hand auf meine Stirn und sagte: »Halt einfach Ausschau nach einer fröhlichen Grinsekatze.«

»Danke für den heutigen Tag, du warst fantastisch«, murmelte ich, als mein Kopf tiefer ins Kissen sank. Ich fühlte mich sicher, weil ich wusste, dass sie in dieser Nacht in der Nähe sein würde, und hoffte, dass der Schlaf die furchtbare Übelkeit vertreiben würde.

»Morgen früh geht es dir sicher schon viel besser«, versicherte sie beruhigend, während ich langsam wegdämmerte.

Ich wurde mitten in der Nacht von einem schrecklichen Brechreiz geweckt und schaffte es gerade noch rechtzeitig, aus dem Bett zu klettern und ins Bad zu gehen. Noch nie in meinem Leben war mir so übel gewesen, und danach lag ich erschöpft auf dem Badezimmerboden. Nachdem ich einige Zeit auf dem Rücken gelegen hatte, schaffte ich es, aufzustehen und zurück in mein Zimmer zu wanken, doch jetzt war ich hellwach, und da die Erinnerungen an den gestrigen Tag wie eine

Sturzflut auf mich einprasselten, war an Schlaf nicht mehr zu denken. Ich schaute auf mein Handy; es war halb sieben. Nik sollte heute nach Hause kommen, dachte ich, eine Hoffnung, die in der Finsternis aufkeimte. Ich fragte mich, ob Sylvie etwas von der Polizei gehört hatte. Sie hatte ihnen ihre Nummer gegeben, damit sie eine Ansprechpartnerin hatten, also würde sie es zuerst erfahren. Sie war immer früh auf den Beinen, und ich war mir sicher, dass sie, genau wie ich, nicht ausschlafen würde, bestimmt wollte auch sie unbedingt in den Tag starten und Nik nach Hause holen. Also stieg ich aus dem Bett und ging in den Flur, ohne zu wissen, in welchem Zimmer sie übernachtet hatte. Es waren insgesamt acht, und ich öffnete jede Tür leise und vorsichtig, um sie nicht zu wecken, *falls* sie noch schlief. Jedes Mal rechnete ich fast schon damit, dass sie im Bett saß, telefonierte oder dampfte – oder beides zugleich. Doch als ich das letzte Zimmer betrat, war auch hier das Bett gemacht und von Sylvie weit und breit keine Spur. Mir wurde klar, dass sie möglicherweise nach Hause gefahren war, um sich umzuziehen, und ich ärgerte mich über mich selbst. Warum hatte ich ihr nicht etwas von mir angeboten, schließlich hatten wir die gleiche Größe? Aber sie hätte doch bestimmt gefragt, wenn sie Kleidung zum Wechseln gebraucht hätte?

Die einzige Tür, die ich noch nicht geöffnet hatte, gehörte zu dem Zimmer, in dem Dimitris schlief, wenn er im Haus war. Ich war noch nie da drin gewesen und wollte das Zimmer eigentlich auch nicht betreten, aber da ich wusste, dass er bei der Polizei war, konnte ich gefahrlos nachsehen, ob Sylvie dort übernachtete. Schließlich hätte sie nicht wissen können, dass er für gewöhnlich dort schlief. Also ging ich hinein. Zwar gab es keine Spur von Sylvie, doch dafür fiel mir als Erstes die Nacht-tischschublade ins Auge, die einen Spaltbreit offen stand. Anstatt sie zu schließen, betrachtete ich das als Einladung, ging zum Bett hinüber und öffnete sie langsam. Ich wusste, dass es nicht richtig war, das zu tun. Auch Dimitris hatte ein Recht auf

Privatsphäre, und ehrlich gesagt erwartete ich nicht, etwas zu finden. Das hier war keine von Heathers Detektivshows, in denen die Antwort im offenen Schub zu finden war, so berechenbar war das echte Leben einfach nicht.

In der Schublade lagen zwei Bücher auf Griechisch, die von den Einbänden her so aussahen, als ginge es darin um Wein. Doch darunter befand sich ein Bierdeckel, und der Aufdruck auf diesem Bierdeckel ließ mich erschaudern: das Bild einer nackten weiblichen Statue und die Worte »Aphrodite Bar«. Ich konnte ihn beinahe im Zimmer spüren und schaute hinter mich, um zu sehen, ob er sich hinter der Tür versteckte und nur darauf wartete, mich zu packen. Selbst wenn Dimitris nicht dort gearbeitet hatte, so war er doch in der Bar gewesen. In der Bar, die auch einige der Frauen besucht hatten. Ich hatte jetzt wirklich Angst und fühlte mich so zittrig, dass ich nur noch hier rauswollte, doch gerade als ich die Schublade schließen wollte, sagte mir etwas, dass ich eines der Bücher zur Hand nehmen sollte. Ich hatte keinen Grund, in eines der Bücher zu schauen. Selbst wenn er sich Notizen am Rand gemacht hätte, würde ich sie nicht verstehen. Doch das hier geschah nicht zufällig. Sie war an diesem Morgen in der kühlen Morgendämmerung bei mir, führte meine Hand und flehte mich an, sie aufzuspüren. Und als ich das erste Buch aufschlug, flatterte etwas zwischen den Seiten hervor und fiel zu Boden. Ein Foto. Es landete mit der Vorderseite nach unten, und als ich mich hinkniete, traute ich mich nicht, es aufzuheben, denn ich fürchtete mich vor dem, was es sein könnte. Aber ich wusste tief in meinem Inneren, dass es von Bedeutung war. Also hob ich es auf, und als ich es umdrehte, hörte ich mich aufstöhnen. Da war sie, auf dem Originalfoto, und dieses Mal war ihr Gesicht nicht so verblasst. Sie war jung, hatte Blumen im Haar, Sonnenschein in den Augen und den Anflug eines vertrauten Lächelns.

29

Im Laufe des Vormittags rief Sylvie an, um mir zu sagen, dass sie das Weingut im Morgengrauen verlassen hatte und heimgefahren war.

»Ja, tut mir leid, ich hätte dir was zum Anziehen geben sollen, du hattest ja keine Wechselkleidung dabei.«

»Nein, du hattest genug um die Ohren. Ich musste mein Hochzeitsoutfit ausziehen, also dachte ich, ich fahre nach Hause, ziehe mich um und rufe noch mal bei der Polizei an. Ich habe tolle Neuigkeiten, dein Mann wird heute Vormittag entlassen.«

»Oh, vielen Dank, dass du mir das sagst.« Erleichterung durchströmte mich, und beinahe hätte ich laut losgeschluchzt.

»Ja, ich weiß nichts Genaueres, aber anscheinend ist sein Anwalt irgendwann aufgetaucht, und jetzt ist alles geklärt.«

»Meine juristischen Kenntnisse sind begrenzt und beziehen sich nur auf Großbritannien, aber ich hatte trotzdem das Gefühl, dass die griechische Polizei sich so einige Freiheiten genommen hat, einfach eine Hochzeit zu stürmen und einen unschuldigen Mann zu verhaften.«

Sie seufzte. »Freu dich einfach, dass er nach Hause kommt und ihr endlich etwas Zeit miteinander verbringen könnt.«

»Danke, Sylvie, du warst fantastisch«, sagte ich. »Komm doch später vorbei, wenn Nik heimgekehrt ist. Ich bin sicher, dass er sich bei dir bedanken will, weil du die Polizei angerufen und gedolmetscht hast und weil du dich um mich gekümmert hast.«

»Würde ich ja gerne, aber ich habe heute zwei Meetings hintereinander – außerdem wollt ihr bestimmt etwas Zeit für euch haben.«

»Okay, dann morgen, soll ich dich anrufen?«

»Abgemacht.«

Erleichtert darüber, dass Nik nach Hause kommen würde, beendete ich das Gespräch. Ich wollte ihn sehen, aber ich wollte ihm auch von dem Bierdeckel und dem Foto erzählen, die ich gefunden hatte. Ich hatte beides in meine Nachttischschublade unter mein Kosmetiktäschchen gelegt, weil ich wusste, dass die Sachen dort sicher sein würden, vor allem, solange Dimitris auf dem Revier war. Ich fragte mich jetzt, ob wir ihn jemals wiedersehen würden. Im Gefängnis besuchen würde ich ihn mit Sicherheit nicht. Wenn die Polizei das Foto sah, sollte das doch sicher dazu beitragen, ihn zu überführen? Was zum Teufel hatte das in seiner Nachttischschublade verloren? Auch der Bierdeckel aus der Aphrodite Bar war offensichtlich von Bedeutung, denn dort hatte er einige seiner Opfer getroffen. Mir kamen die Tränen, als ich mir ausmalte, wie er das junge Mädchen angefasst hatte. Mir war klar, wenn wir die Polizei auf das Foto aufmerksam machten, könnten wir sie auch auf das Weingut und damit auf meine Spur bringen. Aber es lohnte sich, meine eigene Freiheit zu riskieren, um Dimitris hinter Gitter zu bringen. Ich fragte mich, ob er der Polizei wohl verraten würde, wo die Frauen waren, falls er sie *tatsächlich* getötet hatte. Ich hoffte es, denn die Frauen verdienten einen

Grabstein, ein ordentliches Begräbnis, ihr Leben und ihr Tod sollten gewürdigt werden.

———

Trotz all der Traurigkeit und Angst rief ich mir in Erinnerung, dass ich erst am Tag zuvor geheiratet hatte. Und ich wollte die Freude über Niks Rückkehr nicht aus den Augen verlieren. Wir hatten etwas zu feiern, und ich überlegte, ob ich versuchen sollte, seine Familie und Freunde wieder zusammenzutrommeln. Besonders freute ich mich darauf, seine Mutter und Schwester kennenzulernen, ich wollte sie zu uns einladen, sobald Nik zu Hause war. Diese Aussicht gab mir ein wenig Auftrieb, und ich sagte mir, dass ich mehr wie Sylvie sein, positiv denken und die guten Dinge in meinem Leben feiern sollte. Wenigstens hatten wir die Zeremonie hinter uns gebracht. Wir waren jetzt verheiratet, und es gab nichts, was uns davon abhalten konnte, das zu feiern.

Doch als der Tag verstrich, ohne dass es Neuigkeiten gab, Nik mich nicht anrief, dass er auf dem Weg war, wurde ich langsam unruhig. All der Optimismus und die Hoffnung des Vormittags lösten sich mit jeder Stunde, die verging, mehr in Luft auf. Um sechs Uhr an diesem Abend war mein naiver Glaube, dass wir aus der Asche unseres Hochzeitstages etwas aufbauen könnten, gestorben. Ich wollte wirklich keine weitere Nacht ohne Nik in diesem Haus verbringen. Den Bierdeckel und das Foto zu finden, war schon schlimm genug gewesen, doch der Gedanke daran, was Dimitris getan haben könnte und wo er es getan hatte, machte mich sehr nervös. Den ganzen Tag lang hatte ich mir den Kopf zerbrochen, und mir war jetzt klar, dass Dimitris etwas mit dem Verschwinden zu tun hatte. In meiner Verzweiflung beschloss ich, nicht auf Nik zu warten, um ihm von dem Foto zu erzählen, sondern selbst die Polizei zu informieren. Ich suchte also die Nummer heraus und rief an.

Als ich die Person in der Leitung fragte, ob jemand Englisch sprach, antwortete sie zu meinem Erstaunen sofort auf Englisch.

Erleichtert erklärte ich, dass ich das Foto einer der vermissten Frauen in Dimitris' Schublade gefunden hatte. Doch das schien den Polizisten nicht zu überraschen, denn er meinte nur: »Ja ja, über das Weingut wissen wir schon Bescheid.«

»Okay, das Foto war in Dimitris Kouris' Schlafzimmer, er hatte es in einem Buch versteckt.«

»Ein echter Beweis ist das aber nicht, oder?«

»Nun, Sie haben ihn jetzt auf dem Polizeirevier, er wird doch gerade verhört, oder nicht?«

»Darüber darf ich nicht sprechen.«

»Dann fragen Sie ihn nach dem Foto, er ist der Hauptverdächtige, das ist doch sicherlich von Bedeutung?«

»Hören Sie, ich sollte das eigentlich gar nicht mit Ihnen besprechen, aber Dimitris Kouris ist kein Verdächtiger.«

»Aber Sie haben ihn doch verhaftet.«

»Hören Sie, es tut mir leid, dass ich nicht mit Ihnen darüber reden darf.« Er war eindeutig dabei, mich abzuwimmeln und das Gespräch zu beenden.

»Bevor Sie auflegen ... Nik Kouris. Ist Nik Kouris noch da? Haben Sie ihn gehen lassen?«

»Es tut mir leid, ich darf nicht über jemanden sprechen, der in Untersuchungshaft sitzt.«

Ich wusste, dass das nur eine Lüge sein konnte, denn Sylvie hatten sie vorhin ja gesagt, dass Nik bald entlassen werden würde.

»Ich bin seine Ehefrau, er wurde gestern verhaftet. Er wurde als Zeuge befragt«, beharrte ich.

»Hören Sie, Lady, es tut mir leid, aber das klingt jetzt alles ein bisschen verrückt. Ständig rufen uns Leute wegen der vermissten Frauen an, und wenn Sie nichts Konkretes für uns haben ...«

»Aber das habe ich doch, ein Foto!«

»Ein Foto beweist rein *gar nichts*.« Er hielt inne. »Wissen Sie, jeder auf dieser Insel, auch wir, will diese Frauen finden, aber Leute, die mit irgendwelchen Theorien anrufen, um zu versuchen, das Verschwinden der Frauen bestimmten Männern anzuhängen, die so tun, als ob sie mit jemandem verheiratet wären, um Informationen über Verdächtige zu bekommen – nun, das ist nicht hilfreich.«

»Ich tue nicht so, als ob ...«, begann ich, aber er hatte schon aufgelegt.

Am liebsten hätte ich vor lauter Frustration geweint. Bei einer solchen Einstellung war es kein Wunder, dass sie diese Frauen nie gefunden hatten. Der Anblick des Fotos war so emotional, so erschütternd gewesen, dass ich hatte handeln müssen, aber hatte ich damit alles nur noch schlimmer gemacht? Offensichtlich dachte er, ich sei nur eine dieser Klatschtanten von Facebook, die unbedingt wollten, dass Dimitris verhaftet wurde. Aber da war noch dieser Bierdeckel und ihr Foto, das er zwischen den Seiten eines seiner Bücher in seinem Nachttisch versteckt hatte. Eine andere Erklärung gab es nicht – oder *doch*?

Ich wollte gerade Sylvie anrufen und es mit ihr besprechen, als ich hörte, wie sich die Haustür öffnete, und zu meiner großen Freude stand Nik in der Tür.

Ich ließ mein Handy fallen und rannte einfach in seine Arme.

»Mein Schatz, es tut mir so unendlich leid«, sagte er in meinen Nacken, während wir uns aneinander festhielten.

»Ich habe mir solche Sorgen gemacht. Und ich habe nicht verstanden, was eigentlich passiert ist?«, sagte ich, als wir gemeinsam in die Küche gingen.

»Ich werde dir alles erklären. Aber zuerst brauche ich ein Glas Kouris Cabernet«, sagte er mit einem langen Seufzer.

»Natürlich.« Ich nahm eine Flasche vom Sideboard und schenkte uns zwei Gläser ein. Der Wein schmeckte köstlich, und wir sahen uns erleichtert an.

»Also, dann komm und erzähl mir alles«, bat ich, und wir gingen ins Wohnzimmer und setzten uns zusammen auf das große Ecksofa. Während er redete, dachte ich: *Das ist alles, was ich brauche. Solange er hier ist, kann ich den ganzen anderen Mist durchstehen.*

»Sie haben mich verhaftet, weil jemand sie angerufen und behauptet hat, ich hätte etwas mit den vermissten Frauen zu tun. Erst nachdem ich über die letzten fünf Jahre meines Lebens Rechenschaft abgelegt hatte, haben sie mich gehen lassen«, sagte er seufzend.

»Haben sie nach Dimitris gefragt?«

Er nickte. »Natürlich wollten sie alles über ihn wissen, sie haben gefragt, ob er manchmal unangemeldet das Weingut verlässt und ob ich wüsste, wo er dann hingeht.«

»Und, tut er das?«

Er nickte langsam. »Manchmal ist er tagelang weg. Mir hat er erzählt, dass er dann bei seinem Bruder wohnt, und vielleicht tut er das auch, aber ich zweifle gerade an allem.«

»Mein Gott«, sagte ich und presste mir die Hand auf den Mund. »Glaubst du, er und sein Bruder stecken unter einer Decke?«

Er zuckte die Achseln. »Wer weiß! Mittlerweile wäre ich nicht mehr überrascht. Ich dachte, ich kenne ihn, und habe die ganze Zeit versucht, ihn zu retten, aber am Ende war ich derjenige, der ihn verraten hat. Er wird im Gefängnis nicht überleben ...« Er brach zusammen und schluchzte in seine Hände wie ein Kind.

»Du hattest keine Wahl, sonst hätten sie am Ende noch

geglaubt, *du* hättest etwas mit dem Verschwinden dieser Frauen zu tun.«

»Was willst du damit sagen?« Er hob den Kopf aus den Händen. »Willst du damit sagen, dass ich meinen eigenen Cousin ans Messer geliefert habe?« Er sagte es langsam, als könnte er es nicht glauben.

»Nein, um Gottes willen, überhaupt nicht. Ich habe keine Minute lang angedeutet, dass du der Polizei von ihm erzählt hast, um dich einer Anklage zu entziehen. Du hast einfach die Wahrheit gesagt, du hast das Richtige getan.«

»Ich fühle mich so mies, weil ich jemanden aus meiner eigenen Familie verraten habe. Das war nicht leicht für mich.«

»Ich weiß, ich weiß«, antwortete ich. Er war weinerlich und erschöpft, nachdem er vierundzwanzig Stunden lang von der Polizei verhört worden war. Ich wusste nur zu gut, wie sich das anfühlte.

»Es tut mir so leid wegen der Hochzeit«, sagte er. »Du hattest sie wochenlang geplant, es war dein besonderer Tag, und ich habe dich enttäuscht.«

»*Du* hast mich nicht enttäuscht. Wer auch immer die Polizei gerufen und Lügen über dich erzählt hat, das ist derjenige, der uns beide enttäuscht hat«, widersprach ich.

»Ja, denjenigen, der das gemacht hat, würde ich gerne in die Finger bekommen.«

»Sylvie und ich vermuten, dass es Angelina war.« Ich hatte nicht vorgehabt, ihm das zu sagen. Schließlich wussten wir es ja nicht mit Sicherheit – es war nur eine Vermutung. Aber ich konnte nicht anders, denn ich sah nur ihr selbstgefälliges Gesicht, wie sie sich darüber freute, dass meine Hochzeit rundum ruiniert worden war.

Ich hatte damit gerechnet, dass er überrascht sein, aber schließlich zustimmen würde, dass sie die Schuldige war, aber er sah mich jetzt fassungslos an.

»Angelina würde so was nicht tun.«

»Sie *würde* es tun, sie ist die *Einzige*, die so was tun würde. Sie hat es nicht ertragen, dass wir geheiratet haben, sie hat mich nach deiner Verhaftung sogar *angegrinst*.«

»Geht *das* schon wieder los.« Er starrte an die Decke, als würde er versuchen, ruhig zu bleiben und sich überflüssige Bemerkungen zu verkneifen.

»Was meinst du damit?«, fragte ich verwirrt.

»Du hast echt ein Problem mit ihr, stimmt's?«

»Nein, *ich* habe kein Problem mit Angelina«, blaffte ich. »*Sie* ist diejenige, die ein Problem hat. Sie ist eifersüchtig, sie hat den Gedanken nicht ertragen, dass du mich geheiratet hast, und sie hat versucht, eine Bombe platzen zu lassen, um das zu verhindern. Ich traue ihr nicht, und Sylvie geht es ebenso.«

Er lehnte sich zurück und sah mich ein paar Sekunden lang an, dann verzog sich sein Gesicht langsam zu einem Lächeln. »*Sie* ist nicht eifersüchtig. *Ihr* seid diejenigen, die hier eifersüchtig sind, du und Sylvie.«

»Wie kannst du so etwas *sagen*? Ich kann nicht glauben, dass du mich so *siehst*«, erwiderte ich, verletzt über seine Bemerkung.

»Ich *sehe* nur, dass du kein Selbstbewusstsein hast und das an Angelina auslässt. Ich *sehe* auch, was für Blicke du ihr zuwirfst.«

Jetzt war ich stinksauer. »*Was* siehst du?« Ich stand auf und ging auf ihn zu. Er hatte sich in einen Sessel gesetzt, und ich stand über ihm.

»Wie kannst du es wagen, Mutmaßungen über mich und meine Gefühle anzustellen. Du sagst, ich würde Angelina schlecht behandeln, weil du sie nicht wirklich siehst, du siehst nicht, was vor sich geht, aber ich schon. Du *siehst* nur ein hübsches junges Mädchen, das dir schöne Augen macht. Ich habe vielleicht kein Selbstbewusstsein, aber du bist ein *Narr*!« Ich war den Tränen nahe, Wut und Schmerz strömten durch mich hindurch.

Anstatt mich zu beschwichtigen und sich für das, was er gesagt hatte, zu entschuldigen, starrte er einfach durch mich hindurch. »Geh ins Bett, Alice«, sagte er abweisend, bevor er einen weiteren Schluck Wein trank, nach der Flasche griff und sich ein zweites Glas einschenkte. Es war, als wäre ich gar nicht da, als wäre ich unbedeutend. Und das schmerzte mehr als alles, was er zu mir gesagt hatte.

Hilflos und tränenüberströmt stand ich da und schaute in sein ausdrucksloses Gesicht. Dann sah ich die Weinflasche und dachte an Dan. Ich musste den Raum verlassen, mich von der Konfrontation entfernen.

»*Ich* gehe jetzt ins Bett«, zischte ich. »Dieses Mädchen ist schuld daran, dass unsere Hochzeit ruiniert wurde, aber ich werde mir jetzt nicht die Mühe machen, auf deine ignorante und unqualifizierte Bemerkung zu reagieren.« Mit diesen Worten ging ich zur Tür. Als ich mich umdrehte, stellte ich fest, dass er nicht einmal von seinem Glas aufgeschaut hatte.

»Ach, und übrigens – dein Cousin bewahrt Trophäen von vermissten Frauen in seiner Nachttischschublade auf.«

Daraufhin erblasste er sichtlich. »Trophäen?«, krächzte er.

»Ja, und mach dir keine Sorgen, die Polizei weiß schon Bescheid. Ich habe sie vorhin angerufen.«

Ich ging durch die Tür, und als er meinen Namen rief, drehte ich mich um. Er sah aus, als hätte ich ihm gerade einen Schlag verpasst.

»Die Polizei? Du hast mit der *Polizei* gesprochen? Was ... was für Trophäen? Alice, sei doch nicht so. Bitte komm zurück, du übertreibst.«

»Ich schlafe heute Nacht im Hauptschlafzimmer, allein, mit einem Stuhl unter der Türklinke. Ich will nicht, dass du *oder* – falls die Polizei ihn laufen lässt – dein Cousin versucht reinzukommen.«

»Alice, *bitte*, was für Trophäen?«, rief er mir noch einmal hinterher, doch ich ignorierte ihn und rannte die Treppe hoch.

Ich war müde und erschöpft von all dem, was passiert war. In unserem Zimmer angekommen, schob ich einen Stuhl unter die Türklinke, legte mich dann noch immer vollständig bekleidet aufs Bett und weinte.

Später, viel später, hörte ich ihn die Treppe hochkommen, es klopfte leise an der Tür. »Alice, bitte, ich liebe dich«, versuchte er sein Glück. An der Art, wie er meinen Namen sagte, merkte ich, dass er betrunken war. Ich gab keine Antwort.

»*Rede* mit mir, Alice, *bitte* schließ mich nicht aus. Ich bin jetzt dein Mann, und du bist meine Frau.«

Ich reagierte nicht, sondern blieb einfach regungslos liegen und starrte an die Decke.

»Erzähl mir von den Trophäen, ich weiß nicht, wovon du redest, was sagt die Polizei denn dazu?«

Schlurfende Schritte draußen vor der Tür, dann hörte ich, wie er in ein anderes Zimmer ging und die Tür schloss. Ich war erleichtert, aber auch ein bisschen traurig. Das war der Mann, den ich liebte, den ich erst gestern geheiratet hatte. War für das, was da unten passiert war, der Stress zweier müder Menschen verantwortlich, die sich wegen Nichtigkeiten in die Haare kriegten? Oder wollte Nik diesen Streit, meinte er die hässlichen Dinge, die er gesagt hatte, tatsächlich ernst? Hatte ich gerade wieder einen großen Fehler gemacht, nur dieses Mal weit weg von zu Hause?

Ich lag lange wach, und erst als das Tageslicht langsam durch die Fensterläden fiel, schloss ich endlich die Augen, aber die Schreie waren jetzt lauter als je zuvor.

30

Nachdem ich allein ins Bett gestürmt war, wurde ich am Morgen von Niks Klopfen an unserer Schlafzimmertür geweckt.

»Mein Schatz, ich bin's, bitte lass mich rein.«

Ich schaute auf mein Handy. Es war neun Uhr in der Früh. Ich hatte etwa drei Stunden geschlafen und fühlte mich schrecklich. Aber es würde nichts bringen, Nik aus unserem Zimmer fernzuhalten. Wir mussten miteinander reden. Also entfernte ich den Stuhl von der Tür, öffnete sie und ging zurück ins Bett.

Er kam vorsichtig herein und setzte sich auf die Bettkante, seine Hand legte er dorthin, wo unter der Decke mein Bein war.

»Ich weiß nicht, was ich sagen soll. Es tut mir *so* leid. Ich hatte eine schreckliche Zeit bei der Polizei, und es war ein Fehler, auf leeren Magen ein paar Glas Wein zu trinken. Ich weiß, dass ich gestern streitlustig war. Dafür gibt es keine Entschuldigung, und es wäre dein gutes Recht, mir nicht zu verzeihen.«

»Tue ich auch nicht«, sagte ich und schaute auf mein

summendes Handy – es war Heather. Nach einer schlaflosen Nacht hatte ich ihr um fünf Uhr morgens eine SMS geschickt, um ihr mitzuteilen, dass ich geheiratet hatte. Jetzt war ich verunsichert wegen allem, und ich wollte, dass sie es wusste. Es war dumm von mir gewesen, ihr das auf diesem Weg mitzuteilen, und unsensibel war es obendrein. Ich hätte wissen müssen, dass es sie beunruhigen würde. Und jetzt schrieb sie mir SMS und rief mich an, als wäre sie ein Stalker.

»Deine Schwester?«, fragte er mit einem schiefen Lächeln.

»Ja, sie antwortet wahrscheinlich auf meine SMS, in der ich ihr mitgeteilt habe, dass ich geheiratet habe«, sagte ich und fügte hinzu: »Allerdings denke ich jetzt über eine Scheidung nach.«

Er zog die Augenbrauen hoch. »Ist das dein *Ernst?*«

»Na ja, das alles war schon etwas seltsam, oder?«

»Ja, ich glaube nicht, dass viele Bräutigame bei ihrer eigenen Hochzeit verhaftet werden.«

»Wie stehen die Chancen?«, überlegte ich und ließ meine Theorie über Angelina außen vor. Es war klar, dass wir beide uns darüber aufregten – wenn auch auf unterschiedliche Weise.

»Es war nur ein Ausrutscher, und es tut mir leid, Alice, das gestern Abend hätte nicht passieren dürfen. Ich will nicht, dass du nach zwei Tagen Ehe auch nur einen Witz darüber machst, dass du dich von mir scheiden lassen willst.«

»Wer sagt denn, dass das ein Witz war?«

Er lächelte schief, offensichtlich nicht sicher, wie er das verstehen sollte. Wir waren Mann und Frau, kannten uns aber kaum. Wir hatten beide unterschiedliche Seiten des anderen gesehen und fragten uns, ob wir damit für den Rest unseres Lebens klarkommen konnten.

»Es tut mir leid«, wiederholte er, stand vom Bett auf und verließ das Zimmer. Ich fühlte mich genauso verlassen wie am Abend zuvor, als er in sein Glas gestarrt hatte. Dann las ich

Heathers SMS. Sie waren so, wie ich es erwartet hatte: negativ, warnend, keine Glückwünsche, nur Panik. Die letzte SMS, die erst vor ein paar Sekunden angekommen war, setzte dem Ganzen die Krone auf.

»Ich habe gerade von meinem Freund, der Della kennt, erfahren, dass Dans Verletzungen schlimmer sind, als wir gedacht haben. Durch den Schlag mit der Flasche hat er einen Schädelbruch erlitten, und jetzt kam auch noch eine Blutung im Gehirn dazu.«

Damit hätte ich niemals gerechnet. Ich wusste nicht, was ich tun sollte, mir rutschte das Herz in die Hose, und ich wollte gerade Heather anrufen, als Nik ins Schlafzimmer zurückkam. Er trug ein Tablett und stieß die Tür mit dem Fuß auf.

»Ich will es wiedergutmachen«, sagte er, kam durchs Zimmer auf mich zu und stellte das Tablett vor mir aufs Bett. Ich wollte ihm von Dan erzählen, das musste ich unbedingt, aber für den Moment beschloss ich, noch eine Weile zu warten und mir von ihm das Frühstück servieren zu lassen, um unserer Ehe eine Chance zu geben.

»Wir wollen den gestrigen Abend hinter uns lassen«, sagte er. »Können wir nicht einfach noch mal von vorne anfangen? Als ob dies der erste Tag unseres restlichen Lebens wäre?«

Bei diesem Satz wurde ich weich. Er hatte sich mit dem Frühstückstablett so viel Mühe gegeben: Erdbeeren, aufgeschnittene Orangen, Croissants und Tee, dazu ein Zweig Orangenblüten in einer Vase. Ich versuchte verzweifelt, die Neuigkeiten über Dan zu verdrängen.

»Ich weiß nicht, wie ich mich entschuldigen soll, aber ich werde es so lange sagen, bis du mir verzeihst«, fuhr er fort. »Mir ist bewusst, dass ich mich danebenbenommen habe, und ich will mich auch gar nicht herausreden, aber mal abgesehen von der polizeilichen Untersuchung – wenn ich ehrlich bin, macht es mir Angst, verheiratet zu sein.«

So viele Sorgen ich mir auch darüber machte, was mit Dan

passierte, ich musste hier bei Nik in der Gegenwart sein. »Wenn du solche Angst vor der Ehe hast, warum hast du mich dann gebeten, dich zu heiraten?«

»Lass mich ausreden. Ich meine, dass ich Angst vor der Ehe habe, aber ich *will* sie. Nach dem, was in meiner ersten Ehe passiert ist, kann ich es nicht ertragen, dich zu verlieren. Das hier muss funktionieren, Alice, denn ich kann ohne dich nicht leben.«

Ich sah Tränen in seinen Augen, als er meine Hand streichelte, und das traf mich mitten ins Herz.

»Vielleicht haben wir ja beide Angst?«, meinte ich. »Wir wollen beide unbedingt, dass diese Ehe funktioniert, und gestern Abend mussten wir uns einfach wieder zusammenraufen, wir waren aufgebracht wegen der Polizei und enttäuscht wegen der Hochzeit.«

»Ja, und diese Sache über Dimitris, die du erwähnt hast? Das hat mich auch fertiggemacht.«

Ich nickte langsam. »Es tut mir leid, dass ich dich so damit konfrontiert habe. Ich hatte es mir für den richtigen Moment aufgespart, ich hätte es dir nicht im Zorn sagen sollen«, erklärte ich und erzählte, wie ich den Bierdeckel und das Foto gefunden hatte.

»Wenn ich noch einen Beweis gebraucht habe, um der Wahrheit ins Auge zu sehen, dann scheint er das ziemlich eindeutig zu sein«, erwiderte er seufzend.

»Kennst du das Mädchen, von dem ich rede?«, fragte ich. »Das Mädchen auf dem Foto?«

Er schüttelte den Kopf. »Nein, ich habe diese Sache mit den vermissten Frauen nicht wirklich verfolgt, ich sehe mir nicht mal gerne die Plakate auf der Straße an. Ich finde das beunruhigend«, sagte er.

»Ich auch, ich finde es erschütternd, besonders dieses Mädchen, sie war so jung.«

»Hast du das Foto?«, fragte er. »Oder hast du es in der Schublade gelassen?«

Ich kletterte aus dem Bett, beugte mich vor und öffnete die Nachttischschublade, in der ich das Foto und den Bierdeckel unter meinem Kosmetiktäschchen versteckt hatte. Als Erstes zeigte ich ihm den Bierdeckel.

»Warum hast du den mitgenommen?«, fragte er.

»Weißt du nicht mehr, dass die Frauen in diese Bar gingen, die *Aphrodite Bar* – sie wurde vor ein paar Jahren geschlossen –, deshalb ist das bedeutsam.«

Er warf mir einen skeptischen Blick zu und gab mir den Bierdeckel zurück. »Ich weiß, dass es ein paar unbeantwortete Fragen gibt, Alice, aber mit einem Bierdeckel zur Polizei zu gehen, könnte mehr schaden als nützen, sie würden uns für verrückt halten.«

»Okay, hier ist das Foto, und es ist mir egal, was du dazu sagst, es ist definitiv bedeutsam.« Ich hielt es ihm hin. Zuerst schien er es nicht anfassen zu wollen, doch dann nahm er es, sah es sich an und gab es mir zurück.

»Sie war hübsch«, war alles, was er dazu sagte.

»*War?*«, wiederholte ich fragend. »Vielleicht *ist* sie ja immer noch hübsch?«

»Na ja, du weißt, was ich meine.«

Eine Zeit lang saßen wir schweigend da, jeder in seine eigenen Gedanken versunken, dann berührte er meinen Arm.

»Dimitris ist ja immer noch bei der Polizei, und wer weiß, was das für Konsequenzen haben wird, also sollten wir zusehen, dass wir heute die Ruhe zwischen den Besuchen, die uns die Polizei abstattet, nutzen, um uns einfach nur auf dich und mich zu konzentrieren«, meinte er halb im Scherz, halb im Ernst.

Ich stimmte ihm zu, legte das Foto unter mein Kopfkissen und versuchte, nicht an Dan zu denken. Er war im Krankenhaus, vermutlich würde er sich erholen, aber ich fragte mich, wie das ausgehen würde? Welche bleibenden Schäden könnte die Kopfverletzung hinterlassen?

»Das klingt nach einem Plan«, sagte ich, »und danke. Das hier sieht nach einem schönen, wenn auch verspäteten, Hochzeitsfrühstück aus.«

Er setzte sich neben mir aufs Bett, und ich nahm eine Orangenscheibe. Sie schmeckte kühl und bittersüß. »Köstlich«, sagte ich und goss mir einen Tee aus der kleinen Teekanne ein. Es war wirklich aufmerksam von ihm, dass er einen einzelnen Orangenblütenzweig und eine kleine Serviette dazugelegt hatte, ich war sehr gerührt. Ich beugte mich vor und küsste ihn auf die Wange. Er strahlte. Wir hatten beide akzeptiert, dass der gestrige Abend ein Ausrutscher gewesen war, und er schien erleichtert zu sein, dass ich ihm verziehen hatte, was für mich bedeutete, dass es ihm nicht gleichgültig war, und nur das zählte.

»Also, was sollen wir heute machen?«, fragte er. »Hast du Lust, in die Stadt zu fahren und Christos zu treffen, den Anwalt, von dem ich dir erzählt habe? Jetzt, wo wir verheiratet sind, müssen wir unser Leben in Ordnung bringen.«

»Ja, das würde ich gerne, aber zuerst muss ich mich zu Hause um ein paar Dinge kümmern«, erklärte ich seufzend.

»Okay, irgendwas, wobei ich dir helfen kann?«

»Ich weiß es nicht, aber jetzt, wo wir verheiratet sind, muss ich es dir erzählen.«

»Was?«

»Das ist schwer zu erklären, ich weiß nicht, wo ich anfangen soll.«

»Okay.« Er sah verwirrt aus, rutschte weiter aufs Bett und schenkte mir seine Aufmerksamkeit.

»Die Sache ist die: Ich werde wegen etwas beschuldigt, und die Polizei ist involviert.«

Er sagte nichts, sondern wartete nur darauf, dass ich fortfuhr.

»Ich weiß nicht mehr, was eigentlich passiert ist. Meine Therapeutin hat gesagt, dass das Gehirn manchmal schmerzhafte Erinnerungen verdrängt, und sie glaubt, dass das bei mir der Fall ist. So war das bei mir auch, als meine Eltern gestorben sind – es war ein Autounfall, und ich glaube, ich habe seitdem eine PTBS, zudem hatte ich als Jugendliche eine schwierige Zeit und vor Kurzem auch mit Dan.«

»Verstehe«, erwiderte er gedehnt. »Was hast du *getan*, Alice?«

An diesem Punkt musste ich eine Entscheidung treffen: Sollte ich ihn mit ein paar kleinen Häppchen abspeisen oder ihm die ganze Wahrheit sagen?

»Nichts Gutes«, warnte ich ihn.

»Wir sind jetzt verheiratet, und deine Probleme sind auch meine Probleme. Ich muss wissen, womit wir es zu tun haben, damit ich dir helfen kann.«

Das war genau das, was ich hören wollte und was mich dazu brachte, ihm die Wahrheit zu sagen. »Die Polizei nennt es Körperverletzung«, fügte ich unsicher hinzu. »Ich habe dir doch erzählt, dass ich Dan im Supermarkt getroffen habe und plötzlich seiner schwangeren Freundin gegenüberstand?«

»Ja, das hast du mir am Anfang erzählt, und es klang schrecklich, aber was hat das mit ...«

»Lass mich ausreden. Ich habe Dan gesehen, dann Della, ich hatte eine Weinflasche in der Hand und eine in meiner Tasche, und irgendwie ist die in meiner Tasche zerbrochen, und nun wird behauptet, dass ich sie ihm über den Schädel gezogen habe.«

Nik stöhnte leise auf.

»Aber ich kann mich *wirklich* nicht daran erinnern, dass ich es getan habe. Und wenn ich es getan habe, warum habe ich ihn dann nicht einfach mit der Flasche in meiner Hand geschlagen? Denn die hatte hielt ich noch immer, als ich aus dem Supermarkt gerannt bin.«

Er sah mich nur an, zweifellos verwirrt von der Flut an Informationen, mit denen ich ihn konfrontierte.

»Die Sache ist die«, fuhr ich fort, »dass die ›Körperverletzung‹, wie sie es nennen, nicht auf den Überwachungskameras zu sehen ist, denn als er fiel, griff er nach einem Regal und riss es mit sich zu Boden, sodass die Kamera uns nicht erfassen konnte. Deshalb konnten sie mich damals nicht anklagen, sie hatten keine Beweise.«

»Sie sagen also, dass du ihn geschubst und ihm dann die Flasche über den Schädel gezogen hast?«

Als er es aussprach, zuckte ich erneut zusammen. »Das ist das, was die *Polizei annimmt*. Das Problem ist, dass es meine Weinflasche war, ich hatte sie gerade gekauft, sie ist auf dem Überwachungsvideo eindeutig in meiner Tasche zu sehen – ich hatte die Quittung.«

Während ich sprach, nickte er langsam. Ich konnte nicht erraten, was er dachte, sondern fuhr einfach fort.

»Ich habe Blut gesehen und hatte wahrscheinlich Angst, dass Dan sich rächen würde.«

»Du hattest Angst, dass er sich *rächen* würde?«

Ich wollte nicht darüber reden, aber ich hatte ihm schon fast alles andere erzählt. »Er hatte manchmal ... er hatte seine Wut manchmal nicht unter Kontrolle.«

»Er hat dich geschlagen?«

Ich nickte. »Manchmal«, sagte ich, um mich nicht länger damit beschäftigen zu müssen. »Deshalb hatte ich Angst. Das Letzte, woran ich mich erinnere, ist, wie er schnell auf mich zukam. Ich habe damit gerechnet, dass er mich schlagen würde, und dann kam der Blackout. Das war schon ein paarmal passiert, als wir noch verheiratet waren; es ist eine posttraumatische Belastungsstörung.«

»Ich hatte ja keine Ahnung.« Er sah so besorgt aus, dass mir die Tränen in die Augen stiegen. Manchmal war es schwieriger, unsere eigene Geschichte durch die Brille eines anderen zu betrachten.

»Ich hatte ja vor, es dir zu erzählen, aber jetzt sieht alles noch viel schlimmer aus. Ich habe gerade eine SMS von Heather bekommen, und es scheint so, als ob die Flasche, die ich ihm *angeblich* über den Schädel gezogen habe, einen Schädelbruch mit anschließender Hirnblutung verursacht hat.« Als ich meine eigenen Worte hörte, spürte ich, wie meine Augen feucht wurden. »Er ist Vater, Nik, er hat gerade ein Baby bekommen.« Jetzt liefen mir die Tränen über die Wangen.

Ich dachte an die Ultraschallbilder, die Dan und ich hatten machen lassen, und an die Träume, die gestorben waren. Ich missgönnte Della ihr Baby nicht, ich hatte nach Fotos ihrer Ultraschallbilder *gesucht*, dem ersten Bild von dem Baby an ihrer Brust. Ich wollte mich daran erinnern, wie es war, einen Menschen zu lieben, den man noch gar nicht kannte.

Nik zog mich in eine Umarmung. Ich fiel in seine Arme und legte meinen Kopf an seine Brust, während er mir über das Haar strich.

»Was auch immer passiert ist, es klingt, als wärst du durcheinander und verwirrt gewesen. Du hast so viel durchgemacht, und wenn du ihm tatsächlich eine Flasche über den Schädel gezogen hast, gibt es sicher mildernde Umstände. Die Vorwürfe würden vor Gericht nie standhalten.«

»Meine Anwältin sieht das allerdings anders. Dans Freundin ist Rechtsanwältin, und er hat es missbilligt, dass ich bei der Scheidung die Hälfte des Geldes aus unserer Ehe als Abfindung bekommen habe ...«

»Ich verstehe. Wenn du verurteilt wirst, können sie also eine Entschädigung fordern?«

»Ja, ich glaube, das ist das Ziel, wer weiß, aber ich würde es ihnen nicht übel nehmen, wenn sie es tun.« Ich zog mich ein Stück zurück, wischte mir die Tränen ab und setzte mich auf. »Wenn ich Dan verletzt habe und er deshalb nicht mehr arbeiten kann, sollte ich vielleicht so oder so meine Hälfte der Scheidungsabfindung zurückzahlen?«

»Du würdest deinem Ex dein Scheidungsgeld geben?«, fragte er nachdenklich.

»Ja, ich würde etwas für meine beiden Nichten zurückbehalten, aber ich selbst brauche das Geld nicht. Ich bleibe hier, ich kann mir meinen Lebensunterhalt verdienen, wenn ich Gelegenheitsjobs mache, Sylvie bei Hochzeiten unterstütze oder hier auf dem Weingut aushelfe.«

Er nickte. »Ja, das würde funktionieren. Aber wenn die Sache jemals vor Gericht landet, könnte das wie ein Schuldeingeständnis aussehen ... oder sogar wie Bestechung?«

»Stimmt, daran habe ich gar nicht gedacht, und wenn er bleibende Schäden zurückbehält, wollen sie vielleicht sowieso mehr als nur Geld. Heather meinte, sie werden nicht eher Ruhe geben, bis ich im Gefängnis sitze?«

Er seufzte, dann stand er vom Bett auf und ging im Zimmer auf und ab.

»Willst du *immer noch* mit mir verheiratet sein? Ich trage verdammt viel Gepäck mit mir herum«, sagte ich, während er weiter auf und ab lief. »Ich hätte dir das alles schon früher sagen sollen. Es tut mir leid.«

Zuerst antwortete er nicht, doch dann merkte ich, dass er nachgedacht hatte.

»Okay«, sagte er und ging zurück zum Bett. »Als Erstes musst du das Geld so schnell wie möglich von deinem Konto abheben, denn die Polizei könnte deine Konten jederzeit einfrieren.«

»In Ordnung.«

»Ich muss darüber nachdenken«, murmelte er und lief weiter auf und ab.

»Ich habe tagelang, wochenlang, monatelang *nachgedacht*, ich kann nicht mehr denken ...« Ich war angespannt, und direkt über meinen Augen bekam ich Kopfschmerzen. Vor lauter Stress wurde mir wieder übel.

»Lass mich mit Christos telefonieren, dem Anwalt, von dem ich dir erzählt habe. Er befasst sich mit Finanz- und Firmenangelegenheiten. Ich rufe ihn gleich an«, sagte er, und während er das Schlafzimmer verließ, suchte er eine Nummer heraus und tippte sie ein.

»Christos, hallo, lange nicht gesehen! Wie geht's dir, wie geht's Marina, den Kindern ...?«, hörte ich ihn fragen, als er die Treppe hinunterging. »Ja, ja, gut. Hör mal, ich muss dich um einen kleinen Gefallen bitten ...« Den Rest hörte ich nicht mehr. Ich ging ins Bad und nahm eine lange, heiße Dusche. Als ich das Badezimmer wieder verließ, lag er mit einem Notizbuch, einem Stift und einem iPad auf unserem Bett.

»Ich habe mit Christos gesprochen und gleich für heute einen Termin mit ihm vereinbart. Ist das okay?«

Ich nickte, bekam aber kein Wort heraus. Ich war so dankbar. Als er meine Tränen sah, kletterte er sofort vom Bett, ging auf mich zu und legte beide Arme um mich.

»Hey, ist ja gut«, sagte er leise. »Wir *können* das klären. Wahrscheinlich kommt es dir jetzt wie eine Riesensache vor, aber vertrau mir, Christos ist der Beste in diesem Geschäft, und was immer es ist, wir werden es aus der Welt schaffen ... Das verspreche ich dir.«

»Können wir das? Können wir es *wirklich* aus der Welt schaffen?«

»Ja. Christos sagt, das Wichtigste ist, dass du hierbleibst, und sobald du einen griechischen Pass hast, kann dir die Polizei nichts mehr anhaben.«

»Daran habe ich auch schon gedacht. Aber es besteht doch die Möglichkeit, dass sie mich ausliefern?«

»Das wäre schwieriger, wenn du die griechische Staatsbürgerschaft hättest, und was das angeht, können wir gleich heute den Stein ins Rollen bringen.«

Ich war so erleichtert, dass ich plötzlich wieder Appetit bekam und zu dem Tablett auf dem Bett hinüberging. Ich aß eine Orange und trank dann einen Schluck Tee. »Dieser Tee schmeckt komisch«, sagte ich. »Vorhin ist mir das gar nicht aufgefallen, aber er hat einen wirklich seltsamen Geschmack.«

»Vielleicht liegt es daran, dass du Orangen dazu isst, das kann den Geschmack verändern?«

»Kann schon sein.«

»Das ist doch Earl Grey, oder?«

»Das glaube ich nicht.«

Er verdrehte die Augen. »Ich habe ihr *extra* gesagt, sie soll ihn mit Earl-Grey-Blättern machen.«

Plötzlich war ich wieder gereizt. Ich hatte gedacht, er hätte das Frühstück selbst vorbereitet. »*Wem* hast du das gesagt?«

»Angelina«, erwiderte er und scrollte weiter auf dem iPad herum.

»War Angelina hier?«

»Ja, sie war vorhin hier, um zu putzen. Sie sagte, es sei ihr Hochzeitsgeschenk an dich, du bräuchtest eine Pause von der Hausarbeit. Und sie hat darauf bestanden, dir Frühstück zu machen. Sogar *du* musst zugeben, dass das *nett* von ihr war, oder?« Er schaute zu mir hoch, und ich konnte mich nicht entscheiden, ob er mir ein Friedensangebot unterbreiten oder einen neuen Streit anfangen wollte. Er musste doch wissen, wie ich mich dabei fühlen würde? Aber ich gab ihm einen Vertrauensvorschuss, stellte die Tasse mit dem lauwarmen, seltsam schmeckenden Tee beiseite und bestätigte mit einem Lächeln: »*Sehr* nett«, während mir die Galle hochkam.

31

Bevor ich das Haus verlassen konnte, um mich mit dem Anwalt zu treffen, mit dem Nik befreundet war, hatte Heather mich mehrmals angerufen und SMS geschickt. Wie ich vermutet hatte, schrieb sie mir nicht, um mir zu meiner Hochzeit zu gratulieren. Nein, ihre verschiedenen Nachrichten basierten auf der Überzeugung, dass der einzige Grund, warum mein neuer Mann mich geheiratet hatte, ein Reisepass war. Das trug nicht gerade dazu bei, mein Selbstwertgefühl zu steigern.

»Bin ich so abstoßend, dass jemand mich nur wegen eines britischen Passes heiraten würde?«, fragte ich Nik, als wir später in die Stadt fuhren.

»Warum sagst du das jetzt?«

»Heather ist, ich zitiere, ›äußerst misstrauisch‹ gegenüber jedem griechischen Mann, der in aller Eile eine Frau über vierzig heiratet. Sie glaubt, du willst die doppelte Staatsbürgerschaft.«

Darüber musste er lachen. »Die *habe* ich doch schon.«

»Ich weiß, und es wird mir ein Vergnügen sein, *ihr* das mitzuteilen, wenn ich sie anrufe.«

Er lächelte und schaute zu mir rüber. »Jedenfalls solltest du deiner Schwester sagen, dass *Nik* vielleicht derjenige ist, der hier an der Nase herumgeführt wird.«

»Wie meinst du das?«

»Nun, ich bin hier derjenige mit dem Grundbesitz und dem Geschäft. Vielleicht willst *du* mich nur wegen der doppelten Staatsbürgerschaft – und wegen eines Weinguts?«

»Nik, du weißt doch, ich würde nie ...«

»Weiß ich doch. Das war nur ein Witz«, sagte er, aber ich war mir da nicht so sicher. Ich fragte mich, ob er mich jetzt mit anderen Augen sah, weil ich ihm die Wahrheit über die Polizei und Dans Verletzungen erzählt hatte. Traute er mir nicht mehr? Wir legten die restliche Strecke schweigend zurück, bis wir vor Christos' Kanzlei in Korfu-Stadt ankamen.

In der sengenden Hitze eines griechischen Nachmittags steuerten wir ein kleines, weißes Gebäude an, das ein Stück abseits der Straße lag. Dort angekommen, wurden wir nach oben in Christos' Kanzlei geführt, wo er uns am oberen Treppenabsatz begrüßte.

»Hey, schön, dich zu sehen, Nik«, sagte er lächelnd und umarmte ihn. »Und da kommt die frischgebackene Braut«, fügte er hinzu, als er mich bemerkte. »Herzlichen Glückwunsch euch beiden, ich wünsche euch alles Glück dieser Welt.« Er schüttelte mir die Hand und führte uns in seine Kanzlei.

Er setzte sich hinter seinen Schreibtisch, und wir nahmen gegenüber von ihm Platz. Ich war nervös. Christos wirkte herzlich und einladend, aber ich fürchtete mich vor seiner Reaktion, als wir ihm erzählten, was uns zu ihm führte. Ich erzählte ihm von der Anklage, dem drohenden Gerichtsverfahren und dem Einfrieren meiner Konten, während Christos aufmerksam zuhörte, sein Kinn auf den Handrücken gestützt. Seine einzige Reaktion auf meine Geschichte war, dass er ab und an die Augenbrauen hochzog, also redete ich einfach weiter, und als ich fertig war, holte er tief Luft.

»Nun, wir haben hier ein paar Probleme, aber nichts, was wir nicht lösen könnten«, sagte er mit einem breiten griechischen Akzent. Er machte sich ein paar Notizen, während ich nervös zu Nik schaute, der mir beruhigend zuzwinkerte.

»Okay«, erklärte Christos langsam und blickte von seinen Notizen auf. »Also, das Hauptproblem hier ist die polizeiliche Ermittlung in Großbritannien.« Er stand auf, schob seinen Stuhl zurück und ging zum Fenster. »Ich habe mehrere Kontakte zur britischen Polizei ...«, setzte er an, während er aus dem Fenster starrte.

Das Verhalten des Mannes beunruhigte mich ein wenig, weil ich das Gefühl hatte, dass er vielleicht nicht ganz ehrlich vorging, schließlich hatte ich schon genug Ärger. Schlug er etwa eine Bestechung vor? »Ich will nur hier bei Nik bleiben und glücklich sein«, sagte ich. »Aber ich will nicht gegen das Gesetz verstoßen«, fügte ich hinzu, was er angesichts des Schlamassels, in dem ich steckte, vermutlich urkomisch fand.

»Natürlich, das versteht sich von selbst. Es ist alles legal, deshalb brauchst du mich, einen Anwalt.«

»Genau«, sagte Nik. »Sie braucht die richtigen, legalen Papiere, und ich weiß, dass du uns die besorgen kannst, Christos.«

»Das kann ich, das kann ich.« Er nickte. »Ich kann auch einen griechischen Reisepass besorgen.«

»Toll, und kann ich den unter meinem *Ehe*namen beantragen, damit mich niemand findet?«

»Der Papierkram und der Pass helfen dir hierzubleiben und machen es schwerer, dich aufzuspüren – aber es gibt keine Garantien.«

»Keine Garantien?«, fragte ich bestürzt.

»Keine Garantien«, wiederholte er mit warnender Stimme und wedelte mit seinem dicken Zeigefinger vor meinem Gesicht herum.

»Ich kann gar nicht oft genug sagen, wie wichtig es ist, dass

Alice hierbleibt«, schaltete sich Nik ein. »Ich will sie hier bei mir haben, sie ist meine Frau, ich liebe sie und ...«

Bevor er seinen Satz beenden konnte, unterbrach ihn Christos: »Du solltest Eigentum kaufen.«

Verblüfft schaute ich Nik an, der über diesen Vorschlag ebenso überrascht zu sein schien wie ich.

Christos ging zurück zu seinem Schreibtisch und machte sich noch ein paar Notizen.

»Wenn du aus dem Ausland kommst, aber hier Eigentum besitzt, ist es weniger wahrscheinlich, dass du ausgewiesen wirst.« Er zwinkerte mir wissend zu. »Das Goldene Visum gewährt Ausländern, die hier in Griechenland in Immobilien investieren, eine fünfjährige Aufenthaltsgenehmigung.«

»Okay.«

»Ich kann gar nicht genug betonen, wie wichtig es ist, das Geld so schnell wie möglich von deinem Konto abzuheben«, mahnte er. »Aber das *andere* Kriterium ist, dass du *nicht* vorbestraft sein darfst.«

Ich stöhnte auf.

»Aber«, er wedelte wieder mit seinem fetten Zeigefinger herum, »du bist noch *nicht* vorbestraft, du bist nicht verurteilt worden.«

»Ach ja, stimmt.«

»Ich bin ein schlauer Anwalt, ich weiß, wie diese Dinge funktionieren«, sagte er, ging zurück in die Mitte des Zimmers und ließ seinen Stift auf den Schreibtisch fallen, als würde er am Ende eines Auftritts das Mikrofon fallen lassen. »Ich rate dir also, *so schnell wie möglich* eine Immobilie mit einem Wert von über zweihundertfünfzigtausend Euro zu kaufen. Wenn die Polizei deine Konten einfriert, bist du hier trotzdem für immer und ewig sicher.«

»Und das ist alles? Keine Bürokratie, keine Hürden, die man überwinden muss?«, fragte Nik.

Er schüttelte den Kopf. »Wir kümmern uns um alles: Krankenversicherung, Reisepass und Visa – alles im Eilverfahren. Vielleicht muss ich hier und da ein bisschen mehr bezahlen, wenn du weißt, was ich meine.« Wieder ein Zwinkern.

Es war mir egal, wie viel wir ihm zahlen mussten, ich hätte ihn auf der Stelle küssen können. Dieser Mann bot mir an, all meine Probleme aus der Welt zu schaffen und dafür zu sorgen, dass ich bei Nik Kouris bleiben konnte, an dem Ort, den ich liebte. Ich schaute zu Nik hinüber, und wir lächelten uns an.

»Was würde das kosten?«, fragte ich.

»Dafür, dass du hierbleiben kannst, die Visa beantragt werden, die rechtlichen Schritte für den Immobilienkauf in die Wege geleitet werden und du vor einer Gefängnisstrafe bewahrt wirst?«, fragte er kichernd. »Ich würde sagen, da liegen wir bei ungefähr ... Du weißt doch noch, wie ich gesagt habe, dass ich ein paar hochrangige Leute in der Botschaft schmieren muss, damit sie die Visa beschleunigt bearbeiten?«

Mein Bauchgefühl hatte mich nicht im Stich gelassen, an der Sache war etwas faul, aber war es deshalb illegal? Wahrscheinlich schon – aber was hätte ich sonst tun sollen?

»Wie viel?«, hörte ich mich fragen.

»Ich rechne mit ungefähr fünfzigtausend Euro – und zwar zahlbar im Voraus, denn ich muss dafür sorgen, dass die Beamten in der Botschaft keine Schwierigkeiten machen.«

Ich keuchte. Ich hatte nicht damit gerechnet, dass es so teuer werden würde, und schaute zu Nik hinüber, der mit den Schultern zuckte.

»Die Entscheidung liegt allein bei dir, mein Schatz«, sagte er. »Das ist eine Menge Geld.«

Was hatte ich schon für eine Wahl? Wenn ich *nichts* unternahm, würde ich wahrscheinlich alles verlieren. Ich war mir nicht hundertprozentig sicher, ob die Polizei nicht schon mein Konto eingefroren hatte und nur darauf wartete, dass ich versuchte, darauf zuzugreifen. Wenn ja, würden sie erfahren, wo ich war. Aber auch hier hatte ich keine andere Wahl, also

verschwendete ich keine Zeit mehr und bezahlte per Direkt-
überweisung von meinem Handy aus, wobei ich den Atem
anhielt.

»Nun, es scheint alles geklappt zu haben«, verkündete ich
und wischte mir nach ein paar angespannten Minuten den
Schweiß von der Oberlippe.

Wir alle verabschiedeten uns per Handschlag, dann
verließen wir Christos' Kanzlei und gingen wieder hinaus in
den Sonnenschein. Ich fühlte mich, als wäre mir die Last der
ganzen Welt von den Schultern genommen worden, und plötzlich hatte ich das Gefühl, dass ich mir meine Zukunft zurückge-
kauft hatte. Doch um welchen Preis?

32

Nachdem ich Nik mit einem Totalschaden konfrontiert hatte, war er mir wirklich eine große Hilfe gewesen, und jetzt schien alles glattzulaufen. Ich war immer noch nicht davon überzeugt, dass mit dem Pass und den Papieren alles ganz sauber ablief, aber wenn es ein bisschen mehr kostete, den Antrag schneller zu bearbeiten, war es das wert.

Da Christos versprochen hatte, alle notwendigen Dokumente innerhalb von sechsunddreißig Stunden zu besorgen, ich mein Geld dringend so schnell wie möglich von der Bank abheben musste und er mir garantiert hatte, dass ich hierbleiben konnte, machten Nik und ich uns auf den Weg zum nächsten Immobilienmakler.

Nik hatte *Adonis Estate Agent's* in der High Street vorgeschlagen, ein Familienunternehmen. »Ich vertraue ihnen, ich kenne die Familie seit Jahren«, sagte er und betrat das Büro. Drinnen empfing uns Clio, eine wunderschöne griechische Maklerin, die Nik wie einen Freund begrüßte, den sie schon seit einer Ewigkeit nicht mehr gesehen hatte. Ihr Make-up war dick, ihre Wimpern schwarz und üppig und ihr Haar unglaublich lang und glänzend. Ihre Augenbrauen sahen wie aufgemalt aus und bewegten sich nicht, wenn sie sprach. Clio hatte die Art von Schönheit, die ich bisher nur auf Instagram auf gefilterten Fotos gesehen hatte: fast zu perfekt, um wahr zu sein.

»Wie geht's deinem Vater?«, fragte er.

»Meinem Vater geht es gut, danke«, antwortete sie mit einem Akzent, der so dick war wie ihre Augenbrauen. »Und deinem?«

»Oh, er weilt nicht mehr unter uns«, erwiderte er befangen. Ich war überrascht, dass sie nicht wusste, dass sein Vater sechs Jahre zuvor verstorben war, und für Nik tat es mir leid, dass er ihr das erklären musste.

»Eine wunderschöne Villa direkt am Meer in Agni«, begann Clio und überflog die Liste der Immobilien, die zum Verkauf standen. »Ein Anwesen direkt am Strand im Nordosten von Korfu, ein Grundstück direkt am Meer in Dassia ... ähm, eine einmalige und seltene Gelegenheit, um ein Luxusgrundstück direkt am Meer mit Zugang zu einer abgelegenen Bucht zu erwerben ...«

Wenige Stunden zuvor war ich noch am Boden zerstört gewesen, aber Christos' Rat hatte alles verändert. »Wir könnten unsere Zeit zwischen hier und dem Weingut aufteilen?«, schlug ich vor und zeigte mit dem Finger auf eine Villa mit weißen Kuppeln mit Blick auf das unfassbar blaue Meer.

»Das wäre toll«, meinte Nik. »Ich könnte den Papierkram mit dorthin nehmen. Jetzt, wo wir verheiratet sind, sollten wir mehr Zeit allein miteinander verbringen«, flüsterte er mir leise ins Ohr.

Wir blätterten weiter durch die atemberaubenden Hochglanzfotos von wunderschönen Bauernhäusern, riesigen Villen an Berghängen und prächtigen Stadthäusern mit griechischem Dekor. Ich hätte am liebsten jedes einzelne Haus gekauft, um bis ans Ende meiner Tage dort mit Nik glücklich zu sein.

»Ich muss eines kaufen, das mehr als zweihundertfünfzigtausend Euro kostet«, sagte ich.

»Okay«, erwiderte sie langsam und schürzte die prallen Lippen, während sie die Fotos von Objekten ausbreitete, die in etwa der von mir genannten Preisklasse entsprachen. Ich war erstaunt, wie viel ich mir leisten konnte. »Wow, so etwas würde in Großbritannien Millionen kosten«, rief ich und sah mir ein großes, modernes Haus am Strand an, ganz aus weißem Stein und Glas.

»Und ohne das gute Wetter«, murmelte Nik, der sich gerade das Kleingedruckte durchlas. In diesem Augenblick erblickte ich es – und es sah für mich wie ein Zuhause aus. Ein wunderschönes, traditionelles Haus in Korfu-Stadt, im venezianischen Stil, pastellrosa, mit hohen Decken, großen Bildern an den Wänden, modern, aber nicht so kalt und minimalistisch wie einige der Häuser am Meer.

»Dieses hier wäre schön«, sagte ich zu Nik.

Er nickte. »Ja, das wäre toll. Dort könnten wir auch am gesellschaftlichen Leben teilnehmen. Ich befürchte, dass dir sonst nach einer Weile in den Bergen die Decke auf den Kopf fällt.«

»Ja, ich liebe das Landleben, aber wenn ich erst mal die griechische Staatsbürgerschaft habe, muss ich mir keine Gedanken mehr darum machen, mich möglichst unauffällig zu verhalten«, flüsterte ich ihm zu. »Wie viel kostet das hier?«, fragte ich.

»Diese hier fünf«, sagte Clio in gebrochenem Englisch und hielt fünf Finger in die Luft.

»Oh, Fünfhunderttausend Euro?«, fragte ich ein wenig entsetzt.

»Ja«, sagte sie, als wäre ich dumm.

»Ich wollte nur zweihundertfünfzigtausend ausgeben.«

»Ahh. Du hast gesagt mehr?«

»Ja, tut mir leid, ich meinte mehr, aber nicht viel mehr.«

»Okay«, erwiderte sie gedehnt, »ich habe diese mit zweifünfzig«, und legte ein paar Fotos von anderen Häusern in der Einöde von Korfu auf den Tisch.

»Das ist nicht ganz das, wonach wir suchen«, sagte ich lächelnd. »Habt ihr noch irgendwas in der Stadt?«

»Tut mir leid, nein, wir haben nicht«, antwortete sie und zog beide Mundwinkel herunter, während sie Nik schöne Augen machte.

Eine andere Kundin kam herein, und sie entschuldigte sich. Sobald sie außer Hörweite war, wandte ich mich an Nik. »Sollen wir uns noch woanders umsehen?«

»Um ehrlich zu sein, gibt es keinen anderen Makler, dem ich *trauen* würde. Clios Großvater hat meinem Großvater das Weingut verkauft, so lange gibt es das Unternehmen schon, und ich habe das Gefühl, dass man dich überall sonst über den Tisch ziehen würde, weil du Britin bist. Die Leute riechen so was.«

Als sie mit ihrer Kundin fertig war, wandte sich Nik an Clio. »Würdest du uns einen Preisnachlass geben, wenn wir das Stadthaus bar bezahlen, Clio?«

Sie machte ein skeptisches Gesicht, zuckte mit den Achseln, tippte ein paar Zahlen in ihr Telefon und führte ein langes Gespräch auf Griechisch mit jemandem am anderen Ende der Leitung.

»Wie viel kannst du maximal anlegen?«, erkundigte sich Nik leise.

»Ich will nicht alles von der Abfindung ausgeben, ich muss etwas Geld für meine Nichten übrig haben und würde Della gerne noch etwas für das Baby geben, wenn ich kann.«

»Wie du willst, mein Schatz, aber wie ich schon sagte, du würdest dich wahrscheinlich selbst belasten, wenn du das tust.«

»Vielleicht könnte ich ihr das Geld anonym zukommen lassen?«

Er zog die Augenbrauen hoch. »Du bist wirklich süß, aber

sei vorsichtig, du kannst dich nicht mal daran erinnern, dass du ihn mit der Flasche geschlagen hast«, sagte er leise.

»Du hast ja recht, aber ...«

»Selbst wenn du dein *ganzes* Geld hier in eine Immobilie steckst, ist es nicht so, dass du es verlierst, es ist eine Investition. Und wenn du beschließt, dass du in ein paar Jahren etwas Geld für Della oder deine Nichten brauchst, verkaufst du einfach. Und zwar mit Gewinn – sieh es also nicht als Ausgabe, sondern als Sparplan.«

Er hatte nicht ganz unrecht, alles ging so schnell, dass ich nicht mehr klar denken konnte.

»Aber es ist viel Geld, um alles auf einmal auszugeben ...«

»Ja, es ist auch viel Geld, das die Polizei einfrieren könnte«, warnte er.

»Du hast recht.«

»Wie viel hast du auf dem Konto?«

»Ungefähr vierhundertachtzigtausend Pfund«, antwortete ich und merkte, wie groß die Lücke war, die die Hochzeit und die Lebenshaltungskosten in die Abfindung gerissen hatten.

»Das sind etwa fünfhundertfünfzigtausend Euro«, sagte Nik zu Clio.

»Okay, also kannst du viel mehr ausgeben als zweihundertfünfzigtausend Euro?«, fragte sie.

Ich dachte eine Weile darüber nach. »Ja, das kann ich, aber mehr als vierhundertfünfzigtausend Euro kann ich wirklich nicht ausgeben. Ich habe Christos bereits fünfzigtausend Euro gezahlt, wenn ich also so viel für eine Immobilie ausgeben würde, hätte ich fast nichts mehr übrig. Aber ich denke, ich könnte mir einen Vollzeitjob suchen.«

»Darüber haben wir doch schon geredet. Du könntest bei einigen Hochzeiten arbeiten und auf dem Weingut helfen. Du könntest Führungen machen, Weinverkostungen, im Moment packen wir alle mit an, aber das könnte *dein* Job sein.«

»Das würde mir gefallen«, sagte ich.

»Ich denke, es ist eine weise Entscheidung, so viel Geld wie möglich auszugeben«, sagte Clio. »Möchtet ihr das Stadthaus besichtigen?«, fragte sie.

»Es kostet fünfhunderttausend Euro, das kann ich mir nicht leisten«, sagte ich.

»Mach dir keine Sorgen; wenn es dir gefällt, können wir sie runterhandeln, und wenn sie nicht darauf eingehen, werde ich sehen, ob ich etwas beisteuern kann, schließlich wird es ja uns *beiden* gehören«, erinnerte mich Nik.

Fünfzehn Minuten später spazierten wir durch das wunderschöne Stadthaus und ließen uns von seiner griechischen Pracht verführen. Die Inneneinrichtung war genauso fantastisch, wie es die Verkaufsfotos vermuten ließen, und ich war total begeistert von der Vorstellung, dort zu leben.

»Ich muss es haben, Nik«, murmelte ich und ließ meine Handflächen über die glatten Wände gleiten, bewunderte die Möbel und den Einrichtungsstil der jetzigen Besitzer.

Also riefen wir Clio an und gaben ein Anfangsgebot von vierhundertfünfzigtausend Euro ab.

In dieser Nacht fand ich keinen Schlaf, weil ich mir Sorgen um die Visa, den Pass und die Frage machte, ob die Verkäufer des Stadthauses unser Angebot akzeptieren würden. Clio hatte gesagt, das sei eher unwahrscheinlich, aber sie würde sich auf jeden Fall für uns einsetzen und sich so schnell wie möglich bei uns melden. Aber es war schon spät, als wir sie anriefen, und abends um elf hatte sie sich noch nicht zurückgemeldet. Nik schlief ruhig neben mir, anscheinend unbeeindruckt von dem Chaos, das in meinem Kopf herrschte. Es war kurz nach Mitternacht, als ich unten ein Geräusch hörte. Erschrocken lag ich ein paar Minuten lang da und lauschte, und als ich merkte, dass tatsächlich jemand unten war, rüttelte ich Nik wach.

Noch im Halbschlaf taumelte er aus dem Zimmer und die

Treppe hinunter, um zu sehen, was los war. Ich ging zum oberen Ende der Treppe, bereit, hinunterzugehen und Nik beizustehen, falls es Probleme gab. Nach ein paar Minuten hörte ich laute Stimmen. Anscheinend war Dimitris von der Polizei zurück, stand in der Tür und sprach sehr laut auf Griechisch, bis Nik ihn schließlich hereinließ. Ich ging zurück in unser Zimmer, zehn Minuten später war Nik wieder bei mir.

»Warum haben sie ihn gehen lassen?«, fragte ich, und mir wurde bange ums Herz.

»Ich schätze mal, es gab nicht genug Beweise.«

»Wo wird er schlafen?«

»In seinem Zimmer.«

»Nein, Nik, das geht nicht.«

»Er hat sich geweigert zu verschwinden und gesagt, dass er nirgendwohin gehen wird.«

Stöhnend zog ich mir die Decke über den Kopf. Ich war in der Hölle gelandet. Gerade als es wieder bergauf ging und alles gut lief, war Dimitris wieder auf freiem Fuß. Frei, um auf der Insel herumzustreifen und nach Frauen zu suchen, nach wehrlosen Frauen, die niemanden hatten, der sie beschützte, niemanden, der nach ihnen suchte. Ich machte mich wieder daran, das Schicksal von ihnen zu erforschen, und griff unter das Kopfkissen, um ihr Foto herauszuholen. Es war dunkel, ich konnte sie nicht sehen, aber es genügte mir, sie an meine Brust zu drücken, um sie zu beschützen, auch wenn ich tief im Herzen wusste, dass es zu spät war. Dann schlief ich ein, wie immer begleitet vom Geräusch der schreienden Frauen.

33

Als ich am nächsten Tag aufwachte, stellte ich fest, dass Dimitris wieder weg war.

»Ehrlich gesagt war er ein bisschen durcheinander«, meinte Nik bei Kaffee und Toast. »Ich glaube, die Polizei hat ihn ganz schön in die Mangel genommen, und er ist für ein paar Tage zu seinem Bruder an die Küste gefahren.« Mir fiel ein, dass Nik mir erzählt hatte, dass sein Bruder ziemlich abgeschieden wohnte, und wieder fragte ich mich, ob er mit Dimitris unter einer Decke steckte.

»Ich weiß, dass du der Polizei gesagt hast, dass er seinen Bruder besucht, hast du ihnen auch seine Adresse gegeben? Ich habe das Gefühl, dass sie im Haus seines Bruders möglicherweise ein paar Antworten finden könnten?«

»Ja, sie haben alle Angaben. Sie sagten, sie würden ihm dort einen Besuch abstatten.«

»Gut. Ich kann nicht glauben, dass sie ihn einfach so entlassen haben«, sagte ich.

Er nahm einen langen Atemzug. »Wenn und *falls* er zurückkommt, solltest du nicht allein mit ihm sein.«

»Das Gleiche hat Sylvie auch gesagt«, murmelte ich und

kaute auf meinem Toast herum, während mir ein Schauer über den Rücken lief.

»Nun, in diesem Fall könnte *Sylvie* tatsächlich recht haben. Ich *weiß* nichts, ich hatte meine Zweifel, aber alles scheint darauf hinzudeuten. Und jetzt, wo du das Foto gefunden hast, ist mir klar geworden, dass er bestenfalls gestört ist und erotische Fantasien über junge Frauen hat. Na ja, Frauen im Allgemeinen. Und im schlimmsten Fall ist er … nun, im schlimmsten Fall ist er für das Verschwinden von mindestens neun – vielleicht sogar zehn – Frauen verantwortlich.«

»Das sind nur die, von denen wir *wissen*, dass sie vermisst werden. Ich denke, es gibt wahrscheinlich noch mehr«, sagte ich und schenkte uns beiden einen zweiten Kaffee aus der Kaffeekanne ein.

»Ja, ich will gar nicht darüber nachdenken.«

»Ich weiß, es ist furchtbar.«

»Was hältst du davon, wenn wir jemanden finden, der bei dir bleibt, wenn ich mal wegmuss?«

»Ich komme schon klar, du bist ja die meiste Zeit hier.«

»Ja, aber wenn ich draußen auf dem Weinberg oder im Weinhandel unterwegs bin, wäre es gut, jemanden zu haben, damit du nie mit ihm allein bist. Wir könnten jemanden engagieren, eine Art Reinigungskraft, die bei uns wohnt.«

»Jemanden, der bei uns wohnt?« Ich ahnte plötzlich, worauf das Ganze hinauslaufen würde, und hoffte inständig, dass ich mich irrte. »Hattest du jemanden Bestimmtes im Sinn?«

»Nicht wirklich, aber ich weiß, dass Angelina großes Interesse an dem Job hätte.«

»Ach, das *weißt* du also, ja?«

Er verdrehte die Augen. »Sei doch nicht so. Sie hat im Moment ein paar Probleme mit ihrem Vermieter, und sie hat mich gefragt, ob ich von jemandem wüsste, der ein Zimmer zu vermieten hat. Ich dachte nur …«

Mein Gesicht brannte, jede Faser meines Wesens sträubte sich dagegen. »Nein, nein und ... nochmals nein.«

»Okay, beruhige dich, es war nur ein Vorschlag.«

»Den kannst du gleich wieder vergessen. Ich komme hier gut allein zurecht, und wenn Dimitris hier ist und du nicht, dann bleibe ich eben in unserem neuen Haus in der Stadt.«

»Es wird vielleicht noch ein paar Wochen dauern, bis wir dort einziehen können. Wie wäre es, wenn wir sie fürs Erste hier wohnen lassen?«

»Ach, du meinst, sie würde heute einziehen? Warum hast du das nicht gleich gesagt?«, erwiderte ich sarkastisch, bevor ich hinzufügte: »Nein danke.«

»Sie hat es angeboten, sie macht sich genauso viele Sorgen um dich wie ich.«

»Das kann ich mir vorstellen.« Ich rollte mit den Augen. »Ihr beide hattet also eure gemütlichen Plauderstündchen, oder was?«, fragte ich und wusste, dass ich wie eine Verrückte klang.

»Fang nicht wieder damit an, Alice«, stöhnte er.

»Nik, ich finde es nicht gut, dass du mit *ihr* über mich redest, und ich finde es auch nicht gut, dass sie anbietet, herzukommen und für mich die Babysitterin zu spielen. Um ehrlich zu sein, wenn ich die Wahl hätte, würde ich es lieber mit Dimitris versuchen, er hat einen netteren Charakter!« Ich stand auf, fing an, den Tisch abzuräumen und knallte unsere Frühstücksteller aufeinander, um meiner Wut Ausdruck zu verleihen.

Nik antwortete nicht. Ich hoffte, dass das bedeutete, dass er mich langsam besser kennenlernte und wusste, welche Knöpfe er *nicht* drücken durfte. Dann stürmte ich mit dem Frühstücksgeschirr in die Küche, schepperte mit Töpfen und Pfannen herum und knallte Schranktüren zu. Und ich glaube, er verstand die Botschaft, da er sich bald in sein Arbeitszimmer zurückzog und die Tür hinter sich schloss, während ich energisch die Küche schrubbte und auf das Klingeln des Telefons wartete.

Lange brauchte ich nicht zu warten. Im Laufe des Tages meldete sich Christos bei mir und erklärte, dass bereits alles im Eiltempo ablaufe; der Pass und die Papiere kämen aus Athen und würden in wenigen Tagen bei mir eintreffen. Er nannte mir eine Identifikationsnummer, mit der ich dem Immobilienmakler beweisen konnte, dass ich alle nötigen Papiere hatte, um den Hauskauf über die Bühne zu bringen.

Dann rief Clio an und teilte mir mit, dass die Verkäufer mein Gebot akzeptiert hätten, weil sie offenbar wegen der Arbeit nach Athen umzogen und deshalb schnell verkaufen mussten. Sie sagte, dass sie sich trotz etwas höherer Gebote anderer Käufer für mich entschieden hatten, weil ich bar bezahlen wollte und die Übergabe so viel schneller vonstattengehen würde. Dann beglückwünschte sie mich und gab mir ihre Daten, damit ich direkt an sie als Immobilienmaklerin zahlen konnte. Sie würde ihre Provision einbehalten und den Rest an die Eigentümer überweisen, sobald uns sämtliche Verträge und Urkunden vorlagen. In der Zwischenzeit wartete Christos darauf, die rechtlichen Prüfungen vorzunehmen und sicherzustellen, dass der Verkauf und die Übergabe reibungslos über die Bühne gingen.

Ich verschwendete keine Zeit, denn jeder Tag, der verging, war ein weiterer Tag, an dem die Polizei mein Konto einfrieren könnte, und dann wäre es aus mit meinem Leben auf Korfu. Also setzte ich mich auf einen Hocker an der Kücheninsel, hielt den Atem an und wählte die Nummer der Bank.

Nachdem ich viele Zahlen getippt, in Warteschleifen gewartet und schreckliche Musik gehört hatte, ging jemand ran.

Nervös erkundigte ich mich, ob ich die vierhundertfünfzigtausend Euro von meinem Konto auf das Konto der Immobilienmaklerin überweisen könne. »Anschließend würde ich gerne den Restbetrag abheben und mein Konto auflösen«, fügte ich hinzu.

Ich hatte mit Widerstand und einer ausführlichen Diskussion darüber gerechnet, warum ich die Bank verlassen wollte und was sie mir bieten könnten, damit ich blieb, doch zu meiner großen Erleichterung stimmte der Mann in der Leitung einfach zu, alles zu tun, was ich wollte. Ich wollte das sofort erledigen, die Zeit drängte.

»Okay«, sagte er schließlich gedehnt, »kann ich das noch einmal kurz überprüfen?«

»Ja«, blaffte ich fast.

»Gut, Sie wollen also eine Überweisung von vierhundertfünfzigtausend Euro direkt auf das Konto mit der Nummer ...« Er leierte die Nummer herunter, während mein Herz pochte.

Ich wiederholte immer wieder »Ja bitte« und »Ja danke«, obwohl ich eigentlich nur ins Handy brüllen wollte: »TUN SIE ES EINFACH!«

Endlich schien er die Überweisung ausgeführt zu haben, obwohl es quälend lange dauerte, doch gerade als ich mich bedanken und auf dem Küchenfußboden zusammenbrechen wollte, sagte er plötzlich: »Oh, einen Augenblick bitte, ich muss nur kurz etwas überprüfen.«

Mir wurde übel. Ich hatte es schon so weit geschafft, bitte, lieber Gott, lass jetzt nichts mehr schiefgehen. Was, wenn die Polizei nur darauf gewartet hatte, dass ich die Bank anrief und meine Nummer jetzt zurückverfolgt wurde? Was, wenn die Polizei alle Bankangestellten angewiesen hatte, sie zu informieren, sobald ich mich meldete? Ich fing an zu zittern, und gerade als ich das Gespräch wegdrücken und die Flucht ergreifen wollte, meldete er sich zurück.

»Also, da ist noch eine letzte Sache ...«, sagte er gedehnt.

O nein! Hätte ich mich nicht hingesetzt, hätten meine Beine ihren Dienst versagt.

»Ja?«, krächzte ich.

»Sagten Sie, Sie möchten, dass ich Ihr Konto *auflöse?*«

»Ja«, sagte ich schwach, fast unhörbar.

»Ihr Restguthaben beläuft sich auf vierundvierzigtausend Pfund, möchten Sie das auch überweisen?«

»Okay, danke« sagte ich und versuchte, nicht vor lauter Erleichterung in Tränen auszubrechen.

Ich hatte mich bei der Umrechnung von Pfund in Euro vertan, stand also besser da, als ich gedacht hatte.

Ich nannte ihm die Daten von Heathers Sparkonto und bat ihn, das Geld dorthin zu überweisen.

Als wir später am Tag zum Immobilienmakler in Korfu-Stadt zurückfuhren, schlug mir das Herz bis zum Hals. Der Mann bei der Bank hatte so entspannt gewirkt, hatte er es tatsächlich *getan?* War das Geld angewiesen worden? War es sicher in der neuen Immobilie angelegt? Ich würde keine Ruhe finden, bis wir die endgültige Bestätigung hatten, dass alles über die Bühne gegangen war. Es bestand immer die Möglichkeit, dass die Verkäufer ihre Meinung geändert hatten oder dass die Polizei in der Zwischenzeit auf mein Konto zugegriffen hatte.

Meine Brust war wie zugeschnürt, und mir war viel zu warm, obwohl die Klimaanlage im Auto auf Hochtouren lief.

»Es wird schon alles gut gehen«, sagte Nik, aber ich würde nicht eher ruhen, bis ich wusste, dass das Geld bei *Adonis Estate Agent's* gelandet war. Als wir vor dem Immobilienbüro hielten, hatte ich das Gefühl, mich jeden Augenblick übergeben zu müssen. Nik musste mir aus dem Auto helfen und hielt meine Hand, als wir uns zum Büro begaben.

Wir gingen hinein, und Clio stand mit ernster Miene vor ihrem Schreibtisch. Meine Beine waren schwach, und ich dachte, ich würde vor lauter Stress zusammenbrechen. Das sah überhaupt nicht vielversprechend aus. Dann, als ich es keine Sekunde länger aushielt, trat sie beiseite und förderte eine Flasche Champagner mit drei Gläsern zutage. »Das Haus gehört Ihnen, Mrs Kouris«, verkündete sie. Ich hätte sie küssen können.

Als wir das Maklerbüro verließen, hielt ich die Mappe mit dem Exposé der Immobilie fest umklammert, während sich Nik begeistert darüber zeigte, dass seine Frau nun auf der Insel sicher war.

»Ich freu mich so«, sagte er. »Jetzt kann ich ganz entspannt sein, weil ich weiß, dass ich für den Rest meines Lebens neben dir aufwachen werde.« Und mitten auf der Straße, in der prallen Sonne, während sich mein Leben vor mir ausbreitete, küsste er mich. Als er sich schließlich von mir löste, sagte er: »Alice Kouris, du bist jetzt griechische Staatsbürgerin, Eigentümerin einer Immobilie und meine Frau. Du wirst nie wieder nach Großbritannien zurückkehren!«

Damals ahnte ich noch nicht, wie sehr sich diese Worte bewahrheiten würden, wenn auch nicht so, wie ich es mir vorgestellt hatte.

34

In meiner Aufregung und Erleichterung über den Geldtransfer hatte ich das Gefühl, dass ich mich ein wenig entspannen konnte, da nun alles erledigt war. Während Nik uns zurück zum Weingut chauffierte, rief ich Sylvie an, um ihr meine Neuigkeiten zu erzählen.

»O mein Gott, das ist ja fantastisch!«, rief sie, und genau damit hatte ich gerechnet. »Ein kleines Haus in der Stadt? Sehr praktisch für unsere Mädelsabende auf der Piste – oder auch zu Hause. Das müssen wir feiern, sollen wir uns auf ein Glas Schampus in der Stadt treffen?«

Ich schaute zu Nik hinüber. »Oh, tut mir leid, wir sind gerade auf dem Heimweg, das wäre schön gewesen. Wie wäre es mit morgen?«

»Ach, kein Problem, ruf mich einfach an, wenn du Zeit hast, du fehlst mir!«

»Du fehlst mir auch«, sagte ich und war mir bewusst, dass Nik zuhörte, ich fühlte mich ein wenig kindisch. »Hey, ich hatte gerade eine Idee«, sagte ich und schaute wieder zu Nik hinüber. »Warum kommst du nicht heute Abend zum Essen zu uns?«

»Oh, das würde ich *gerne*, aber bist du dir sicher? Ich möchte nicht das fünfte Rad am Wagen sein.«

»Keine Sorge, wir würden uns freuen, dich zu sehen.«

»Wenn du dir ganz sicher bist?«

»Ja, unbedingt. Sagen wir um acht Uhr?«

Ich beendete das Gespräch und drehte mich zu Nik um. »Du hast doch nichts dagegen, oder? Sie wollte sich mit mir treffen und feiern.«

»*Feiern*? Warum, *sie* hat doch kein Haus gekauft, oder?«

»Nein, aber sie *freut* sich für mich, für *uns*«, fügte ich hinzu, und wieder einmal spürte ich seine irrationale Abneigung gegen Sylvie. »Du musst sie unbedingt auch privat kennenlernen«, sagte ich. »Sie ist reizend, und seit ich hier bin, ist sie mir eine gute Freundin geworden.«

»Ja, ich weiß, ich finde nur, dass sie eine ziemliche Tratschtante ist.«

»Sie ist auch nicht schlimmer als ich«, sagte ich.

»Genau das meine ich ja«, scherzte er.

»Wenn Sylvie nicht gewesen wäre, wären *wir* uns nie begegnet«, erinnerte ich ihn.

»Okay, ich verzeihe ihr, so schlimm kann sie nicht sein, wenn sie der Grund ist, warum ich dir begegnet bin«, kicherte er.

Als ich an diesem Nachmittag nach Hause kam, hatte ich das Gefühl, dass nichts und niemand mich unterkriegen konnte. Selbst Heathers ständige SMS waren nicht mehr so nervig wie sonst. Ich antwortete einfach: »Ich habe hier alles unter Kontrolle, mach dir keine Sorgen.«

Der Gedanke, dass wir bald ein Versteck haben würden, in das wir fliehen konnten, machte mir so gute Laune, dass ich sogar Dimitris angelächelt hätte, wenn er mit finsterer Miene hier herumgelungert hätte. Ich konnte nicht aufhören, an das wunderschöne Haus zu denken, wie ich es einrichten würde, in welchen Farben ich die Wände streichen würde. Wie ich das venezianische Erbe in den Farben und Möbeln wieder aufleben lassen könnte.

Später saßen Nik und ich in der Küche, tranken kühlen Weißwein und aßen salzige Oliven aus unserer eigenen Olivenpresse. »Danke für alles, Nik«, sagte ich.

»Warum bedankst du dich bei mir?«

»Weil du meine Situation verstehst und mich nicht verurteilst, weil du jemanden gefunden hast, der mir hilft, weil du mich geheiratet hast und ich in diesem wunderschönen Haus leben darf.« Ich küsste ihn.

»Ich bin dein Mann, ich habe dir gesagt, dass wir ein Team sind. Außerdem würdest du all diese Dinge auch für mich tun«, sagte er und erwiderte meinen Kuss.

Nach allem, was passiert war, nach seiner Verhaftung und nachdem ich ihn in der Nacht, in der er nach Hause gekommen war, aus dem Schlafzimmer verbannt hatte, und weil ich die meiste Zeit erschöpft und mir vor lauter Stress ständig ein bisschen übel war, hatten wir immer noch keinen Sex gehabt, obwohl wir seit vier Tagen verheiratet waren. Ich wusste, dass es nichts bringen würde, ihn unter Druck zu setzen, also vertraute ich einfach der weiteren Entwicklung und der Tatsache, dass wir zwei Menschen waren, die sich liebten und zueinander hingezogen fühlten. Das war doch ein guter Anfang, und irgendwann würde schon etwas passieren? Und jetzt, als der Kuss leidenschaftlicher wurde, glaubte ich so langsam, dass dies der passende Augenblick war. Unser Leben war wieder auf dem richtigen Weg, Dimitris war nicht hier, und die Sterne standen günstig.

Ich konnte kaum fassen, was für eine Kehrtwende in meinem Leben eingetreten war, und das hatte sich in der Nacht herauskristallisiert, als Nik mir sagte, ich solle mich ausziehen. Auch Dan hatte mir gesagt, ich solle mich ausziehen, und manchmal schliefen wir miteinander, und er war nett zu mir. Aber manchmal, nachdem ich mich ausgezogen hatte, sah er mich nur an und ging davon und ließ mich gedemütigt und nackt mitten im Zimmer stehen. Und als Nik in der Dunkelheit gestanden und mich beobachtet hatte, rechnete ich instinktiv damit, dass dies zu Demütigung und Zurückweisung führen würde. Doch Nik hatte mir nicht wehgetan oder mich abgewiesen, er hatte nur zugesehen. Er hatte mich nicht mal *berührt*, und trotzdem war es aufregend und wunderbar gewesen. Und es gab keinen Haken danach, keinen beiläufigen, vernichtenden Kommentar über meinen Körper.

Ich hatte viel zu lange mit Dan zusammengelebt, und seine stille, unsichtbare Grausamkeit hatte mich vergiftet. Aber nun war Nik da, das Gegengift, das mich heilen konnte, das mich mehr erregte, als Dan es je getan hatte, auch ohne mich zu berühren. Und ich wollte, dass er mich wieder erregte, aber dieses Mal wollte ich *alles* von ihm, und es war klar, dass es ihm ebenso ging. In diesem Augenblick öffnete sich die Haustür, und Dimitris kam hereinspaziert.

»Scheiße!«, murmelte Nik leise.

Ich schnappte mir schnell unsere schmutzigen Tassen und Teller und ging in die Küche, außer Sichtweite von Dimitris. Plötzlich war Sex das Letzte, woran ich denken konnte.

Einige Minuten später kam Nik zu mir in die Küche. »Seinem Bruder ging es nicht gut, deshalb ist er zurückgekommen«, sagte er leise. »Mit Dimitris ist alles okay, er ist nicht manisch, nur ein bisschen niedergeschlagen.«

Ohne zu lächeln, hob ich den Kopf, um zu zeigen, dass ich ihn verstanden hatte. »Was für ein beschissenes Timing.«

»Es tut mir wirklich leid, Alice, das musst du mir glauben.«

»Ist ja nicht deine Schuld.«

»Ich weiß, aber ... können wir das, was wir angefangen haben, später beenden?«

»Nur wenn wir einen Stuhl unter die Türklinke stellen«, sagte ich mit einem schiefen Lächeln. »Wir sind in dieser verdammten Ehe zu dritt.«

Er erwiderte mein Lächeln, gab mir einen Kuss in den Nacken und ging. »Wir schauen mal nach den Reben«, rief er mir zu und winkte, während ich ihm vom Küchenfenster aus nachsah und meine Hand zum Winken hob. Er und Dimitris wanderten gemeinsam durch den Garten und weiter zum Weinberg, und ich versuchte, positiv zu denken und mich auf Sylvies Besuch zu freuen.

Nachdem ich den Geschirrspüler befüllt hatte, kontrollierte ich den Kühlschrank, etwas, das ich hätte tun sollen, *bevor* ich sie zum Abendessen einlud. Ich fand Hummus und Pita, einen Teller Moussaka, ein wenig kaltes Hähnchenfleisch und alle Zutaten für einen griechischen Salat. Auf der Anrichte stand sogar ein Glas Nougat, den würde ich nachher zum Kaffee als Nachtisch servieren.

Ich suchte das Gemüse für den Salat zusammen und dachte, dass ich mich jetzt wie zu Hause fühlte. Hier lebte ich mein Leben, ich war keine Touristin oder Besucherin, ich gehörte dazu. Ich drückte das Gemüse an meine Brust und drehte mich vom Kühlschrank weg, und da war er, direkt hinter mir. Dimitris.

Vor lauter Schreck stieß ich einen Schrei aus, und eine Tomate fiel von dem Salatberg in meinen Armen herunter. Wir sahen beide zu, wie sie auf dem Boden zerplatzte, und ich wurde sofort an diese kalte, nasse Februarnacht erinnert, in der sich mein Leben verändert hatte. Ich sah, wie der Rotwein in Rinnsalen über den Boden lief und sich mit dem Regenwasser, dem Wein und den Glassplittern vermengte. Und jetzt hatte ich Angst, die zerquetschte Tomate aufzuheben, die wie ein zerschmetterter Kopf auf dem Steinboden lag, mit Kernen und Fruchtfleisch, die an austretende Gehirnmasse erinnerten. Kurz musste ich an Dan denken und hätte am liebsten losgeheult.

Dimitris schaute mich jetzt aufmerksam an. Aus dieser Nähe hatte ich ihn noch nie gesehen. Sein Gesicht war von der Sonne gezeichnet, Falten zogen sich reihenweise über seine

Wangen und seine Stirn. Seine Brauen waren buschig und ungepflegt, seine Hände braun und knorrig. Ich konnte nicht aufhören, ihn anzustarren. Die Schreie in meinem Kopf waren jetzt ohrenbetäubend.

Wo zum Teufel steckte Nik, hatte Dimitris ihm etwas angetan?

Er starrte mir ins Gesicht und streckte seine knorrige Hand nach mir aus. Ich wich instinktiv zurück, denn ich konnte das, was er sagen wollte, nicht in Worte oder irgendeine Sprache übersetzen. Die Laute wurden gepresst herausgestoßen, als kämen sie aus seinem Magen und nicht aus seiner Kehle. Nur eine Seite seines Gesichts schien sich zu bewegen. Er wollte mir Angst einjagen, aber als ich wie angewurzelt dastand, stieß er wieder hervor: »Geh ... geh!«

»Nik«, rief ich, dann noch lauter: »NIK!«

Mein Instinkt sagte mir, dass ich sofort weglaufen sollte, aber jetzt lagen die Dinge anders. Dimitris war immer noch ein unheimlicher Typ, der in der Küche herumlungerte, aber er war auch der Cousin meines Mannes. Er war gerade von der Polizei freigelassen worden und würde nirgendwo hingehen. Damit musste ich leben.

»Nein, ich werde nicht gehen«, sagte ich so energisch, wie ich konnte. »Ich bin jetzt Niks Frau.« Ich lächelte nervös, dachte an die Frauen und das Foto des jungen Mädchens in seiner Nachttischschublade und hätte ihm am liebsten die Augen ausgekratzt.

Er legte den Kopf zur Seite und drehte sich leicht um, als hätte er mich nicht richtig verstanden.

»Ich möchte, dass wir Freunde werden«, bot ich ihm lächelnd an und wartete mit angehaltenem Atem. Ich wusste nicht, warum ich das tat, vielleicht wollte ich ihn auf die Probe stellen, aber ich bewegte mich nach vorne, um mich zu bücken und die Tomate aufzuheben. Ich wusste, wenn er mich mit einem Hammer schlagen oder sich auf mich stürzen wollte, wäre *jetzt* der passende Zeitpunkt, aber ich dachte, wenn ich ihm Freundlichkeit und nicht nur Angst zeigte, würde er mich vielleicht mögen, und dann wäre ich sicher. Vielleicht würde er mir sogar genug Vertrauen schenken, um mir Dinge zu erzählen. Ich sammelte das Fruchtfleisch, die Kerne und die Haut der Tomate auf, erhob mich und sagte: »Ich muss jetzt den Fußboden wischen, könntest du also bitte beiseitetreten?«

Er kam auf mich zu, und ich versuchte, nicht zurückzuschrecken, vor allem, als er noch näher kam und mich die ganze Zeit mit weit aufgerissenen Augen anstarrte. Dann streckte er schweigend langsam seine linke Hand nach dem Inhalt meiner Hände aus. Da ich annahm, dass er mir die geplatzte Tomate abnehmen und in den Mülleimer werfen würde, streckte ich ihm meine immer noch hohlen Hände entgegen. Ohne den Blick von mir abzuwenden, nahm er den größten Teil der Tomate in eine Hand und drückte sie zusammen, wobei er die Faust hob, damit ich die rote Flüssigkeit sehen konnte, die durch seine verkrampften Finger lief. In der Stille schnappte ich nach Luft.

»Warum tust du das?«, hörte ich mich selbst schreien. Es bestand kein Zweifel daran, dass er mich bedrohte.

Ich konnte das Glitzern eines Küchenmessers im Messerblock sehen und machte einen Schritt darauf zu. Doch als ich das tat, kam er näher.

»Keinen Schritt weiter!«, rief ich, ging rückwärts, behielt ihn im Auge, ließ das Salatgemüse auf die Arbeitsplatte fallen und zog das Messer aus dem Block. Dann hielt ich es mit der Spitze in seine Richtung.

»Ich *werde* mich verteidigen«, sagte ich.

Er schien zu verstehen, dass ich Angst hatte und wütend war und dass ich das Messer benutzen würde, wenn er noch einen Schritt auf mich zukäme. Er blieb stehen, und wir standen uns wie erstarrt gegenüber, bis ich mich langsam hinter die Kücheninsel zurückzog, die sich nun zwischen uns befand.

In diesem Moment klingelte es an der Haustür, und ich ging rückwärts aus dem Zimmer, beobachtete ihn und hielt das Messer als Drohung in der Hand. In der Küchentür blieb ich stehen. »Ich werde das hier benutzen«, rief ich und fuchtelte mit dem Messer herum. Da schien er zu begreifen, dass er besiegt war, und stapfte langsam durch die Terrassentür in Richtung Weinberg davon.

Ich brauchte einen Augenblick Zeit, um wieder zu Atem zu kommen, mein Herz pochte wie wild, und als es erneut klingelte, setzte ich mich in Bewegung. Als ich die Tür öffnete, hielt ich immer noch das Küchenmesser umklammert. Vor der Tür stand eine sehr aufgeregte Sylvie, die beim Anblick des Messers sichtlich fassungslos war.

»O mein *Gott*, was hast du denn damit vor?«

»Komm rein«, sagte ich und umarmte sie, wobei mir die Tränen über die Wangen liefen. Ich war so wütend auf Dimitris, weil er die Schuld daran trug, dass ich mich so fühlte.

Sie reichte mir zwei Flaschen teuren Weißwein. »Sieht aus, als müsstest du eine davon sofort öffnen!«

»Danke. Tut mir leid, ich wollte dich wie eine Hausherrin begrüßen, die durch die schönen Zimmer wandert, das Abendessen schon fertig hat und ein Glas gekühlten Weißwein serviert«, sagte ich. Als sie mir durch die lange Halle folgte, schaute ich mich schnell um, um sicherzugehen, dass er nicht zurückgekommen war, bevor ich die Küche im hinteren Teil des Hauses betrat.

»Tut mir leid!«, sagte ich nervös. »Ich hatte einen harten Tag.«

»Hör auf, dich zu entschuldigen. Aber bitte leg das Messer weg, es sei denn, du hast vor, mich damit zu erstechen? Wenn ja, könntest du bitte warten, bis ich den Rundgang beendet und ein schönes Glas Chablis getrunken habe«, sagte sie und stellte beide Flaschen auf die Kücheninsel, während ich mich auf die Suche nach den Gläsern machte.

»So viel zum Thema Hausherrin – du kennst dich ja nicht mal in der Küche aus.«

»Es gibt so viele Möglichkeiten, wo sie sein könnten, diese Küche ist riesig, es wird Jahre dauern, bis ich weiß, wo alles ist.«

»Können wir über das Messer reden?«, fragte sie, stellte ihre schöne tomatenrote Hermes-Handtasche auf der Kücheninsel ab und schwang sich elegant auf einen Hocker.

Ich verdrehte die Augen. »Oh, das war wegen Dimitris ...«

»Was du nicht sagst?«, erwiderte sie und verdrehte ihrerseits die Augen.

Ich fand die Gläser, schenkte zwei große ein und trank einen großzügigen Schluck, bevor ich fortfuhr. »Er war mit Nik draußen im Weinberg, dachte ich zumindest, aber er hat sich offensichtlich zurückgeschlichen. Also habe ich versucht, Kontakt mit ihm aufzunehmen.«

»Wie eklig«, sagte sie und kräuselte angewidert die Lippen.

»Ja, ich wollte ihm das Gefühl geben, dass er mir vertrauen kann oder so. Ach, was solls – in Disney-Filmen funktioniert so was.«

»Igitt! Aber die volle Punktzahl für deine Bemühungen. Ich verstehe schon, was du vorhattest: eine Art Esmeralda für unseren Quasimodo?«

Ich musste lachen. »Ach, was habe ich dich vermisst. Du schaffst es immer, mich zum Lächeln zu bringen, und sorgst dafür, dass sich meine ganze Anspannung in Luft auflöst.«

»Sexuelle Anspannung?« Auf den Hinweis sprang sie sofort an. »Leider nicht – na ja, vorhin, da ...«

»Erzähl weiter?«

»Aber dann ist Dimitris aufgetaucht.«

»Was das angeht, hast du wirklich kein Glück, oder?«

»Nein, aber vielleicht habe ich ein Versprechen, das ich später einlösen kann.«

»Wird auch Zeit! Wo *steckt* Nik? Ich wollte ihm gratulieren, ich habe ihn seit der Hochzeit nicht mehr gesehen.« Dann wurde ihr klar, *was* sie gerade gesagt hatte. »*Ihm* gegenüber werde ich das natürlich anders formulieren.« Sie machte eine Geste, bei der sie sich mit den Fingern die Kehle durchschnitt und nahm das Weinglas, das ich ihr inzwischen eingeschenkt hatte.

»Ich bin mir nicht sicher, *wo* Nik ist. Das letzte Mal, als ich ihn gesehen habe, war er mit Dimitris auf dem Weg zum Weinberg, aber ich glaube, er ist wieder zurück«, sagte ich, als ich sah, dass das Licht in seinem Arbeitszimmer brannte. »Wahrscheinlich arbeitet er noch, also wird es vielleicht doch ein reiner Mädelsabend.«

»Wie, ohne Dimitris?«, scherzte sie.

»Nein, ich glaube, er ist heute Abend oben damit beschäftigt, die Unterwäscheschubladen von uns allen zu durchwühlen.«

»Ach, wie reizend.«

»Ja, sowohl Dimitris als auch Angelina wollen, dass ich nach Hause fliege, das ist hier ein Dauerthema. Aber anscheinend hat sie angeboten, hier einzuziehen und sich um mich zu kümmern. Wäre das nicht wunderbar?«

»Was zur *Hölle*? Wann hat sie das denn angeboten?«

»Heute, gestern, ich weiß es nicht mehr, mein Gedächtnis ist im Moment echt im Eimer. Ich glaube, das liegt an meinem Alter.«

»Die Wechseljahre stehen vor der Tür.«

»Na großartig, noch etwas, worauf ich mich freuen kann.« Ich fing an, das Essen vorzubereiten. Es war schön, sie bei mir zu haben und mit ihr zu plaudern, während ich den Inhalt des Kühlschranks auf Tellern anrichtete und es Meze nannte.

Als ich alles hingestellt hatte, ließ ich Sylvie für einen Augenblick allein und ging hinüber zu Niks Arbeitszimmer, das auf der anderen Seite des Hofs lag. Ich konnte ihn durch das Fenster beim Telefonieren sehen und steckte meinen Kopf durch die Tür. »Sylvie ist da, gesellst du dich zu uns?«

Er legte sofort sein Handy beiseite und klickte das Bild auf seinem Computerbildschirm weg. »Ich bin sehr beschäftigt, Alice, es ist etwas dazwischengekommen«, sagte er. Ich glaubte ihm nicht, er hatte einfach nur keine Lust auf die Gesellschaft meiner Freundin. Ich war sauer, und die Art, wie er sein Handy mit dem Display nach unten auf den Schreibtisch legte, verunsicherte mich. Dann ging ich weiter ins Arbeitszimmer hinein und beugte mich gerade vor, um ihm einen Kuss auf die Wange zu geben, als ich sah, wie er sein Handy vom Schreibtisch in seine Tasche gleiten ließ. Das beunruhigte mich, aber es war nicht das erste Mal, dass er sich ein wenig geheimnisvoll verhielt, was sein Handy anging. Er ließ es nie herumliegen und hatte es immer bei sich. Ich war glücklich und wollte nicht mit ihm streiten, also hatte ich es nicht angesprochen. »Okay, mach nicht zu lange«, sagte ich, zog die Tür hinter mir zu und ging wieder über den Hof. Als ich zurückblickte, sah ich, dass er erneut am Telefon war. Mir fiel auf, dass es für Geschäfte schon ziemlich spät war, und mir wurde klar, dass ich meinem neuen Mann nicht vertraute. Ich fragte mich, ob ich das je tun würde.

35

Als ich am nächsten Morgen wach wurde, stellte ich fest, dass ich mehrere Anrufe von Heather verpasst hatte. Wahrscheinlich hatte sie wieder mal True-Crime-Serien auf Netflix geschaut und war überzeugt, dass ich ermordet worden war. Um zu beweisen, dass nicht jemand anders mein Handy benutzte und sich für mich ausgab, schickte sie mir eine SMS, in der sie mich aufforderte, ihr drei Fragen zu beantworten:

Was ist deine Lieblingsfarbe?

Welchen Kaffee trinkst du bei Starbucks am liebsten?

Was ist dein absoluter Lieblingsfilm?

Ich machte mich daran, per SMS zu antworten, um sie von ihrem Elend zu erlösen. Nik lag immer noch schlafend neben mir, er war erst gegen drei Uhr morgens zu Bett gegangen. Also hatten wir wieder mal keine Zeit für uns gehabt. Als er ins Bett gekommen war, war ich schon im Halbschlaf gewesen, und er war eingeschlafen, sobald sein Kopf das Kissen berührt hatte.

Und jetzt war es Morgen; ich hörte die Traubenpflücker draußen ankommen, und zweifellos lauerte auch Dimitris irgendwo. Mir war schon wieder übel vom Wein der letzten Nacht, und Sex war das Letzte, woran ich dachte, auch wenn Nik nicht mal Andeutungen in diese Richtung machte. Er kletterte gerade aus dem Bett.

»Wem schreibst du?«, fragte er und schaute auf sein Handy, dabei hatte er mir den Rücken zugedreht.

»Meine Schwester fragt gerade, welchen Kaffee ich bei Starbucks am liebsten trinke«, sagte ich, ohne aufzusehen.

»Klar, was sonst«, murmelte er, kratzte sich am Kopf und verschwand im Badezimmer.

Ich schickte Heather eine SMS, um sie von ihren Sorgen zu erlösen, und versprach, sie später anzurufen. Nik bekam ich den restlichen Vormittag über nicht mehr zu Gesicht, er war mit den Traubenpflückern draußen im Weinberg unterwegs. Ich fühlte mich gerade ein wenig in der Schwebe. Wir warteten darauf, dass das Stadthaus von den jetzigen Besitzern geräumt wurde und dass meine Papiere aus Athen eintrafen. Beides stand kurz bevor, aber wie Nik schon sagte, war der Zustelldienst der Post miserabel, es dauerte ewig, bis Briefe ihr Ziel erreichten, und wie alle Hauskäufer mussten auch wir so lange warten, bis der Verkäufer ausgezogen war.

Durch den Stress war mir noch übler als sonst, und ich fühlte mich ständig nervös wegen allem. Nik sagte, er habe in meiner Gegenwart das Gefühl, auf Eierschalen zu laufen, er war stundenlang draußen im Weinberg unterwegs und zog sich anschließend in sein Arbeitszimmer zurück. Ich konnte es kaum erwarten, dass wir endlich das Stadthaus beziehen konnten, es würde unser Zufluchtsort sein – kein Dimitris, keine Angelina, nur ich und Nik. Hoffentlich waren die Ruhe und die Privatsphäre alles, was wir brauchten, um ins Eheleben zu starten und endlich den nächsten Schritt zu machen?

Während ich also auf Neuigkeiten wegen des Hauses und

Post aus Athen wartete, machte ich mich daran, die Villa zu putzen. Ich wollte Angelina nicht die Arbeit wegnehmen, aber ich fand es auch nicht gut, dass sie bei uns arbeitete, wenn sie noch immer für Nik schwärmte. Also hatte ich an diesem Morgen alle Schlafzimmer geputzt, auch das von Dimitris, und in allen Schubladen, im Kleiderschrank und unter seinem Bett nachgesehen. Diesmal hatte ich nichts gefunden, was eine Erleichterung war, aber mir wurde klar, dass meine alte Obsession wieder durchkam und ich vielleicht einen Gang zurückschalten sollte.

Als ich später an diesem Morgen in unserem Schlafzimmer stand, nahm ich das Foto heraus und starrte sie an. Ich hatte das Gefühl, dass ich bei genauerem Hinsehen Hinweise entdecken würde, dass sie mir auf ihre Weise etwas sagen könnte. Aber es war eine Nahaufnahme, ohne Anhaltspunkte im Hintergrund; es war, als wäre sie für alle Ewigkeit auf Korfu konserviert worden, im Sonnenschein, aber wo auf Korfu? Ich sah auf und blickte aus dem Fenster, als ich plötzlich Stimmen auf der Terrasse unter mir hörte.

Es war Mittagszeit, und ein paar von Niks Traubenpflückern machten gerade Pause und saßen über Obst und Wasserflaschen gebeugt am Tisch. Ich ließ den Blick über sie schweifen und blieb an einer Person hängen: schlank, langes, dunkles Haar ... Nein, das konnte doch nicht sein? Aber sie war es – Angelina. Ich war wütend auf Nik. Wie konnte er sie weiterbeschäftigen, wo er doch wusste, dass es ein Problem gab und wie es mir damit ging?

Ich trat näher ans Fenster und versuchte, außer Sichtweite zu bleiben. Angelina hatte ihre Augen immer überall, und es war seltsam und beunruhigend, wie sie mich immer zu finden schien. Unaufhörlich beobachtete sie mich, ihr Blick bedrohlich und starr. Ich rechnete förmlich damit, dass sie jeden Moment nach oben schauen und mich auf diese unheimliche, finstere Art anlächeln würde, die sie sicher nur für mich aufgespart hatte. Aber sie wirkte teilnahmslos. Sie unterhielt sich nicht mit den anderen und versuchte auch nicht wie sonst, im Mittelpunkt zu stehen. Da es ein heißer Tag und Traubenpflücken körperlich anstrengend war, nahm ich an, dass sie wohl müde sein musste, denn sie schien kein Interesse an den Menschen um sich herum zu haben. Sie saß allein. Doch plötzlich änderte sich das, und sie schien wacher zu sein, sogar aufgeregt, ihre Bewegungen wurden schneller. Ihr ganzer Körper spannte sich an, und sie setzte sich aufrecht hin. Dann kam Nik in Sicht. Es war seine Anwesenheit, die eine so abrupte Veränderung bewirkt hatte, und sie lächelte frech, als er zu der Bank in der Nähe hinüberging. Er saß allein, aber innerhalb von Sekunden hatte sie den Tisch der Traubenpflücker verlassen und ging auf ihn zu. Er blickte auf, und ich sah das Lächeln auf seinem Gesicht. Das traf mich mitten ins Herz.

Sie unterhielten sich ein paar Minuten lang mit gedämpften Stimmen. Es war eine Qual, aber ich konnte kein einziges Wort verstehen, ich wusste nicht mal, ob die Unterhaltung auf Englisch oder auf Griechisch geführt wurde. Dann stand er langsam auf und ging in Richtung Küche. Ich war erleichtert, dass er nicht bei ihr blieb, er *hatte* auf mich gehört und eingesehen, dass er ihr keine falschen Hoffnungen machen durfte. Er verschwand in der Küche, und ich atmete erleichtert auf und sah, dass sie allein auf der Bank saß, als wäre ihre Batterie leer. Doch schon nach wenigen Minuten war er wieder auf der Terrasse, trat mit zwei Tassen in den Sonnenschein hinaus, und sie klatschte in die Hände wie ein aufgeregtes Kind. Der Umgang mit Angelina war mir nie leichtgefallen. Schon bei unserer ersten Begegnung, als sie mit Sylvie zusammen gewesen war und ich ihnen meinen Tisch im Restaurant überlassen hatte, war sie mürrisch und unhöflich gewesen. Und seit dem Abend, an dem sie mich auf der Damentoilette bedroht hatte, hatte ich wirklich Angst vor ihr.

Sie hatte mir gezeigt, dass es ihr egal war, was sie sagte oder wie sie nach außen wirkte, sie wurde vom Hass getrieben.

Doch jetzt saß sie mit meinem Mann auf meiner Terrasse, trank Kaffee und kicherte über alles, was er sagte, und ich erkannte zum ersten Mal, was er und andere in ihr sahen. Angelina schien ein ganz nettes Mädchen zu sein. Kein Wunder, dass er dachte, Sylvie und ich wären gemein, als ich sagte, dass wir Angelina für seine Verhaftung verantwortlich machten. Und kein Wunder, dass er mich ungläubig ansah, als ich ihm erzählte, dass sie mich bedroht hatte, denn von meinem Schlafzimmerfenster aus beobachtete ich das lächelnde, beunruhigend kokette Gespräch, das sie gerade mit ihm führte. Ich konnte am Tonfall seiner Stimme erkennen, dass er sie neckte und es ebenso sehr genoss wie sie. Für mich als seine neue Ehefrau war das schwer zu ertragen, doch was dann kam, ließ mich fast das Fenster aufreißen und ihn anschreien. Ich sah entsetzt zu, wie er ihr sanft ins Gesicht griff und mit ein paar Strähnen ihres langen, dunklen Haares spielte. Von dort, wo ich stand, konnte ich sehen, wie seine Fingerspitzen ihre Wange berührten und sich langsam zu ihren Lippen bewegten, wo sie ein paar quälende Sekunden lang verharrten. Ich schnappte nach Luft, hielt mir die Hand vor den Mund, und mir stiegen die Tränen in die Augen. Es war ein sehr diskreter Moment, und keiner der anderen schien die erotisch aufgeladene Geste zu bemerken, die sich direkt vor ihren Augen abspielte. Außer Nik, Angelina – und mir.

Ich konnte mir das nicht länger mit ansehen und entfernte mich vom Fenster, doch das bedrückende Gefühl in mir wollte einfach nicht weichen. Meine Kehle fühlte sich wie zugeschnürt an, mein Herz pochte vor Eifersucht und Schmerz. Ich hasste ihn mit jeder Faser meines Wesens, liebte ihn aber mit der gleichen Intensität. Es war eine Qual.

Ich musste meine Gedanken ordnen und schloss mich im Badezimmer ein. Ich wollte nicht, dass er oder irgendjemand anders plötzlich oben auftauchte, ich musste die Sache erst durchdenken. Ich versuchte, mir einzureden, dass ich mich vielleicht geirrt hatte und er sie nicht so angefasst hatte, doch das Bild hatte sich in meinen Kopf eingebrannt und lief jetzt in einer Endlosschleife. Es war passiert. Jetzt musste ich meinen eigenen Standpunkt hinterfragen – ich hatte Angelinas Eifersucht für unbegründet und krankhaft gehalten, wie bei einer Besessenen, die den Unterschied zwischen Einbildung und Wirklichkeit nicht kannte. Aber ich hatte mich geirrt, gewaltig geirrt, denn offensichtlich wurden ihre Gefühle von ihm angeheizt und bestärkt. Ich konnte ihr nicht verübeln, dass sie verletzt, am Boden zerstört und wütend auf mich war, weil ich mit Nik zusammen war. Sie hatte wirklich geglaubt, dass er sie mochte, und Nik hatte sie glauben lassen, sie hätte eine Chance. Oder war es mehr als das? Hatte Nik dasselbe für sie empfunden, und ich war der Ausrutscher, die Affäre, die andere Frau gewesen? War ich die Besessene, die nicht in der Lage war, zwischen Einbildung und Wirklichkeit zu unterscheiden?

Ich trug diesen Gedanken den ganzen Tag mit mir herum; wie ein sterbendes Tier, das Schmerzen hatte, krallte ich mich an ihm fest und konnte ihn nicht loslassen. Am Abend konnte ich nichts mehr essen, fühlte mich müde, krank und hatte Kopfschmerzen. Ich hatte nicht die Kraft, etwas zu sagen, aber ich hatte auch nicht die Kraft, es für mich zu behalten. Nachdem er zu Abend gegessen hatte und ich das Essen auf meinem Teller nur ein wenig hin- und hergeschoben hatte, fragte ich: »Wie ging es denn Angelina heute?«

Er schaute von seinem Weinglas auf. »Keine Ahnung.«

»Hast du sie nicht gesehen?«

»Nein. Warum sollte ich?«

»Weil sie heute hier gearbeitet hat?«

»Hat sie?«

»Nik, du *weißt*, dass sie hier war. Ich habe sie auf der Terrasse gesehen, sie hat mit dir Kaffee getrunken.«

»Muss ich jetzt alles mit dir besprechen? Darf ich nicht mehr mit Frauen reden oder mit meinen Angestellten Kaffee trinken?«

»Du weißt, dass ich das *nicht* gesagt habe, Nik«, erwiderte ich und stöhnte innerlich. Ich war angespannt und müde, und Nik ließ sich leicht aus der Ruhe bringen, was zu vielen Spannungen führte, die oft in Streit ausarteten. »Du siehst doch sicher ein, dass es keine gute Idee ist, sie hier arbeiten zu lassen, da sie offenbar etwas für dich empfindet.«

»Alice, jetzt reicht's aber wirklich. Ich habe dein ständiges Gejammer wegen Angelina so satt.«

»Und *ich* habe es satt, dass du ihr Gesicht berührst und ihr auf der Terrasse süße Worte ins Ohr flüsterst!«, zischte ich.

Er schaute mich mit offenem Mund an. »O mein Gott! Echt jetzt? Du spionierst mir bei der *Arbeit* nach? Hast du dich hinter den Bäumen versteckt und mich beobachtet?«

»Das war gar nicht nötig, ich konnte die ganze Vorstellung vom Fenster im Obergeschoss aus sehen.« Ich beugte mich nah zu ihm. »Ihr beide wart direkt vor meiner Nase. Buchstäblich!«, fauchte ich und spürte, wie mit der Übelkeit etwas vom Kampfgeist der alten Alice in mir aufstieg.

»Ich wette, das war so *richtig* spannend für dich.« Der Abscheu in seinem Gesicht war kaum zu ertragen, als er sich wieder seinem Glas Wein zuwandte und sein Handy zur Hand nahm.

Ich stand vom Tisch auf. »Ich gehe ins Bett«, sagte ich und versuchte, die Wut und den Schmerz, die in meinem Kopf tobten, zu unterdrücken.

Erschöpft taumelte ich die Treppe hinauf, Tränen liefen mir über das Gesicht. Ich hatte das Gefühl, nicht länger kämpfen zu können. Was war nur los mit mir? Plötzlich wurde mir schwindelig, und ich setzte mich für einen Moment auf das

Bett, bis der Schwindel nachließ. Während ich dort saß, nahm ich ihr Foto heraus. Obwohl ich tief in meinem Herzen wusste, dass sie kein Happy End gehabt hatte, freute ich mich über ihr Lächeln. Zumindest schien sie glücklich gewesen zu sein, als das Bild gemacht wurde. Es war gut zu wissen, dass sie Sonnenschein im Gesicht und gute Momente in ihrem Leben gehabt hatte, wenn auch nur für kurze Zeit. Ich legte es unter mein Kopfkissen, und da ich wusste, dass Nik stundenlang dort unten sitzen und trinken würde, zog ich mein Handy aus der Tasche, um mit Heather zu reden. Ich wollte ihr unbedingt erzählen, was gerade passiert war, und ihre Meinung dazu hören. Sie war immer fair und wies mich gerne auf meine Fehler hin. Vielleicht sah sie, wo ich falschlag, oder bestätigte mir, dass Nik tatsächlich ein Mistkerl war. In jedem Fall würde sie mir eine rationale, objektive Sicht auf das vermitteln, was sich langsam wie eine äußerst chaotische Ehe anfühlte.

Die Liebe war mein Antrieb gewesen, aber auch Niks Begeisterung und nicht zu vergessen meine eigenen finanziellen und juristischen Probleme, die durch die Heirat beseitigt worden waren. Es gab also einen Silberstreif am Horizont, auch wenn wir uns nicht vertrugen und er sich in eine andere verliebt hatte. Ich fragte mich jetzt, ob Angelina der Grund dafür war, dass wir immer noch keinen Sex gehabt hatten. Wahrscheinlich machte ich mir wie immer zu viele Gedanken, und es lag einfach an der Tatsache, dass wir es nicht geschafft hatten, lange genug glücklich miteinander zu sein, um tatsächlich Sex zu haben. Irgendetwas oder irgendjemand schien immer dazwischenzufunken. Kein Wunder, dass er Angelina berührte, er war wahrscheinlich sehr frustriert, denn dies hätten unsere Flitterwochen sein sollen. Und dann war da noch meine Gesundheit, die mich davon abhielt, auch nur an Sex zu *denken*, und schon das wurde zu einem Problem. Ich hatte angenommen, dass meine ständige Müdigkeit und Übelkeit von der Nervosität wegen der Hochzeit sowie vom Wein herrührten, aber selbst der Verzicht auf Alkohol brachte keine Besserung. Ich machte mir langsam Sorgen, dass mit mir etwas nicht stimmte.

Gerade als ich auf Heathers Namen klicken wollte, um sie anzurufen, wie ich es versprochen hatte, summte mein Telefon. Sie rief mich an.

»Du kannst hellsehen«, sagte ich tonlos.

»Schön wär's. *Gott sei Dank* bist du rangegangen. Die Polizei war gerade da – schon wieder!«

Was war jetzt wieder los? Ich wollte über all das nicht reden, ich wollte nur eine Eheberatung und ihr anvertrauen, wie krank ich war. Sie war schließlich meine Ersatzmama.

»Die Polizei sucht nach dir, sie sind gekommen, um dich mitzunehmen, Alice.« Sie klang weinerlich und beinahe panisch, was überhaupt nicht ihre Art war.

»Du hast es ihnen doch nicht *verraten*, oder?« Ich war sofort in höchster Alarmbereitschaft.

»Nein, denn ich weiß ja nicht mal, wo du bist, stimmt's?«

»Was hast du ihnen gesagt?«

»Ich sagte, ich denke, du seist in Südamerika.«

»Wie bitte?«, entgegnete ich, während ich mich fragte, wo Nik war, wie es ihm ging, und an meinen Fingernägeln herumpulte. »Heather, nach Südamerika durchzubrennen ist so ein Klischee, du solltest wirklich aufhören, Krimis zu schauen.«

»Dank dir werde ich bald die Hauptrolle in einem Krimi spielen.«

Ich verdrehte die Augen; sie konnte eine *richtige* Dramaqueen sein.

»Was wollte sie denn? Die Polizei ...«

»Schatz ... Ich weiß nicht, wie ich es dir sagen soll, aber sie haben gesagt, ich soll dir ausrichten, dass gegen dich nicht mehr ermittelt wird – sie haben einen Haftbefehl. Alice, du wirst wegen *Mordes* gesucht.«

36

Ich setzte mich mit dem Handy in der Hand aufs Bett. Ich stand völlig unter Schock.

»Sag das noch mal, Heather?«

»Dan ist tot.«

Meine Augen füllten sich mit Tränen. »Willst du mich verarschen, soll das ein Witz sein?«

»Nein, verdammt, ist es nicht.«

»Was ist passiert ... und warum werde ich wegen Mordes gesucht?«

»Die Hirnblutung«, begann sie, »er ist an der Hirnblutung gestorben, Schatz.«

Noch mehr Tränen schossen mir in die Augen, als ich mich an weitere Einzelheiten dieses Abends erinnerte: wie er mich so hasserfüllt angeschaut hatte, wie er plötzlich eine Bewegung machte, die mir Angst einjagte und mich glauben ließ, er würde mich schlagen. Die Bewegung, die ich schon so oft spätnachts gesehen hatte, wenn er etwas getrunken hatte und ich etwas gesagt hatte, mit dem er nicht einverstanden war. Ich war aus dem Supermarkt geflohen, ohne mich umzudrehen. Ich war weggelaufen, wie ich es immer tat. *Hatte ich ihn umgebracht?*

»Es hat sich herausgestellt, dass er seit diesem Abend im Krankenhaus lag. Er wurde im Supermarkt niedergeschlagen, hat sich dann aber im Krankenhaus wieder erholt. Er war es, der Della angewiesen hat, darauf zu drängen, dass du wieder verhaftet wirst, und alle dachten, er würde überleben.«

Ich holte tief Luft. »Wenn ich verantwortlich bin«, sagte ich, »dann habe ich mich wahrscheinlich nur verteidigt, auch wenn ich weiß, dass das keine Entschuldigung ist.«

Sie gab mir keine Antwort.

»Er hat mir manchmal wehgetan, weißt du?«

Sie schwieg noch eine Weile, dann sagte sie: »Ich habe mir schon so was gedacht. Ich habe dich einmal gefragt, als du einen blauen Fleck am linken Auge hattest, und du hast behauptet, du wärst gegen die Tür gelaufen«, sagte sie. »Ich habe ihn nie gemocht.«

»Heather, ich kann mich nicht richtig daran erinnern, aber ich war schon ein paar Tage nicht mehr auf Instagram, und vorhin habe ich gesehen, dass ich Della eine Nachricht geschrieben haben muss. Mir ging es nicht besonders gut, ich fühlte mich krank und erschöpft, und ich muss einen Blackout gehabt haben, so wie an dem Abend, denn ich kann mich auch daran nicht erinnern. Aber ich habe sie gefragt, ob Dan ihr ebenfalls wehgetan hat.«

»Ich weiß«, sagte sie.

»Wie meinst du das?«

»Das warst nicht du, Alice, das war ich. Ich habe ihr diese Nachrichten auf Instagram geschickt.«

»Heather?«

»Ich weiß, das hätte ich *nicht* tun sollen. Aber sie hat gesagt, dass du ihn mit einer Weinflasche geschlagen hast, und ich konnte nicht glauben, dass du jemals zu so etwas fähig wärst, Schatz. Dann wurde mir klar, dass du es wahrscheinlich aus Notwehr oder Angst getan hast, und um das zu beweisen, dachte ich, wäre es hilfreich, wenn Della zugibt, dass er sie auch geschlagen hat. Ich hatte diesen Krimi gesehen, in dem ein Mann seine Frau misshandelt hatte, aber dann haben sich seine Frau und seine Geliebte zusammengetan und sich gemeinsam an ihm gerächt. Ich hatte diese verrückte Idee, wenn ich sie dazu bringen könnte, ihre Geschichte zu erzählen, dann könntet ihr beide zusammen gegen ihn kämpfen, und du würdest vor Gericht damit davonkommen.«

»Ich kann nicht glauben, dass du einfach meinen Instagram-Account gekapert und so getan hast, als wärst du ich«, murmelte ich und versuchte, weder an Della zu denken noch daran, dass ich den Vater ihres Babys getötet hatte.

»Ich weiß, und es tut mir leid. Aber die Nachricht, die ich Della geschickt habe, in der ich sie gefragt habe, ob er ihr jemals wehgetan hat ...?«

»Ja, sie meinte, ich würde mit der Kontaktaufnahme gegen das Gesetz verstoßen, und drohte mir mit der Polizei. Heather, du hättest mich wirklich in Schwierigkeiten bringen können.«

»Sie mag zwar mit rechtlichen Schritten gedroht haben, weil ich sie kontaktiert habe ... aber bevor sie die Nachricht gelöscht hat, war ihre erste Antwort ›Ja‹.«

Das überraschte mich nicht. Männer, die Frauen schlugen, hörten normalerweise nicht nach einer Frau damit auf.

»Ich habe einen Screenshot der Antwort gemacht, in der sie zugibt, dass er ihr wehgetan hat, bevor sie die Nachricht gelöscht hat«, sagte sie, »das könnte vor Gericht vielleicht nützlich sein, Schatz?«

»Ja, danke, Heather.«

Ich sagte ihr, dass ich sie lieb hätte, aber jetzt losmüsse, und beendete das Gespräch. Dann saß ich schweigend auf dem Bett und dachte an Della, die gerade begonnen hatte, mein altes Leben zu leben. So traurig ich auch darüber war, dass jemand sein Leben verloren hatte, so konnte ich doch nicht umhin, zu denken, was für ein Glück sie gehabt hatte, davongekommen zu sein, auch wenn ich wegen Mordes gesucht wurde. Ich hatte tatsächlich keine Wahl, jetzt konnte ich nie wieder nach Hause zurückkehren.

Eine kräftige Brise wehte in der dunklen Ferne und erinnerte mich daran, dass der Herbst vor der Tür stand. Dieser Herbst würde nicht so sein wie die Herbsttage zu Hause, mit kühlen Morgenstunden, Wollpullovern und langen goldgelben Spaziergängen. Dieses Jahr würde ich die dunklen Nachmittage vermissen, an denen ich mit Heather und den Mädchen Tee trank und einen alten Film schaute.

Mein Heimweh zog mich in die Vergangenheit zurück. Ich fragte mich, wie ich an diesem fremden Ort mit Menschen, die ich kaum kannte, gelandet war. Es war unglaublich traurig, wenn ich daran dachte, wie ich mich von allem verabschiedet hatte, vom Guten und vom Schlechten – nur um nicht ins Gefängnis zu müssen. Ich öffnete mein Instagram, rief direkt Dellas Account auf und sah dort einen neuen Beitrag. Es war ein Foto von Dan mit seiner Tochter. Sie war erst ein paar Tage alt und lag auf seinem Krankenhausbett.

Kleiner Schatz, dein Daddy ist nie aufgewacht, er hat dich nie kennengelernt, aber er wird immer bei dir sein.

Tränen kullerten über mein Gesicht. Was auch immer er getan hatte, er hatte es nicht verdient, so zu sterben. War ich für diese schreckliche Tat verantwortlich?

Mein Blick wanderte weiter über ihre kleinen Quadrate, ihre ganz persönliche Geschichte, und ich sah ein Foto von Weihnachten zwei Jahre zuvor. Sie zusammen mit Dan, im Hintergrund stand ein Weihnachtsbaum, beide trugen Pyjamas und tranken Champagner – Dan und ich waren an diesem Weihnachtsfest noch zusammen gewesen. Damals hatten wir gerade erfahren, dass der letzte Versuch der künstlichen Befruchtung nicht funktioniert hatte. Zweifellos hatte ich weinend zu Hause gesessen, während sie im Pyjama Champagner tranken. Es würde mir schwerfallen, jemals aufrichtig um Dan zu trauern.

37

Ich wartete auf den Pass und den Papierkram, überprüfte jeden Morgen die Post und rief Christos an, der sagte, dass es Verzögerungen bei der Post gebe und ich mich gedulden solle. Aber mir war gesagt worden, dass alles in sechsunddreißig Stunden fertig sein würde. Das war vor drei Tagen gewesen, und allmählich machte ich mir Sorgen, doch da Nik und ich kaum miteinander sprachen, erzählte ich ihm nichts davon. Ich erzählte ihm auch nicht von Dans Tod, sondern behielt es für mich, ich konnte einfach nicht anders. Ich hatte nicht das Gefühl, ihm das gefahrlos mitteilen zu können, weil er sonst bei unserem nächsten Streit wahrscheinlich »Mörderin« zur Liste seiner Beleidigungen hinzugefügt hätte. So gingen wir beide jeden Tag höflich miteinander um, machten Small Talk, aber *redeten* nicht wirklich miteinander, und als ich eines Morgens aufwachte und merkte, dass er nicht ins Bett gekommen war, war ich nicht überrascht. Es kam mir vor wie das Ende von etwas, das gerade erst begonnen hatte. Unsere Ehe lag im Sterben, noch bevor sie geboren worden war, und statt zu versuchen, sie zu retten, hatte er sie getötet.

Als ich an diesem Morgen die Schlafzimmer in Ordnung

brachte, stellte ich fest, dass er in einem anderen Zimmer geschlafen hatte. Er hatte sogar ein paar seiner Klamotten dorthin gebracht. Ich durchwühlte die Schubladen und öffnete schließlich auch die Nachttischschublade, weil ich wissen wollte, ob ich etwas finden würde, vielleicht einen süßen kleinen Liebesbrief von Angelina. Doch stattdessen stieß ich auf genau die gleichen zwei Bücher, die ich Tage zuvor in Dimitris' Schublade vorgefunden hatte, als ich das Foto entdeckt hatte. Ich schlug beide Bücher auf und kontrollierte sie gründlich, um festzustellen, ob es noch mehr Fotos gab, konnte aber keine finden. Als ich das neuere Buch schloss, sah ich auf der ersten Seite eine Widmung.

Für Nik. Lass uns trinken, denn morgen sind wir tot. In Liebe
A xxx

Ich konnte nicht klar denken, aber während ich versuchte, das zu verarbeiten, kehrte ich sofort in das Zimmer zurück, in dem ich das Foto im Buch gefunden hatte, das Zimmer, in dem, wie ich *annahm*, Dimitris schlief. Gab es mehrere Exemplare des Buches, waren sie in beiden Zimmern? Aber als ich die Schubladen öffnete, waren sie leer. Die Bücher gehörten Nik, was vermutlich bedeutete, dass auch das Foto des Mädchens Nik gehörte.

Ich ging nach unten und fand ihn in der Küche an seinem Handy. In den letzten Tagen war er nicht mal mehr raus in den Weinberg gegangen, soweit ich wusste. Er war selten in seinem Arbeitszimmer, er ging nur im Flur auf und ab, nie ohne sein Handy in der Hand.

»Ich habe das Gefühl, du wartest auf schlechte Nachrichten?«, sagte ich, als ich mich zu ihm an den Küchentisch setzte.

»Ich warte nicht auf Nachrichten«, erklärte er mit zusammengebissenen Zähnen. »Das nennt sich Arbeit.«

»Du bist in letzter Zeit ständig gereizt, alles, was ich sage, scheint dich zu verärgern.« Ich versuchte, meine Worte nicht allzu kritisch klingen zu lassen, sondern eher wie eine Beobachtung. Außerdem wollte ich mich nicht in eine schwache, kleine Person verwandeln, die Angst vor seiner Wut hat. Ich hatte schon viel Schlimmeres erlebt.

»Nik«, begann ich. »Du erinnerst dich doch noch an das Foto, das ich in Dimitris' Büchern gefunden habe?«

Er sagte nichts, sondern blickte nur fragend von seinem Handy auf.

»Das waren eigentlich *deine* Bücher, oder?«, fragte ich und rechnete damit, dass er es abstreiten würde.

Er legte sein Handy weg. Sein Schweigen verunsicherte mich irgendwie. War er verwirrt – oder versuchte er, sich eine Erklärung auszudenken?

»Ja, es sind meine Bücher, aber ich bin nicht der Einzige, der in ihnen gelesen hat«, sagte er. Das stimmte natürlich, vielleicht hatte Dimitris sie ja auch gelesen und das Foto hineingelegt? Aber irgendetwas nagte trotzdem an meinem Hinterkopf.

»Das Foto gehört also nicht dir?«

»Natürlich nicht, ich bewahre keine Fotos von jungen Mädchen auf«, schnauzte er mich an.

»In einem der Bücher ...«, zögerte ich, weil ich wusste, dass ich mich wie ein Verrückte anhören und mit ihm darüber in Streit geraten könnte. »Da steht eine Widmung drin ...«

»Ja, ›*Lass uns trinken, denn morgen sind wir tot*‹ oder so was Ähnliches.«

Ich nickte: »Ja, die Widmung war mit A. unterschrieben.«

»Anthony war einer der Traubenpflücker, die wir letzten Sommer hier hatten. Er hat es mir als Dankeschön gegeben, als er uns verließ.«

Was sollte ich sagen? Ich glaubte ihm nicht, aber ob das nun daran lag, dass es nicht stimmte, oder schlicht daran, dass ich paranoid war, vermochte ich nicht zu sagen.

»Was ist bloß los mit dir, Alice, du bist so was von unsicher, das ist echt unattraktiv«, sagte er und widmete sich wieder seinem Handy, während ich verletzt vor ihm stand.

»Und was ist mit dem Nik passiert, den ich kennengelernt habe?«, schnauzte ich zurück. »Er war immer lustig, freundlich und fürsorglich. Und jetzt scheinst du mir bei jedem Wort direkt an die Gurgel zu gehen.«

»Tut mir leid«, erwiderte er. »Ich habe nur ein paar Probleme, berufliche Probleme, und bin deswegen ein bisschen gestresst. Ich will das nicht an dir auslassen. Aber wenn du so viel Aufmerksamkeit brauchst und eifersüchtig bist, fällt mir das wirklich schwer.«

»Nik, ich brauche weder viel Aufmerksamkeit, noch bin ich eifersüchtig. Ich will nur, dass wir ehrlich zueinander sind und miteinander reden können, ohne uns gegenseitig den Kopf abzureißen.«

»Das will ich doch auch.«

»Apropos ehrlich«, begann ich zögernd. »Heather hat mich angerufen, und Dan – mein Ex – ist gestorben.«

»Was? Wegen der Verletzungen, die du ihm zugefügt hast?«

Ich hatte gewusst, dass er das sagen würde, aber auf den ersten Blick sah es tatsächlich so aus, als wäre das der Fall.

»Na ja, das glaubt zumindest die Polizei.«

»Scheiße, Alice, was bedeutet das jetzt für dich?«

Ich fragte mich, ob er sich in Wahrheit fragte, was das jetzt für ihn bedeutete.

»Ich weiß es nicht, die Polizei in Großbritannien prüft eine Mordanklage.«

Er stieß einen leisen Pfiff aus, alle Farbe war aus seinen Wangen gewichen.

»Ich weiß, es ist furchtbar, und ich würde verstehen, wenn du einfach nur die Scheidung wolltest, aber ich habe eine Verteidigungsstrategie.«

»Natürlich hast du die«, murmelte er. Ich hatte das Gefühl, in seiner Stimme einen Hauch von Sarkasmus zu hören, es tat weh, und ich konnte beinahe spüren, wie er sich zurückzog.

»Hör zu, ich bin jetzt Alice Kouris, ich lebe in Griechenland auf dem Land, und solange sie mich nicht finden, wird nichts passieren. Und wenn doch, dann werde ich sagen, dass ich in Notwehr gehandelt habe.«

Er nickte langsam: »Das könntest du tun, aber wir sollten uns jetzt nicht zu viele Sorgen machen, denn wie du schon sagst, wissen sie nicht, wo du bist. Lass uns also ganz normal weitermachen, bis wir etwas von ihnen hören, okay?«

Ich war so erleichtert, dass es jemanden gab, der wie ich froh war, weiterzumachen, ohne nur in Angst davor zu leben, dass die Polizei an die Tür klopfte. »Ich will mit dir verheiratet sein und hier auf der Insel leben, solange es geht«, sagte ich, und in diesem Wahnsinn ergab alles einen Sinn für mich. »Lass uns noch nicht aufgeben, Nik, warum fangen wir nicht heute Abend an? Du ziehst wieder in unser Zimmer, und wir können wenigstens zusammen aufwachen. Du hast immer gesagt, dass es das ist, was du dir am meisten wünschst?«

»Ja, lass uns das tun. Was unser Liebesleben angeht, so möchte ich nicht, dass du denkst, ich würde dich nicht lieben oder dich nicht attraktiv finden«, sagte er sanft. »Es ist nur so, dass der Arbeitsstress mich so sehr belastet, dass ich nicht mal an Sex denken kann.«

»Ich verstehe schon, und es liegt ja nicht nur an dir. Ich habe diese Krankheitsschübe und fühle mich ständig erschöpft, deshalb habe ich mich auch nicht gerade auf dich gestürzt.«

Er lächelte und griff nach meiner Hand. »Sollen wir noch einmal von vorne anfangen und alles hinter uns lassen?«

»Hört sich gut an«, erwiderte ich. »Und als Erstes rufe ich einen Arzt an, ich muss ein paar Tests machen lassen, um herauszufinden, was mit mir los ist.«

»Ich kenne genau die richtige Frau, sie ist großartig, sie hat sich jahrelang um meine Familie gekümmert. Sie ist gut, aber manchmal muss man eine oder zwei Wochen warten, weil sie ausgebucht ist. Ich rufe sie später an und mache dir einen Termin.« Er berührte zärtlich mein Gesicht. »Ich mache mir Sorgen um dich, mein Schatz, du siehst immer so blass aus.«

»Nik, ich habe Angst, dass es etwas Ernstes ist.«

»Wahrscheinlich ist es nur der Stress wegen der Hochzeit und allem anderen, denn du hast ja zu Hause auch viel um die Ohren. Aber bald ist alles wieder in Ordnung, und ich werde Dr. Samaras anrufen, dann kann sie dich zur Sicherheit gründlich durchchecken.«

An diesem Abend kam er zu mir ins Bett, doch die Bauchschmerzen und die Übelkeit waren so stark, dass ich kaum liegen konnte.

»Schatz, ich wusste nicht, dass es dir so schlecht geht«, sagte er, sichtlich besorgt, und kümmerte sich die ganze Nacht um mich, brachte mir Wasser, ein zusätzliches Kissen und massierte mir den Bauch. Ich war gerührt, dass er so fürsorglich war, und schlief trotz der Schmerzen sogar für eine Weile ein. Aber gegen vier Uhr morgens wachte ich wieder mit Übelkeit auf. Ich konnte nicht liegen, denn dann ging es mir noch schlechter. Also schlich ich leise durchs Zimmer und wurde wie von selbst zum Fenster gezogen, wo ich die Vorhänge öffnete. Das silbrige Mondlicht begrüßte mich. Es umhüllte mich sanft, während ich auf die Terrasse und den Weinberg hinausblickte. Und mit einem Mal wurde mir plötzlich klar, dass er da draußen war. Dimitris war im Weinberg, an einer anderen Stelle als der, an der ich ihn zuletzt hatte graben sehen. Aber er grub auch jetzt wieder.

Wonach suchte er da? Beim letzten Mal war ich mir nicht hundertprozentig sicher gewesen, dass es ein Mann war. Aber dieses Mal war die Fläche ins Mondlicht getaucht, und ich musste ihn nicht mal mit dem Handy heranzoomen, um zu sehen, dass es Dimitris war.

Und ja, er grub tatsächlich. Es sah ganz so aus, als ob ich mit meiner halb scherzhaft gemeinten Bemerkung, er habe wohl vergessen, wo er die Leichen vergraben habe, recht behalten hätte.

»Alice, alles okay mit dir?«, erkundigte sich Nik im Halbschlaf.

»Nik, ich habe Angst«, sagte ich.

Er setzte sich im Bett auf. »Warum?«

»Dimitris gräbt schon wieder da draußen. Dieses Mal bin ich mir sicher, dass er es ist, und er gräbt.«

Seufzend kletterte er aus dem Bett und wankte zu mir hinüber.

»Es ist vier Uhr morgens, Nik, was zum Teufel *tut* er da?« Er folgte meinem Blick, als ich aus dem Fenster schaute, und wir starrten beide auf Dimitris, der grub, als ginge es um sein Leben. »Was, wenn er sie in den Boden gelegt hat – da draußen?« Ich schlang schützend die Arme um mich. Dieser schreckliche Gedanke brachte uns beide zum Schweigen.

»Ich würde es *wissen*, Alice«, meinte Nik entschieden.

»Würdest du das?«, antwortete ich skeptisch.

»Ich kenne jeden Zentimeter meines Weinbergs. Wenn jemand Frauenleichen zwischen den Reben vergraben würde, gäbe es dort große Mengen frischer Erde, das wäre kaum zu übersehen.«

»Vielleicht sind es *keine* Leichen. Vielleicht versteckt er weitere Trophäen? Erinnerst du dich an das Foto, das ich gefunden habe?«

Er zog die Augenbrauen hoch. »Langsam wird mir klar, dass du recht haben könntest. Vielleicht ist mein Cousin doch nicht der arme, angeschlagene alte Mann, für den ich ihn gehalten habe?«

Ich war überrascht, dass er es endlich begriffen hatte. Nik hatte so lange darauf beharrt, dass Dimitris unschuldig war.

»Ich werde mit ihm reden und herausfinden, was er vorhat.«

»Er scheint jetzt weg zu sein«, sagte ich und schaute immer noch aus dem Fenster. »Geh jetzt nicht da raus, er könnte dir mit der Schaufel auf den Kopf schlagen.«

»Ich rufe die Polizei«, sagte er. Damit schnappte er sich sein Handy und redete auf Griechisch mit der Polizei, und als er fertig war, legte er seinen Arm um mich. Ich zitterte vor Angst. »Was hast du ihnen gesagt? Dass Dimitris im Weinberg gegraben hat?«

»Ja, das habe ich ihnen gesagt, und auch, dass wir vermuten, dass er *irgendwas* über die verschwundenen Frauen weiß und dass es hier auf dem Gelände vielleicht ein paar Trophäen gibt. Aber das, wonach sie suchen, ist nicht hier. Der Ort, an dem sie suchen müssten, könnte das Haus meines anderen Cousins sein – das Haus von Dimitris Bruder, direkt an der Küste. Ich habe mich gefragt, warum er dort wohnt – es ist ein Ort, an dem man Leichen vergraben könnte, ein riesiges Stück verwilderter Strand.«

»Und ein großes Meer«, sagte ich schaudernd und kletterte zurück ins Bett, dabei stellte ich mir ein dunkles, nasses Grab vor, während ich die Frauen schreien hörte.

38

Die Polizei kam nie auf das Weingut, wahrscheinlich weil Nik ihnen geraten hatte, bei seinem anderen Cousin zu suchen. Aber ich konnte Dimitris' nächtliche Streifzüge nicht länger ertragen und rief am nächsten Tag Clio vom Maklerbüro an, um zu erfahren, ob es Neuigkeiten wegen des Auszugs der Vorbesitzer gab.

»Bald ist es so weit, Alice«, antwortete sie fröhlich. »Ich habe die Verträge, und die Familie zieht aus – lass mich mal nachsehen – ja, nächsten Samstag.«

Das war noch eine Woche. Ich war so enttäuscht. Nik und Clio hatten mir versichert, dass der Kauf einer Immobilie in Griechenland sehr zügig vonstattengehe. Ich konnte die Aussicht auf eine weitere Nacht in diesem Haus nicht ertragen. Aber ich blieb noch eine Woche, und wir bekamen Dimitris kaum zu Gesicht. Nik sagte, er würde in der Nähe bleiben und ihn im Auge behalten, und er hatte die Polizei auf der Kurzwahltaste, also war ich nicht allzu beunruhigt. Aber als wir am darauffolgenden Samstag noch immer nichts von Clio gehört hatten, wurde ich allmählich richtig nervös.

»Es ist alles bestens, Schatz«, sagte Nik. »Du weißt doch, wie das mit einem Hauskauf so ist: Es kann eine Woche oder ein Jahr dauern.«

»Ich kann nicht viel länger warten«, erwiderte ich gestresst, weil ich unbedingt einziehen und vom Weingut wegkommen wollte.

Am darauffolgenden Montag wartete ich immer noch nervös auf die Schlüssel, obwohl Clio mich immer wieder beruhigte und Nik mich ermahnte, »geduldig zu sein«. Mir ging es immer noch schlecht, und ich war sehr, sehr angespannt.

Nik war freundlicher und gelassener, und ich merkte, dass er sich Mühe gab, nicht gereizt zu sein, aber die Anspannung war immer noch da. Ich war überzeugt, dass das Stadthaus die Lösung war. Wenn wir nur hier wegkämen und allein sein könnten, wäre das der Zufluchtsort, den wir brauchten.

Ich fühlte mich in diesen Tagen überwältigt, alle meine Sorgen wuchsen ins Unermessliche: Dans Tod, Dimitris' Grabungen und Angelinas ständige Anwesenheit. Sie schien an den meisten Tagen auf dem Weinberg zu sein. Ich sah sie zwar nur selten, weil sie draußen Trauben pflückte, aber es machte mir trotzdem zu schaffen. Also rief ich Sylvie an, die offensichtlich die Verzweiflung in meiner Stimme hörte und mich zum Mittagessen einlud.

»Wann?«, fragte ich.

»Wie wär's mit jetzt?«

»Gerne«, sagte ich und freute mich auf die Gelegenheit, etwas Nettes und Normales zu tun, bei dem es nicht um Tod und Streit, nächtliche Horrorszenarien oder schreiende Frauen ging. Nik war an diesem Tag Richtung Norden nach Sidari gefahren, um sich eine neue Olivenpresse anzuschauen, und würde erst spät nach Hause kommen. Ich brauchte eine Ablenkung von meinem Sorgenberg und vom Warten auf die Schlüssel für unser neues Haus, die immer noch nicht zur

Verfügung standen. Also trug ich Lippenstift auf und nahm ein Taxi zu Sylvies Wohnung.

»Hi!«, sagte sie, öffnete die Tür und umarmte mich. »Ich habe dich vermisst!«

»Ich habe dich auch vermisst«, erwiderte ich und war erleichtert über ihre Herzlichkeit. »Ich hatte Angst, dass wir uns aus den Augen verlieren, dass du denkst, ich hätte dich für das Eheleben aufgegeben«, sagte ich und folgte ihr ins Wohnzimmer.

»Nein, ich habe nicht eine Minute lang gedacht, dass du lieber mit deinem reichen, gut aussehenden Weinbergbesitzer zusammen wärst als mit mir.« Sie lächelte und wies mit einer Geste auf den Balkon: »Nehmen Sie Platz, Madam, das Mittagessen ist fertig.«

Ich setzte mich an den Tisch auf ihrem riesigen Balkon mit Meerblick. Nachdem ich mir im Maklerbüro Immobilien wie diese angesehen hatte, wurde mir jetzt klar, wie viel so etwas kosten musste.

»Diese Wohnung ist wirklich ein Traum«, sagte ich, als sie mit einer großen Wurst- und Käseplatte nach draußen kam.

Sie stellte die Platte vorsichtig auf dem Tisch ab. »Ich dachte, wir knabbern ein bisschen«, sagte sie und starrte mit mir auf das aquamarinblaue Wasser, die Berge in der Ferne und den blassgoldenen Sand unter ihr. »Ja, ich habe Glück, hier zu leben. Ich muss mich jeden Tag kneifen«, sagte sie, ohne den Blick vom Horizont abzuwenden. »Und erst dieser Sonnenuntergang am Abend ...« Sie kniff sich in die Finger und küsste sie. »Wie läuft das Eheleben?«, fragte sie dann, als wäre ihr das plötzlich wieder eingefallen.

Ich seufzte. »Schwierig. Im Moment haben wir mit ein paar Kinderkrankheiten zu kämpfen.«

»Aber dieses Haus zu kaufen und hierzubleiben, war eine gute Idee?«

Ich erzählte ihr von einigen unserer Streitereien, seinem Stress und wie er sich verändert hatte. »Aber das ist nicht das einzige Problem«, fügte ich hinzu. »Dimitris ist nachtaktiv geworden.«

»Ach du Scheiße! Darum würde ich einen großen Bogen machen. Nach dem, was mir so zu Ohren kommt ...«

»Kann ich mir vorstellen«, antwortete ich, »und die verdammte Angelina hängt dauernd bei uns rum, angeblich um Trauben zu pflücken, aber ich glaube, sie denkt, dass es ihre Aufgabe ist, mit Nik zu flirten.«

»O ja, das hat sie erwähnt – natürlich nicht das Flirten, aber dass sie Trauben pflückt. Die Sache ist die, im Moment ist es an der Hochzeitsfront bei mir sehr ruhig, ich kann ihr keine Arbeit mehr anbieten.«

»Du machst dir bestimmt Sorgen wegen der Flaute. Ich nehme an, die Hypothek für diese Wohnung ist sehr hoch?«

»Ach, Immobilien sind hier billig zu haben, das weißt du doch.«

Ich lächelte. Offensichtlich hatten Sylvie und ich völlig unterschiedliche Vorstellungen, was die Definition von »billig« anging.

»Apropos Immobilien: Wie läuft es denn mit dem Hauskauf?«

»Nicht gut. Clio, die Immobilienmaklerin, hat gesagt, dass das Haus am Samstag leer sein würde, aber jetzt ist Montag und ich warte immer noch.«

»Ja, ich kenne Clio, sie ist super, sie hat mir diese Wohnung hier verkauft.«

»Ach ja?«

»Es hat Wochen, nein, Monate gedauert, bis ich hier einziehen konnte, und ich habe die Wohnung fast sofort bezahlt, sobald ich sie gesehen hatte.«

»Ich auch, es ist alles bezahlt, jetzt warte ich nur noch.«

»Das wird schon, es ist nur ein bisschen frustrierend.«

Ich hatte es gewusst: Nach einem Gespräch mit Sylvie ging es mir gleich viel besser.

»Ich rufe Clio später an, vielleicht kann sie die Dinge etwas beschleunigen?«

Später am Nachmittag, nach einem schönen langen Mittagessen mit Sylvie, nahm ich ein Taxi zurück zum Weingut, aber als ich an Korfu-Stadt vorbeifuhr, bat ich den Fahrer, mich bei der Immobilienmaklerin abzusetzen. Ich hatte es nicht eilig, aufs Weingut zurückzukehren. Nik war sicher immer noch in Sidari, und ich hatte keine Lust, mit Dimitris allein zu sein.

Doch als der Fahrer mich absetzte, stellte ich enttäuscht fest, dass das Adonis geschlossen hatte, dann wurde mir klar, dass sie wahrscheinlich nachmittags zuhatten und erst am frühen Abend wieder öffneten. Clio anzurufen hätte wenig Sinn, sicher hielt sie wie alle anderen in der Stadt ein Mittagsschläfchen. Ich würde mir also ein anderes Taxi rufen und nach Hause fahren. Doch dann fiel mir wieder ein, dass Nik nicht da war, also beschloss ich, einen Spaziergang zu unserem neuen Haus am Stadtrand zu machen.

Obwohl es schon Ende September war, war es immer noch warm, und der Spaziergang am Hafen entlang war frisch und angenehm; sobald wir hier wohnten, würde ich immer diesen Weg nehmen. Mittlerweile konnte ich mir vorstellen, mehr Zeit in unserem Stadthaus als auf dem Weingut zu verbringen. Als ich mich dem Haus näherte, überkam mich eine große Erleichterung. Das würde mein Zufluchtsort sein, ich wusste einfach, dass ich dort glücklich sein würde. Da es in einer ruhigen Straße lag, ohne Tor oder Vorgarten, ging ich direkt auf das Haus zu, blickte hinauf zu den Fenstern und sah eine Frau, die zu mir nach unten schaute. Unsere Blicke trafen sich, und ich wurde ein wenig verlegen. Wahrscheinlich wusste sie nicht, wer ich war, und ich überlegte, ob ich mich vielleicht vorstellen sollte. Zugegeben, ich hatte gehofft, dass sie mich hereinbitten würde, damit ich mein neues Zuhause wiedersehen könnte. Und wenn ich schon mal da war, konnte ich auch gleich nach ihrem Auszugstermin fragen. So gut Clio auch war, sie hatte sie nicht auf einen Tag festnageln können und war an diesem Nachmittag nicht mal im Büro. Ich hatte das Gefühl, dass ihre Energie in Bezug auf den Verkauf verpufft war. Etwas nervös klopfte ich also an die Tür, und schließlich wurde sie geöffnet.

»Hallo, sprechen Sie Englisch?«, fragte ich, und die Frau nickte.

»Toll, ich bin Alice, Alice Kouris von Kouris Estates.«

Sie sah verwirrt aus.

»Entschuldigung, ich dachte, Sie wüssten vielleicht, dass ich diejenige bin, die Ihr Haus gekauft hat?«

Jetzt sah sie noch verwirrter aus. »Gekauft?«

Sie hatte offensichtlich Probleme mit meinem Englisch, ich sollte auf jeden Fall bald Griechischunterricht nehmen, ich hatte mich zu lange auf Nik als Dolmetscher verlassen.

Ich versuchte also, ihr noch mehr zu erklären, aber sie schüttelte nur den Kopf und hob dann die Hand, als wollte sie sagen: »Bin gleich wieder da.« Ich stand auf der Türschwelle und konnte von dort aus in eines der Wohnzimmer sehen. Sie hatten noch nichts gepackt. Schließlich kam die Frau mit einem viel jüngeren Mann zurück, den sie als »Michalis, mein Sohn« vorstellte.

»Kann ich Ihnen helfen? Ich glaube, meine Mutter ist ein bisschen durcheinander. Sie hat gemeint, Sie wollten unser Haus kaufen? Aber ich glaube, Sie erkundigen sich nach unserem Airbnb-Angebot. Wollen Sie das ganze Haus mieten oder nur ein Zimmer?« Er lächelte mich erwartungsvoll an.

Mein Unbehagen wuchs. »Nein, ich will keine Airbnb-Unterkunft, ich habe Ihr Haus bereits *gekauft*. Ich habe es vor einigen Wochen über das Maklerbüro Adonis erworben und warte jetzt nur noch darauf, dass Sie ausziehen.«

Verwirrt schaute er von mir zu seiner Mutter. »Aber wir

wohnen hier, das ist unser Zuhause, wir ziehen nicht aus. Es tut mir so leid, Sie müssen sich irren, das Haus steht nicht zum Verkauf.«

Am Boden zerstört und äußerst verwirrt rannte ich zurück zu *Adonis Estate Agent's,* und dieses Mal hämmerte ich an die Tür. Aber es war immer noch niemand da, also rief ich Clio an, bei der sich sofort die Mailbox meldete, während mein Herz klirrend auf dem Boden landete. Ich musste wissen, was los war, eine Erklärung bekommen, irgendetwas – die Ungewissheit machte mich verrückt. Sicherlich war das nur ein Missverständnis, aber wie konnte das sein?

Ich rief Nik an, der nicht antwortete. Er hatte gesagt, dass er in Sidari vielleicht keinen Empfang haben würde, also hinterließ ich ihm eine Nachricht, in der ich ihn bat, mich sofort zurückzurufen.

Dann rief ich Sylvie an und erzählte ihr von meiner Unterhaltung mit den Bewohnern. »Hast du so was schon mal gehört?«, fragte ich.

»Nein, das klingt komisch«, sagte sie. »Bist du sicher, dass die Hausbesitzer dich richtig verstanden haben?«

»Ich *glaube* schon – der Junge, mit dem ich geredet habe, sprach Englisch«, erwiderte ich, »aber wer weiß, vielleicht hat er mich wirklich nicht richtig verstanden. Er hat mir das Haus immer wieder zur Miete angeboten?«

»Das kann hier manchmal etwas verwirrend sein«, sagte sie, »mieten und kaufen kann dasselbe bedeuten. Wo bist du gerade?«

»Ich bin in Korfu-Stadt und auf dem Rückweg zum Weingut.«

»Aber du hast doch gesagt, Nik sei in Sidari und käme erst spät nach Hause. Du kannst doch nicht allein dorthin zurückfahren, wenn Dimitris sich da herumtreibt. Ich bin nur zehn Minuten von dir entfernt, also könnte ich doch in die Stadt kommen, dich abholen und zurück zum Weingut bringen?«

»Das ist nett, aber ich würde nicht im Traum daran denken ...«

»Stehst du jetzt draußen vor dem Adonis?«

»Ganz in der Nähe«, sagte ich und war dankbar für die Mitfahrgelegenheit, die sie mir anbot.

»Warte in der Nähe, besorg dir einen Kaffee, und ich hole dich ab. Und keine Widerrede, ich bleibe bei dir, bis Nik zurückkommt. Ich kann nicht glauben, dass er einfach so für einen Tag weggefahren ist und dich mit Dimitris allein gelassen hat. Warum hat er dich nicht mit nach Sidari genommen? Es ist ein so hübscher kleiner Ort. Ein toller Strand, schöne Restaurants, ihr hättet dort romantisch zu Abend essen können ...« Sie hielt inne, wohl wissend, dass ich das vielleicht nicht hören wollte. »Wir sehen uns in zehn Minuten.«

Ich wollte der Sache unbedingt auf den Grund gehen und wusste, dass ich das nicht schaffen würde, solange Clio nicht zurückkam. Und jetzt kristallisierten sich auch all meine Zweifel an Nik heraus, also rief ich Heather an. Ich saß auf der Türschwelle von *Adonis Estate Agent's*, wartete auf Sylvie und erzählte meiner Schwester ausnahmsweise alles. Ich erzählte ihr von Nik, Clio, Christos und dem Haus und weinte ein bisschen.

»Ich weiß nicht, wem ich noch trauen kann«, sagte ich. »Irgendetwas stimmt hier ganz und gar nicht, Heather.«

»Ja, da hast du völlig recht, und ich mache mir wirklich Sorgen um dich. Ich glaube, dein Mann und dieser Dimitris stecken unter einer Decke.«

»Meinst du?«, erwiderte ich. Der Gedanke, dass Nik darin verwickelt war, war mir auch schon gekommen, aber ich hatte versucht, nicht auf die Stimme in meinem Kopf zu hören, die mir das sagte.

»Ja, genau das meine ich. Und so kann es nicht weitergehen, ich habe einen Plan, und ich möchte, dass du mir genau zuhörst und keiner Menschenseele davon erzählst.«

Während die späte Nachmittagssonne auf meine nackten Schultern brannte, saß ich auf dem staubigen Bürgersteig und suchte die Straße nach Sylvie ab, die mir zu Hilfe kommen wollte. Und während meine Lebensgeister langsam schwanden, hörte ich meiner Schwester zu und versuchte, nicht zu weinen.

39

Ich beendete das Gespräch mit Heather, nervös und beunruhigt darüber, dass auch sie Nik nicht vertraute. Ich hatte beinahe gehofft, dass sie mir sagen würde, dass ich mir zu viele Gedanken machte, aber nachdem ich ihr von dem Foto, dem Bierdeckel und seinem Verhalten nach unserer Hochzeit erzählt hatte, war sie überzeugt, dass Dimitris nicht allein gehandelt hatte. Während ich immer noch auf dem Bürgersteig saß und auf Sylvie wartete, dachte ich daran, was *sie* darüber gesagt hatte, dass Nik mich heute nicht mit nach Sidari genommen hatte. Ein weiterer Beweis dafür, dass er nicht der war, für den ich ihn hielt, und dass unsere Ehe eine Farce war. Warum *hatte* er mich nicht mitgenommen? Schließlich wollte er mich doch nicht mit Dimitris allein lassen? Immerhin war er offensichtlich so besorgt gewesen, dass ich *nicht* allein sein sollte, dass er wollte, dass Angelina bei uns einzog! Ich hatte sie nicht zu Gesicht bekommen – wahrscheinlich war sie gerade bei ihm, und sie genossen gemeinsam ein romantisches Abendessen am Strand.

Etwa eine halbe Stunde später tauchte Sylvie auf. Ich war so erleichtert, sie zu sehen, dass ich beinahe geweint hätte. »Tut

mir leid, auf dem Weg hierher war schrecklich viel Verkehr.«
Sie war so fröhlich wie immer.

»Es tut mir so leid, dass ich dich durch die Gegend
gescheucht habe, Sylvie. Ich weiß, ich habe gesagt, ich komme
klar, aber...«

»*Hörst* du wohl auf, dich zu entschuldigen? Du bist meine
Freundin, und ich habe dich lieb. Es gibt nichts, was ich nicht
für dich tun würde«, sagte sie, setzte den Blinker und lenkte
den Wagen auf die Straße.

»Ich habe dich nicht verdient«, sagte ich und meinte es
auch so.

»Genug davon, jetzt wirst du langsam gruselig«, scherzte
sie, als wir aus der Stadt hinaus- und die Küstenstraße entlang-
fuhren, den Wind in den Haaren.

»Wie in alten Zeiten«, sagte ich und hatte das Gefühl, sie
schon ewig zu kennen, während sie so schnell fuhr, dass wir
bald am Weingut waren.

»Tee oder Wein?«, fragte ich, als wir im Haus waren. Dimitris war weit und breit nirgends zu sehen, worüber wir beide
erleichtert und froh waren. Wir hatten uns draußen auf die
Terrasse gesetzt und sahen uns den Sonnenuntergang an.

»Wein«, sagte sie, »aber wirklich nur ein Glas, ich muss
schließlich noch fahren.«

Sie ging rauf auf die obere Terrasse, während ich unsere
Getränke holte.

»Sylvie, kann ich heute Nacht bei dir bleiben?«, fragte ich,
als ich mit dem Tablett die Metalltreppe hinaufstieg. Sie saß auf
einem Liegestuhl, das Gesicht der Sonne zugewandt. Ich war
froh, dass sie da war, denn ich könnte etwas Unterstützung
brauchen, wenn Nik zurückkam.

»Ja, klar. Ich dachte, du hättest gesagt, Nik komme zurück?«

»Ja schon, aber ich weiß nicht, wann er und ...«

Sie schien gar nicht darauf zu reagieren. »Du trinkst Tee?«,
fragte sie. »Du bist doch nicht schwanger, oder?«

»Was? O nein, natürlich nicht. Es ist nur so, dass mir der Kouris-Wein so zu Kopf steigt.« Ich reichte ihr ein Glas Weißwein. »Außerdem wird mir davon übel – zumindest glaube ich, dass es daran liegt. Nik hat mir für nächste Woche einen Termin bei einer Ärztin gemacht.«

»Gut«, sagte sie, »wenn du dich krank fühlst, brauchst du ein paar Bluttests.«

»Um ehrlich zu sein, ist das gerade mein geringstes Problem. Erstens, das Haus«, sagte ich mit einem flauen Gefühl im Magen, während ich auf mein Handy schaute. Weder Nik noch Clio hatten sich gemeldet, ich hatte beiden eine Nachricht hinterlassen. Es war inzwischen nach zwanzig Uhr. »Ich weiß nicht, was hier los ist, Sylvie, und ich weiß nicht, *wo* Nik steckt.«

»Du sagtest, er sei in Sidari?«, murmelte sie gedankenverloren und dachte wahrscheinlich an die Hochzeit, die sie gerade plante.

Ich sah ihn vor meinem geistigen Auge, Angelina saß ihm in einem Dachrestaurant gegenüber, ihre Augen funkelten im Kerzenschein. »Mach dir keine Sorgen wegen des Hauses, Süße. Hier dauert alles länger«, sagte Sylvie und erlöste mich von den Gedanken an das romantische Abendessen, mit dem ich mich quälte. »Bei mir gab es auch viele Verzögerungen, als ich die Wohnung gekauft habe, aber Clio ist wunderbar, sie wird dich zurückrufen. Wenn auch vielleicht erst morgen, wie ich schon sagte, sie ist gut, aber hier herrscht eine sehr entspannte Atmosphäre, das gilt auch für geschäftliche Dinge.«

»Ja, das habe ich gemerkt. Nik ist einer der Schlimmsten, er hat seit Wochen keine Buchhaltung mehr gemacht und sagt, er sei gestresst, aber die Papiere stapeln sich, ich weiß nicht, was er den ganzen Tag in seinem Arbeitszimmer treibt.«

Sie lächelte. »Na ja, er ist Halbgrieche. Hast du heute schon von ihm gehört?«

»Nein, ich habe ihm Nachrichten hinterlassen, er meldet

sich, wenn er sie abhört«, sagte ich, »aber ich mache mir Sorgen. Ich habe gerade gegoogelt, wie weit es vom Weingut nach Sidari ist, und es sind weniger als zehn Meilen – mir hat er aber gesagt, die Fahrt würde mindestens zwei Stunden dauern.«

Sie sah mich verwirrt an. »Ach ja?«

»Ich glaube, ich vertraue ihm nicht, Sylvie.«

Sie musterte mich skeptisch. »Nik Kouris? Ich glaube, er ist der vertrauenswürdigste ...«

»Ich weiß, dass er nach außen so wirkt«, unterbrach ich sie, »aber er ist nicht der, für den ich ihn gehalten habe. Ich habe ein Foto von dem jungen Mädchen gefunden, das vermisst wird. Es lag zwischen den Seiten eines Buches in einem der Schlafzimmer. Ich dachte, es sei Dimitris' Buch, aber es gehört Nik.«

Sie zuckte mit den Schultern. »Was willst du damit sagen?«

»Ich weiß es nicht. Aber das Mädchen auf dem Foto war diejenige von dem Plakat, das ich oben an der Küstenstraße gesehen habe, sie war ziemlich jung und wird seit etwa fünf Jahren vermisst. Ich frage mich jetzt, ob Nik mit ihr ausgegangen ist?«

»Nein, wohl kaum. Sie war doch noch jung, um die zwanzig, Nik war damals in den Vierzigern.«

»Angelina ist in den Zwanzigern, und er ist jetzt in den Fünfzigern, vielleicht steht er ja auf Frauen, die viel jünger sind als er? Ich weiß nicht, aber es schien ihn zu stören, dass ich das Foto hatte, und er fragte mich immer wieder, wo es sei. Schließlich habe ich gelogen und gesagt, ich könne es nicht finden, aber irgendwie hatte ich so eine Eingebung, dass ich es vor ihm verstecken sollte.« Was ich Sylvie nicht sagte, war, dass ich *sie* in Wahrheit vor ihm schützen wollte.

»Wenn du mich fragst, habe ich noch nie etwas Schlechtes über Nik Kouris gehört, und ich bin jetzt schon ein paar Jahre hier«, meinte sie.

»Aber ich *kenne* ihn, und Nik – er ist unberechenbar und

inkonsequent. Manchmal ist er fürsorglich und liebevoll, dann wieder kühl und abwesend, er kann ziemlich verletzende Dinge sagen – er ist nicht das, was er zu sein scheint.«

Ihre Augenbrauen hoben sich langsam, das war offensichtlich neu für sie. »Wie du schon sagst, *du* kennst ihn ja. Verdammt, ich hätte nicht gedacht, dass er so ein fieser Kerl ist.« Wie Sylvie nun mal war, bestand sie darauf, dafür zu sorgen, dass es mir besser ging, und das geschah in Form einer weiteren Tasse Tee. »Du kennst ja mein Motto: Mit einer Tasse Tee lässt sich alles kurieren«, sagte sie lächelnd, als sie die Treppe hinunter in die Küche ging.

»Nicht alles«, murmelte ich vor mich hin.

Ich vermutete, dass sie eher in die Küche eilte, um sich ein weiteres Glas Wein einzuschenken, als um noch Tee aufzugießen, musste aber ehrlicherweise sagen, dass sie mit einem dampfenden Becher und nicht mit mehr Wein für sich selbst zurückkam.

»Ich mache mir einfach solche Sorgen, Sylvie, und dann ist da noch das Haus – was ist, wenn etwas schiefgelaufen ist und das Geld weg ist?«, sagte ich, als sie den dampfenden Becher vor mir abstellte und sich dann an den Tisch setzte. »Hat deine Bank das Geld angewiesen?«, fragte sie.

»Ja, die Überweisung ist auf jeden Fall rausgegangen.«

Sie machte ein trauriges Gesicht, fasste sich aber schnell wieder. »Wie gesagt, hier läuft alles etwas langsamer, aber ich bin sicher, dass alles in Ordnung ist. Clio ist fantastisch.«

In diesem Augenblick klingelte mein Handy, und ich dachte, es könnte Nik sein, also schaute ich nach. »Heather!«, flüsterte ich.

»Sie liebt es, sich nach deinem Befinden zu erkundigen, stimmt's?«, fragte Sylvie lachend.

»Sie liebt es, mich zu *schikanieren*«, sagte ich und kam mir illoyal vor. Ich las die SMS schnell und mit klopfendem

Herzen, dann sperrte ich das Handy und schob es zurück in meine Jeanstasche.

»Was will sie denn?«

»Ach, sie will nur wissen, ob es mir gut geht«, log ich.

Sylvie rollte mit den Augen. »Sie ist urkomisch«, sagte sie.

Ich nickte und versuchte dann, das Thema zu wechseln, konnte mich aber nicht konzentrieren. Die ganze Zeit nagten meine Sorgen an mir – erst Nik, dann das Geld, dann die Mordanklage, und danach begann alles in einer Endlosschleife wieder von vorn. Mein Kopf war wie ein Wäschetrockner, der Runde um Runde drehte, während Sylvie redete, und die ganze Zeit über summte mein Handy ständig, und es war Heather, *immer* nur Heather.

Als Sylvie nach unten ging, um mehr Tee zu machen, rief ich Nik an, aber er ging nicht ran, also hinterließ ich ihm eine dritte Nachricht, in der ich ihm noch einmal sagte, dass es eine Verwechslung mit dem Haus gegeben hatte. »*Bitte* ruf mich zurück, sobald du das hörst!«, drängte ich den Tränen nahe. Dann versuchte ich es noch mal bei Clio, doch der Anruf landete wieder direkt auf der Mailbox. Ich redete mir ein, dass sich das alles am nächsten Tag aufklären würde, ich musste nur die Ruhe bewahren.

Sylvie kam gerade mit zwei Bechern Tee über die Terrasse zurück, als in der Stille die Tür unten laut zugeschlagen wurde. Wir sahen uns beide an. Die Farbe wich aus Sylvies Gesicht. Ich war so erschrocken über den plötzlichen Lärm, dass ich dachte, mein Herz würde stehen bleiben.

»Ist das Nik?«, fragte ich hoffnungsvoll und erhob mich von meinem Platz.

Doch statt Niks Stimme war nur eine bedrohliche Stille zu hören. Mir drehte sich der Magen um, und ich sah Sylvie an. »*Dimitris!*«

Erschrocken schaute sie über den Rand nach unten, ob sie ihn sehen konnte. »Er kommt die Treppe rauf«, schrie sie.

Ich konnte das Poltern seiner großen Stiefel hören, die die Metalltreppe an der Seite des Gebäudes hinaufstampften, und jeder Schritt ließ mein Herz schneller schlagen.

Wir standen beide da wie versteinert, bis er schließlich auf der Terrasse auftauchte, den Sonnenuntergang im Rücken stand er als dunkler Schatten vor uns.

Er keuchte vor Anstrengung und lehnte sich an die Terrassenwand. Und er schaute mich jetzt direkt an, so wie er mich angestarrt hatte, als er die Tomate in seinen riesigen Händen zerquetschte.

»Ast...asnoma«, stammelte er.

Ich sah Sylvie an, das Blut war aus ihrem Gesicht gewichen, sie war vor Angst wie erstarrt.

»Geh weg!«, sagte sie laut.

Er rührte sich nicht von der Stelle, stand einfach weiter da, ignorierte Sylvie und richtete seinen Hass auf mich. Er ruckte mit dem Kopf. »Astynomia«, platzte er plötzlich heraus und zeigte mit dem Finger auf mich, und mir wurde schlagartig klar, dass er das griechische Wort für Polizei gesagt hatte.

Beinahe wäre ich ohnmächtig geworden. Warum wollte er mir die Polizei auf den Hals hetzen, was konnte er *wissen*?

»Bitte geh weg!«, schrie ich, mein ganzes Leben schien zu implodieren, und jetzt drohte *mir* ein mutmaßlicher Mörder mit der Polizei.

Offensichtlich verstand er mich nicht und atmete keuchend weiter, während er verstört und verwirrt auf der Terrasse herumstolperte. Sylvie hielt sich die Hand vor den Mund, und ihre Augen waren so weit aufgerissen, als könnten sie jeden Moment herausspringen. Sie sah genauso erschrocken aus, wie ich mich fühlte. Wir waren zu zweit, aber körperlich konnte er uns beide überwältigen, und wir befanden uns auf einer von einer sehr niedrigen Mauer umgebenen Terrasse, von der aus es zwanzig Fuß in die Tiefe ging. War dies das Ende meiner Geschichte?

40

»Wenn du nicht *sofort* verschwindest, rufe ich die Polizei«, warnte ich ihn und versuchte, die Angst in meiner Stimme zu unterdrücken.

Endlich zog Sylvie die Hand von ihrem Mund weg und fragte: »Was *willst* du, Dimitris?«

Daraufhin streckte er den Arm aus und zeigte mit dem Finger direkt auf mich. Er versuchte, etwas zu sagen, bekam aber die Worte nicht heraus. Dann fuhr er sich mit der Hand hinten an der Hose entlang.

»Igitt, er ist eklig«, stöhnte Sylvie.

Ich beobachtete ihn weiter und merkte, dass er etwas aus seiner Gesäßtasche zu holen versuchte. Schließlich zog er ein zusammengerolltes Stück Papier heraus und warf es auf den Tisch. Es landete direkt neben meiner Hand. Er nickte mir die ganze Zeit zu, und es sah aus, als wollte er mich mit seinen Gesten dazu auffordern, es aufzurollen. Mit angehaltenem Atem hob ich es vorsichtig auf und entfaltete es sehr, sehr langsam, denn ich wusste, schon bevor ich es sah, was auf dem Papier stand. Ich stöhnte auf, als die Gesichter der vermissten Frauen zum Vorschein kamen. Er hatte sie alle auf ein Blatt kopiert, einige Gesichter hatte ich noch nie gesehen, aber sie war dabei. Wollte er mich quälen?

»Willst du mir damit sagen, dass ich die Nächste bin?«, fragte ich. Ich hörte das Zittern in meiner eigenen Stimme und seine hektischen Atemzüge.

»Geh weg!« Sylvie schrie ihn an, aber er schien sie gar nicht zu bemerken, während er in eine obere Hemdtasche griff und ein weiteres zusammengerolltes Stück Papier herausholte. Wieder schien er mich aufzufordern, mir das Papier in seiner Hand anzusehen. Er hielt es mir hin und winkte mich zu sich, während Sylvie es ihm zu entreißen versuchte. Aber er hob drohend seine Faust in ihre Richtung, und sie wich wimmernd zurück. Es war eine schreckliche Situation, wir waren zu zweit und er allein, aber dennoch kontrollierte er uns, versuchte, mich zu sich zu ziehen und Sylvie wegzustoßen. Als er merkte, dass ich nicht die Absicht hatte, mich ihm zu nähern, legte er den Zettel neben mir auf den Tisch und trat ein paar Schritte zurück. Ich streckte die Hand aus und entfaltete den Zettel. Ich schaute von ihm zu Sylvie und wieder zurück.

»Das ist das Haus, das ich zu kaufen versuche ... woher weiß er davon?«, fragte ich Sylvie, die langsam den Kopf schüttelte und ihn anfunkelte. Das ganze Blut war aus ihrem Gesicht gewichen, sie war völlig verängstigt.

Ich blieb, wo ich war, und umklammerte das Stück Papier, während er darauf deutete. Ich warf einen Blick auf das gedruckte Bild, die Beschreibung meines schönen Stadthauses in Korfu-Stadt. Ich sah ihn nur an und fragte: »Was?« Aber da er kein Englisch konnte und offensichtlich Probleme mit dem Sprechen hatte, zeigte er einfach weiter auf mich. Vermutlich wollte er, dass ich es las, und wurde sehr aufgeregt. Ich wollte ihn nicht wütend machen und musste dafür sorgen, dass alles ruhig blieb. Um ihn zu beschwichtigen, tat ich so, als würde ich lesen, was ich schon gesehen hatte. Ich überflog den Preis, die Quadratmeterzahl und all die üblichen Maklerdetails und wollte das Blatt gerade wieder auf den Tisch legen, als mir etwas auffiel. Hier fehlte der Briefkopf das Maklerbüros Adonis, der auf dem Ausdruck gewesen war, den Clio mir gegeben hatte. Dafür stand dort ein Preis pro Nacht, da das Haus über Airbnb vermietet wurde, genau so, wie es mir der Eigentümer erklärt hatte. Doch was wollte mir *Dimitris* damit sagen?

Er kam jetzt auf mich zu, aber bevor er mich berühren konnte, war Sylvie auf seinen Rücken gesprungen. Ihre Arme waren um seinen Hals geschlungen, und sie schrie ihn an und zerrte ihn rückwärts über die Terrasse.

»Du DRECKSKERL!!!«, brüllte sie. »DU VERDAMMTER MÖRDER!« Sie hatte ihn offensichtlich überrumpelt, und das gab ihr die Gelegenheit, ihn zu überwältigen. Sie schrie ihn an und schleuderte ihn über den Boden, doch sobald er die Fassung wiedergefunden hatte, gelang es ihm, sich aus ihrem Griff zu befreien.

Dimitris war ungeschickt. Er taumelte, aber er war größer als Sylvie, und als er sich auf sie stürzte, hatte er sie zu Boden gerissen. Nun lag sie auf dem Boden, und aus dem Augenwinkel sah ich, wie sie nach der Steinstatue griff, die auf der Terrasse stand. Damit hievte sie sich auf die Füße, und als sie stabil stand, schaffte sie es irgendwie, die Statue von ihrem Sockel zu heben. Ich hatte immer gedacht, sie wäre am Boden festgeschraubt, aber Sylvie hob die Statue einfach hoch und stürzte sich mit einem lauten, gellenden Schrei auf Dimitris. Erleichtert und entsetzt zugleich sah ich zu, wie er zusammenbrach und mit einem lauten Krachen zu Boden stürzte. Sylvie war ebenfalls hingefallen und mit dem Gesicht nach unten gelandet. Sie versuchte nun verzweifelt, auf die Beine zu kommen. Aber das Blut auf dem Boden war glitschig, und sie rutschte schreiend auf dem Bauch herum. Das alles war so schnell gegangen, dass ich vor lauter Schock wie erstarrt dastand.

Ich konnte ihr nicht helfen, das Blut war der Trigger, und

ich durchlebte den Valentinsabend im Supermarkt noch einmal. Ich hatte gesehen, dass Della schwanger war, und war am Boden zerstört gewesen. Jetzt erinnerte ich mich an Dans grausame Bemerkung, dass er endlich eine *richtige* Frau gefunden habe, die sein Baby bekommen würde. Ich hatte ihn angeschrien, und in meiner Verzweiflung hatte ich einfach gehen wollen und ihn beiseitegeschubst. Damit hatte er nicht gerechnet und war gestolpert, hart auf dem Boden aufgeschlagen, als er hinter ein Regal gefallen war, das so hoch mit Schachteln mit Valentinspralinen bestückt war, dass er vor der Überwachungskamera verborgen blieb. Was ich aber nicht mehr gewusst hatte, war, dass die Videoüberwachung in meinem Gehirn *alles* aufgezeichnet und gespeichert, aber tief in mir vergraben hatte. Ich starrte schockiert vor mich hin, während mein Verstand alles Sekunde für Sekunde abspielte. Und als Sylvie auf dem Boden kämpfte und Dimitris' Blut auf den hellen Holzboden tropfte, erzählte mir mein Gedächtnis, was an diesem Abend geschehen war. Und während Sylvie sich blutüberströmt vom Boden erhob, sah ich, wie Dan sich langsam aufrichtete, und als ich merkte, wie zornig er war, erstarrte ich und wartete auf den unvermeidlichen Schlag. Sein Gesicht war rot vor Peinlichkeit und Wut, und er hob die Faust. Jetzt war alles klar, denn meine Erinnerung lief wie ein Film in meinem Kopf ab. Aber als ich mich auf den Schlag vorbereitete, griff *jemand* – nicht ich – in meine Tasche, holte die Weinflasche heraus und schlug sie Dan mit voller Wucht auf den Kopf, sodass er zu Boden stürzte. Auf dem Überwachungsvideo war nichts davon zu sehen. Aber ich hatte es gesehen, ich hatte es sogar deutlich gesehen. Sie hatte erkannt, was er vorhatte, und hat ihn instinktiv aufgehalten. Sie konnte nicht zusehen, wie er noch eine Ohrfeige, noch eine grausame Bemerkung oder eine weitere Tracht Prügel verteilte. Nicht *ich*, sondern *Della* hatte Dan umgebracht.

41

Ich starrte auf Dimitris' Blut, das auf den Bodenbelag sickerte. Ich weinte, die Tränen liefen mir über das Gesicht. Ich hatte das Geschehene in meinem Gedächtnis gespeichert und mich geweigert, es zu betrachten. Ich hatte getan, was ich immer tat, und war weggelaufen. Und dann war ich auch noch vor der Polizei geflohen, obwohl ich unschuldig war. Heather hatte recht gehabt, ich hätte bleiben und kämpfen sollen.

Sylvie schrie mich jetzt an, und ich kam zu mir, wurde mir plötzlich wieder der Gegenwart bewusst und realisierte, was gerade passiert war. »Ich glaube, ich habe ihn umgebracht«, jammerte sie, während sie schluchzend über Dimitris stand und mit seinem Blut bedeckt war.

Ich ging sofort in die Hocke und berührte sein Gesicht, dann hielt ich sein Handgelenk, um den Puls zu fühlen. »Er ist zwar schwach, aber ja, da ist noch ein *Puls*«, sagte ich voller Hoffnung. »Er ist nicht tot. Gott sei Dank! Hol ein paar Papierhandtücher«, blaffte ich, und Sylvie rannte sofort in die Küche und war in Sekundenschnelle mit den Papiertüchern und einer großen Flasche Bleichmittel zurück.

»Wir müssen einen Krankenwagen rufen«, sagte ich, während ich ihm das Küchentuch um den Kopf wickelte.

Sie schrubbte gerade den hölzernen Terrassenboden mit Bleichmittel, hielt plötzlich inne und schaute zu mir auf. »Das ist ein Witz, oder?«

»Nein. Vielleicht können wir ihn retten, Sylvie!«

Sie fuhr fort, den Boden zu wischen, und wurde dabei immer energischer. »Er ist tot, und wenn er es noch nicht ist, wird er es *bald* sein, ich habe ihm einen heftigen Schlag verpasst.«

»Aber wir können ihn doch nicht einfach so hier liegen lassen!« Entsetzt versuchte ich, meine Hand auf seine Kopfwunde zu legen, um die Blutung zu stoppen. Ich kam einfach nicht an mein Handy heran.

Immer noch auf allen vieren schrubbte sie weiter wie eine Besessene.

»Sylvie!«, rief ich, um ihre Aufmerksamkeit zu erregen.

Sie schien mich plötzlich zu bemerken, setzte sich auf und ließ das blutverschmierte Papierhandtuch zu Boden fallen.

»Hallo? Du bist wegen *Mordes* angeklagt«, sagte sie. »Du kannst nicht riskieren, in diese Sache verwickelt zu werden, sonst werden sie dich nach Hause schicken und den Schlüssel wegwerfen.« Wieder nahm sie das Papiertuch zur Hand und fuhr fort, kräftig den Boden zu schrubben; ihre Hände sahen wundgescheuert aus.

»Nein ... Sylvie, ich habe Dan nicht umgebracht, ich weiß jetzt, was passiert ist, es ist mir eben klar geworden.«

»Wie praktisch«, murmelte sie mit einer Stimme, die gar nicht nach ihr klang.

»Aber er ist nicht tot«, wiederholte ich. »Niemand hat ihn ermordet, wenn wir einen Krankenwagen rufen könnten ...«

»Er wird schon bald tot sein, und dann bist du in einen weiteren Mord verwickelt.«

»Ich mag ja darin verwickelt sein, aber ich bin nicht dafür verantwortlich.«

»Nun, ich war es nicht.« Mit gesenktem Kopf schrubbte sie immer noch wie wild das Blut weg.

»Ich weiß nicht, was du damit sagen willst, Sylvie, aber ich werde bezeugen, dass der Schlag mit der Statue reine Notwehr war.«

»Alles eine Frage der Auslegung«, erwiderte sie. »Für uns ist es jetzt am wichtigsten, dass wir alles sauber machen und ihn hier wegschaffen.« Sie schrubbte weiter, das Gesicht so nah am Boden, dass ihr blondes Haar in der Blutlache hing.

»Wir brauchen einen Krankenwagen!«, schrie ich. Vor lauter Panik schluchzte ich, und meine Tränen spritzten auf sein Gesicht, während ich seinen Kopf in meinen Händen hielt.

Sylvie murmelte etwas vor sich hin, während sie die Terrasse mit Bleichmittel wischte – das, was gerade passiert war, hatte ihren Putzfimmel ausgelöst. Ich suchte nach meinem Handy, aber es war nirgendwo zu sehen.

»Sylvie, ruf den Krankenwagen«, schrie ich erneut, als sie die Tür zu unserem Schlafzimmer öffnete und direkt zu dem kleinen Nachttisch ging, in dem zwei Gläser standen. Ich sah fassungslos zu, wie sie die Türen des Nachttisches öffnete, ein Glas herausnahm und dann ins Bad ging. Sekunden später kam sie mit einem Glas Wasser zurück.

»Was *machst* du denn?«, fragte ich.

»Trink das, es wird dich beruhigen, während wir überlegen, was wir tun sollen. Ich darf dich nicht verlieren, Alice, ich kann nicht zulassen, dass sie dich ins Gefängnis stecken. Er ist tot.«

»Aber ich habe es dir doch *gesagt*, er ist nicht tot, und wenn wir einfach die Wahrheit über das erzählen, was hier passiert ist, wird es keine Probleme geben. Du hast ihn mit der Statue geschlagen, um dich selbst zu verteidigen«, wiederholte ich.

»*Erzählen* können wir ihnen alles Mögliche, aber du kannst dir doch vorstellen, wie das *aussehen* würde. Eine

Britin flieht nach Korfu, um einer Mordanklage zu entgehen, und wird dann in einen *weiteren* Mord verwickelt.« Sie hielt mir immer noch das Wasser hin. »Jetzt kommt schon, trink das, du musst einen kühlen Kopf behalten.« Ich schob das Glas weg. »*Alice!*«, fauchte sie mit zusammengebissenen Zähnen, während das Wasser in alle Richtungen spritzte. »Du dämliche Schlampe!«, schrie sie und ließ das Glas fallen. Es zerschellte in einer Millionen Teile auf der Terrasse, und als ich in dem schummrigen Licht ihr Gesicht sah, das mit Blut und Schweiß bedeckt war, erkannte ich sie nicht mehr wieder.

Plötzlich entdeckte ich mein Handy auf dem Tisch, stand auf, holte es schnell und wählte die 112, die Nummer des griechischen Rettungsdienstes. Sylvie begriff plötzlich, was ich vorhatte. »O nein, das wirst du *nicht* tun!«, zischte sie und versuchte, mir das Handy zu entreißen, aber ich wich schnell zurück, gerade als jemand antwortete. Ich versuchte, sie mir vom Leib zu halten, während ich »Krankenwagen, Krankenwagen« in mein Handy brüllte. Aber die Disponentin verstand mich nicht, und bevor ich noch etwas sagen konnte, riss Sylvie mir das Handy aus der Hand. Es landete in der Nähe, und ich hielt es mit meinem Fuß fest, während ich an Heathers Anweisungen dachte.

»Ich habe dir doch gesagt: KEINEN KRANKENWAGEN, er ist TOT!«, schrie sie mir ins Gesicht.

Ich schnappte nach Luft. Da mir die Worte fehlten, starrte ich sie nur an und konnte einfach nicht begreifen, was mit meiner geliebten Freundin passiert war. Fassungslos standen wir stumm neben Dimitris, dessen Leben in den gemaserten Holzdielen der Terrasse versickerte, und funkelten uns an.

»Ich verstehe das nicht.« Meine Stimme zitterte, und mein Gesicht war tränenüberströmt. Ich wischte mir mit dem Handrücken über die Nase.

»Wozu die Tränen, Alice? Du hast ihn *gehasst*. Ständig hast du dich über ihn beklagt. Du wolltest ihn loswerden, und jetzt bist du ihn los.«

»Aber *das* wollte ich nicht.«

»Ich dachte, das wäre die Lösung für all deine Probleme, erst bist du deinen Ex-Mann losgeworden, und jetzt hast du ihn aus dem Weg geräumt. Gibt es sonst noch einen Fall, den du beichten möchtest, wo wir schon mal dabei sind?«

»Sylvie, das ist doch *Unsinn*. Wir brauchen nicht zu lügen. Du hast ihn zwar niedergeschlagen, aber das war Notwehr.«

»Nein, Alice, du bist hier die Mörderin. Und sobald die griechische Polizei mit dir fertig ist, wird die Polizei in England deine Auslieferung fordern. *Zwei* Morde, von denen wir wissen, du bist die reinste Killermaschine!«, kicherte sie. Sie klang verwirrt und offensichtlich verängstigt.

Sie wollte nicht, dass man ihr die Schuld für Dimitris Tod in die Schuhe schob und lieferte stattdessen die nächstbeste Person ans Messer. Mich!

»Niks Anwalt hat mir geholfen, einen griechischen Pass zu bekommen, und als griechische Staatsbürgerin *kann* ich von hier aus gar nicht ausgeliefert werden.« Das war natürlich ein Bluff. Inzwischen war mir klar, dass ich meinen neuen griechischen Pass genauso wenig zu Gesicht bekommen würde wie mein neues griechisches Stadthaus.

»Ach, du meinst den Pass, den Christos, der große Rechtsanwalt, für dich organisiert hat? Diese traurige alte amerikanische Dramaqueen, die für ein paar Pfund jede beliebige Rolle spielt?«

»Ich wusste es, ich wusste verdammt noch mal, dass er nicht echt war!« Dann hielt ich einen Augenblick lang inne. »Aber woher kennst *du* Christos?« Dann fiel mir ein, was sie erst vor wenigen Minuten gesagt hatte. »Und woher weißt du, dass Dan gestorben ist?«

Daraufhin lachte sie. »Nik hat es mir erzählt.«

»Wann? Ich verstehe das nicht.« Nik und sie kannten sich kaum, warum sollte er mit Sylvie über mich reden?

»Ach, Alice, manchmal habe ich wirklich gedacht, du hättest es begriffen, dass du vielleicht ein bisschen klüger wärst als all die anderen. Aber wenn es darauf ankommt, sind wir Frauen doch alle gleich, nicht wahr? Von CEOs über Bänkerinnen bis hin zu Ärztinnen: wir alle werden zu Dummchen, wenn uns ein attraktiver, charmanter Mann versichert, dass wir hübsch sind.«

»Wovon redest du da?« Plötzlich sah ich, wie Dimitris sich bewegte. »Hör mal, ich weiß nicht, was du da sagst, Sylvie, ich bin mir gerade nicht mal mehr sicher, *wer* du bist. Aber wir müssen diesen Mann ins Krankenhaus schaffen.« Ich beugte mich näher zu ihm herüber und hörte ein schwaches, rasselndes Atmen, das tief, tief unten aus seiner Brust kam. »Mein Gott, Sylvie, dieser Mann *stirbt* gerade«, rief ich und spürte, wie das Leben aus ihm heraussickerte.

Ich sah sie an, musterte ihr Gesicht. »Woher hast du gewusst, dass die Statue nicht am Boden festgeschraubt war?«, fragte ich.

Sie sah mich nicht einmal an, sondern holte nur ihren Verdampfer aus der Tasche und führte ihn zum Mund.

»Du wusstest auch, wo wir im Schlafzimmer Gläser aufbewahren, du bist direkt darauf zugesteuert.« Ein Gedanke nahm in meinem Kopf Gestalt an. Ein Gedanke, den ich nicht zulassen wollte. »Wann genau warst du früher schon mal in unserem Schlafzimmer?«

»Ach, beruhige dich, Goldlöckchen, ich habe nicht in eurem Bett geschlafen, jedenfalls nicht in letzter Zeit. Wir haben die anderen Schlafzimmer benutzt, seit *du* hier aufgetaucht bist.«

»Ich verstehe das nicht ... Willst du damit sagen, du hast mit Nik geschlafen?«

Sie nickte.

»Machst du Witze?«

»Warum sollte ich über so etwas Witze machen?«

»Wie lange geht das schon so?«

»Ach, spiel bloß nicht die betrogene Ehefrau, ich habe mit ihm geschlafen, lange bevor *du* ihn überhaupt kanntest.«

»Du … und *Nik*?«, war alles, was ich zustande brachte.

Sie nickte, und der Dampf strömte aus ihren Nasenlöchern. Sie sah aus wie ein Drache. »Bevor, während und nachdem er mit dir zusammen war, um genau zu sein. Und wenn du zu viel Wein getrunken hattest und total zugedröhnt ins Bett getorkelt bist, war es noch aufregender, direkt im Nachbarzimmer mit ihm zu schlafen.«

Plötzlich wurde mir klar, warum ich mich müde und krank gefühlt hatte und nicht klar denken konnte: Es lag nicht daran, dass ich kurz vor den Wechseljahren stand, und auch nicht an den Tanninen im Kouris-Wein. »Du hast irgendwas in den Wein getan, stimmt's?«

Sie lächelte. »Und in deinen Tee. Eigentlich immer, wenn du genervt hast, was ziemlich oft der Fall war.«

Ich konnte es nicht fassen. »Ich verstehe das nicht. Ich verstehe es einfach nicht.« Ich schüttelte den Kopf und hoffte, dass ich das alles abschütteln konnte.

»Ach, Süße, nicht ich bin hier die andere Frau, sondern du. Nik ist *mein* Mann.«

»Was?« Ich stöhnte auf.

Im Gespräch mit Heather hatte ich das mit Nik und Dimitris schon vermutet. Ich hatte gedacht, dass der eine das Gehirn und der andere die Muskeln der Bande waren. Aber Sylvie? Nein, *nicht* Sylvie. Das ergab keinen Sinn.

»Wie konntest du *mich* in euer Leben holen, so tun, als wärst du meine Freundin, zulassen, dass dein Mann mich heiratet? Wie *konntest* du nur?«

»Wegen des Geldes.«

»Mein Gott!« Ich keuchte, unfähig, das alles zu begreifen.

Rein rechtlich gesehen war nicht ich mit Nik verheiratet, sondern sie, und die beiden steckten da zusammen drin. »Also, wie stellt ihr beide das eigentlich an? Geht ihr nachts auf die Jagd nach alleinstehenden weiblichen Reisenden, um sie auszunehmen?«

Sie überlegte einen Moment, während sie an ihrem Verdampfer saugte. »Wir sind keine Tiere. Durch deine Scheidung hattest du einen netten kleinen Notgroschen. Es ist keine große Summe, wir hatten schon bessere – sogar Erbinnen und Millionäre. Du bist ein kleiner Fisch, aber es war eine ruhige Saison, und wir müssen uns zurückhalten, weil die Polizei seit der Hochzeit hier herumschnüffelt.«

Mir schauderte, als ich daran dachte, wie ich mich in ihn verliebt hatte, wie ich zugestimmt hatte, ihn zu heiraten, und wie ich es durchgezogen hatte, obwohl ich mir wirklich nicht sicher gewesen war.

»Das mit Nik überrascht mich nicht wirklich, ich wusste, dass da etwas nicht stimmt.«

»Es hat lange gedauert, bis du es herausgefunden hast, wir sind offensichtlich gut in dem, was wir tun«, sagte sie lächelnd. Ich hätte ihr am liebsten eine Ohrfeige gegeben.

»Wir haben früher immer den guten alten Lebensversicherungsbetrug gemacht, ziemlich vorhersehbar, du weißt schon, er heiratet jemanden oder ich, dann versichern wir sie, und plötzlich haben sie einen *tragischen* Unfall. Aber das machen mittlerweile alle, und einen Haufen Geld zu bekommen, wenn jemand bei einem Unfall stirbt, ist fast so, als hätte man sich das Wort SCHULDIG auf die Stirn tätowiert.« Sie lachte über ihren eigenen kleinen Witz.

»Nein, es ist viel schlauer, die Frauen dazu zu bringen, Immobilien zu kaufen«, fuhr sie fort. »Natürlich *kaufen* sie nicht wirklich eine Immobilie. Wie du sicher schon gemerkt hast, verleiten wir die Frauen dazu, ihr gesamtes Geld in eine Immobilie zu stecken. Sie treffen Christos, der ihnen sagt, dass der Kauf einer Immobilie die einzige Möglichkeit ist, bei ihrem neuen Mann zu bleiben, und Nik sagt: ›Es ist eine Investition, Schatz.‹ Dann bekommen die dummen Frauen die Kontonummer des Immobilienmaklers, auf die sie einzahlen sollen, in deinem Fall Adonis – wir haben viele verschiedene Konten, wir verschieben das Geld auf der ganzen Welt.«

»Der Name Adonis auf dem Laden war also nur ein Schild, das ihr vorübergehend dort angebracht habt ...?«

»Ja, wie du gesehen hast, war der ganze Laden wie eine Filmkulisse. Wir mieten Läden als Pop-ups und verwandeln sie für ein paar Tage in ein Maklerbüro, gerade lange genug, um das Geld zu bekommen.«

»Das ist so durchtrieben, was für ein teuflischer Plan!«

»Na ja, das muss es auch sein. Wenn du es mit wohlhabenden Leuten zu tun hast, mit Geschäftsfrauen und manchmal auch mit -männern, dann muss die Masche perfekt sein. Wir ziehen das zwei- oder dreimal im Jahr durch. Griechenland ist dafür gut geeignet, aber unsere besten Jahre hatten wir in Rio, wir haben dort richtig Kasse gemacht und wollen dorthin zurückkehren. In Rio ist alles so korrupt, man muss nur ein paar Reals zahlen und der passende Polizist drückt ein Auge zu. Es ist wirklich traurig, dass die Armen dort bettelarm sind, aber die Reichen sind *extrem* reich und verdienen es, ausgenommen zu werden.«

Ich stand immer noch unter Schock. »Und was hat Dimitris damit zu tun? Benutzt du ihn, um den Leuten Angst zu machen?«

»Dimitris?«, spottete sie. »Er ist eine Nervensäge, er kommt uns nur in die Quere. Er war es, der dafür gesorgt hat, dass die Polizei Nik auf den Fersen ist. Dieser Mistkerl. Er ist auch der Grund, warum wir Korfu verlassen, er hat die Insel für uns ruiniert. Ständig schnüffelt er herum. Je eher er ins Gras beißt, desto besser.« Sie sah zu ihm hinüber, wie er da in seinem eigenen Blut lag, während sie über und über damit bedeckt war.

»Wo zum Teufel steckt Nik?«, murmelte sie vor sich hin, als ob ich gar nicht da wäre.

»Aber du hast ihn einen verdammten Mörder genannt?«

»Ach, das war nur Show, ich wollte, dass du denkst, dass er es war, das war immer mein Plan.«

»Dimitris hat also gar nichts damit zu tun?«

Sie schüttelte den Kopf und saugte an ihrem Verdampfer, der säuerliche Geruch von chemischen Zitrusfrüchten lag in der Luft.

Ich konnte es nicht fassen, ich hatte alles so falsch verstanden, sogar Heather hatte angenommen, dass er mit Nik unter einer Decke steckte. Doch in Wahrheit war Dimitris an diesem Abend aufgetaucht, weil er *wusste*, dass ich in Gefahr schwebte. Er hatte mir die Kopie mit den Plakaten der vermissten Frauen und den Zettel von dem Haus gegeben, das ich gekauft hatte und das nicht mir gehörte. Die ganze Zeit über hatte Dimitris mich nicht *bedroht*, sondern *gewarnt*.

42

Verschwommene Bilder der vermissten Frauen schwirrten in meinem Kopf herum. Heather hatte gesagt, ich solle Fragen stellen, weil Mörder gern prahlten, und die Fragen, die ich Nik hatte stellen wollen, stellte ich nun stattdessen Sylvie. Sie war die Drahtzieherin hinter alldem.

»Also, die Frauen sind alle zwischen vierzig und fünfzig. Alle sind Urlauberinnen, alle sind alleinstehend, alle sind spurlos verschwunden. Wie habt ihr sie ausgewählt?«

»Da gibt es verschiedene Möglichkeiten. Wir treffen auf sie in Bars, finden sie in den sozialen Netzwerken – heutzutage ist es das reinste Kinderspiel, die wichtigsten Daten über jemanden herauszufinden. In deinem Fall haben wir die Daten von Martha bekommen, der Frau, die dir deine schicke Wohnung vermietet hat, als du hier angekommen bist. Wir haben ihr ein paar Pfund gezahlt, damit sie uns über alleinstehende reiche Frauen informiert, die eine ihrer Luxuswohnungen mieten. Wir haben ihr eine vage Beschreibung der Art von Frauen gegeben, die wir suchen, und sie glaubt, dass wir dich kontaktieren wollten, um dir Wein und Touren durch griechische Buchten zu verkaufen. Das Gleiche gilt für Zara in der

Boutique, aber sie hatte etwas mehr Köpfchen und hat schnell gemerkt, dass wir etwas viel Interessanteres als eine verdammte Weinprobe im Sinn hatten. Also haben wir uns geeinigt: Ich bringe die Bräute zum Kleiderkauf dorthin, sie berechnet ihnen zu viel, und wir teilen uns das Geld.«

»Ich habe sechshundert Euro für eine Hose und ein Oberteil ausgegeben«, murmelte ich kopfschüttelnd.

Sie kicherte: »Ja, aber der eigentliche Hammer waren die zwei Riesen für das Hochzeitskleid.«

»Das war auch nicht echt? Es wurde also nicht aus Italien geliefert?«

»Die Perlen waren weder echt, noch wurden sie von Hand aufgenäht«, erklärte sie strahlend.

»*Du* bist also so was wie eine Zuhälterin oder Puffmutter«, sagte ich. »Du findest reiche Frauen für ihn, dann heiratet er sie und nimmt ihnen ihr Geld ab?«

Sylvie zog die Augenbrauen hoch. »Ich würde mich nicht als Zuhälterin bezeichnen, ich bin das verdammte Superhirn hinter dieser Sache, ich habe ein bisschen mehr Klasse. Und wie alle anderen Frauen musst auch du ja wohl eine gewisse Verantwortung übernehmen, immerhin hat er dich ja nicht schreiend zum Altar gezerrt, stimmt's?«

Der Gestank von künstlichen Zitronen stieg mir in die Nase, vermischte sich mit der scharfen Bleiche und dem metallischen Geruch von Blut. Ich war kurz davor, mich zu übergeben.

»Die Verzweifelten wie du sind uns am liebsten. Wir wussten von Anfang an, dass du etwas zu verbergen hattest. Du wolltest unsichtbar sein, und wir haben dir dabei geholfen.«

»Dein schickes Auto, die Klamotten, die Wohnung, das wurde alles mit gestohlenem Geld bezahlt. Und was ist mit dem Haus, dem Pass, Christos und Clio?«

»Das sind alles Freunde von uns«, sagte sie. »Die Mistkerle machen das natürlich nicht umsonst, und Christos verarscht uns mit seinen unverschämten Honorarforderungen. Aber das ist es wert, wenn man Frauen mit mehr Geld als Verstand das Geld aus den ausgestreckten Händen nimmt. Was die Immobilien angeht, suchen wir uns einfach eine Airbnb-Unterkunft und drucken die Daten auf Briefpapier aus.«

»So wie die, die Dimitris mir vorhin gezeigt hat.«

»Ja, wir mieten sie nur für ein oder zwei Tage an und zeigen sie den Frauen, dabei tun wir so, als ob sie zu verkaufen wären. Sie, entschuldige – *du* bist so leichtgläubig, es ist kaum zu fassen.«

Ich wich vor ihr zurück, wollte sie nicht zu nah an mich heranlassen.

»Niks erste Frau, Elizabeth Brown, wo ist sie?«

»Das war lustig, wir haben so darüber gelacht, Nik und ich. Du dachtest, er hätte sie umgebracht, nicht wahr?«

»Meine Schwester hat das geglaubt, ich dachte eher, vielleicht hat Dimitris ...?«

»Deine Schwester sollte sich lieber um ihren eigenen Kram kümmern, sie ist genauso ahnungslos wie du! Es gibt gar keine Elizabeth Brown, er hat sie erfunden.«

»Da irrst du dich, es gibt sie wirklich, sie hat eine Website ...«

»Ja, Elizabeth Brown Interiors. Ich habe ein paar Stunden gebraucht, um die zusammenzubasteln. Wenn es mit meiner jetzigen Karriere nicht klappt, könnte ich einfach Websites erstellen, kreativ, nicht wahr?«

Ich gab keine Antwort. Ich hatte bisher noch nicht den Mut gehabt, sie nach dem zu fragen, was ich eigentlich wissen wollte, aber ich musste sie jetzt fragen, bevor die Polizei kam. »Was ist mit dem jungen Mädchen? Sie passt nicht ins Profil.«

»Wer? Ach ja, du meinst Freya, das Mädchen, von dessen Foto du so besessen bist.«

»Ja, Freya.«

»Es war dumm von Nik, ein Foto zu behalten, er kann

manchmal wirklich ein Idiot sein.« Ihr Gesicht sah hart und böse aus, so hatte ich sie noch nie gesehen. »Wir haben damit einen großen Fehler begangen und wären um ein Haar erwischt worden. Nik hat sie in einer Bar getroffen und kam mit ihr ins Gespräch. Ich war nicht begeistert, sie war zu jung, aber Nik fand heraus, dass sie ein riesiges Treuhandvermögen in Millionenhöhe besaß.«

»Er hat sie *geheiratet*?«, fragte ich entsetzt.

»Das war zumindest der Plan, aber als ihre Eltern davon erfuhren, sind sie durchgedreht und wollten nichts mehr mit ihr zu tun haben. Da die Eltern nun nicht mehr dazwischenfunken konnten, hätte das die Sache für uns einfacher machen sollen. Aber ich hatte nicht damit gerechnet, dass er, der Idiot, sich in sie verlieben würde. Unser bester Zahltag aller Zeiten, und ausnahmsweise ging es ihm nicht ums Geld, und er fing an, Fehler zu machen. Als ich eines Nachts im Nebenzimmer hörte, wie sie planten, zusammen abzuhauen, musste ich das verhindern. Nicht nur, dass er mich aus dem Deal ausschloss, um mit seiner reicheren, jüngeren Freundin durchzubrennen, ich war auch total eifersüchtig, denn ich liebte ihn immer noch. Ich bin seine einzige echte Ehefrau, und das wird auch immer so bleiben. Keine der anderen Ehen ist legal, aber die Bräute und manchmal auch die Bräutigame wissen das nicht – alle spielen nur eine Rolle, vom Zelebranten bis zu den Gästen, die alle dafür bezahlt werden, dass sie an diesem Tag mitspielen.«

»Aber Freya ... was ist mit ihr passiert?«, fragte ich, weil ich es unbedingt wissen wollte.

»Ach, es stellte sich heraus, dass ihre entfremdeten Eltern doch nicht länger entfremdet sein wollten, sie sagte mir, dass sie auf dem Weg nach Korfu seien, um sie zu besuchen. Von da an war sie für uns nutzlos, denn wir sind darauf angewiesen, dass die Frauen alleinstehend sind und keine nahen Verwandten haben, die einen Riesenwirbel veranstalten, wenn die Frauen verschwinden.«

Mich schauderte bei diesem Gedanken.

»Also habe ich sie beiseitegenommen und ihr erklärt, dass Nik sie nur an der Nase herumführt, sie nicht attraktiv findet, nur hinter ihrem Geld her ist und sie auf keinen Fall liebt. Dann habe ich ihr gesagt, dass er schon verheiratet ist – und zwar mit mir!« Sie sagte das mit einer solchen Schadenfreude, dass ich sie am liebsten geschlagen hätte.

»War sie wütend, was ist passiert?«

»Sie brach in Tränen aus, schrie mich an, rief nach Nik und ...« Für einen kurzen Moment sah Sylvie wieder traurig aus, dann drehte sie sich zu mir um. »Ich wollte nicht, dass das passiert, sie war jung, dumm und hysterisch. Ich hätte das Xanax in ihr Glas tun sollen, bevor ich es ihr sagte, aber das hatte ich nicht, also habe ich nun etwas in ihr Glas Wasser gemischt und ihr gesagt, sie solle es trinken.« Entsetzt starrte ich sie mit offenem Mund an.

»Ich wollte nur, dass sie sich wieder beruhigt«, verteidigte sie sich. »Ich hätte sie einfach weggeschickt, ich hätte ihr nichts getan, sie war jung und ...«

»Was ist *passiert*?«, fragte ich, obwohl ich es nicht wirklich wissen wollte.

»Sie war zierlich, und bei meinem panischen Versuch, sie zum Schweigen zu bringen, hatte ich nicht auf die Dosis geachtet, sondern das Zeug einfach hineingeschüttet, als sie nicht hinsah«, ihre Stimme war jetzt ruhiger, »sie ist eingeschlafen und nicht wieder aufgewacht.«

»*Du* hast sie umgebracht«, murmelte ich.

»Ich wollte das nicht. Ja, ich wollte, dass sie aus unserem Leben verschwindet, aus *seinem* Leben, aber nicht so. Das habe ich bei keiner der Frauen gewollt.«

»Wo ist sie jetzt?«

»Du meinst ihre Leiche?«

Ich konnte nicht antworten, denn mir liefen dicke Tränen

über die Wangen. Ich musste mich am Tisch festhalten, um aufrecht stehen zu bleiben.

»Sie ist bei den anderen.« Sie nickte in Richtung des Weinbergs.

Mir wurde kalt. »Du hast sie *alle* umgebracht.«

»Ja, sobald wir ihr Geld hatten, was hätten wir sonst machen sollen? Sie hätten es der Polizei oder in *ihrem* Fall ihren reichen Eltern erzählen können. Sie wusste zu viel, sie war eine tickende Zeitbombe, das waren sie alle.« Sie hielt inne und dachte einen Augenblick lang nach. »Du bist richtig ausgeflippt, als du ihr Plakat gesehen hast, oder? Hast ständig davon gefaselt, dass er einen bevorzugten Typ habe und du ihr ähnlich siehst. Ich dachte, du hättest was gemerkt und würdest sofort zur Polizei rennen, aber du hattest nur Angst davor, dass du die Nächste sein könntest, wenn er einen bestimmten Typ bevorzugt.«

»Nein, ich hatte Angst, dass ihr etwas Schlimmes zugestoßen ist. Das Mädchen auf dem Bild ist meine Tochter.«

43

Es war mein sechzehnter Sommer, als ich schwanger wurde. Seit dem Tod meiner Eltern waren erst ein paar Jahre vergangen, und ich hatte eine wilde Zeit hinter mir, hatte gegen mein Schicksal rebelliert und meine Grenzen ausgetestet, ich hatte herumgeschlafen und zu viel getrunken. Als meine Periode mehrmals ausblieb, wollte ich es nicht wahrhaben. Damals begann mein lebenslanges Verhaltensmuster, vor Problemen davonzulaufen, und ich lief davon, nicht im wörtlichen Sinne, sondern vor dem, was mit meinem Körper passierte. Ich versteckte meinen wachsenden Bauch unter lockerer Kleidung und ging wie im Nebel durchs Leben, ohne mich damit zu befassen, in der Hoffnung, dass es sich »von selbst regeln würde«. Aber genau wie bei den polizeilichen Ermittlungen und später, als ich den Kontakt zu meiner Tochter verlor, regelten sich diese Dinge nicht von selbst – man *musste* sich mit ihnen befassen. Als ich im achten Monat war, platzte Heather zufällig in mein Zimmer und fing an zu schreien. Bis zu diesem Tag hatten alle gedacht, ich hätte nur zugenommen, auch meine Schwester. Für einen Schwangerschaftsabbruch war es zu spät, und wir entschieden gemeinsam, dass ich mein Baby zur Adoption freigeben würde. Die Geburt war traumatisch. Ich rief nach meiner toten Mutter. Und als sie geboren wurde, gab ich ihr in den wenigen, kostbaren Stunden, die ich mit ihr verbringen durfte, den Namen Freya. Sie hatte strahlend blaue Augen.

Ich hatte eine Bindung zu ihr aufgebaut, sie war ein Teil von mir, und das ließ sich nicht ändern. Dennoch war die Adoption beschlossene Sache, und obwohl ich Heather anflehte, sie behalten zu dürfen, ging das einfach nicht. Sie schaffte es kaum, den Lebensunterhalt für uns beide zu bestreiten und war mit ihren zweiundzwanzig Jahren zu jung, um noch mehr Verantwortung zu übernehmen – mit mir hatte sie genug zu tun.

Nachdem ich Freya weggegeben hatte, trauerte ich jahrelang. Ihre Geburt war das Schönste und Schrecklichste, was mir je passiert war. Und nachdem ich sie verloren hatte, fühlte ich mich nie wieder vollständig und verbrachte die nächsten achtzehn Jahre damit, auf sie zu warten. An ihrem achtzehnten Geburtstag stellte ich einen Antrag auf Akteneinsicht. Ich konnte nicht länger warten, denn die Sehnsucht, mein Kind zu sehen, es zu berühren, war körperlich, intuitiv. Ich sehnte mich danach, sie zu sehen, sie zu halten, alles nachzuholen, was wir verpasst hatten. Ich war vierunddreißig Jahre alt, hatte mein Leben kaum gelebt, nahm Jobs an, um über die Runden zu kommen, und hatte mich nie wirklich an etwas oder jemanden gebunden. Seit ich sie aufgegeben hatte, fühlte ich mich, als würde die andere Hälfte von mir fehlen, und als sie meine Bitte um ein Treffen ablehnte, war ich am Boden zerstört. Es war, als hätte ich sie noch einmal verloren. Vier lange Jahre trauerte ich um sie, dann lernte ich Dan kennen und beschloss, mich an ihn zu binden und hoffentlich ein weiteres Baby zu bekommen. Ich wusste, dass das Baby sie niemals ersetzen konnte, aber ich respektierte ihren Wunsch, nach vorne zu schauen, und versuchte, dasselbe zu tun. Aber dann, in dem Jahr, in dem sie

dreiundzwanzig wurde, nahm sie über die Adoptionsvermitt-
lungsstelle Kontakt auf. Aus heiterem Himmel erhielt ich einen
Brief von ihr, keine SMS oder eine Kontaktanfrage auf Facebook, sondern einen richtigen, altmodischen Brief, unterschrieben mit *Freya*, denn ihre Adoptiveltern hatten ihren
Namen nicht geändert. Ich war so gerührt, als ich den Brief
bekam. Sie hatte mir etwas von sich selbst gegeben, das ich in
den Händen halten und an mein Gesicht drücken konnte, weil
ich wusste, dass sie es in den Händen gehalten hatte. Sie
erzählte mir viel von sich, gab mir ihre Telefonnummer und
sagte, sie verbringe den Sommer auf Korfu, um Englischunter-
richt zu geben, und ich solle sie anrufen, wenn ich Lust hätte.

Ich erzählte meinem Mann nichts davon, er hatte nie von
ihrer Existenz gewusst, ich wollte sie immer für mich behalten,
und jetzt war es nicht anders. Ich war sofort am Telefon, und
obwohl ich den größten Teil des Gesprächs über geweint habe,
erinnere ich mich an jedes Wort, an jeden Moment, das werde
ich immer tun. Wir blieben monatelang in Kontakt, ich war
noch nie so glücklich gewesen. Es stellte sich heraus, dass wir
viele Gemeinsamkeiten hatten: den gleichen Sinn für Humor,
den gleichen Geschmack bei Essen, Kleidung und Musik. Sie
erzählte mir, dass sie das Gefühl habe, ihr ganzes Leben lang
hätte ihr ein Stück von sich gefehlt, und dass sie immer davon
geträumt habe, mich zu treffen, aber als sie achtzehn war, waren
ihre Eltern dagegen gewesen, deshalb musste sie meinen Antrag
ablehnen.

Jetzt, wo sie etwas älter war, rebellierte sie ein wenig und
floh aus einer strengen, von Stand und Geld geprägten Erzie-
hung in das entspannte Leben auf der Insel Korfu. Dass sie
mich im Alter von dreiundzwanzig Jahren kontaktierte, war
wahrscheinlich Teil dieser verspäteten Teenager-Rebellion,
doch die führte sie noch auf andere Wege. Eines Tages rief sie
mich an, um mir zu erzählen, dass sie sich zum ersten Mal
verliebt habe. Sie war ausgelassen, albern und glücklich, und

ich freute mich, dass sie es mir zuerst erzählte. Ich hatte so viele Meilensteine ihres Lebens verpasst, dass es ein Privileg war, die berauschende Aufregung über die erste Liebe meiner Tochter zu teilen. Es stellte sich jedoch bald heraus, dass dieser Mann, der in einer Bar arbeitete, älter war, viel älter als sie. Alles, was sie sagte, war, dass er in den Vierzigern war. Ich äußerte meine Besorgnis darüber, aber sie bestand darauf, dass er »der Richtige« sei. Sie hatte es ihren Eltern nicht erzählt, weil sie versuchen würden, es zu verhindern. Sie sagte, sie seien schon immer streng und überfürsorglich gewesen, aber in ein paar Monaten würde sie ein riesiges Treuhandvermögen erben, und sie wollten sie wahrscheinlich schützen. »Er hat mich gefragt, ob ich ihn heiraten will«, erzählte sie aufgeregt.

Bei mir schrillten sofort die Alarmglocken. Ein über zwanzig Jahre älterer Barkeeper ohne Geld, der wie ein jugendlicher Rucksacktourist auf einer Insel lebte? Und das einzige Kind sehr reicher Eltern, das bald einen Treuhandfonds von mehreren Millionen Pfund erben würde? Das beunruhigte mich. Sehr sogar. Und ich hasste mich dafür, dass ich ihre Seifenblase zum Platzen bringen musste, aber ich musste etwas sagen. Also erklärte ich ihr, dass ich ihren Adoptiveltern zustimmen müsse, dass sie gefährdet sei und vorsichtig sein müsse. Sie ging sofort in die Defensive, das Gespräch eskalierte schnell, und sie sagte, ich sei genau wie ihre Eltern, niemand würde sie verstehen, und drückte mich mitten im Gespräch weg.

Ich hörte nie wieder etwas von ihr. Sie reagierte weder auf meine Anrufe noch auf SMS. Ich war am Boden zerstört und wütend auf mich selbst, weil ich so schlecht damit umgegangen war. Bis zu diesem Zeitpunkt war ich wie eine beste Freundin für sie gewesen. Ich hatte gedacht, es sei einfach, Mutter zu sein, und doch hatte ich schon bei der ersten Prüfung versagt. Ich konnte mir nie verzeihen, dass ich nicht sanfter, freundlicher und klüger gewesen war, denn das ist es, was Mütter sein müssen, was gute Mütter *ausmacht*. Ich habe danach so oft versucht, sie zu kontaktieren, und als ich wusste, dass ich Großbritannien verlassen musste, kam ich hierher zurück, nach Korfu, weil ich sie unbedingt wiederfinden wollte.

Sie wäre jetzt achtundzwanzig gewesen, und seit ihrer Geburt hatte ich ihr jedes Jahr eine Geburtstagskarte geschrieben. Ich bewahrte sie in einer Schachtel in meinem Koffer auf und hoffte, dass wir uns irgendwann auf Korfu treffen würden und ich sie ihr geben könnte. Sie sollte wissen, dass ich sie niemals vergessen hatte. Wie könnte ich das auch? Sie war ein Teil von mir. Und jetzt hatte ich sie gefunden, aber es war zu spät.

Der Mann, den sie getroffen hatte, war Nik, und von diesem Augenblick an war ihr Schicksal besiegelt gewesen. In den Händen dieser beiden teuflischen Killer war ihr Tod unausweichlich gewesen, so wie jetzt vielleicht auch meiner? Und ein Teil von mir war froh darüber, denn dann wäre ich wenigstens bei ihr und die Schreie würden aufhören.

44

Sylvie war auf der Terrasse auf und ab gelaufen, bis ich ihr eröffnet hatte, dass Freya meine Tochter war.

»Verdammt«, murmelte sie leise und holte ihren Verdampfer aus der Tasche. »*Wusstest* du, dass wir dahinterstecken?«

»Bei dir hatte ich keine Ahnung, Sylvie, das habe ich nicht einen Augenblick lang vermutet. Aber Nik ... als erfahren hatte, dass ich ihr Foto in der Nachttischschublade seines Schlafzimmers gefunden hatte, *wusste* ich, dass er etwas damit zu tun hatte. Vor unserer Hochzeit hatte ich das ungute Gefühl, dass er mehr über die Frauen wusste, als er zugeben wollte, aber es war einfacher, mir einzureden, dass er Dimitris und nicht nur sich selbst decken wollte.«

»Ja, es war einfacher, weil ich dir gesagt habe, dass Dimitris seltsam und unheimlich ist. Wir mussten den Gedanken in deinen Kopf pflanzen, damit du nie auf ihn hörst oder in seine Nähe kommst. Das Letzte, was wir brauchen konnten, war, dass ihr beide einen Weg findet, miteinander zu kommunizieren«, sagte sie.

Ich spürte, wie sie sich öffnete und der beißende Duft von Zitronen aus ihrem Mund drang, während sie sprach.

»Nun, das hat funktioniert. Ich habe tatsächlich geglaubt, dass Dimitris der Mörder ist, obwohl er in Wahrheit derjenige war, der versucht hat, es allen mitzuteilen.«

Sie nickte. »Er war es, der die Polizei gerufen hat, anscheinend hat er ihnen schon vor ein paar Monaten einen Tipp gegeben, und sie haben Nik beobachtet und darauf gewartet, dass er irgendwas unternimmt. Dimitris hat ihnen gesagt, dass er glaube, wir würden irgendeinen Betrug abziehen, er war schon eine Weile misstrauisch, aber nach Magda und dem Millionär wurde ihnen klar, dass wir eine Art Gewerbe betrieben.«

»Magda und der Millionär? Wen von ihnen habt ihr betrogen?«

»Sagen wir es mal so: Mike, der Millionär, hat eine Woche nach der Hochzeit eine Jacht für drei Millionen Euro gekauft. Er wartet immer noch darauf, dass sie geliefert wird. Ach ja, und Magda hat gerade die Scheidung eingereicht, aber Mike macht einen ziemlichen Aufstand deswegen, also verschwinden Nik und ich, vielleicht nehmen wir uns ein paar Jahre frei«, lächelte sie, »schließlich haben wir genug von Mikes Geld.« Dabei grinste sie vor sich hin.

»Gott, ihr seid durch und durch böse, alle beide. Und der arme Dimitris war der Einzige, der das gemerkt hat!«

»Ja, leider. Nach Mikes und Magdas Hochzeit ist er direkt zur Polizei gerannt und hat ihnen erzählt, dass er das Ganze für eine Farce hält. Wir hatten vorher schon das Gefühl, dass die Polizei Nik auf den Fersen war, aber danach haben sie ihre Observierung verstärkt«, sagte sie und zog die Augenbrauen hoch. »Dimitris und seine große Klappe, das ist der Grund, warum Nik bei deiner Hochzeit verhaftet wurde.«

»Das war nicht *meine* Hochzeit«, zischte ich. »Ich bin froh, dass er dafür gesorgt hat, dass Nik verhaftet wurde, ich wünschte nur, sie hätten ihn eingesperrt und den Schlüssel weggeworfen.«

Sie lächelte über meine Worte. »Aber das haben sie nicht, weil ich ihn rausgeholt habe. Ich wusste, wenn Nik dort bleiben würde, würde er uns wahrscheinlich verraten, denn wie ich schon sagte, kann er manchmal ein ziemlicher Idiot sein und dumme Dinge sagen. Während du also unten in deinem Schleier Miss Haversham gespielt hast, bin ich in die Küche gegangen, um deinen speziellen Tee zu machen ...«

»Mit Schlaftabletten darin?«

»So was in der Art, ja. Während das Wasser kochte, habe ich die Polizei angerufen und ihnen erzählt, Dimitris hätte eine meiner Mitarbeiterinnen sexuell belästigt.«

»Was? Das hat er doch gar nicht.«

»Natürlich nicht. Seit seinem Schlaganfall vor ein paar Jahren kann er kaum noch gehen und sprechen, geschweige denn ...«

»Seine Sprachstörungen, das schwere Atmen, der seltsame Gang? Sind das die Nachwirkungen des Schlaganfalls?«

Sie nickte. »Zu unserem Glück würde Angelina für ein paar Pfund alles sagen und wahrscheinlich auch alles *tun*«, fügte sie hinzu. »Ich habe ihr Geld geboten, damit sie zur Polizei geht und behauptet, er habe sie sexuell belästigt. Natürlich gab es keine Beweise, also stand ihr Wort gegen seins, und das hat nicht gereicht.«

»Du hast mich also angelogen, als du behauptet hast, die Polizei hätte Dimitris als Mörder unter Verdacht?«

»Ja. Aber wie neugierige alte Klatschtanten sagen: ›Wo Rauch ist, ist auch Feuer‹, also wurde seine Legende weitergesponnen. Ich habe dich auch angelogen, was den Anruf bei der Polizei angeht. Dieses ›Gespräch‹, das ich mit ihnen am Tag deiner Hochzeit hatte, war ein Fake, da war niemand am anderen Ende der Leitung. Aber da warst du schon so fertig von dem Hochzeitsdrama und dem Xanax, dass ich dir erzählen konnte, was immer ich wollte.« Sie kicherte. »Allerdings könnte ich dir auch ohne Drogen alle möglichen Geschichten auftischen, und du würdest mir glauben.«

»Wie die Lüge, dass Dimitris die vermissten Frauen getötet hat? Oder mich auf Facebook zu stoßen, damit ich all die Beiträge und Kommentare lese?« Dann wurde es mir klar. »Hast *du* einige dieser Lügen ins Internet gestellt?«

»Ja«, erwiderte sie fast stolz. »Ich war Kate aus Kalami und Eleni aus Korfu-Stadt«, fügte sie schmunzelnd hinzu. »Ursprünglich waren das alles Fake-Accounts, aber die Trolle haben nicht lange gebraucht, um Blut zu wittern und sich auf ihn zu stürzen, und bald war er der Killer von Korfu.«

Jetzt verstand ich, warum Dimitris nachts da draußen im Weinberg herumspukte – er *grub* keine Gräber aus, sondern *suchte* nach ihnen. Ebenso wie mich trieb den Mann die Suche nach Antworten in den Wahnsinn, weil er tief in seinem Inneren wusste, dass Nik etwas damit zu tun hatte, ohne es beweisen zu können.

»Dimitris' körperliche Probleme passten also perfekt zu deiner schrecklichen Geschichte.«

»Ja, für uns passte das perfekt, wir konnten unser Glück kaum fassen, als das Weingut vor ein paar Jahren einen Manager suchte. Nik hat damals in verschiedenen Bars in der Stadt gearbeitet.«

»Im Aphrodite?«

»Ja, genau. Und ich verdiente, was ich konnte, mit Gelegenheitsjobs hier und da und ein paar zwielichtigen Geschäften. Jedenfalls bewarb sich Nik mit einem frisierten Lebenslauf um den Job und bekam ihn.«

»Nik arbeitet also nur hier, er ist nicht der Eigentümer, und sie sind keine Cousins?«

»Nein, das Weingut gehört Dimitris, er ist der Mann hinter den Kouris-Weinen, deshalb mussten wir behaupten, dass sie verwandt sind, damit Nik ebenfalls ein Kouris sein kann.«

»Nik arbeitet nur für ihn?« Das hätte ich nie erwartet.

»Ja, er ist seine rechte Hand. Nach seinem Schlaganfall war er arbeitsunfähig, er hat keine Kinder, die sich um ihn kümmern, nur einen Bruder irgendwo an der Küste. Dimitris ist der älteste Bruder und hat das Weingut von seinem Vater geerbt, was wirklich traurig ist, denn wenn er eines Tages stirbt, erbt seine verdammte Nichte das alles. Sie wohnt nicht mal mehr hier. Wir hatten all diese Pläne, wir hofften, er würde in Nik einen Sohn oder einen Bruder sehen, wir dachten, er würde uns das Anwesen in seinem Testament vermachen. Aber wir konnten ihn nicht dazu bringen, es zu ändern, der alte Dimitris ist erstaunlich scharfsinnig, einer der wenigen Menschen, die wir nicht überlisten konnten«, sagte sie mit einem Anflug von Bewunderung. »Jedenfalls ist unser Traum vom Weingut geplatzt, und weil er bei der Polizei alles ausgeplaudert hat, müssen wir die Insel jetzt verlassen.«

»Wo wollt ihr hin?«, fragte ich.

»Wir haben Tickets nach Rio«, sie schaute auf die Uhr, »hoffentlich ist Nik nicht zu spät dran, wir wollen schließlich unseren Flug nicht verpassen.«

»Wie kannst du über Dimitris' Geld und die Flüge nach Rio reden, wenn er dort liegt«, schrie ich.

»Ja, es bricht mir wirklich das Herz, aber jetzt ist es zu spät, sein Testament zu ändern«, witzelte sie. »Nik hat versucht, der Sohn zu sein, den er nie hatte, aber er war zu alt und zynisch, Nik hat er von Anfang an nicht vertraut, und mich hat der alte Sack wie Dreck behandelt.«

»Wie ärgerlich für euch, dass das ganze Geld im Weinberg steckt und ihr es nicht in eure schmutzigen Finger bekommen könnt.«

Sie zuckte mit den Schultern. »Wenn wir etwas mehr Zeit gehabt hätten, wäre uns schon was eingefallen. Verdammter Mistkerl!«, fluchte sie.

»Ihr habt verletzliche, unschuldige Frauen verführt, ihr

ganzes Geld gestohlen, und dann habt ihr sie umgebracht und hier, in Dimitris' Weinberg, begraben. Was seid ihr nur für Tiere?«

»Kluge Tiere«, erwiderte sie trotzig, ohne eine Spur von Reue. »Es war eine tolle Tarnung, Nik, der sympathische, attraktive Besitzer, ledig und ein guter Fang. Er war der Witwer, der Geschiedene, der Mann, der sich bis jetzt nie binden konnte. Wir hatten alle möglichen Rollen für ihn. Unser Hochzeitsservice war maßgeschneidert, ich fand zuerst heraus, wen die Frauen zu finden hofften, und Nik wurde dieser Mann. Es gibt nicht viele Hochzeitsplanerinnen, die so was können«, schmunzelte sie vor sich hin.

»Ich kenne auch keine Hochzeitsplanerin, die krank genug ist, so etwas zu *wollen*«, fauchte ich, aber sie hörte mich nicht, sondern redete einfach weiter. Sie erzählte mir stolz, wie geschickt sie darin war, alleinstehende reiche Frauen aufzuspüren, wie sie zufällige Begegnungen in Geschäften und Bars arrangiert und Freundschaften geschlossen hatte. Dann hatte sie die Frauen aussortiert, die noch Familie hatten, nicht reich genug oder doch nicht so verletzlich waren, wie sie ursprünglich angenommen hatte.

»Aber ich habe Familie, ich habe meine Schwester«, betonte ich.

»Heather?«, lachte sie. »Sie ist doch bloß eine Nervensäge, die dich die ganze Zeit belästigt. Du bist hergekommen, um ihr zu entfliehen. Außerdem: So unzuverlässig, wie sie ist, ist sie keine Bedrohung.« Sie hatte ja keine Ahnung.

Sie prahlte stolz damit, wie sie während Niks sogenannter Umwerbungs- und Hochzeitsphase im Verborgenen gelebt und heimlich im Haus übernachtet hatte, oft im Zimmer nebenan. Sie war in der Dämmerung durch Türöffnungen geschlüpft, hatte sich schnell die Treppe hinauf bewegt, sich in Ecken und Türrahmen versteckt und hatte beobachtet, immer alles beobachtet. Sie war von Eifersucht und Obsession zerfressen, aber was sie antrieb, war das Geld, ihr ultimatives Ziel.

Ich war entsetzt, es war das vertraute Lachen, das Lächeln, das ich schon so oft gesehen hatte, und doch stand hier eine ganz andere Person vor mir.

Irgendwann senkte sie ihre Stimme und kam ganz nah an mich heran. »O ja, ich weiß alles, Alice, wie du Nik um Sex angebettelt hast, wie du dich für ihn ausgezogen hast und dich wie eine traurige Nutte selbst befriedigt hast«, fauchte sie boshaft.

Ich keuchte erschrocken auf.

»Ich hatte dir so viel Angst vor Dimitris gemacht, dass du dachtest, er spioniert dir durch die halb offene Tür nach, aber das war ich, die ganze Zeit über. Und um dich zu verwirren, hat Nik den loyalen Cousin gespielt und ihn verteidigt, damit du glaubst, dein zukünftiger Ehemann sei ein guter, freundlicher Familienmensch. Das hat dir gefallen, nicht wahr? Es entsprach deinem Bedürfnis nach jemandem, dem du vertrauen konntest. Aber war Dimitris ein Mörder oder ein Sündenbock? War er es? Oder war er es nicht? Du warst dir nie hundertprozentig sicher, nicht wahr, Alice? Und das ist es, was wir tun, wir spielen ein Spiel mit dir. Natürlich haben auch die Schlaftabletten in den Drinks geholfen, es ist nicht *alles* unser Verdienst.«

Allmählich verstand ich. Sylvie hatte mit alldem eine Menge Geld verdient, es war ihre Karriere, ihr Leben, sie kannte keinen anderen Weg. Aber sie war von Eifersucht zerfressen, sie hasste es, wenn Nik mit anderen Frauen zusammen war, selbst wenn es nur vorgetäuscht war, denn was, wenn es manchmal keine Täuschung war? Das war ihre Art, seine sogenannten Bräute zu demütigen, ihnen endlich die Wahrheit zu sagen, sie zu verletzen, sie dafür bezahlen zu lassen, dass sie sich verliebt und einen Fremden geheiratet hatten – das war ihre Therapie. Aber sie konnte es ihnen nur sagen, wenn sie wusste, dass sie keine Möglichkeit mehr haben würden, zur Polizei zu gehen.

»Du erzählst mir das alles, weil du mich umbringen willst, stimmt's?«, fragte ich ganz ruhig. »Du wartest nur noch auf Nik.«

Sie kniff die Lippen zusammen. »Falls er jemals hier auftaucht. Weiß der Himmel, was er treibt.«

Sie schaute auf die Uhr, ich konnte sehen, dass sie besorgt war, was Niks Verbleib anging, offensichtlich war es ihr unangenehm, mich ohne ihn zu erledigen. Vermutlich war das seine Stärke? Aber als ich sie zucken und zappeln sah, erkannte ich plötzlich einen Ausweg.

»Ich nehme an, dass er mit Angelina zusammen unterwegs ist, wahrscheinlich sitzen sie gerade in Sidari bei Kerzenschein an einem Tisch und schauen einander tief in die Augen«, sagte ich. Und bevor ich fortfahren konnte, streckte sie den Arm aus und verpasste mir mit dem Handrücken eine kräftige Ohrfeige.

»Schlampe!«, stieß sie hervor, beruhigte sich dann aber sofort wieder und murmelte mir ins Ohr. »Wenn das der Fall sein sollte, kann er heute Nacht zwei Gräber ausheben, und sie kann sich zu dir gesellen.«

Ein leichtes Zittern überkam mich, aber ich versuchte, es mir nicht anmerken zu lassen.

»Sieh mal, du glaubst, du hast die Oberhand, aber Nik hat uns beide verarscht. Er hat dich benutzt, wie er auch alle anderen Frauen benutzt hat«, fuhr ich fort. »Merkst du das nicht? Er ist mit Angelina zusammen, er ist immer auf der Suche und schaut, ob noch eine Bessere vorbeikommt. So ist er nun mal. Nachdem er die Frauen emotional vernichtet hat, bringt er sie um, er muss sie hassen. Warum solltest du da die Ausnahme sein, Sylvie? Er hasst uns alle.«

»Ach, scheiß auf deine Psychotricks«, zischte sie.

»Aber manche Frauen sind anders, sie sind jünger, nachgiebiger und viel mehr sein Typ. Denk nur mal dran, was mit Freya passiert ist«, fuhr ich fort und hasste es, den Namen meiner Tochter in ihrem Beisein auszusprechen, »er hat ihr Foto in dem Schlafzimmer aufbewahrt, in dem er geschlafen hat, er hat vielleicht wirklich geglaubt, er hätte gefunden, wonach er gesucht hat, und du hast sie getötet. Glaubst du wirklich, er kann dir eher verzeihen als ich, dass du ihr Leben beendet hast?«

»Hör auf damit! HALT DEIN MAUL!«, schrie sie. Ich war noch geschockt von der letzten Ohrfeige und rechnete mit einer weiteren, fuhr aber dennoch fort.

»Sylvie, die Polizei ist schon unterwegs«, sagte ich leise. »Meine Schwester hat sie angerufen, sie weiß alles.«

»Nein, hat sie nicht.«

»Du machst dich zur Zielscheibe für die Polizei, wenn du hier herumsitzt und auf Nik wartest. Währenddessen liegt er mit der schönen, jungen und überaus willfährigen Angelina auf dem Rücksitz seines Autos.«

»Nein, das tut er nicht!«, schrie sie, drehte sich dann zu mir um und sagte: »Aber falls er es doch tut, werde ich sie mit bloßen Händen *umbringen*.«

Ich glaubte ihr.

Wir standen auf der Terrasse und starrten uns an, die Sonne war untergegangen, die Nacht brach herein, und Dimitris' Blut war auf dem Holzboden geronnen.

»Wenn du mich tötest, wird die Polizei dich finden, dafür wird Heather schon sorgen.«

»Ach ja? Hat deine Heather nichts Besseres zu tun, als von Großbritannien aus die griechische Polizei anzurufen, um etwas zu melden, das ihrer Schwester zugestoßen sein *könnte*?«

Ich stand auf, um zur Treppe zu gehen. Was Sylvie nicht wusste, war, dass ich vorhin, als sie mir das Handy aus der

Hand geschlagen hatte, Heather diskret über FaceTime angerufen hatte. Ich war nicht blindlings in diese Falle getappt, meine Schwester und ich hatten am Telefon einen Plan ausgeheckt, während ich an diesem Nachmittag vor dem Maklerbüro gewartet hatte. Die Idee war, dass ich Nik und/oder Dimitris ein Geständnis entlocken sollte, von Sylvie hatten wir keine Ahnung gehabt, selbst meine Schwester, die Hobbydetektivin, wäre über diese Wendung überrascht gewesen. Heather sagte, sie würde das Gespräch mithören und nach dem Geständnis, aber *bevor* ich in Gefahr geriete, würde sie die Polizei rufen. »Sie gestehen immer, Kriminelle und Mörder geben gerne mit ihrer Arbeit an«, hatte sie gesagt, »du wirst keine Probleme haben, ein Geständnis zu bekommen.« Und in Sylvies Fall hatte sie recht behalten. Ich hoffte bei Gott, dass wir immer noch per FaceTime in Verbindung standen, dass sie alles aufzeichnete und dass die Polizei auf dem Weg war, denn die Dinge hatten eine plötzliche Wendung genommen. Und jetzt würde ich versuchen, von hier zu verschwinden.

Sylvie rührte sich nicht, und als ich mich umdrehte, wusste ich nicht, ob sie mir beim Gehen zusah und mich laufen ließ oder ob sie nur darauf wartete, jeden Augenblick zuzuschlagen. Dann spürte ich ihn, den Schlag auf den Hinterkopf. Sie hatte die Statue, die bereits mit Dimitris' Blut bedeckt war, benutzt, um auch mich niederzuschlagen.

»Ich werde einfach sagen, dass du gestürzt bist«, murmelte sie vor sich hin. »Nicht mal deine überfürsorgliche Schwester wird beweisen können, dass das kein Unfall war.« Sie zerrte mich an den Rand der Terrasse, und selbst in meinem benommenen Zustand wusste ich, dass die niedrige Mauer das Einzige war, was zwischen mir und dem Tod stand.

Ich versuchte vergeblich, Sylvie das Gesicht zu zerkratzen, um Narben zu hinterlassen und ihre DNA unter meinen Nägeln zu haben – alles Teil von Heathers klugen Ratschlägen. Die vielen Stunden, in denen sie im Fernsehen Krimis geschaut hatte, waren keine Zeitverschwendung gewesen. Also versuchte ich, sie so zu kratzen, das Narben zurückblieben, um sie unter meinen Nägeln zu haben. Ich kratzte sie so heftig, dass Blut floss, und sie wurde sehr, sehr wütend. Was mich heute noch zutiefst schockiert, ist das, was sie daraufhin tat, um sich zu rächen. Sylvie schlug mich. Heftig. Direkt in den Magen. Meine Freundin. Die Frau, mit der ich gelacht, Cocktails getrunken und der ich meine Geschichte erzählt hatte – die Frau, der ich vertraut hatte. Die Frau, die meine Tochter getötet hatte.

Ich trat um mich und hoffte auf blaue Flecken, um Heather etwas zu hinterlassen, wenn ich nicht mehr war. Außerdem wollte ich Rache für Freya. Jeder schwache, aber hoffentlich schmerzhafte Tritt war für mein Mädchen. Mein Hass und mein Schmerz waren stärker als die Schwindelgefühle von dem Schlag auf den Kopf, und ich griff nach ihren Augen, kratzte und trat, brachte sie zum Schreien, als ich große Büschel ihrer Haare packte und mit aller Kraft daran zog. In diesen letzten Minuten fand ich ein wenig Trost, weil ich an Heather dachte und daran, wie sie den Kampf aufnehmen würde, wenn ich nicht mehr da war. Sylvie war eine Kämpferin, und sie war so viel stärker als ich. Sie hatte mich geschlagen und getreten, bis ich mich nicht mehr wehren konnte, und sie zog mich nun an den Füßen auf die niedrige Mauer zu. Ich klammerte mich wie eine Klette an die Ziegelsteine, und meine Nägel bluteten, als ich versuchte, mich daran festzukrallen. Selbst in diesem schrecklichen, benebelten Zustand hoffte und betete ich, dass die Polizei rechtzeitig eintreffen würde, aber ich hörte keine Sirenen, kein Geräusch, nur ihr Atmen, ihr Murmeln und Fluchen. Die Frau, die meine Tochter getötet hatte, wollte nun auch mich umbringen. Ich hörte die Schreie der Frauen in meinem Kopf, und meine Stimme vereinte sich mit ihrer zu einem Crescendo aus Angst und Qual. Dann wurde alles um mich herum schwarz.

EPILOG

Ich hieve meinen schweren Koffer auf das Gepäckband. Er ist vollgepackt mit meiner Kleidung, meinen Toilettenartikeln und meinen Geheimnissen. Als die Frau in Uniform die Sicherheitsetiketten aufklebt und mit einem mürrischen Nicken in Richtung »Sicherheitskontrolle« deutet, gebe ich ihn widerwillig auf. Ich erwidere ihr Nicken stumm, weil ich keine Aufmerksamkeit auf mich ziehen will.

So weit, so gut. Ich gehe nach draußen, um kurz eine zu rauchen, bevor ich mich auf den Weg zur Sicherheitskontrolle mache – mit meiner tomatenroten Hermes-Handtasche am Arm und staubtrockenem Mund. Die stickige Wärme staut sich um die Urlauber, die von hier die Heimreise antreten. Sie alle stehen mit Sonnenbrand und traurigen Gesichtern in der Schlange, um heimzufliegen, obwohl sie das gar nicht wollen. Ich halte den Blick gesenkt, spreche niemanden an und entdecke nach einiger Zeit endlich die Grenzkontrolle.

Auf wackeligen Beinen gehe ich auf den ernst dreinblickenden Mann zu, der hinter der Glasscheibe wartet, und denke daran, wie es war, als ich das erste Mal hier angekommen bin. Die Person, die damals auf diese paradiesische Insel kam, war eine ganz andere als die, die sie jetzt wieder verlässt. Ich kam her auf der Suche nach etwas, nach jemandem, und ich habe gefunden, wonach ich gesucht habe, doch jetzt muss ich wieder fortgehen.

Mir graut davor, diesen wunderschönen Ort zu verlassen, wo den ganzen Tag über die Sonne scheint und die ganze Nacht lang Cocktails fließen. Aber wenn man genauer hinsieht, gibt es eine dunkle Seite, und zwischen Freundschaft, Liebe und Mord liegt nicht mehr als ein Wimpernschlag.

Der Grenzbeamte sieht mich durch das Glas an. Er lächelt nicht, aber ich schon.

»Reisen Sie geschäftlich oder zum Vergnügen nach Rio de Janeiro?«

»Zum Vergnügen.« Ich beuge mich leicht vor und lecke mir anzüglich über die Lippen, woraufhin seine Augen sofort darauf gerichtet sind. Er gibt mir meinen Pass zurück, und ich versuche, nicht allzu erleichtert auszusehen. Oder allzu schuldbewusst ...

Das Boarding für den Flug beginnt in Kürze, also rufe ich Clio, die Immobilienmaklerin, an. »Süße, es gibt eine kleine Planänderung«, beginne ich. »Alice ist weg, wie geplant, aber leider hat die Polizei Nik in Sidari verhaftet, er hat dort mit seiner jungen Geliebten zu Abend gegessen, ich bin fassungslos. Es ist furchtbar, und auf dem Weingut wimmelt es jetzt von Polizisten, die nach Leichen oder so etwas suchen. Aber die wirklich schlechte Nachricht ist, dass sie alles über das Geld wissen, das Alice für das Haus auf das Konto von Adonis eingezahlt hat.«

»Ach du Scheiße!«, murmelt Clio.

»Ja, oder? Wie auch immer, ich verlasse das Land, und da Nik in Polizeigewahrsam ist, bleibst nur du übrig. Und deine Fingerabdrücke – im übertragenen Sinne – sind überall auf dieser halben Million.«

»Aber ich weiß doch gar nichts darüber. Scheiße, Sylvie, ich tue nur, was Nik mir sagt, ich kriege nur zehn Prozent, das ist es nicht wert, dafür ins Gefängnis zu gehen. Ich will nicht mehr Clio, die Immobilienmaklerin, sein. Ich bin Clio, die Schauspielerin.«

»Ich weiß, ich weiß, und ich bin mir sicher, dass du schon bald ein großer Star wirst, aber betrachte es als das Nonplusultra der Schauspielkunst.«

»Wenn du versuchst, mir irgendwas anzuhängen, dann schwöre ich ...«

»Immer mit der Ruhe«, sage ich. »Ich würde nicht im *Traum* daran denken, dich da mit reinzuziehen, deshalb rufe ich dich jetzt an, denn ich habe eine Lösung. Mein ältester und liebster Freund im Vereinigten Königreich wird die Sache für uns in die Hand nehmen. Du musst nur genau das tun, was ich dir sage, dann hast du eine blütenweiße Weste.«

»Okay?«

»Du musst das gesamte Geld von Alice Evans oder Alice Kouris oder wie auch immer sie sich genannt hat, abheben und auf ein anderes Konto einzahlen.«

»Und damit bin ich dann aus dem Schneider?«

»Ja, aber nur, wenn du das schnellstmöglich erledigst, denn die Polizei hat eine Liste mit Namen, und es tut mir leid, aber dein Name steht drauf«, lüge ich. »Das Geld ist heiß und kann zu der armen, toten Alice zurückverfolgt werden, und ich bin die Einzige, die die Kontakte hat, um es wieder verschwinden zu lassen. Aber wenn du das Geld jetzt loswirst, haben sie nichts gegen dich in der Hand.«

»Was ist mit meinen zehn Prozent?«

»Um Himmels willen, Clio, sobald es sicher ist, bekommst du deine zehn Prozent von mir«, lüge ich wieder. »Verstehst du, wie ernst die Sache ist und was du für mich tun musst?«

»Ja, ich verstehe. Also gib mir den Namen und die Bankverbindung, an die ich das Geld überweisen soll.«

»Sylvie Brown«, beginne ich und gebe ihr dann alle Informationen, die sie braucht. Ihre Bankdaten waren in der Hermes-Handtasche, und ihr Passwort war für eine Hochstaplerin leicht zu erraten. Ihre Unterschrift habe ich geübt, aber da die meisten Bankgeschäfte heutzutage online abgewickelt werden, werde ich die wohl kaum brauchen.

»Wahrscheinlich ist es das Beste, wenn wir uns nicht mehr sehen oder sprechen«, sage ich zu Clio. »Ich wünsche dir noch ein schönes Leben und hoffe, dass du deinen großen Durchbruch schaffst, meine Liebe.«

Dann rufe ich Heather an.

»Ich bin's.«

»Oh, Gott sei Dank, du bist später dran, als ich erwartet hatte. Ist alles in Ordnung?« Ich kann die Aufregung in ihrer Stimme hören.

»Alles bestens.«

»Gibt es etwas Neues von Dimitris?«, fragt sie.

»Leider ist er trotz aller Bemühungen der Sanitäter gestorben.«

»Oje! Er starb bei dem Versuch, dich zu retten, Schatz. Ich werde nie begreifen, woher er die Kraft dazu hatte.«

»Ich auch nicht«, erwidere ich und erinnere mich an den Moment, als Sylvie mich von der Terrasse befördern wollte. Ich war ohnmächtig geworden und erst wieder zu mir gekommen, als ich schon halb über der Mauer hing, während sie sich abmühte, meinen Körper in die Tiefe zu stoßen.

»Der arme Dimitris, er muss die letzte Kraft aufgebracht haben, um dich zu retten und sie über die Mauer zu werfen.«

»Ja, sie war sofort tot, als sie auf dem Boden aufschlug, aber er war so schwach, dass er *mit* ihr gefallen ist. Ich fühle mich schlecht, weil ich solche Angst vor ihm hatte. Er hat nur versucht, mich zu warnen, und ist mir gefolgt, um sicherzugehen, dass mir niemand etwas tut. Wir waren die einzigen Zeugen, wir standen auf derselben Seite, aber durch meine

Vorurteile und meine Engstirnigkeit habe ich nicht über den Tellerrand hinausgeschaut. Mir war nicht klar, dass der Mann, von dem ich dachte, er wolle mich töten, in Wirklichkeit nur versucht hat, mich zu retten.«

»Pass gut auf dich auf, Schatz«, sagt sie.

»Danke für deine verrückte Idee, alles per FaceTime zu übertragen.«

»Ich bin einfach nur erleichtert, dass es funktioniert hat«, sagt sie. »Ich hatte hier beinahe einen Herzinfarkt, während ich darauf gewartet habe, dass die Polizei kommt. Ich kann immer noch hören, wie sie dich geschlagen hat, ich habe jeden einzelnen Schlag gespürt.«

»Ich weiß, dass du das getan hast, Heather, du hast mein ganzes Leben lang alles für mich gespürt, du hast meinen Schmerz gespürt wie niemand sonst. Danke, dass du immer für mich da warst, dass du mich gerettet hast, als Mum und Dad starben, und dass du dafür gesorgt hast, dass wir zusammenbleiben konnten. Früher hat es mich genervt, dass du mich ständig gefragt hast, wo ich bin und was ich mache, und dass du dir immer Sorgen gemacht hast – aber jetzt weiß ich, dass es genau das ist, worum es in einer Familie geht.«

»Ja, Liebe und Sorge«, sagt sie seufzend.

»Wenn diese Frauen jemanden gehabt hätten, der sich so um sie gesorgt hätte wie du dich um mich, wären sie vielleicht noch am Leben. Danke, dass du mich vermisst hast.«

»Das tue ich, ich vermisse dich so sehr, Alice, und das werde ich auch immer tun, egal, wo auf der Welt du bist. Ich wünschte nur, ich hätte dir dabei geholfen, Freya in unserer Familie zu behalten, anstatt darauf zu bestehen, sie zur Adoption freizugeben. Das werde ich mir nie verzeihen, solange ich lebe.«

»Sag das nicht, wir waren beide jung und haben getan, was damals richtig war. Wir hätten Freya nicht das Leben geben können, das sie hatte, egal wie kurz es war.«

Ich will gerade auflegen, als mir plötzlich noch etwas einfällt. »Heather, eine Sache wollte ich dich noch fragen: Wenn sie ... sie finden, sorgst du dann dafür, dass sie einen Grabstein bekommt, und würdest du an ihrem Geburtstag Blumen auf ihr Grab legen?«

»Natürlich, ich werde da sein und ihre Cousinen mitbringen.«

»Hab dich lieb, Schwesterherz«, sage ich.

»Und sei vorsichtig, mach nichts Gefährliches oder Dummes, du weißt, was ich mir immer für Sorgen mache.«

»Du und Sorgen?« Ich lächle.

Wir verabschieden uns voneinander, ohne zu wissen, ob oder wann wir uns wiedersehen werden. Ich habe das Gefühl, dass ich gleich weinen werde und will keine Aufmerksamkeit auf mich lenken, also hole ich mein Handy heraus, um mich abzulenken und meine Nerven zu beruhigen, und als ich aufschaue, steht jemand über mir.

Es dauert einen Moment, bis ich sie erkenne. »Angelina?« Ich bin entsetzt und habe Mühe, mir das Entsetzen nicht am Gesicht anmerken zu lassen. »Was machst du denn hier?«

Sie setzt sich neben mich. »Das sollte ich wohl eher *dich* fragen.«

»Ich ... ich verreise.«

»Kann ich gut verstehen.« Sie schaut auf die tomatenrote Hermes-Tasche auf meinem Knie. »Ihr Stil gefällt dir also immer noch?«

Ich bin schockiert. Ich kann ihr schlecht sagen, dass ich mit Sylvies Pass und Ticket reise, weil ich in Großbritannien wegen Mordes gesucht werde. Angelina würde mich sofort verraten. Mein Pech, dass ich sie ausgerechnet jetzt treffen muss, das könnte alles ruinieren.

Ich habe diese Handtasche immer geliebt, und als ich sie in meinem Schlafzimmer auf dem Weingut fand, wo sie sie zurückgelassen hatte, öffnete ich sie, und im Futter waren ihr

Pass, ihre Kreditkarten, ihre Bankdaten und über fünftausend Euro. Ich nehme an, das war für den Fall, dass sie schnell verschwinden musste – genau das, was ich jetzt vorhatte. Das Universum hatte mir ein Flugticket, ein paar Wochen Aufschub, bevor ich mir einen neuen Job suchen musste, und eine schicke tomatenrote Designertasche geschenkt.

Nervös schaue ich Angelina an. »Bist du hier, um sicherzustellen, dass ich das Land verlasse?«, frage ich unsicher. »Oder willst du mir wieder drohen? Das brauchst du nicht, ich werde gehen. Und Nik ist in Polizeigewahrsam, wir waren übrigens nie verheiratet, das war alles ein großer Schwindel von ihm und Sylvie – der Frau, mit der er *in Wirklichkeit* verheiratet ist.«

»Ich weiß über alles Bescheid.«

Mein Herz pocht, und ich stelle fest, dass Angelina eine Chinohose und ein blaues Hemd trägt, ganz anders als die gerüschten, tief ausgeschnittenen Tops und Miniröcke, die sie sonst anhat.

»Alice ... Ich muss dir was sagen ...«

Ich halte den Atem an. Ich kann mir nicht vorstellen, was das sein soll. »Was?«, frage ich schwach. Kann ich noch mehr ertragen?

»Ich heiße *nicht* Angelina«, erklärt sie, »mein Name ist Eleni Doukas, und ich bin dir hierher gefolgt.«

Ich stöhne. »O nein, du bist auch *eine* von denen? Du hast nur so getan, wie Christos und Clio und ...?«

Sie schüttelt den Kopf. »Nein, ich bin bei der Polizei hier auf Korfu.«

Was für ein Spielchen spielt sie *jetzt* wieder?

»Nein, bist du nicht«, erwidere ich trotzig, aber ich bin knallrot im Gesicht und in Panik. Wahrscheinlich führt sie mich nur an der Nase herum, aber für den unwahrscheinlichen Fall, dass sie die Wahrheit sagt, muss ich in mein Flugzeug steigen und zusehen, dass ich von hier verschwinde.

»Doch, ich bin Detective. Und ich finde, ich schulde dir

eine Erklärung. Ich weiß, dass du viel durchgemacht hast, und du verdienst es, zu erfahren, was passiert ist.«

»Ich bin ziemlich durcheinander«, gestehe ich wie betäubt. Sie ist ungeschminkt und hat ihr Haar zu einem Pferdeschwanz gebunden. Das ist Angelina, und doch ist sie es nicht. Vielleicht sagt sie ja *tatsächlich* die Wahrheit?

Sie zeigt mir ihren Ausweis, der für mich ganz echt aussieht. »Verdammt, ich verstehe das nicht.« In meinem Kopf herrscht ein einziges Durcheinander, nichts und niemand ist so, wie er scheint.

»Die Aufnahmen, die du von Sylvies Geständnis gemacht hast, sind für uns von unschätzbarem Wert. Ich weiß, sie ist tot und kann für ihre Taten nicht mehr zur Rechenschaft gezogen werden, aber wir haben alle Informationen, die wir brauchen, um Nik Kouris – mit richtigem Namen David Mills – zu belangen.«

»David Mills – er ist also noch nicht mal Grieche?«

»Ich fürchte, an ihm und Sylvie war nichts echt, sie waren nicht die Personen, für die sie sich ausgaben. Alles, was sie dir erzählt haben, war ein Konstrukt, um dich in die Falle zu locken, und das machen sie schon seit vielen Jahren so. Die Schwierigkeit besteht darin, sie aufzuspüren, denn sie bleiben nie lange an einem Ort, sie sind in ganz Europa und in den USA aktiv. Sie haben überall auf der Welt Millionen aus ihren Scheinehen versteckt. Das Problem ist, dass wir keine Ahnung haben, wie viele Opfer es gibt«, fügt sie bedauernd hinzu.

»Ja, ich hatte schon so ein Gefühl, dass das nur die Spitze des Eisbergs ist. Sylvie hat mal Rio de Janeiro erwähnt.«

Sie nickt energisch. »Ich vermute, dass sie dort zu ›Höchstleistungen‹ aufgelaufen sind, denn manchmal drücken die Behörden in einigen Teilen der Welt ein Auge zu. Die Polizei lässt sich bestechen, und Geld ist wichtiger als Gerechtigkeit. Leider haben wir nicht die Mittel, um alle Verbrechen aufzuklären, die die beiden in der Vergangenheit begangen haben, aber wir können dafür sorgen, dass *unsere* Opfer hier auf Korfu Gerechtigkeit erfahren.«

»O Gott! Die armen Familien. Sylvie hat zwar gesagt, sie hätten niemanden, aber jeder hat doch irgendjemanden. Die Ungewissheit ist beinahe das Schlimmste, wenn man jemanden verliert, den man liebt.«

Sie kneift die Augen halb zu, um mir zu zeigen, dass sie meinen Schmerz versteht. »Ich habe in den Aufnahmen das über deine Tochter gehört. Es war sehr mutig von dir, hierherzukommen und zu versuchen, sie zu finden. Ich hoffe, es tröstet dich, dass Nik – David Mills – dank dir für den Rest seines Lebens im Gefängnis sitzen wird.«

»Ich denke, es ist schon ein kleiner Trost, dass er nicht noch mehr Frauen töten und noch mehr Familien zerstören kann. Es sind die Mütter«, sage ich mit Tränen in den Augen. »Wenn die Mütter es nicht *wissen*, wie sollen sie dann jemals Frieden finden?«

»Die sterblichen Überreste werden jetzt geborgen, und wir werden dafür sorgen, dass die Familien der Frauen, die hier ihr Leben verloren haben, *Gewissheit* bekommen«, sagt sie sanft, »so wie du auch.«

»Ich danke dir. Wie lange hat die Polizei hier Sylvie und Nik schon beobachtet?«

»Dimitris Kouris hat uns gewarnt, er hatte schon vor einer ganzen Weile Verdacht geschöpft. Und als er sah, dass sie dich im Visier hatten, haben wir schnell den Zusammenhang zu den vermissten Frauen hergestellt.« Sie sitzt breitbeinig da, stützt die Ellbogen auf die Knie und beugt sich nach vorne, sodass nur ich sie hören kann.

»Man hat mich von Athen aus für den Einsatz abkommandiert, aber die beiden waren so aalglatt, dass man beschloss, dass ich verdeckt ermitteln sollte.«

»Und da bist du zu Angelina geworden?« Ich versuche zu begreifen, was sie mir erzählt, aber meine Gedanken überschlagen sich. Ich frage mich ständig, ob ich jemals wieder jemandem vertrauen kann.

»Als verdeckte Ermittlerin musste ich eine Rolle spielen.«

»Die hast du gut gespielt, ein bisschen zu gut, wenn ich das mal sagen darf. Ich konnte dich überhaupt nicht leiden.«

»Ja«, lächelt sie. »Das tut mir leid, aber ich durfte dir nicht zu nahe kommen, ich musste einfach sicherstellen, dass wir genug Beweise bekommen.«

Plötzlich wurde mir übel: »Apropos Beweise, du hast vielleicht auf der Aufnahme gehört, dass ich zu Hause ein Problem habe? Mein Ex-Mann ist gestorben und ...«, setze ich an.

Sie schüttelt den Kopf. »Ich kann mich gar nicht daran erinnern, dass da was über deinen Ex-Mann drauf war, das muss wohl verloren gegangen sein«, meint sie mit einem schiefen Lächeln.

»Danke«, sage ich und kann endlich wieder durchatmen. Ich werde in Großbritannien immer noch wegen Mordes gesucht, aber immerhin weiß ich, dass die Polizei hier ihnen nicht verraten wird, wo ich bin.

»Wann ist dir das mit Nik klar geworden?«, fragt sie.

»Rückblickend betrachtet wusste ich schon bei meiner Hochzeit, dass etwas nicht stimmte. Ich hatte zwar keine Ahnung, was genau los war, hatte aber ein ungutes Gefühl. Bis dahin dachte ich, dass Dimitris allein arbeitet, aber dann sah ich Nik allmählich mit anderen Augen.«

»Du lagst richtig mit deinem Unbehagen. Zuerst dachten wir, dass Nik das ohne Hilfe durchzieht. Erst vor ein paar Monaten haben wir gemerkt, dass er eine Komplizin hat, aber Sylvie blieb unter dem Radar. Wir wussten, dass die beiden etwas miteinander zu tun hatten, aber wir waren uns nicht sicher, ob es eine romantische, freundschaftliche oder kriminelle Beziehung war. Ich habe ihr sogar erzählt, dass ich Nik mit einer der vermissten Frauen gesehen hätte – es war ein Test, um herauszufinden, wie viel sie weiß. Aber als ich ihr das sagte, meinte sie, das müsse ja nicht heißen, dass er etwas *Falsches* getan habe. Dann hat sie mich dafür ausgeschimpft, dass ich so etwas sage.«

»Ich weiß noch, dass ich das Gespräch mitgehört habe. Damals dachte ich, ihr redet über Dimitris.«

»Der arme Dimitris«, seufzt sie, »er kam vor einer Weile zu uns und sagte, er habe den Verdacht, dass Nik irgendwas mit dem Verschwinden einiger Frauen zu tun habe. Die Ironie dabei war, dass Nik das schwache Glied war und Sylvie die eigentliche Drahtzieherin, die hinter den üblen Machenschaften steckte. Nachdem ich erst einmal drin war, wurde die Sache nur noch undurchsichtiger, und als uns klar wurde, dass du das nächste potenzielle Opfer sein würdest, wussten wir, dass wir hart arbeiten mussten, um den beiden immer einen Schritt voraus zu sein.«

»Ich habe gehört, dass ihr Nik in Sidari verhaftet habt?«

»Ja, er hat tatsächlich geglaubt, dass ich auf ihn stehe, und als er mir vorschlug, ihn zu begleiten, wurde uns klar, dass das eine Möglichkeit war, die beiden zu trennen. Deine Schwester hatte uns an dem Tag angerufen und uns gesagt, dass du mit Sylvie zurückfährst, aber sie machte sich Sorgen wegen Nik. Was wir ihr nicht sagten, war, dass wir uns zu diesem Zeitpunkt mehr Sorgen darüber machten, dass du mit Sylvie allein sein würdest. Also haben wir Nik am späten Nachmittag verhaftet und sein Handy beschlagnahmt, damit er sie nicht warnen konnte, dass wir ihr auf den Fersen waren. Doch dann hast du in der Zwischenzeit eine Meisterleistung vollbracht und ihr Geständnis, die Einzelheiten und alles andere, was wir brauchten, per FaceTime mit deiner Schwester ausgetauscht. Ich habe gehört, dass deine Schwester am anderen Ende saß und eine deiner Nichten das Gespräch mit ihrem Handy aufgenommen hat?«

»Das war die Idee meiner Schwester. Sie ist fantastisch.«

»Stimmt, das war ziemlich genial, und es hat dafür gesorgt, dass wir nun alles haben, was wir brauchen.«

»Weißt du, was mich verwirrt hat? Ich habe dich mit Dimitris auf einer der Hochzeiten gesehen, er stand ganz nah bei dir und hat dir etwas ins Ohr geflüstert. Du hast sehr verängstigt ausgesehen«, sage ich.

Sie nickt. »Er hat mir erzählt, dass Nik mit dir im Orangenhain war und dass ihr euch geküsst habt. Dimitris war dir gefolgt, und er hatte Angst, du hättest ihn gesehen. Ich war entsetzt. Denn da wusste ich, dass die beiden dich als ihr nächstes Opfer auserkoren hatten und dass du in Gefahr warst. Ich sah verängstigt aus, weil ich Angst um dich hatte.«

»Wow! Ich denke immer gerne, dass ich die Menschen verstehe, dass ich sie lesen kann. Meine Schwester und ich waren überzeugt davon, dass wir Verbrechen aufklären könnten, wie zwei Hobbydetektivinnen«, sage ich kopfschüttelnd. »Aber das hier hat sich direkt vor meinen Augen abgespielt, und ich habe nichts davon mitbekommen.«

Sie zuckt mit den Achseln. »Diese Leute waren professionelle Betrüger, die ihre Opfer genau studiert haben, mit Hilfe von Psychologie und Körpersprache. Sie haben es sich zur Aufgabe gemacht, alles über deine Schwächen, deine Bedürfnisse und deine Wünsche herauszufinden.«

»Ja, genau das hat Sylvie auch gesagt. Sie meinte, ihre Hochzeiten seien maßgeschneidert.«

»Deshalb mussten wir es ihnen gleichtun, um sie zu überlisten. Ich musste kokett und freundlich zu ihnen sein, um meine Rolle zu spielen. Ich musste Nik auf meine Seite ziehen, damit er mir alles erzählt, und das tat er auch. In der Zwischenzeit war es meine Priorität, dich in Sicherheit zu bringen und dich auf Abstand zu halten – daher war ich auch so zickig«, lächelt sie. »Du weißt vielleicht noch, dass ich dir gesagt habe, du sollst *niemandem* vertrauen.«

Sie steht auf, breitet die Arme aus, und für einen kurzen

Moment verstehe ich nicht, was sie da tut, bis sie mich umarmt. Das kommt so unerwartet, dass ich nicht reagiere. »Tut mir leid, ich sehe immer noch Angelina vor mir, und diese Schlampe würde mich nie in den Arm nehmen«, witzle ich und erwidere ihre Umarmung.

»Keine Sorge, Angelina ist weg, genau wie Nik und Sylvie und leider auch Dimitris. Es ist niemand mehr da. Und jetzt gehst auch du weg, aber an einen besseren Ort, das hoffe ich zumindest.«

»Ich auch«, sage ich, und plötzlich fällt mir noch jemand ein. »Was ist mit Maria?«, frage ich.

Sie lächelt. »Ach, du meinst Lieutenant Helen Loukanis? Sie hat einen Spitzenjob gemacht, sie ist noch sehr jung, aber eines Tages wird sie die ganze Einheit leiten. Sie ist wirklich eine hervorragende Polizistin.«

Ich versuche noch immer, das alles zu begreifen, als wir uns verabschieden, und während sie davongeht, dreht sie sich noch einmal um und winkt mir zu. Zum ersten Mal bin ich wirklich traurig, diesen schönen Ort zu verlassen. Wie schade, dass ich nie wieder hierher zurückkehren kann.

Jetzt brauche ich einen Drink, also bestelle ich einen Cosmopolitan. Während ich darauf warte, dass mein Flug aufgerufen wird, nippe ich an meinem Drink und beschließe, vor meiner Abreise noch etwas zu erledigen. Also schreibe ich Della eine Nachricht auf Instagram. Damit verstoße ich zwar gegen die einstweilige Verfügung, aber das ist jetzt auch egal, denn in ein paar Stunden werde ich Sylvie Brown in Rio sein, und Alice Evans wird es dann nicht mehr geben, also tippe ich:

Hallo, Della, ich weiß, was du getan hast. Und ich werde es niemandem verraten. Ich werde einem Baby nicht die Mutter wegnehmen, deshalb werde ich gehen und nie wieder nach Großbritannien zurückkehren. Also lebe dein Leben, ich bitte dich nur darum, dein kleines Mädchen zu lieben und es in deiner Nähe zu behalten.

Es dauert nicht einmal eine Minute, bis ich eine Antwort erhalte.

Ich konnte nicht tatenlos zusehen, wie er dich schlägt. Ich habe das selbst schon zu oft erlebt. Es tut mir leid, dass ich versucht habe, es dir in die Schuhe zu schieben, aber ich hatte keine andere Wahl. Ich bin Anwältin und wusste, wenn die Wahrheit herauskäme, würde ich mindestens wegen Totschlags ins Gefängnis kommen. Ich konnte mein Baby nicht im Stich lassen, aber ich habe dir auch nicht die Anerkennung gegeben, die du verdienst, weil du das verstanden und dein eigenes Leben geopfert hast. Ich bin froh, dass du es weißt, und ich werde es niemandem verraten, wenn du es nicht tust. Aber falls ich dir jemals irgendwie helfen kann, melde dich bitte bei mir, ich stehe so tief in deiner Schuld. Ich hatte solche Angst davor, mein kleines Mädchen allein lassen zu müssen. Ich werde nie vergessen, was du für mich getan hast. Wenn dich jemals jemand aufspürt und du rechtlichen Beistand brauchst, bin ich deine Anwältin. Ich sende dir liebe Grüße von uns beiden. Xxx

PS: Ich wollte nie eine Entschädigung, Dan hat direkt nach dem Vorfall davon angefangen, und ich habe eine Zeit lang zugestimmt. Er dachte, du hättest ihn geschlagen, und ich habe ihm nie gesagt, was eigentlich passiert ist. Es tut mir leid.

PPS: Ich hoffe, das war kein Trick von dir, um mir ein schriftliches Geständnis zu entlocken?

Ich versichere ihr, dass alles in Ordnung ist, und sperre dann mit Tränen in den Augen mein Handy. Dann schreibe ich

Heather eine Nachricht. Das Geld aus der Scheidungsabfindung wird bald auf Sylvies Konto sein, auf das ich natürlich zugreifen kann, weil ich ihre Karten habe. Ihre PIN-Nummer war ebenso einfach herauszufinden wie ihr Passwort und funktionierte beim ersten Versuch – 231067 – Niks Geburtstag, sie war wirklich verrückt nach ihm, so verrückt wie eine Psychopathin nach einem anderen Psychopathen nur sein kann. Es ist jetzt drei Tage her, dass sie gestorben ist, und mir bleibt noch ein kleines Zeitfenster, um Geld zu überweisen, bevor die Bank von ihrem Tod erfährt. Heather ist voll involviert, sie hat Zugriff und wartet jetzt darauf, dass das Geld von Clio auf dem Konto eingeht. Dann wird sie alles abheben, was drauf ist, und das ist eine ganze Menge. Sie wird mir etwas davon schicken, sobald ich ein neues Bankkonto auf einen neuen Namen habe, damit ich ein neues Leben anfangen kann. Dann möchte ich, dass sie etwas in einen Treuhandfonds für ihre Mädchen und auch für Dellas Baby einzahlt. Das restliche Geld gehört Heather, aber es darf nicht einfach auf ihrem Konto auftauchen, deshalb habe ich ihr geraten, es unter die Matratze zu stecken. Ich habe sie auch gebeten, Freyas Adoptiveltern ausfindig zu machen. Sie sind schon älter, und es kann sein, dass sie nicht mehr unter uns weilen, aber wenn doch, dann sollen sie es erfahren. Ich könnte den Gedanken nicht ertragen, dass sie nicht wissen, was mit ihr passiert ist, denn das ist das Schlimmste an der ganzen Sache.

Ich habe Heather gebeten, mit ihren Mädchen Urlaub auf Korfu zu machen, sobald die Polizei Freya identifiziert hat. Sie sollen an einem sonnigen Tag mit dem Boot rausfahren und ihre Asche ins Meer streuen. Vielleicht kann ich dann wieder schlafen, wenn ich weiß, wo sie ist?

Ich wünschte, ich könnte mich gemeinsam mit meiner Familie von meiner Tochter verabschieden, doch das kann ich nicht riskieren. Ich kann nicht hierher zurückkehren, denn es besteht immer die Möglichkeit, dass die Polizei auf Korfu die eine oder andere Ungereimtheit in meiner Geschichte entdeckt. In der Nacht, in der Sylvie und Dimitris starben, haben sich die Ereignisse nicht ganz so zugetragen, wie ich es erzählt habe. Dimitris *hat* versucht, mich zu retten, er hat sich hochgekämpft und sich auf Sylvie gestürzt, während sie versuchte, mich über die Mauer zu stoßen. Aber leider war er sehr schwach, und sie bewegte sich schnell genug, dass er an ihr vorbeiflog und in die Tiefe stürzte. So hatte ich ein paar kostbare Sekunden Zeit, um aufzustehen, und wir beide standen uns wieder gegenüber. Ich war vor Schreck wie erstarrt. Für einen kurzen Augenblick hatte ich einen Blackout und sah die Gesichter all der Frauen, deren Schreie so lange in mir gelebt hatten. Und dann hörte ich Freyas Lachen, dieses singende Geräusch, das ich so oft am Telefon vernommen hatte, aber nie im wirklichen Leben. Und als ich wieder zu mir kam, konzentrierte ich mich auf die Frau vor mir, die meine Tochter getötet, ihr Lachen beendet und ihr das Leben genommen hatte. Und mein Schmerz und meine Wut loderten in mir auf wie außer Kontrolle geratene Flammen, die nur ein einziges Ziel kannten. Also brüllte ich wie ein Tier und stieß sie über die Mauer. Sylvie war tot, sobald sie auf dem Boden aufschlug.

Zum Glück ist auf der FaceTime-Aufnahme nichts davon zu sehen, denn mein Handy lag auf dem Boden, die Kamera zum Nachthimmel gerichtet. Aber es gibt eine Tonaufnahme, und wenn sich ein aufmerksamer Polizeibeamter die Zeit nehmen würde, zuzuhören, könnte er vielleicht eins und eins zusammenzählen. Also ist es am besten, wenn Alice Evans verschwindet und Sylvie weiterlebt – wenigstens vorerst.

Mein Flug wird aufgerufen, und ich nehme mein Handgepäck und mache mich auf den Weg in ein neues Leben in einem anderen Land und unter einem anderen Namen. Ich brauchte einen weit entfernten Ort, wo mich niemand kennt und ich um meine Tochter trauern, vielleicht sogar anderen Müttern,

Schwestern und Töchtern helfen kann. Sylvie und Nik hatten einige Zeit in Rio verbracht, sie hatte mir erzählt, dass sie dort das meiste Geld verdient hätten, was bedeutet, dass es dort Opfer gibt, und wo es Opfer gibt, musste es Mütter wie mich geben, die nach ihren Töchtern suchen. Sobald ich dort war, würde ich anfangen, ein paar Fragen zu stellen, denn wie meine Schwester immer sagte: Irgendwo gibt es immer irgendjemanden, der irgendwas weiß. Und ich hoffte, dass ich auch diesen Müttern irgendwann helfen konnte, ihren Frieden zu finden.

Als das Flugzeug abhebt, öffne ich Sylvies rote Handtasche und nehme das Foto von Freya heraus.

Jeden Tag verschwinden Leute, und die Hinterbliebenen müssen mit dem Verlust und dem Schmerz der Ungewissheit fertigwerden. Ich vermisse sie, ich vermisse sie, seit sie mir genommen wurde, als sie nur wenige Stunden alt war. Ich habe mit diesem Schmerz, diesem Verlust gelebt, aber allein das Wissen, dass sie für kurze Zeit hier auf der Erde war, macht mich glücklich. Und wohin ich auch gehe, ich weiß, dass sie bei mir ist. Ich trage sie in meinem Herzen, und das werde ich immer tun.

Bis auf das Foto habe ich nichts, aber dieses Foto bedeutet mir alles. Nach der Dunkelheit brauche ich ihr Licht dringender als je zuvor. Wenn ich ihr lächelndes Gesicht im Sonnenschein sehe, mit den Blumen im Haar, werden die Spinnweben in meinem Kopf weggeblasen und die Schreie verstummen, wenigstens für diesen Augenblick ...

MEHR VON BOOKOUTURE DEUTSCHLAND

Für mehr Infos rund um Bookouture Deutschland und unsere Bücher melde dich für unseren Newsletter an:

deutschland.bookouture.com/subscribe/

Oder folge uns auf Social Media:

 facebook.com/bookouturedeutschland

 twitter.com/bookouturede

 instagram.com/bookouturedeutschland

Vielen Dank, dass ihr euch entschieden habt, *Der Tag der Hochzeit* zu lesen. Wenn euch das Buch gefallen hat und ihr über alle meine Neuerscheinungen auf dem Laufenden bleiben wollt, meldet euch einfach über den folgenden Link an. Eure E-Mail-Adresse wird nicht weitergegeben, und ihr könnt euch jederzeit wieder abmelden.

deutschland.bookouture.com/subscribe/

In diesem Buch geht es hauptsächlich um Menschen, die verschwinden, und um diejenigen, die zurückbleiben.

Die erste Idee zu *Der Tag der Hochzeit* kam mir, als Helen, meine Lektorin, mir einen Zeitungsausschnitt über eine Hochzeit schickte, die nicht das war, was sie zu sein schien. Hochzeitstage sollen die glücklichsten Tage unseres Lebens sein. Was aber, wenn für eine Hälfte des glücklichen Paares keine Liebe in der Luft liegt? Und was, wenn es bei dieser Hochzeit nicht um weiße Spitze und Ehegelübde geht, sondern um Geld und Mord?

Ich habe die Handlung des Buches auf die griechische Insel Korfu verlegt, einen wunderschönen Urlaubsort, an dem die Sonne scheint und das Meer glitzert – doch niemand sieht die Gefahr, die unter dem weiten blauen Himmel lauert, und wenn es doch jemand bemerkt, ist es zu spät.

Die Idee brachte mich dazu, darüber nachzudenken, was passiert, wenn jemand weit weg von zu Hause plötzlich verschwindet, und über die Angehörigen, die auf Nachricht warten. Ich kann mir nur vorstellen, welchen Schmerz sie empfinden, wenn sie sich fragen, was mit der Person passiert ist, die sie lieben: Ist sie von sich aus gegangen, um ein neues Leben anzufangen? Hat sie Selbstmord begangen, oder ist etwas noch Schlimmeres passiert? Es heißt, dass die Ungewissheit das Schlimmste ist, und in diesem Buch geht es nicht nur darum, wie es passieren kann, dass jemand spurlos verschwindet, sondern auch um die Ungewissheit.

Ich hoffe, dass euch *Der Tag der Hochzeit* gefallen hat. Wenn ja, wäre ich euch sehr dankbar, wenn ihr eine Bewertung schreiben könntet. Sie muss nicht länger als ein Satz sein – ich freue mich über jedes Wort. Ich bin immer gespannt auf eure Meinung, und Bewertungen machen einen großen Unterschied, wenn neue Leserinnen und Leser zum ersten Mal eines meiner Bücher entdecken.

Das Feedback meiner Leserinnen und Leser ist mir wichtig – also bitte meldet euch, ihr erreicht mich über meine Facebook-Seite, Instagram und Twitter.

Vielen Dank fürs Lesen,

eure Sue

www.suewatsonbooks.com

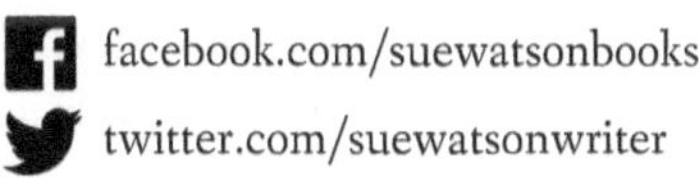

DANKSAGUNG

Ein herzliches Dankeschön an Helen Jenner, meine fantastische Lektorin, die mir einen Zeitungsartikel geschickt und mich so zu diesem Buch inspiriert hat. Nach einer langen, spannenden Diskussion wussten wir einfach, dass dieses Buch geschrieben werden musste.

Wie immer geht mein besonderer Dank an das wunderbare Team von Bookouture, das zu viele Mitglieder hat, um alle einzeln zu erwähnen. Tatsache ist: Ohne sie würde es meine Bücher nicht geben.

Ein herzliches Dankeschön an meine kanadische Freundin und Leserin Harolyn Grant, die meine Arbeit liest, entwirrt und für Leser:innen in Kanada und den USA überarbeitet. Ich bewundere sie dafür, dass ihr nicht das kleinste Detail entgeht und sie Dinge bemerkt, die ich übersehen habe, und ich bin ihr so dankbar dafür, dass sie in ihrem hektischen Alltag die Zeit findet, meine Bücher zu retten.

Ein großes Dankeschön an Sarah Hardy für das tolle und aufschlussreiche Erstlesen, an Su Biela für das Beta-Lesen und an Anna Wallace für einen tollen und detaillierten abschließenden Lesedurchgang. Ich wüsste nicht, was ich ohne all diese Ladys machen würde!

Die wunderbare Ann Bresnan aus Alabama war seit einigen Jahren als Beta-Leserin für mich tätig, und ihre Meinung, ihr Durchblick und ihr Adlerauge waren für mich sehr wichtig. Auch unsere Freundschaft, die Gespräche über unsere Töchter, die amerikanische Politik und unsere gemeinsamen Ängste während der Coronapandemie sowie ihren wunderbaren Sinn für Humor wusste ich sehr zu schätzen. Doch vor allem war es ihre Hingabe, die mich erstaunt hat. Ein Beispiel dafür ist eine E-Mail, die ich eines Abends zu später Stunde erhielt, als Ann gerade den ersten Entwurf eines meiner Bücher las:

Sue, ich wollte mich heute Abend bei dir melden, falls der Strom ausfällt. Wie du ja weißt, bin ich in Alabama, und wir haben gerade einen Wirbelsturm am Hals. Es regnet schon seit gestern Abend, und der Wind nimmt immer mehr zu. Das Licht hat schon ein paarmal geflackert.

Da ich wirklich in Sorge um ihre Sicherheit war, schickte ich ihr sofort eine E-Mail, in der ich ihr sagte, sie solle das verdammte Buch vergessen und dafür sorgen, dass *ihr* nichts passierte. Aber da Ann so engagiert war, schickte sie mir die ganze Nacht lang ihre Notizen zu den einzelnen Kapiteln, während draußen der Hurrikan tobte. Ann hatte zugestimmt, mein Buch zu lesen, und sie hat es verdammt gut gelesen. Nichts und niemand konnte sie aufhalten!

Doch leider ist die liebenswerte, unaufhaltsame Ann Ende November 2022 plötzlich und unerwartet nach kurzer Krankheit verstorben, und ich vermisse sie sehr. Ann war ein Unikat, eine ganz besondere Frau, und ich kann mir kaum vorstellen, welche Auswirkungen ihr Tod auf diejenigen hat, die das Glück hatten, sie in ihrem Leben zu haben. Ich hatte das Privileg, ihr Leben zumindest für einige Jahre zu begleiten, und in Gedanken bin ich bei ihrer Familie, vor allem bei ihrer Tochter Shay, die ihr alles bedeutet hat.

Was mir von all den genialen Dingen, mit denen sie meine Arbeit bereichert hat, am meisten fehlt? Ihre schonungslose Offenheit, weil das etwas ist, was alle Schriftsteller brauchen. Sie hat nie etwas beschönigt und mir immer unmissverständlich gesagt, wenn etwas nicht funktionierte – doch wenn etwas funktionierte, hat sie mich immer in Großbuchstaben darauf hingewiesen!

Ich hoffe nur, dass Ann, wo immer sie jetzt ist, dieses Buch gelesen und für gut befunden hat – und zwar in GROSS-BUCHSTABEN!